당신은 나의 영웅

Once A Warrior

당신은 나의 영웅

캐린 몽크
나채성 옮김

Once A warrior

큰나무

나 채 성

이화여자대학교 사회사업학과 졸업. 역서로 『사랑의 텍사스』,
『너무도 아름다운 사랑』, 『베르사유의 전설』, 『페가수스의 전설』,
『내 마음을 사로잡은 기사』, 『꿈결처럼 다가온 사랑』,
『내 품안의 이방인』, 『바이올렛』, 『내가 사랑한 악당』,
『당신 품에 안겨』, 『꿈이 시작되는 곳』 외 다수

당신은 나의 영웅

초판 인쇄 / 2001년 1월 5일
초판 발행 / 2001년 1월 10일

지은이 / 캐린 몽크
옮긴이 / 나채성
펴낸이 / 한익수
펴낸곳 / 도서출판 큰나무

등록 / 1993년 11월 30일(제5-396호)
주소 / 120-837 서울시 서내문구 충정로 3가 3-95 2층
전화 / 02) 365-1845 · 1846 팩스 / 02) 365-1847
통신 / 천리안 큰나무북 e-mail / BTREEPUB@chollian.net
홈페이지 / www.bigtreepub.co.kr

값 8,500원

ISBN 89-7891-108-0 03840

눈부신 재능의 작가, 캐린 몽크…….
그녀가 감동적인 낭만의 세계를 펼쳐 보인다.
주목할 만한 작가이다.

- *Romantic Times*

우선 독자들에게 몇 가지 설명을 해드리고자 한다.

성 앞에 '맥'이라고 붙는 명칭은 어떤 자의 아들이라는 뜻이다. 그러니까 맥켄드릭하면 켄드릭의 후손들, 맥페인이라고 하면 페인의 후손들이라는 뜻이 된다.

씨족을 이루어 각각의 영토 안에서 생활했는데, 족장은 일족의 우두머리이자 재판관이며 전쟁이 일어났을 경우에는 전사로서 대장의 역할을 맡아야 했다. 이 소설 속에 나오는 캠벨, 프레이저는 스코틀랜드에서 가장 유명했던 10개 씨족에 든다. 물론 큰 비중으로 등장하는 것은 아니지만.

각각은 빨간 바탕의 검고 하얀 체크, 노랑 바탕의 검은색 체크, 혹은 검은 바탕의 빨갛고 하얀 체크 등등 여러 가지 독특한 체크무늬 플래드를 걸쳐서 일족의 특성을 살렸다. 일족마다 닭, 검, 성곽, 사슴, 황소 등의 특별한 문장이 있었으며 전투 때에는 자신들의 땅과 관련 깊은 식물을 모자에 달았다고 한다. 어느 일족은 스코틀랜드산 소나무, 다른 일족은 로완베리, 다른 일족은 담쟁이, 혹은 창 엉겅퀴 등을 달아 구별했다.

　이 책에서 자주 등장하는 옷차림이 플래드인데, 그것은 한 장의 커다란 옷감을 몸에 두르는 것이다. 중간을 벨트로 고정시킨 다음 벨트 아래쪽은 둘둘 만 채로 두고 윗부분은 등에서부터 왼쪽 어깨로 잡아올려 브로치로 고정시켰다. 그것을 낮에는 겉옷으로, 밤에는 담요로 사용했다.

　이 소설은 과격하기도 하고, 우습기도 하고, 또 한편으로는 코끝이 찡해지면서 눈물이 핑 돌기도 한다. 울창한 숲과 아름답게 반짝이는 호수, 그 산비탈 위로 우아하게 올라서 있는 돌성. 그 돌성 안에서 순수한 사람들의 용기와 진실한 마음의 승리가 드라마틱하게 펼쳐진다. 매력적인 작품이다.

나 채 성

프롤로그

1207년 봄, 스코틀랜드의 하이랜드

"내가 죽어가."

쓸쓸한 한마디, 어쩌면 그 말에 반박해 주기를 바라는 것 같기도 했다.

하지만 알핀은 마음속의 슬픔을 드러내지 않은 채 눈앞의 남자를 바라보았다. 우렁찬 울음을 터트리며 세상에 태어나던 날 밤 이 남자를 안아준 것은 그였다. 그의 아버지에게 이 녀석이 훌륭한 족장으로 자라날 것이며 수십 년의 평화와 번영이 맥켄드릭 일족 앞에 펼쳐졌노라고 말했던 것도 그였다. 그리고 쪼글쪼글한 분홍빛 아기를 내려다보며 그의 화려한 미래를 늘어놓으면서도, 이 암울한 순간이 닥치리라는 걸 그는 고통스럽게 알고 있었다. 사랑스런 아기가 남자로 자라나는 모습을 옆에서 지켜보았던 것처럼 그의 마지막 순간까지 바라보아야 한다는 것을.

“시간이 된 거야.”

알핀이 중얼거렸다.

맥켄드릭은 알핀의 말이 틀렸다는 것을 증명해 보이려 애썼다. 밖에서 들리는 처절한 비명소리들이 그의 마지막을 더 고통스럽게 했다. 그는 기력을 끌어모아 옆구리의 상처를 움켜쥐고 일어나려 했다.

“하지만 그가 오지 않았어요. 검은 늑대가 올 때까지 내가 계속 싸워야 돼요. 내가 살아서 검은 늑대를 확인해야 돼요.”

“그건 자네 몫이 아니라네.”

알핀이 조용히 말했다.

“그가 우리 족장으로 어울리는지 결정하는 건 에어리엘라의 몫이야. 그 애만이 결정할 수 있어.”

맥켄드릭의 표정이 굳어졌다.

“그럼 진작에 여기 왔어야 하잖아요. 그런데 지금 그자는 어디 있습니까?”

그의 말이 이내 발작적인 기침으로 흐릿해졌다.

“올 거라네.”

알핀은 죽어가는 족장을 다시 침상에 눕혔다.

“내가 봤어. 검은 늑대는 올 거네.”

“확실해요? 날 위로하려는 거 아니에요?”

“분명히 봤어. 그는 올 거야.”

족장은 한참 동안 알핀을 바라보았다. 그의 말을 필사적으로 믿고 싶었다. 알핀의 검은 눈동자에 비친 진실을 보고 나서야 스르르 눈을 감았다.

“그가 올 때까지 에어리엘라를 보살펴 주세요. 그가 올 때까지 그 애를 안전하게 지켜주세요.”

알핀은 주름진 손을 족장의 이마에 갖다 대며 아무 말도 하지 않았다. 자신의 힘으로 통제할 수도, 예견할 수도 없는 일들을 공허하게 장담할 순 없었다. 하지만 죽어가는 아버지에게 그 자그마한 위로마저 거부한다는 것은 잔인했다.

"내가 보살필게, 맥켄드릭. 내 자식처럼."

족장의 몸이 안도감으로 늘어졌다.

"부탁해요."

족장은 죽음에 맞서 싸우며 몇 번 더 힘겨운 숨을 들이쉬었다. 이길 수 없는 싸움이라는 걸 알면서도. 알핀의 손을 부여잡은 채 폐부 가득히 마지막 숨을 끌어들였다. 더 이상 대항할 수 없게 되었을 때 생명이 그에게서 빠져나가며 손힘이 느슨하게 풀어졌다.

알핀은 공허한 상실감에 빠져들었다. 사랑하는 사람들이 육신의 약함에 스러지는 걸 볼 때마다 항상 그렇듯이. 눈앞의 짓이겨진 몸뚱이, 이제 영혼의 고통과 공허에서 자유로워진 그 남자보다는 오히려 자신을 위로하기 위해 한참 더 손을 부여잡고 있었다. 주위에 난무하는 비명소리들도 그의 슬픔 속으로 관통해 들어오지 못했다. 마침내 매운 연기냄새가 그의 얼어붙은 감각을 일깨웠다. 마비상태에서 빠져나와 알핀은 창 쪽으로 몸을 옮겼다.

주홍과 금빛의 불길이 나무로 만들어진 건축물을 굶주린 듯 먹어삼키고 있었다. 그 밑에서 남자와 여자들이 고함치고 뛰어다니며 필사적으로 우물물을 퍼다 뿌렸다. 작은 물줄기가 쉬임없이 던져졌지만, 그 불길은 자신을 제압하려는 한심한 시도들을 비웃어대는 듯했다. 푸른 하늘 위로 매캐한 연기가 뭉게뭉게 피어오르며 재 부스러기들이 구름처럼 흩날려 땅으로 떨어져 내렸다.

"에어리엘라!"

화염을 응시하면서 엘리자베스가 미친 듯이 소리쳐댔다.

"에어리엘라!"

지금의 상황이 간신히 이해되는 순간, 알핀의 몸 속으로 공포가 치달았다. 로드릭이 에어리엘라를 탑에 가둬 두었다, 그녀의 일족 사람들이 잔인하게 약탈되는 모습을 지켜보라고. 그리고 지금 그 탑이 화염에 휩싸였다.

에어리엘라가 저 안에 있다.

"안 돼, 안 돼!"

그는 무기력하게 탑 꼭대기의 방까지 집어삼키는 불길을 바라보았다. 사람들의 절망적인 사투도 그 무자비한 불길을 진정시키기에는 역부족이었다. 얼굴이 새카만 연기로 뒤덮이고 몸뚱이가 욱신거리고 목이 찢어질 지경이 될 때까지 그들은 계속해서 불길과 싸웠다.

마침내 에어리엘라의 이름을 부르던 비명소리들이 마비된 침묵으로 변하고 그들은 그저 불타는 탑을 멍하니 쳐다보았다.

1

1207년 여름

언제나처럼 제일 처음 느껴지는 감각은 고통이었다.

그는 눈살을 찌푸리며 꿈틀거렸다. 재빠르게 사라져 가는 몽롱한 잠기운을 붙잡으려 애써 보았다. 잠자는 동안은 고통도 잠재울 수 있었다. 하지만 잠 속으로 되돌아가려는 싸움은 승리하지 못했다. 등으로 고통이 훑고 내려가며 왼쪽 다리까지 이어졌다. 물론 그 다음에는 팔로도. 예전의 강인한 힘이 거의 남지 않은 그 오그라든 근육에 쇠약한 경련이 일어났다. 그는 다시 한 번 잠의 도피처로 날아가려 안간힘을 썼다. 잠을 자는 동안만은 거의 온전한 느낌일 수 있었으니까.

"일어나, 말콤."

짜증스러울 만큼 쾌활한 목소리가 그를 불렀다.

"손님이 찾아왔어."

그는 눈을 뜨려는 노력조차 하지 않았다.

"꺼져! 모가지 비틀어 버리기 전에."

텁텁한 입 안에 혀가 한가득 부풀어 있는 듯한 기분이었다.

개빈이 창문으로 걸어가 셔터를 번쩍 들어올렸다. 한낮의 햇살이 작은 오두막 안으로 스며들어 지저분한 바닥과 말콤의 얼굴까지 밀려들었다.

"망할 놈의……."

그는 한껏 인상을 찌푸리며 텅 빈 술병을 집어던졌다.

개빈이 슬쩍 피하자 병은 벽에 부딪혀 산산조각났다.

"자네에게 아직 이른 시간인 줄은 알아. 하지만 자네를 만나려고 일주일이나 걸려 찾아온 손님들이야. 자네하고 꼭 얘기해야겠대."

말콤은 햇살을 피해 고개를 돌리며 아픈 팔을 눈 위로 끌어올렸다.

"난 지금 얘기할 상태가 아니야."

"나도 그렇게 말했어. 도움이 필요하면 해럴드에게 가보라고도 했지. 그런데 벌써 갔다왔다는 거야. 그가 여길 가르쳐줬대."

"그놈들 시간만 낭비했군."

"검은 늑대를 찾아왔대."

말콤은 잠시 머뭇거리다가 이내 경멸스레 코웃음쳤다.

"검은 늑대는 죽었어."

그가 거칠게 벽 쪽으로 돌아누웠다.

"그렇게 전해."

"자네하고 만나기 전에는 절대 떠나지 않겠다는 거야. 맥켄드릭 일족 사람들이야."

말콤은 지끈거리는 머리 속에서 맥켄드릭의 이름을 헤집어 보았다. 잠시 후에 생각이 났다.

"젠장할, 황소고집들. 전에 찾아온 놈들한테 관심 없다고 분명히 밝혔는데 또 뭘 바라는 거야?"

"나야 모르지."

개빈이 어깨를 으쓱이며 대꾸했다.

"그들을 쫓아 버리고 싶으면 자네가 나가서 직접 얘기해."

"빌어먹을."

그는 천천히 일어나 앉았다. 지독히도 아팠다. 하지만 어제나 지난 주, 혹은 작년보다 더 심해진 것은 아니었다. 이젠 그 고통이 없었던 적을 기억하기조차 어려웠다.

눈부신 햇살에 눈을 껌벅이며 그는 개빈을 따라나서 가늘게 뜬 눈으로 반갑지 않은 방문객들을 쳐다보았다. 그 중 둘은 키가 크고 좋은 체격이었다. 한 놈은 어깨까지 늘어진 갈색 머리, 다른 놈은 검은 머리로 잘 해 봐야 25살 정도의 나이였다. 세 번째 녀석은 지저분하게 헝클어진 머리와 몇 주일 동안 세수 한 번 안 한 듯한 얼굴의 꼬마였다.

'쳇, 나도 외모에 대해 이러쿵저러쿵 비판할 입장은 아니지.'

말콤은 오두막 앞 테이블에 개빈이 마련해 둔 맥주와 빵, 치즈를 발견해 내고 우선 맥주병을 집어들었다. 한 모금 쭈욱 들이켜 입 속을 헹군 다음 카악 소리내며 땅으로 뱉었다. 그런 후에 고개를 젖혀 남은 맥주를 벌컥벌컥 깡그리 마셔 버렸다. 팔로 입가를 문지르고 나서 자신에게 시선이 고정되어 있는 세 명의 남자를 태연스레 바라보았다. 그들의 표정은 충격에서부터 간신히 숨긴 혐오감까지 각양각색이었다.

"무슨 일이야?"

그가 퉁명스레 입을 열었다.

갈색 머리의 키 큰 남자가 제일 먼저 정신을 수습했다.

"난 던컨 맥켄드릭입니다. 이쪽은 앤드루, 이쪽은 롭."

그가 마지막으로 말콤을 노려보고 있는 소년을 손짓해 보였다.

"검은 늑대라 알려진 전사를 만나러 왔습니다."

그는 분명 자신의 앞에 서 있는 남자가 그들이 찾는 위대한 전사일 리 없다고 판단한 듯했다.

"제대로 찾았어."

말콤이 짤막하게 대꾸했다.

두 남자의 얼굴에 놀라움과 뒤이어 연민이 스쳐갔다. 꼬마만이 동요하지 않은 채 계속해서 말콤을 노려보았다. 동정이라기보다는 분노에 가까운 표정으로.

앤드루라 소개되었던 검은 머리가 더듬더듬 입을 열었다.

"우린 맥페인 성에서 당신이 더 이상 족장이 아니라는 걸 알았어요. 새로운 맥페인이 여길 가르쳐 줬는데……. 하지만 우린 전혀, 그러니까…… 전혀 들은 바가……."

말콤은 나지막이 욕설을 중얼거렸다. 빌어먹을 해럴드 녀석, 어쩌자고 여기까지 놈들을 보낸 거야?

"전에 찾아왔던 놈들은 어떻게 됐어?"

"그들은 돌아오지 않았어요. 그래서 맥켄드릭의 제안이 당신에게 전달되었는지도 알 수 없었어요."

"듣긴 들었어. 그리고 그때나 지금이나 내 대답은 똑같아. 난 전혀 관심 없어. 맥켄드릭한테 더 이상 그런 일로 날 괴롭히지 말라고 전해."

"그분은 돌아가셨어요."

꼬마의 무미건조한 목소리가 터져나왔다. 회색 눈동자가 증오에 차 번들거리고 있었다, 마치 그 책임이 말콤에게 있는 것처럼.

"어떻게?"

롭이 입을 열기도 전에 던컨이 가로막았다.

"우리 일족이 공격당했어요. 그때 맥켄드릭이 칼에 맞았습니다. 당신에게 사람을 보낸 후 몇 주가 지나서였죠."

앤드루가 말을 이었다.

"우린 최선을 다해서 싸웠어요. 하지만 전쟁 기술을 알지 못하는지라……. 맥켄드릭은 당신과 당신 군대가 우리 일족을 보호해 주길 바랐습니다."

말콤은 허탈한 웃음이 터지려는 걸 억눌러 참았다. 맥켄드릭이 그런 계획을 세운 건 탓할 수 없었다. 예전에 그는 맥페인 일족의 족장으로서 그를 위해 목숨이라도 버릴 준비가 된 천 명 이상의 군대를 거느리고 있었다. 6년 동안 윌리엄 왕의 군대에 소속되어 수많은 혈전에서 자신의 군대를 승리로 이끌었다. 하지만 그런 것들은 다 한 세상 전의 일이었다. 오늘 그의 소환에 응할 수 있는 전사는 개빈뿐이었다. 만약 맥켄드릭에게 가서 족장 자리를 받아들이겠노라고 말한다면, 아마 그 남자는 땅을 치며 웃어댈 것이다.

물론 이 세 명의 남자들도 그 사실을 잘 알고 있으리라.

"피해는 어느 정도였나?"

상관없는 일이라고 중얼거리면서도 말콤은 묻고 있었다.

"열네 명이 죽었고 수십 명이 다쳤어요. 놈들은 가져갈 만한 걸 다 챙긴 후에 불을 질렀죠."

"안됐군."

그가 쉽사리 지켜줄 수 있었을 때 그들을 보호해 주지 못했던 것이 유감이었다. 맥켄드릭의 편지에서 읽은 바로는 이 일족은 몇 백 명 정도의 적은 인원이었다. 동맹한 일족도 없지만 원수로 지내는 일족도 없노라고 했다. 맥켄드릭은 검은 늑대가 족장이 되어 주길 바란다고 적어놓았다. 충성의 상징으로, 상냥하고 헌신적인 아내감이라 믿어 의심치 않는 자신의 외동딸을 선사하겠노라고 했었다.

그리고 말콤은 그 편지를 불태워 버렸다.

"봐서 알겠지만 난 너희를 도와줄 능력이 없어. 맥페인의 족장이었던 때와는 내 상황이 많이 달라졌거든."

그가 불쑥 몸을 돌렸다. 참을 수 없는 두통이 밀려들어, 그 고통을 마비시키려면 또 맥주를 마셔야만 했다.

"당신은 우리와 같이 가야 돼요, 맥페인."

말콤이 돌아서서 소년을 노려보았다.

"날 놀리려는 거냐?"

"그럴 리가 있나요."

던컨이 한 손을 들어 롭을 조용히 시켰다.

"지금 애가 한 말은, 우리에게 당신의 도움이 절실하다는 거죠. 당신이 우리와 같이 가준다면 영광일 거라는 뜻입니다."

말콤은 저놈이 장님일까 아니면 미친 놈일까를 생각하며 한동안 주시했다. 결국 그런 터무니없는 제안을 하는 걸 보면 둘다일 거라고 결론내렸다.

"난 더 이상 맥페인이 아니야."

그는 끓어오르는 성질을 참으려 안간힘쓰며 말했다.

"더 이상 검은 늑대도 아니고. 도움이 필요하면 해럴드에게 가서 부탁해 봐."

던컨과 앤드루가 슬쩍 소년을 쳐다보았다.

"당신이어야 해요."

소년의 회색 눈동자가 말콤에게 고정되었다.

"우릴 도와줄 수 있는 사람은 당신뿐이에요."

말콤의 목에서 공허한 웃음이 터져나왔다.

"어떻게? 나한네는 군대도 없어. 내 몸은 절름발이보다 나을 게 없고. 내가 대체 너희 일족을 어떻게 도울 수 있다는 거냐?"

"나도 몰라요. 하지만 당신은 우리와 같이 가야 돼요."

소년은 험악하게 말콤을 노려보았다. 그 비난하면서도 괴로운 듯한 시선, 결코 잊을 수 없는 끔찍한 일을 경험한 듯한 시선이 묘하게 말콤을 사로잡았다. 그 눈동자를 바라보면서 한순간 그는 자신의 고통을 잊었다. 아주 잠깐 동안 자신이 공포에 젖은 이 일족을 도와주러 주저 없이 달려갈 수 있는 예전의 그 전사인 것처럼 완전하고 강해진 느낌이었다. 하지만 그런 감각은 찾아왔던 속도만큼이나 재빠르게 사라져, 그를 고통과 피곤과 공허 속에 내팽개쳐 버렸다.

자신에겐 아무것도 내줄 것이 없다는 인식과 함께. 강한 군대를 거느린 족장이 필요한 이 무기력한 일족에게는 더더욱 쓸모없는 존재라는 인식.

"난 도울 수 없어."

그가 딱 잘라 말했다.

"그러니까 어서 꺼져. 날 내버려 둬."

그는 절룩절룩 동굴 같은 오두막 안으로 되돌아갔다, 수치스럽고 망가져 버린 느낌으로. 술이 절실하게 필요했다.

에어리엘라는 슬프게 모닥불을 들여다보았다. 예전에 알핀은 세상의 누구도 혼자 살 수 없는 거라고 했었다, 모든 것이 살아남기 위해서는 다른 존재에게 의지해야 한다고. 그때 에어리엘라는 아버지를 향한 무조건적인 사랑을 생각하며 그 말을 이해했었다. 아버지가 없이는 그녀도 살아남을 수 없다는 걸 알았다.

아버지가 살해당한 그 비참한 날, 그녀는 시신 옆에 웅크려 누워 자신도 같이 죽으려 했다. 그런데 실망스럽게도 그렇게 되지 않았다. 몇 주일 후, 그녀는 온 마음이 만신창이가 되어 한순간도 견딜 수 없는 상태임에도 그냥 그대로 살아 있는 자신을 발견해야 했다.

마침내 계속 살아야 한다는 것을 알아차렸을 때 그녀는 그 슬픔을 증오로 바꾸었다.

처음에는 로드릭에게 그 증오를 퍼부었다. 친구인 척 거짓말을 하고 그 다음에 전설의 검을 가로채 족장이 되려는 생각으로 그녀의 일족을 공격했던 나쁜 놈. 하지만 그걸로는 충분치 않았다. 그래서 그의 병사 모두를 증오의 대상에 포함시켰다. 그녀의 일족을 공격하고 무기 다루는 법도 알지 못하는 힘없는 사람들을 도살하면서 사악한 쾌감에 빠져들었던 그 악랄한 야만인들. 하지만 그들은 얼굴도 이름도 없는 상대들이었다. 그들에 대한 증오는 그녀의 혈관 속에 흐르는 고통을 전혀 달래주지 못했다.

그래서 그녀는 증오의 검을 더욱 날카롭게 갈아 검은 늑대의 가슴에 꽂아 넣었다.

알핀은 그가 올 거라고 말했었다, 환상에서 그것을 보았다고. 알핀의 환상이 가끔 흐릿할 때도 있었지만 한 번도 틀린 적은 없었다. 그녀의 아버지는 일족의 다음 번 족장이 검은 늑대라 알려진 용맹하고 명예로운 남자라는 사실에 기쁜 마음으로 열심히 기다렸다. 로드릭의 압력이 강해지고 검은 늑대가 찾아오지 않았을 때 아버지는 점점 걱정이 되기 시작해 두 일족원에게 검은 늑대를 찾아오라는 특명을 내렸다. 즉시 군대를 이끌고 와준다면 그를 맥켄드릭의 족장으로 추대할 것이며 에어리엘라를 신부로 선사하겠노라는 제안과 함께.

하지만 검은 늑대는 오지 않았다.

그것만으로도 에어리엘라는 그를 결코 용서할 수 없었다. 오지 못한 이유가 무엇이었든 간에, 알핀의 환상대로 따라주지 않았다는 것 자체가 용서받을 수 없는 죄악이었다. 그녀는 이제 와서 그가 온다 해도 무슨 소용이 있느냐고, 그런 인간과 연결되고 싶지도 않다고 알핀에게 화를 냈었다.

불행히도 알핀의 생각은 달랐다.

족장도 없이 고립된 맥켄드릭 일족은 대단히 위험한 상황에 처해 있다고 했다. 백년 동안 평화를 누리며 살아온 결과 그들 일족은 전쟁 능력을 상실해 버렸다. 요새를 강화하고 전투 기술을 연마하는 대신 예술적인 기술을 발전시켜 그들의 창고에는 은세공과 조각, 태피스트리와 보석, 멋진 가구와 옷감들이 가득 들어찼다. 맥켄드릭 일족은 이런 물건들을 일상의 일부로 생각할 뿐이었다. 하지만 로드릭이 그들에게 다른 측면을 가르쳐 주었다. 외부 사람들에게 그 물건들은 부의 상징이 될 수도 있다는 것을. 그것은 소문이 퍼지게 되면 다른 자들도 물건들을 약탈하러 들 거라는 의미이기도 했다.

게다가 전설의 검도 있었다.

로드릭이 그 검의 존재를 어떻게 알았는지는 알 수 없었다. 일족 사람 중 누군가가 비밀을 누설했다고는 믿고 싶지 않았다. 하지만 어쨌든 로드릭은 그 검에 대해서 알았고, 그것을 내줄 수 있는 유일한 인물이 그녀라는 것도 알았다. 사실 그 검의 능력에 대해 확실하게 아는 사람은 없었다, 백년 이상 쓰인 적이 없었으니까. 전설에 의하면 그 검을 수여받은 남자는 가장 피비린내나는 전쟁터에서도 두려움 없이 걸을 수 있노라고 했다. 그 무기가 적군을 모조리 쓰러뜨리지는 못한다 해도 주인만은 끝까지 보호해 준다고 전해졌다.

평화로운 시대를 거친 후 그 검은 신성한 물건으로 숭배되어 그녀의 아버지는 그것을 몸에 차고 다니지 않았고 성 안에 간직해 두지도 않았다. 그래서 그날 아버지가 죽음을 면치 못했던 것이다.

그녀의 아버지가 아들 없이 세상을 떠났기 때문에, 이제 검의 수여자이자 맥켄드릭의 다음 족장을 찾는 것은 에어리엘라의 의무가 되었다. 그녀가 제대로 결정한다면 일족은 계속 평화롭게 번성할 수 있으리라. 하지만 현명하게 결정하지 못한다면, 그녀의 일족뿐 아니라 하이랜드 전체로 죽음과 멸망이 번져나갈 운명이다. 그것은 무겁디무거운 책임이었다. 그녀가 검을 내어주지 않자 로드릭은 그녀를 탑에 가두고 마음이 바뀔 때까지 한 명씩 차례대로 일족원들을 죽이겠노라고 선언했었다. 의심의 여지없이 그자는 자신의 말 그대로 행동할 만큼 사악했다.

그것이 에어리엘라 맥켄드릭이 죽어야만 했던 이유였다.

그녀가 불에 타 죽었음을 확신하자 로드릭은 더 이상 얻을 게 없다고 결론지었다. 그래서 가져갈 수 있는 걸 죄다 챙겨서 떠났다. 무엇보다도 갈망했던 물건을 손에 넣지 못한 실망감을 안고서. 하지만 로드릭 혹은 그와 비슷한 다른 인간이 그녀의 일족을 다시 공격해오는 것은 시간 문제였다. 그들의 풍요와 그 검에 대한 전설, 그리고 맥켄드릭 일족의 무방비 상태가 세상에 알려지게 될 터였다. 일족이 위험에 처해 있었다, 그들을 지키는 것이 에어리엘라의 의무였다. 바로 그 때문에 즉시 검은 늑대를 찾아 그 검을 수여해야 했다. 알핀은 그 위대한 전사를 찾아 군대와 함께 모셔오라는 막중한 사명감을 그녀에게 안겨주었다.

그런데 그가 성질 고약한 술고래에 절름발이라니. 그녀는 울어야 할지 화를 내야 할지 알 수가 없었다.

"뭘 좀 먹어야지, 에어리엘라."

던컨이 부드럽게 그녀의 생각을 잘라내며 땅바닥에 앉아 토끼고기 한 조각을 내밀었다. 그녀는 새둥지처럼 헝클어진 머리 속에 손을 파묻으며 고개를 저었다.

"배고프지 않아."

하프줄을 퉁기고 있던 앤드루가 손놀림을 멈추고 걱정스레 바라보았다.

"앞으로 여러 날 더 여행해야 돼. 네가 병이라도 나면 알핀이 속상해 할 거야."

"위대한 검은 늑대를 데려가지 못한 것 때문에 더 속상해 할걸."

에어리엘라는 씁쓸하게 중얼거렸다.

"알핀의 환상에 나타난 남자는 오늘 본 그자가 아니었을 거야. 알핀의 환상이 틀렸든지, 아니면 우리가 사람을 잘못 찾았을 거야. 검은 늑대라는 별명의 다른 전사가 있을지도 몰라."

던컨이 희망 섞인 목소리로 위로했다.

"알핀은 분명히 맥페인의 검은 늑대라고 했어. 오늘 우리가 본 그

남자가 맞아. 일족에게 쫓겨나 더 이상 그 이름을 쓰지 않는다뿐이
지.”

“그럼 알핀의 환상에 문제가 생긴 걸 거야.”

앤드루가 가볍게 악기를 쓰다듬으며 단언했다.

“그 초라한 술꾼은 자기 몸 하나 방어하지 못할걸. 그런 처지로
어떻게 한 일족을 보호하고 지휘하겠어?”

“나도 알아.”

에어리엘라가 한숨을 쉬었다.

“하지만 알핀이 꼭 그를 데려와야 한다고 했잖아. 그래서 그 형편
없는 상태를 보면서도 노력해 봐야 했어. 그가 거절한 게 차라리 다
행이야.”

그녀가 가느다란 가지를 들어 불길을 쑤셨다.

“돌아가서 맥페인을 족장으로 세울 수 없는 이유를 설명할 거야.
알핀이 다른 환상을 보게 될지도 몰라. 그때까지 우린 침입에 대비
해서 열심히 훈련하는 수밖에 없어.”

“로드릭은 네가 죽은 줄 아니까 다시 오지 않을 거야. 네가 없으
면 검도 받아낼 수 없잖아.”

“로드릭이 아니라도 다른 자들이 있어. 그의 군사들이 우리 얘기
를 퍼뜨리고 다닐 거야. 우리가 지닌 물건들, 우리가 얼마나 약한 일
족인지에 대해. 게다가 검의 전설이 왜곡돼서 억지로 그 무기를 가
로채려는 자들까지 생겨날 수 있어.”

“괜시리 고민하지 마.”

던컨이 다정하게 달랬다.

“그런 일이 일어나기 전에 다음 족장을 찾으면 돼. 그럼 우린 안
전해질 거야.”

“집에 돌아가서 다시 말끔한 여자가 된다는 걸 생각해 봐.”

앤드루가 그녀의 기운을 북돋아 주려는 듯 말을 이었다.

"솔직히 그 지저분한 몰골 밑에 어떤 얼굴이 숨어 있는지 잊어버릴 지경이야."

"나도 그래."

그녀가 민망한 듯 얼룩덜룩한 뺨을 문질렀다.

"이런 변장이 쓸모 있긴 하지만 어서 빨리 목욕하고 여자다운 옷을 입고 싶어."

"이 여행만 끝나면 한동안은 롭이 되지 않아도 돼. 물론 외부인이 찾아올 때만 빼고. 새로운 족장을 찾을 때까지 외부인한테 네가 살아 있는 게 알려지면 안 돼. 로드릭의 귀에 들어가면 더더욱 안 되고 말이야."

앤드루가 하프줄을 당기며 노래부르기 시작했다.

"옛날에 아름다운 처녀가 있었다네, 격자무늬 플래드를 걸치고 머리에는 재를 뿌리고……."

던컨이 그 뒤를 이었다.

"새카맣게 칠한 얼굴로 숲속을 달려간다네, 하얀 무릎을 가리려고 노력한다네!"

"던컨!"

짧은 플래드 밑으로 드러난 무릎을 부끄러워하며, 그녀가 장난스레 그의 어깨를 때리려 했다.

그 순간 그녀의 머리 위로 화살이 휙 스쳐 지났다.

"움직이지 마!"

어둠을 뚫고 으르렁대는 목소리가 들려왔다.

"꼼짝하는 즉시 죽여 버린다."

그들 주위 나무 사이에서 네 형체가 나타났다. 세 남자는 육중한 검을 휘두르고 네 번째 남자는 활시위를 팽팽하게 당긴 상태였다. 텁수룩한 턱수염, 플래드와 너덜너덜한 셔츠 차림. 지저분하고 볼품없는 행색에 어울리지 않게 보석들을 매달고 있었다. 한 명은 섬세

하게 세공된 여자 목걸이를 비계 덩어리 목에 걸었고, 다른 사내들
도 어깨에 걸린 플래드에 은 브로치를 몇 개씩 꽂고 있었다.

'강도들이야.'

에어리엘라의 뱃속이 두려움으로 죄어들었다. 그녀는 재빨리 자신
의 활을 찾아 주위를 훑어보았다. 하지만 불길 맞은편의 담요 위, 손
이 미치지 않는 곳에 놓여 있었다.

"일어서."

가장 우락부락하게 생긴 사내가 검을 휘두르며 명령했다.

"무기 내려놓고 돈 될 만한 거 다 내놔."

충격에 빠져 반항할 생각도 못한 채, 던컨과 앤드루는 즉시 브로
치를 빼내어 땅으로 던졌다. 그런 다음 단검도 마저 떨어뜨렸다. 에
어리엘라는 망설이며 브로치를 풀기 시작했다, 자신의 단검이 눈에
띄지 않기를 간절히 바라면서.

"야, 꼬마. 빨리빨리 해."

덩치 큰 강도가 성마르게 재촉했다.

"허리에 찬 단검도 풀어놔."

그녀는 어쩔 수 없이 단검을 던져주었다.

"말들을 끌고 와."

그 강도가 자신의 패거리에게 지시했다.

에어리엘라의 심장이 철렁 내려앉았다. 부락까지 가려면 꼬박 사
흘을 말로 달려야 했다. 말과 무기, 식량도 없이 어떻게 집으로 돌아
간단 말인가.

"너희들 신발도 괜찮아 보이는데. 다 우리한테 넘겨."

앤드루와 던컨이 즉시 무릎을 꿇고 신발끈을 풀기 시작했다.

맨발로 걸어가야 한다는 생각에 에어리엘라의 기분은 더 끔찍해
졌다.

"당신들이 우리 말까지 다 가져가잖아요. 신발도 없이 어떻게 집

에 가란 말이에요."

강도가 홱 눈썹을 들어올렸다. 자신의 희생양에게 불평을 듣는 게 전혀 유쾌하지 않은 듯했다.

"그래, 맞는 말이야."

그가 생각에 잠긴 듯이 턱수염을 쓰다듬었다.

"맨발로 집까지 가긴 힘들겠지. 무기랑 식량도 우리가 다 가져갈 테니. 그래, 자비를 베풀어야겠어. 더프, 칼럼, 자일스가 기꺼이 너희 목을 베어 줄 거다."

그가 큰 소리로 웃어젖혔다.

"여기 있어요."

던컨이 재빠르게 신발을 내밀었다.

"신발 없이도 집에 갈 수 있어요."

"제 것도 가져가세요. 편안하게 신으세요."

앤드루가 덧붙였다.

"인심 한 번 후하구나."

그 강도가 낄낄거렸다.

"하지만 네놈들이 갈 곳에는 어차피 신발 같은 거 필요 없어."

그의 시선이 에어리엘라에게 고정되었다.

"빨리 움직여, 꼬마야. 밤새도록 여기 서 있을 생각 없단 말이야."

에어리엘라가 무릎을 꿇고 끈을 풀어내기 시작했다.

"너무 꽉 묶여서 내 단검으로 잘라내야겠어요."

그 강도가 누렇게 구부러진 이를 드러내며 씨익 웃었다.

"나한테 더 좋은 생각이 있어. 이 형님이 잘라 줄게."

그가 다가와 한쪽 무릎을 꿇고 내려앉았다.

"자, 어느 쪽을 자를까?"

그 틈을 이용해 에어리엘라는 있는 힘껏 그의 얼굴을 발로 걷어찼다. 그가 비명을 지르며 뒤로 나가떨어졌다. 에어리엘라는 재빠르게 그의 단검을 낚아채 목에 칼끝을 들이댔다.

"움직이지 마! 안 그러면 이 목을 그어 버릴 테다!"

강도들이 멍하니 그녀를 쳐다보았다. 다음 순간 칼럼이라 불린 사내가 활을 들어올려 앤드루를 겨냥했다.

"네놈한테 그런 배짱이 있을까? 네 친구의 심장에 화살을 박아넣기 전에 그 칼 오웬에게 돌려주시지."

에어리엘라는 미칠 듯이 방법을 찾아헤맸다. 하지만 칼럼이 약간 더 활을 들어올리자 선택의 여지가 없다는 걸 알았다. 그녀의 손아귀에서 검이 툭 떨어져 내렸다.

"이 쬐그만 자식을 쏴버려!"

피범벅된 코를 감싸쥐며 오웬이 고래고래 소리쳤다.

"이놈이 내 코를 부러뜨렸어!"

칼럼이 기꺼이 겨냥을 바꿔 에어리엘라에게 활시위를 당겼다. 희미하게 쉭쉭거리는 소리가 허공을 내갈랐다.

그러나 그 화살은 목표물을 맞추지 못했다. 그녀가 당황스레 시선을 들어올렸다. 칼럼이 자신의 가슴에 박힌 단검 손잡이를 노려보고 있었다. 험악하게 에어리엘라를 쳐다보다가 신음하며 풀썩 고꾸라졌다.

갑자기 우렁찬 포효소리와 함께 두 남자가 말을 달려 다가왔다. 검은 늑대가 두 손으로 검을 들어올린 채 오웬을 향해 내달렸다. 겁에 질린 오웬은 단 한 번의 칼날에 쉽사리 쓰러졌다. 맥페인이 방향을 바꾸어 자일스에게 달려들었다. 미친 듯이 휘두른 그 강도의 칼날이 맥페인의 팔에 적중했다. 맥페인이 성난 고함소리를 외치며 단호하게 칼을 내리그었다. 그 사이 그의 친구 개빈은 더프라는 강도와 맞붙었다. 그 강도는 몇 번 필사적으로 칼을 휘둘러보다가 잠시 뒤 자신의 동료 옆으로 고꾸라졌다.

이제 공터는 말들의 거친 숨소리를 제외하고 아주 조용해졌다. 에어리엘라는 땅에 널브러진 시체들을 바라보며 감히 입을 열지 못했다.

"빌어먹을."

말콤이 검을 떨어뜨리고 오른팔의 상처를 움켜쥐었다. 그는 고통스레 일그러진 얼굴로 개빈을 쳐다보았다.

"나 좀 도와줘."

개빈이 민첩하게 말에서 내려 친구를 땅으로 내려주었다.

"얼마나 심한 거야?"

"최악은 아니야. 하지만 이 빌어먹을 팔이 나으려면 얼마나 걸릴지 모르겠어."

검은 늑대가 상처입었다는 사실에 에어리엘라는 퍼뜩 정신을 차렸다.

"나한테 보여줘 봐요, 맥페인. 내가 꿰맬 수 있어요."

두 남자는 극히 의심스럽다는 표정이었다.

"내가 할게, 집에 돌아가서."

개빈이 말했다.

"피가 많이 나잖아요. 내 가방에 약이 있어요. 당장 꿰매서 치료하면 더 말끔하게 나을 거예요."

말콤은 짜증과 고통이 뒤섞인 얼굴로 그녀를 쳐다보았다.

"너 같은 애송이가 이런 일을 어떻게 알아?"

'난 수년간이나 치료 기술을 익혀 왔다구요.'

에어리엘라는 하마터면 이렇게 쏘아붙일 뻔했다. 하지만 맥페인이 자신을 롭이라는 꼬마로 본다는 사실을 기억해 냈다. 이 남자에게 납득할 만한 설명을 해줘야 할 텐데.

"어머니한테 배웠어요. 내가 유일한 자식이었기 때문에 달리 배울 사람이 없었어요."

그는 축 늘어진 팔을 움켜쥔 채 고통스레 일그러진 얼굴로 한동안 그녀를 바라보았다. 그리고는 마침내 입을 열었다.

"그럼 이 빌어먹을 팔을 꿰매 봐. 너희 둘!"

그가 던컨과 앤드루 쪽으로 시선을 던졌다.

"개빈하고 같이 이 시체들을 딴 데로 옮겨, 피냄새에 늑대들이 꼬이기 전에."

던컨과 앤드루의 얼굴이 전보다 더욱 창백해졌다. 불안하게 주위를 둘러보다가 서둘러 신발을 걸쳐 신고 열심히 시체들과 씨름하고 있는 개빈에게로 다가갔다.

"너희들이 밖에 나돌아다닌 적이 없다는 건 분명해."

말콤이 한마디했다.

에어리엘라는 물병과 나무 그릇, 약이 들어 있는 가죽 주머니를 꺼내고 그의 옆에 앉았다. 그릇에 물을 따라부은 다음, 지저분한 손을 비누로 씻어내기 시작했다.

"왜 그렇게 생각하죠?"

"숲속에서 이런 불을 피우는 건 빌어먹을 바보들이나 하는 짓이니까. 날 잡아잡수 하는 거나 마찬가지야. 왜 보초도 세우지 않았어?"

"그런 게 필요한 줄 몰랐어요."

그녀는 진짜 바보가 된 기분이었다. 그의 말이 옳았다. 그들은 숲속에서 불 피우는 것이 위험하다는 걸 알지 못했다. 집에서 멀리 떠나본 적이 없는 데다가 자신들의 영토에서는 아무런 위험도 없었으니까.

적어도 로드릭이 들이닥치기 전까지는.

그녀는 그의 팔에 물을 부어 피를 씻어냈다. 피를 씻어내자마자 새로운 피가 다시금 솟구쳐 올랐다. 그녀가 그 팔에 깨끗한 천을 감아 지그시 눌렀다.

"여길 잘 붙잡으세요. 그래야 꿰매는 동안 출혈이 적을 거예요."

연한 색의 천을 누르는 그의 손은 커다랗고 검어 보였다. 햇살에 그을린 강인한 손이었다. 한때 무거운 무기를 휘둘렀던 증거로 힘줄이 툭툭 불거져 나와 있었다. 그들을 돕기 위해 달려들었던 전사는 그날 오후에 만났던 처량한 불구자와는 전혀 달랐다. 하지만 지금 깊이 숨을 들이쉬며 턱을 앙다물고 고통스레 이맛살을 찌푸린 그는 다시 한 번 불완전한 사내였다.

두 손으로 검을 휘두르던 영상이 그녀의 뇌리에 떠올랐다. 그의 상처입은 오른팔에는 우둘투둘한 상처자국이 새겨져 있었다. 팔꿈치 위에서부터 시작하여 그가 붙잡고 있는 천 밑으로 사라졌다가 손목뼈에서 다시 나타나는 긴 상처였다. 예전 어느 때인가 그의 단단한 팔뚝이 생선 뱃가죽처럼 활짝 벌어졌음이 분명했다. 고르지 못하게 꿰맨 자국. 아마도 상처가 너무 치명적이어서 급하게 꿰매야 했던 모양이었다. 상처가 그의 힘과 민첩성을 앗아갔으리라. 그 상처로 인해 왼팔, 혹은 필요한 경우 두 팔을 사용할 수밖에 없게 되었으리라.

이번의 새로운 상처가 이 일그러지고 위축된 근육에 얼마나 더 큰 피해를 입힌 것일까.

"이젠 손 치워도 돼요, 맥페인."

"난 더 이상 맥페인이 아니야."

그가 손을 들어올리며 뻣뻣하게 대꾸했다.

"말콤이라고 불러."

그 말은 부탁이 아니라 명령이었다.

에어리엘라는 부드럽게 상처 위의 피를 닦아내며 그 말을 곱씹어 보았다. 새로운 맥페인인 해럴드는 검은 늑대가 족장의 자리에서 밀려난 것뿐 아니라 수치스럽게 일족에서 쫓겨났다고 말했었다.

'난 더 이상 맥페인이 아니야.'

그 말을 할 때의 어조에 분노나 비난의 흔적은 없었다. 대신, 마치 과거의 어떤 일을 바꾸고 싶어하는 것 같은 후회가 깔려 있었다. 검은 늑대가 무슨 이유로 그런 가혹한 형벌을 받게 되었을까? 궁금하다 해도 물어 볼 수는 없다. 그것은 전적으로 맥페인 일족의 문제로, 외부 사람의 질문은 모욕이나 마찬가지였다. 검은 늑대의 신체적 상태와 술 마시는 습관이 족장의 자리에서 물러날 만한 이유는 될 수 있었다. 하지만 일족에서 추방되는 것은 훨씬 더 끔찍한 죄를 저질렀을 경우에나 가해지는 벌이었다. 그녀는 검은 늑대가 어떤 용서받지 못할 죄를 저질렀을까 궁금해 하며, 그의 살 속으로 바늘을 밀어 넣었다.

"어머니의 기술을 잘 터득했군."

신중하게 꿰매는 소년의 모습을 지켜보면서 말콤이 중얼거렸다. 소년의 손은 힘든 일이라곤 해본 적이 없는 듯, 작고 부드러웠다.

"공격받은 후에 부상자가 많이 생겼거든요."

죄책감이 말콤의 가슴을 찔러 왔다. 마땅히 할 말이 생각나지 않았으므로 그는 그저 말없이 있었다.

"왜 우릴 도와주러 온 거죠?"

잠시 후 롭이 물었다.

말콤은 어깨를 으쓱이려다가 목 뒤에서부터 시작된 고통 때문에 움찔하는 것으로 끝냈다.

맥켄드릭의 편지에서 그들은 평화롭고 전쟁 기술을 전혀 알지 못하는 일족이라고 했었다. 그 점과 전에 왔던 자들이 집으로 돌아가지 못했다는 사실이 하루 종일 말콤의 신경을 쪼아댔다. 어둠이 내렸을 때쯤 그 불편함은 거의 참을 수 없을 정도가 되었다. 그래서 개빈에게 말을 타야겠노라고 말했다.

승마하려고? 물론 그건 말도 안 되는 헛소리였다. 말콤의 짓이겨진 몸뚱이가 승마를 즐길 수 없는 상태라는 건 확실했으니까. 그럼에도 그의 친구는 아무 질문 없이 말에 안장을 올리고 엄숙하게 단검과 장검을 내밀었다. 언제라도 전투에 나설 수 있도록 무기를 반짝반짝 닦고 날카롭게 갈아놓는 것이 개빈의 습관이었다. 그 반짝이는 검을 받아들면서 말콤은 생각했다.

'훌륭한 전사라는 증거야.'

개빈은 그보다 열 살 정도 더 나이 들었고 전사로서의 경력도 훨씬 길었다. 그 동안의 습관이 몸에 밴 탓이리라.

"개빈이 그러더군. 너희들이 곤경에 처할 수도 있다고, 방어 능력도 없을 거라고."

그는 거짓말로 답했다.

"덕분에 우리가 살았어요."

롭은 마지막으로 실을 매듭짓고는 가방에서 작은 단지를 꺼내어 그 안의 고약한 냄새가 나는 연고를 말콤의 팔뚝에 펴발랐다.

"당신은 보기보다 훨씬 강하군요."

"아니야."

말콤이 되받았다.

"운이 좋았어. 그놈들이 멍청했던 거야. 오만함이 부주의를 부르고, 두려움이 약함을 부르지. 놈들이 전사의 기본을 조금이라도 알았더라면 결과는 전혀 달라졌을 수도 있어."

"적당히 훈련받은 상태였다면 당신을 이길 수도 있었다는 뜻인가요?"

그녀는 그의 팔에 붕대를 감아주며 물었다.

"적당한 훈련과 태도. 우리가 소리지르면서 달려든 순간부터 놈들은 자기들이 끝났다고 생각했어. 그래서 쉬웠어."

에어리엘라는 그 말을 곰곰이 생각해 보았다. 검은 늑대가 온전치 못하다는 건 부인할 수 없었다. 오른팔은 거의 쓸모가 없고, 걸을 때마다 절룩거렸다. 뻣뻣한 동작과 쉴새없이 찌푸리는 인상은 척추에 통증이 있음을 말해 주었다. 무엇보다 중요한 건 그에게 군대가 없다는 사실이었다. 게다가 고통을 마비시키기 위해서겠지만, 하여튼 술에 의지해 살아가고 있었다.

그런데도 그는 몇 킬로미터를 달려와 그녀와 던컨, 앤드루를 죽이려던 무장 강도들을 물리쳤다.

훈련과 태도.

"어떤 남자라도 전사가 될 수 있나요?"

그녀가 다그쳐 물었다.

"전사까지는 안 되더라도 싸움을 더 잘 할 수는 있지. 훈련이란 끊임없는 노력과 실패를 되풀이하는 거야. 제대로 훈련받으면 본능적이고 치명적으로 반응할 수 있어. 망설임의 약점이 사라지는 셈이지. 무기 다루는 법뿐 아니라 자신을 무기로 만드는 법도 배워야 돼. 공격당했을 때 두려움이 아니라 철저하게 훈련된 방식으로 반응하면 적에게 훨씬 더 위험한 존재가 되지."

"검은 늑대로서 큰 군대를 거느렸을 때, 그 군대를 훈련시킨 게 당신이었나요?"

"내가 맥페인이었을 당시 내 밑에는 천 명의 전사들이 있었어."

그의 목소리에 씁쓸한 자부심이 깃들었다.

"마지막 한 놈까지 내가 다 훈련시켰지."

그는 추억에 잠겨 그녀의 뒤쪽 어둠 속을 응시했다. 불빛에 일렁이는 그의 얼굴은 텁수룩한 수염으로 거의 가려져 있었다. 머리도 너무 길게 자랐을 뿐 아니라 기름때로 덕지덕지 헝클어져 있었다. 그야말로 사회에서 동떨어져 외모에 신경쓰지 않는 사람의 머리였다.

하지만 아주 찰나적인 순간, 그의 눈동자가 그녀를 사로잡았다. 불빛 때문일까, 아니면 마음속으로 그가 되살리고 있는 추억 때문일까? 그 눈동자가 과거의 달콤쌉싸름한 회상에 젖어 반짝거리는 동안 에어리엘라는 그 푸른 웅덩이에서 고통스런 번득임을 보았다. 그것이 그녀를 놀라게 했다. 이전의 이기적이고 역겨운 술주정뱅이, 그 다음에 강력하고 무자비한 전사인 이 남자에게서 그런 연약함을 보왔다는 것이. 하지만 그녀가 더 자세히 살피기도 전에 그는 눈을 감고 머리를 흔들었다.

"술 한잔 줘."

그가 거칠게 내뱉었다.

"한잔 마시고 개빈과 같이 돌아갈 거야."

그는 아픈 등을 손으로 짚으며 어색하게 일어났다.

"부탁할 게 있어요, 맥페인."

"더 이상 맥페인이 아니라고 했을 텐데."

그가 으르렁거렸다.

"날 호송해 주고 싶은 거라면 필요 없어. 네 친구들이 찬성하지도 않을걸."

"내가 같이 가는 게 아니라, 당신이 우리와 같이 가주길 바라요."

그가 고개를 흔들었다.

"난 도와줄 수 없다고 말했잖아."

"맥켄드릭은 당신이 군대를 끌고 오면 족장으로 추대할 생각이었어요."

그녀는 그의 말을 무시한 채 계속했다.

"분명히 그런 일은 가능하지 않아요. 하지만 우리에게 전투 훈련을 시켜 줄 수는 있을 거예요. 당신 말대로, 적당한 지도만 있으면 어떤 남자라도 싸우는 법을 배울 수 있다면요. 나까지도."

"너도 물론 배울 수는 있어. 하지만 나한테는 아니야. 내가 훈련시키던 시대는 끝났어."

그가 뒤뚱뒤뚱 개빈 쪽으로 걸음을 옮겼다.

"당신은 천 명의 전사도 훈련시켰어요. 수많은 전투를 승리로 이끌었고요. 그러니까 새로운 족장을 찾을 때까지 맥켄드릭 일족에게 스스로 방어하는 법을 가르쳐 줄 수도 있을 거예요."

"안 돼."

"왜요? 여기서 달리 할 일도 없잖아요."

그의 표정이 험악해졌다.

"그래, 맞아. 그게 내가 살아가기로 선택한 방식이야. 아무 책임도 없는 거."

에어리엘라의 마음속에 분노가 치밀어올랐다. 이 남자가 진정으로 증오스러웠음에도, 알핀의 지시 때문에 어쩔 수 없이 찾아나서야 했었다. 처음에는 이 술고래 절름발이가 그녀의 일족을 위해 아무것도 해줄 게 없다고 확신했었다. 하지만 강도들을 물리치는 장면을 보고 난 후에는 자신이 없어졌다.

무엇보다도 이 남자는 그녀를 이다지도 실망시킨 값을 치러야만 했다.

"당신이 도와주러 오지 않았기 때문에 우리는 습격을 당했어요. 지금 우린 대단히 위험하고 연약한 상태예요. 군대를 지닌 다른 족장이 생길 때까지 우리가 스스로를 방어해야만 한다구요. 경험 많은 전사가 없이는 불가능해요. 당신이 우릴 도와줘야 해요, 맥페인. 당신은 우리에게 갚아야 할 빚이 있어요."

"내 감정에 호소하려는 거라면 헛수고 말라구. 죄책감? 그런 건 이미 너무 많아서 돌아 버릴 지경이야, 거기에 기름 부어 봐야 새발의 피도 안 돼. 개빈, 출발하자구."

그가 자신의 말을 향해 다가갔다.

'마지막 희망까지 없어지려 해.'

그녀가 던컨에게 절망적인 시선을 던졌다.

"돈을 내겠어요."

던컨이 재빠르게 제안했다.

말콤이 멈칫했다.

그의 관심을 알아차리고 앤드루가 덧붙였다.

"아주 많이요, 금으로."

말콤의 표정은 거절과 호기심 사이에서 갈등하고 있었다.

"얼마나?"

에어리엘라가 대답하려 했지만, 던컨이 경고하는 시선을 보내며 손을 들어올렸다.

"당신이 얼마나 오래 머무느냐에 따라, 얼마나 일을 잘 해내느냐에 따라 달라질 겁니다. 우리 성을 요새화하고 남자들을 훈련시키는 데 육 개월 이상은 걸리지 않을 거예요."

그가 은근슬쩍 에어리엘라를 쳐다보았고, 그녀는 드러나지 않게 살짝 고개를 끄덕였다.

"너무 길어."

말콤이 단호하게 대꾸했다.

"두 달 이상은 안 돼. 너희 일족이 그 동안 뭔가를 배운다면 좋은 일이고, 그렇게 안 된다 해도 난 어쨌든 돈을 받고 떠날 거야."

에어리엘라는 네 개의 손가락을 들어 태연스레 얼굴을 문질렀다.

"넉 달."

던컨이 입을 열었다.

"금액은 당신의 성취 여부에 따라 정해질 겁니다."

"석 달. 그리고 너희들이 제대로 배우든 말든 금화 백 냥은 받아야겠어. 개빈도 마찬가지야, 나하고 똑같이 줘야 돼."

던컨은 에어리엘라가 알게 모르게 고개를 끄덕이는 것을 보았다.

"좋아요."

갑자기 이 상황에 넌더리가 나는 듯 말콤이 한껏 인상을 찌푸렸다. 그리고는 앤드루에게 손가락을 들이대며 버럭 소리쳤다.

"너! 오늘밤 보초서는 것부터 훈련 시작이야. 움직이는 게 있으면 그냥 쏴버려. 그 다음에 나한테 알려. 알았나?"

앤드루가 멍하니 고개를 끄덕이고 자신의 활과 화살을 챙겨들었다.

말콤은 상처 입은 팔을 무릎에 기댄 채 불가에 앉아 짜증스레 불 속을 들여다보았다.

"빌어먹을. 개빈, 술 좀 가져와."

에어리엘라는 그와 멀리 떨어진 모닥불 맞은편에 담요를 두르고 누웠다. 잠시 후 개빈과 던컨도 자리를 잡았다. 맥페인은 그대로 일어나 앉아 술을 들이키며, 죽지 않으려고 발버둥치는 검은 잿더미의 불길을 물끄러미 응시했다. 다음 한 시간 동안 에어리엘라는 점점 술기운 속으로 빠져들어가는 맥페인을 지켜보았다. 마침내 그가 털썩 고꾸라지더니 드르렁 코를 골아대기 시작했다. 그제서야 에어리엘라도 눈을 감고 잠을 청했다. 하지만 자신의 선택이 과연 옳았을까 하는 불안감이 마음을 어지럽혔다.

드디어 검은 늑대를 찾아냈는데, 그는 모습이나 행동 모두 야만인이었다. 심한 불구의 몸에다 군대도 없고 소름 끼치는 술고래. 무엇보다도 그들을 도와주려는 의지 하나 없이 오직 돈만 탐하는 인간.

일족원들에게 이런 사내를 지도자로 받아들이게 할 수 있을까, 잠시 동안이라도. 어떻게? 그녀는 방법이 생각나지 않았다.

2

아프다.

머리 속의 안개가 여전히 잠 속에 빠져들려 노력해야 한다는 걸 알아챌 만큼 명료해졌다. 그래, 잠을 자면 괜찮아질 것도 같았다. 하지만 다리의 고통이……. 그가 신음하며 뒤척였다. 바닥에 닿은 팔이 지독히도 아팠다. 그의 목에서 욕설과 흐느낌이 뒤섞여 나왔다.

"일어나, 말콤. 떠날 시간이야."

그는 무거운 눈꺼풀을 들어올렸다.

"어디로?"

개빈의 시선을 따라가 보니, 맥켄드릭 사내들이 말등에 올라앉아 성마르게 그를 쳐다보고 있었다.

"빌어먹을."

끄응 신음하며 다시 눈을 감아 버렸다.

"일단 출발하면 괜찮아질 거야. 저 사람들은 동틀 때부터 일어나 있었어. 빨리 떠나고 싶어서 안달인 얼굴이라구."

‘그럼 가라고 해.’

말콤은 그렇게 대꾸해 주고 싶었다.

하지만 어쨌든 반항해대는 몸을 추스르며 간신히 일어났다. 뻣뻣하게 자신의 말로 걸어가 턱을 앙다문 채 말에 올랐다. 자신이 주시당한다는 것을 알고 있었기에, 잠에서 깨어나는 그 간단한 움직임조차 힘겹다는 사실을 드러내지 않으려 애썼다. 검은 늑대로 불렸을 때는 누구보다 먼저 첫새벽에 일어나 아침의 정적 속에서 무기를 휘둘러보는 것이 그의 습관이었다. 명료한 아침, 홀로 깨어나 고요하게 하루를 준비하는 시간이 언제나 즐거웠다. 그런데 지금은…… 자신의 게으름이 지독히도 당황스러웠다. 이제부터는 이 남자들을 지도해야 한다, 지도자란 결코 늦잠을 자지 않는 법이다.

“출발하자.”

그가 무뚝뚝하게 명령했다. 마치 자신이 아닌 그들 때문에 출발이 지연된 것처럼. 그리고는 말을 재촉하여 북쪽으로 제일 먼저 달려나갔다.

내일부터는 더 일찍 일어나도록 노력해야겠다.

정오가 훨씬 지나서야, 말콤이 드디어 휴식 시간을 선언했다. 맥켄드릭 사내들은 말에서 내리자마자 점심 식사를 위해 안장 주머니에서 빵과 치즈를 풀어내기 시작했다.

“먹을 생각 마. 훈련할 시간이야.”

세 남자가 멍하니 그를 쳐다보았다.

“훈련이라뇨?”

“그래, 훈련.”

그는 개빈에게 자신의 검을 넘겨주면서 앤드루에게 손짓했다.

“너, 무기 없이 날 공격해 봐.”

앤드루는 그야말로 얼빠진 얼굴이었다.

"공격하라니요?"

"두 번씩 말하게 하지 마."

앤드루가 서둘러 사죄했다.

"죄송합니다, 하지만 당신을 다치게 하고 싶지 않아요"

"그 말을 들으니 안심이군. 난 공격하라는 명령을 내리는 중이야, 아까부터 계속."

"하지만 당신은 무기도 없잖아요."

"너도 마찬가지야, 어젯밤처럼."

앤드루는 던컨과 롭을 흘깃 쳐다보았다. 던컨은 어깨를 으쓱였고 소년은 고개를 끄덕였다. 마지못해 앤드루가 무기를 풀어내고 두 팔을 뻗으며 말콤에게로 향했다.

"사랑에라도 빠졌나? 날 공격하려는 거야, 아니면 춤이라도 신청하려는 거야?"

말콤의 짜증스런 한마디가 앤드루의 망설임을 앗아갔다. 그가 단호한 기합소리를 외치며 달려들었다.

말콤은 지체없이 앤드루의 팔을 잡아 홱 꺾은 다음 오른팔로 목을 감았다.

"여기서 힘만 주면 네 목은 부러져. 너무 느려, 영리한 공격도 아니고. 네가 달려들 때부터 난 이미 대응방법을 결정했어."

그가 손아귀의 힘을 풀어내고 던컨을 바라보았다 .

"이번엔 너."

던컨이 재빨리 무기를 내려놓으며 전속력으로 밀콤에게 돌진했다. 말콤은 왼발을 그대로 놔둔 채 한 발만 슬쩍 옮겼다. 던컨이 그 발에 걸려 바닥으로 쭉 널브러졌다. 말콤이 그의 등에 한 발을 올려놓았다.

"내가 적이었으면 네 갈비뼈를 그어 버렸을 거야. 스피드는 있는데 의도가 너무 분명해."

그가 던컨의 등에서 발을 떼어냈다.

"이번엔 너."

그가 롭을 흘깃 쳐다보았다.

"안 돼요!"

던컨이 공포스런 얼굴로 소리질렀다. 자신의 반대가 너무 이상한 것 같자, 서둘러 이유를 설명했다.

"롭은 아직 어려요. 겨우 열세 살이라구요. 이런 아이한테까지 싸우라고 할 수는 없어요."

"어젯밤 그놈들은 어리다고 봐주지 않았어, 나도 마찬가지야. 위험에 처할 만한 나이라면 거기서 빠져나가는 법도 배울 수 있는 나이야. 덤벼, 꼬마야."

소년은 두려운 듯 입술을 깨물었다.

"글쎄요, 난……."

"싸우는 기술을 배우고 싶은 거야, 아니야?"

"배우고 싶긴 하지만……."

"그럼 덤비라구! 내가 다 집어치우고 돌아가기 전에!"

소년의 회색 눈동자가 싸늘해졌다. 기합소리를 외치며 주먹을 불끈 쥐고 말콤에게 덤벼들었다. 말콤은 온전한 팔로 꼬마의 호리호리한 몸을 감싸안고 번쩍 들어올렸다. 얼마나 곱게 자랐는지 허리가 아주 가늘고 부드러웠다. 말콤의 팔이 풀어지자마자 롭은 바닥으로 엉덩방아를 찧으며 떨어져 내렸다.

"일어나서 다시 덤벼 봐. 날 좀 놀라게 해보라구."

던컨과 앤드루의 걱정스런 시선 속에서, 롭이 천천히 일어섰다.

"너희 일족은 먹고 노는 것에만 익숙한 모양이야. 하지만 이젠 변할 때가 됐어. 자, 공격해."

롭이 머뭇거렸다.

"어서."

말콤은 점점 짜증스러워졌다.

소년이 애원하는 눈동자로 바라보다가 마침내 고개를 흔들었다.

"못하겠어요."

그리고는 고개를 툭 떨구었다.

"이거 미치겠군."

말콤이 험악하게 개빈에게로 돌아섰다.

"오늘은 더 이상 기대할 게 없겠어. 내 무기 돌려줘."

갑자기 뒤쪽에서 무언가가 쾅 부딪혀 왔다. 그가 비틀비틀 앞으로 밀려나가 흙더미 속에 코를 처박았다.

"어때요."

롭이 의기양양하게 소리치면서 플래드를 탁탁 털고 일어났다.

"분명히 당신을 놀라게 했죠?"

말콤은 분노를 자제하려 안간힘쓰며 꼬마를 노려보았다.

"다시 한 번 이런 짓 하면,"

그의 목소리가 위험스럽게 낮아졌다.

"한달 동안 앉지도 못하게 해줄 테다."

그는 개빈이 내민 손을 밀어내고 어색하게 혼자 힘으로 일어났다. 그런 다음 세 명의 제자들을 똑바로 쳐다보았다.

"이제부터 하루에 두 번씩 훈련한다. 점심 식사 전과 저녁 식사 전에. 집에 도착했을 때쯤 전사가 되어 있지는 않겠지만, 적어도 싸우는 게 뭔지는 이해하게 될 거다. 다시 공격받을 경우 어젯밤보다 더 쓸모 있게 굴 수도 있을 테고. 자, 이젠 점심들 먹어."

그는 커다란 소나무의 그늘 밑으로 혼자 떨어져 나갔다.

에어리엘라는 그 남자를 쓰러뜨린 것이 매우 기분좋았다. 그 밉살스런 남자는 그들을 모욕하려 들었다, 그의 경악한 얼굴에 수치심이 떠오르는 걸 본 것만으로도 대만족이었다.

"이게 다 뭐야? 넌 남자처럼 훈련받을 수 없어."

던컨이 근심 가득한 표정으로 속삭였다.

"남자처럼이 아니라 소년처럼 훈련받는 거야."

그녀가 그의 옆에 자리잡으며 조용히 대꾸했다.

"저 남자가 널 내동댕이쳤잖아!"

앤드루의 경악스런 중얼거림이 뒤를 이었다.

"다치진 않았어."

그녀는 두 남자를 진정시키려 노력했다.

"게다가 그의 말이 옳아. 우린 싸우는 기술을 배우려고 그를 고용한 거야. 지금 당장 시작하는 게 낫잖아? 우린 훈련받을 수 있는 남자를 모조리 동원해야 돼. 열세 살짜리 소년까지도. 그러니까 롭을 어리다고 아껴둘 수 없어."

"하지만 네가 다치기라도 하면……."

"그가 진짜로 우리를 다치게 할 것 같지는 않아."

앤드루가 호기심어린 시선을 보냈다.

"그걸 어떻게 장담해?"

그녀는 아픈 엉덩이를 조심스레 움직여 앉으며 흘깃 말콤을 쳐다보았다. 개빈이 가져다 준 술주머니를 한껏 들이키는 중이었다. 훈련할 당시 감탄스런 시범을 보여주었음에도 불구하고, 장시간 말을 타고 달린 탓에 그의 몸이 더 고통스러워진 것이리라.

그녀는 조용히 마음속으로 대답했다.

'왜냐하면 그는 고통이 뭔지 너무나 잘 알고 있으니까.'

말콤은 까만 밤하늘을 올려다보았다.

술을 마시긴 했지만 만족할 만큼은 아니었다. 이렇게 여행하게 될 줄 몰랐기 때문에 개빈은 하루치의 술만 챙겨왔다. 지금의 이 삐걱거리는 몸뚱이를 진정시키려면 술을 마셔야만 했다. 그나마 남아 있던 술주머니 하나는 그날 저녁에 이미 해치웠다. 그것이 고통의 강도를 약간 둔화시키긴 했어도, 등짝과 다리와 팔의 욱신거림을 잠재우기에는 아직 충분치 않았다. 아픔이 잠을 쫓아내 버려 그는 그저 멀뚱멀뚱 누워 있을 뿐이었다. 아픈 몸뚱이에 신경이 집중되는 밤마다 엄습해 오는 절망감과 처절하게 싸움을 벌이면서.

그때 개빈이 살려놓지 않았더라면 좋았을걸.

그는 이런 삶은 결코 상상하지 못했었다. 솔직히 살아날 희망도 없었기 때문에 미래에 대해서도 아무 생각이 없었다. 그 잔인했던 전투가 끝난 후 그의 한쪽 다리는 박살이 났고 몸뚱이 곳곳은 깊이 베어져 있었다. 그렇게 누워서 이젠 죽으려니 생각했었다. 맨 처음의 느낌은 분노보다 오히려 놀라움이었다. 윌리엄 왕의 군대에 6년간이나 있었으면서 왜 죽는다는 것이 그렇게 낯선 느낌이었는지 알 수 없었다. 소름 끼치는 종말에 처한 남자들을 수없이 보았으면서 왜 자신의 차례가 오리라는 것은 생각지 못했을까.

등짝이 피로 뜨끈해지는 동안, 자신의 일족과 마리안에 대한 기억들을 아련하게 떠올렸다. 그 당시 고통스럽긴 했지만 참을 수 없을 정도는 아니었다.

갑자기 누군가가 그를 들어올려 말등에 올려놓을 때까지. 그 다음에는 이 세상의 것 같지 않은 끔찍한 고통이 찾아들었다.

그리고 그 고통은 결코 약해지지 않았다.

개빈은 그를 치료하기 위해 최선을 다했다. 튼튼한 나무 막대기 두 개로 다리를 고정시키고 옆구리와 가슴에 난 상처, 그리고 오른팔의 너덜너덜해진 깊은 상처를 꿰맸다. 그런 다음 그를 집으로 데리고 돌아갔다. 지옥 같은 고통에 빠져 있으면서도 말끔은 의식을 잃지 않았다. 아버지가 돌아가셨으며 일족원들과 마리안이 그를 족장으로서 기다리고 있으리라는 걸 알 정도로.

그의 모습을 보던 마리안의 공포스런 표정을 그는 영원히 잊지 못할 것이다.

왠지 모를 불안감이 흐릿한 회상들을 쫓아 버렸다. 그는 캠프를 둘러보며 그 이유를 찾아보았다. 개빈, 던컨과 롭이 불가에 잠들어 있었다. 보초를 맡은 앤드루는 나무에 기대어 코를 골아대는 중이었다. 귀를 쫑긋 세워 보았지만 별다른 소리는 들리지 않았다.

그는 검을 집어들고 천천히 숲속으로 움직여 갔다. 발밑의 풀잎들이 뭉개지면서 바스락 소리가 났다. 발걸음을 가볍게 떼어보려 노력했지만 절룩이는 한쪽 다리 때문에 불가능했다. 이따금씩 들리는 새소리와 질질 끌리는 그의 발소리 외에는 조용할 뿐이었다. 술기운으로 괜한 상상력이 발동된 것일까? 그렇게 생각하면서도 그는 자신의 본능을 믿으며 계속해서 어둠 속을 탐험해 갔다. 묘하게 주시당하는 느낌, 그가 위협적으로 검을 들어올리며 빙글 돌아섰다. 하지만 나무들과 어둠뿐이었다.

'내가 어떻게 된 거야.'

그는 욕설을 중얼거리며 아픈 팔을 내렸다.

그 순간 야만적인 으르렁거림이 정적을 내갈랐다. 말콤이 돌아섰을 때 늑대 한 마리가 포악한 이빨을 드러내며 덮쳐오고 있었다. 그가 검을 들어올리기도 전에, 순간 그 짐승은 단말마를 내지르며 땅으로 나동그라졌다.

롭이 그 짐승에게 두 번째 화살을 겨냥하며 그의 뒤로 다가섰다.

"혼자서 숲속으로 나서면 안 돼요."

소년이 활을 내리면서 입을 열었다.

말콤은 놀란 시선으로 소년을 쳐다보았다.

"활 쏘는 법은 어디서 배웠나?"

"아버지한테요. 사냥할 때 같이 데려가시곤 했어요."

"하지만 늑대는 어둠에 익숙한 짐승인데. 나의 최고 전사들조차도 그렇게 명중시키기가 힘들었을 거야."

롭이 어깨를 으쓱였다.

"난 활솜씨가 좋아요."

"네 아버지가 추적 기술도 잘 가르친 모양이야. 그분을 어서 만나
보고 싶군. 훈련에 많은 도움이 돼주실 거야."

"아버지는 돌아가셨어요."

소년이 화살통에 화살을 쑤셔넣었다.

"이번 공격을 당했을 때."

감정이 결여된 어조였지만 그럼에도 왠지 비난이 담겨 있는 듯했
다. 소년은 몸을 돌려 캠프로 걸어가기 시작했다.

"롭."

그가 돌아서지 않은 채 멈춰 섰다.

"고맙다."

말콤은 소년의 놀라움을 감지할 수 있었다. 검은 늑대에게 간단한
예의마저도 없으리라 생각했던 걸까. 사실 지금까지 말콤의 행동을
보고 달리 생각할 만한 이유도 없으리라. 잠시 어색한 침묵이 감돌
았다.

"우린 당신에게 거금을 들이기로 했어요, 맥페인. 할 일을 다하기
도 전에 죽어 버리면 곤란하죠."

롭이 한마디 중얼거리고는 캠프 쪽으로 계속 걸어갔다. 죽은 늑대
와 말콤을 남겨 둔 채로.

"오늘은 상대의 급소를 공격하는 훈련이다. 인간의 가장 약한 부
분이 어디라고 생각하나?"

던컨, 앤드루와 에어리엘라가 애매한 시선을 교환했다.

"심장인가요?"

앤드루가 물었다.

"무기로 찌를 수만 있으면 심장도 약하지. 하지만 내가 말하는 건
무기 없이 공격할 수 있는 부분이야. 효과적으로 상대를 맥 못추게

만드는 부분 말이다."

"눈이요."

던컨이 대답했다.

"맞았어."

말콤이 개빈을 상대로 시범을 보여주었다.

"상대의 머리를 움켜잡고 이렇게, 비명이 터질 때까지 손가락을 눈알에 쑤셔넣는 거야. 눈이 안 보이는 틈을 이용해서 이마로 코를 박아 버려. 그 다음에 즉시 무릎을 올려서 사타구니를 가격해. 그럼 상대는 바닥으로 나동그라지게 되지. 상대가 정신을 차리기 전에 연속적으로 빠르게 움직여야 돼. 일단 놈이 쓰러지면 머리건 가슴이건 발로 뭉개 버려. 머리가 더 확실해. 그런 다음 그놈의 무기를 빼앗아서 목이나 가슴을 긋는 거야. 상처 입는 정도가 아니라 확실하게 죽도록. 질문 있나?"

세 명의 제자들은 공포스레 입을 벌린 채 그를 바라보고 있었다.

"왜들 그래?"

"그건 너무…… 너무 잔인하잖아요."

앤드루가 더듬더듬 대답했다.

"그러니까 전쟁이지."

"하지만 그렇게까지 잔인할 필요는 없잖아요. 다른 방법도 있을 텐데."

"그냥 떠나 달라고 부탁할 수도 있겠지. 내 경험상 그리 효과적인 방법은 아니지만."

앤드루가 고개를 가로저었다.

"설마 롭에게도 그런 훈련을 시키려는 건 아니겠죠? 애는 아직 어려요."

"롭 때문에 이런 방법을 가르쳐 주는 거야. 이렇게 작은 체구로는 힘으로 상대를 쓰러뜨릴 수가 없어. 하지만 눈을 파내고 살을 물어

뜯고 사타구니를 가격하고 머리털을 잡아당기는 것 정도는 할 수 있지. 그렇게 상대의 정신을 분산시키면 훨씬 유리한 위치를 점할 수 있어. 자, 둘씩 짝지어서 연습해 봐.”

그가 앤드루와 던컨을 한데 묶어 손짓했다.

“진짜로 잡아죽이려 할 필요는 없고. 롭, 넌 개빈하고 붙어.”

앤드루와 던컨이 긴장된 얼굴로 에어리엘라를 바라보았다.

그들의 걱정을 탓할 수는 없었다. 맥켄드릭 족장의 소중한 딸로서, 그녀는 우아하고 아름답게 살아왔다. 거친 말이나 우악스런 행동에 접해 본 적도 없었다. 그런데 하물며 남자와 맞붙어 싸운 경험이 있을 리 있겠는가. 하지만 그건 모두 로드릭이 들이닥치기 전의 일이었다. 아버지가 살해당하기 전, 그녀의 일족원들이 공포에 직면하고 집이 약탈되기 전의 일이었다.

지금의 에어리엘라는 달라져야 했다.

“좋아요.”

그녀가 어깨를 쭉 펴고 개빈 앞으로 걸어갔다.

“시작해요.”

훈련이 이어지는 동안, 에어리엘라는 셈하기도 귀찮을 만큼 수없이 엉덩방아를 찧었다. 심각한 상처를 입히지는 않았지만 개빈은 열세 살 소년과 겨루는 데 사용할 만한 힘으로 공격해 왔다.

다행히도 가슴을 단단히 동여맨 터라, 몸과 몸이 맞붙는 어색한 순간에도 개빈은 과도하게 물컹한 느낌을 알아채지 못하는 듯했다. 두 번쯤 에어리엘라가 다급하게 반응하다가 의도보다 더 세게 개빈을 가격하는 경우도 생겼다. 개빈이 괜찮다고 안심시켜 주었음에도 그녀는 그 후 공격의 강도를 약화시켰다.

던컨과 앤드루도 똑같은 문제를 지닌 듯, 상대의 무릎이나 가슴에 멍이 생길 때마다 싸움을 멈추고 서로에게 사과하느라 정신이 없었다.

"빌어먹을, 한 군데 멍들 때마다 싸움을 중지하면 어떡해? 정말 배울 마음이 있긴 한 거야?"

말콤이 짜증스레 으르렁댔다.

"내가 너무 세게 쳤단 말이에요."

앤드루가 던컨에게 사죄하는 시선을 보냈다.

"미안해."

"미안하단 말은 나중에 해. 지금은 그냥 싸우라구! 그리고 너."

말콤이 험악하게 에어리엘라를 노려보았다.

"네 살짜리도 너보다는 더 잘 싸우겠다. 목숨이 달린 것처럼 덤벼들란 말야."

"개빈을 다치게 하고 싶지 않아요."

"넌 날 상처입히지 못해, 꼬마야. 그러니까 덤벼. 젖 먹던 힘까지 내봐."

개빈이 쾌활하게 장담했다.

에어리엘라는 여전히 머뭇거렸다.

"해봐. 제대로 못하면 내가 직접 나서겠어. 분명히 말하는데 난 개빈처럼 호락호락하게 상대해 주지 않아."

그녀가 서릿발 같은 시선으로 말콤을 쏘아보았다.

말콤이 거칠게 내뱉었다.

"개빈이 너의 부락을 공격했다고 상상해 봐. 이미 너의 일족원 두 명을 도살했어. 이젠 널 두 동강이 내려고 덤벼들어. 네가 죽으면 너의 집뿐 아니라 여자와 아이들을 약탈하고 모조리 불질러 버릴 거야. 너한테는 무기도 없어. 그럼 어떻게 해야……."

그의 말이 끝나기도 전에 에어리엘라는 그 끔찍한 기억을 되살리며 격분에 휩싸여 개빈에게로 날아들었다. 그가 앞으로 검을 휘둘렀지만 그녀는 이미 그 무기 다루는 법을 결정해 놓았다. 흙 한 줌을 퍼올려 개빈의 눈에 뿌렸다. 그가 눈을 깜박이며 검을 내리는 순간,

그의 사타구니에 무릎을 올려붙였다. 개빈이 고통스레 신음하며 털썩 무릎 꿇었다. 에어리엘라는 숨을 몰아쉬며 말콤에게로 돌아섰다.

"잘 했어."

말콤은 놀라움을 겉으로 드러내지 않았다.

"상대의 검을 빼앗아 찌르지 않은 것만 빼면."

개빈이 끄응 신음을 토해냈다.

"오늘은 이 정도로 끝내 줘. 날 잡아죽이는 건 내일로 미뤄 달라구."

말콤의 입술 양쪽이 살짝 뒤틀려 올라갔다.

"불쌍한 개빈을 일으켜 줘, 롭. 아마 네가 보기보다 만만치 않다는 걸 충분히 깨달았을 거야."

그가 절룩이며 걸음을 옮겼다.

에어리엘라는 개빈에게 다가가서 손을 내밀었다.

"정말 미안해요, 개빈."

"괜찮아, 꼬마야. 그 정도 가치는 있었어."

에어리엘라의 눈살이 찌푸려졌다.

"왜요?"

"삼 년만에 저 녀석 얼굴에서 미소 비슷한 걸 봤거든."

개빈은 거의 흥분에 겨운 표정으로 일어섰다.

"그걸 다시 볼 수만 있다면, 언제라도 너한테 얻어맞아 주겠어."

따뜻하게 일렁이는 불길이 그를 잠에서 일께웠다. 언제나치럼 고통이란 놈이 근육을 난자질하며 등과 팔다리를 공격해댔다. 하지만 머리 속은 이상하게도 맑았다, 피곤함에도 불구하고 잠의 장막이 찢겨져 나가고 있었다.

그는 나뭇가지 사이로 스며드는 햇살에 눈살을 찌푸렸다. 왜 몽롱한 느낌이 없는 걸까? 그런 다음, 어젯밤 술을 마시지 못했다는 게 기억났다. 그래서 이다지도 피곤했군. 이 딱딱하고 축축한 땅바닥에서 몇 시간 동안이나 잠을 이루지 못한 채 고통과 싸워야 했기 때문에.

어서 빨리 술을 찾아야 했다.

롭을 제외하고 다른 사내들은 보이지 않았다. 그 작은 꼬마 녀석은 아침식사를 차리는 데 몰두해 있었다. 말콤은 소년이 신중하게 천 하나를 펼치고 구석구석 주름 펴는 모습을 지켜보았다. 그 천 위에 빵 한 덩이와 치즈 한 덩이, 말린 청어와 물병을 올려놓고 주위에 나무 컵들을 늘어놓았다. 빵을 잘라 다른 음식들 가운데 놓은 다음 손수건으로 컵의 안쪽을 하나하나 닦아나갔다. 맥켄드릭은 꽤나 까탈스러운 일족인 모양이었다. 그런 시간을 전투 훈련에 사용하면 훨씬 유익할 텐데.

"다들 어디 갔어?"

그가 일어나 앉으며 물었다.

롭이 화들짝 시선을 들어올렸다.

"오늘 저녁 집에 도착할 예정이라 목욕하러들 갔어요."

말콤은 기지개를 펴다가 그로 인한 고통에 욕설을 중얼거리며 크게 트림을 해댔다. 식탁으로 차려진 곳에 앉아 빵을 집어들고 먹기 시작했다. 강에서 돌아오는 사내들의 모습은 하나같이 말끔하게 면도를 하고 머리도 젖은 채였다. 말콤은 개빈의 희멀건 뺨을 흥미롭게 바라보았다. 이 친구의 턱수염 없는 모습을 본 것은 아주 오래 전이었다.

"십년은 젊어 보여."

말콤이 한마디했다.

"마흔 살이 지났다고는 믿어지지 않을 정도야."

개빈이 쑥스러운 듯 매끈한 뺨을 문질렀다.

"자네의 맨얼굴도 보고 싶다네, 친구."

“난 면도 같은 거 안 해.”

말콤은 치즈를 집어들면서 단언했다.

“그래도 깎아야 돼요!”

롭의 목청 높은 소리에 말콤이 눈썹을 들어올렸다.

소년이 서둘러 어조를 바꿨다.

“그러니까 내 말은…… 우리 일족은 위대한 검은 늑대의 도착을 기다리고 있어요. 당신의 대단한 무용담과 공적을 익히 들어서 알고 있죠. 당당한 전사가 나타나길 고대하고 있을 거예요. 그런 모습으로…….”

“내 모습이 어떤데?”

말콤의 목소리가 불길하게 터져나왔다.

“목욕할 시간도 없는 전사 같다는 거죠.”

던컨이 재빠르게 끼어들었다.

“우리 맥켄드릭은 청결에 매우 민감한 일족이거든요.”

말콤은 냉소적으로 롭을 쳐다보았다.

“그럼 너만 예외냐?”

“우린 애들한테 까다롭게 굴지 않아요. 어른과 전사들에게만 그래요.”

앤드루가 나서서 설명했다.

“그건 너희들 사정이고, 난 목욕이나 면도할 생각 없어.”

말콤이 태연스레 어깨를 으쓱였다.

“당신이 그렇게 지저분한 야만인처럼 보이면 일족원들한테 어떻게 존경을 받겠어요?”

롭이 성마르게 다그쳤다.

“당신이 검은 늑대라고 어느 누가 믿어 주겠냐구요?”

말콤은 점점 짜증스러워졌다.

“그놈들 생각 따위는…….”

"오늘 날씨가 아주 좋아, 말콤. 수영이나 하지 그래?"

개빈이 부드럽게 끼어들었다.

말콤은 편을 들어주지 않는 친구에게 매서운 시선을 쏘아보냈다. 아무도 말을 잇지 않았지만 다들 못마땅해 하는 표정이 역력했다.

그가 마침내 고함쳤다.

"좋아, 빌어먹을 수영이나 하지 뭐."

잠시 후 에어리엘라는 개빈과 말콤이 강에서 돌아오는 모습을 보았다. 검은 늑대의 텁수룩하던 턱수염이 말끔하게 사라져 강인한 턱과 우아하게 솟아오른 광대뼈가 드러났다. 대충 허리춤에 감은 플래드 말고는 아무것도 걸치지 않아 가슴과 어깨, 배의 탄탄한 근육이 그대로 보였다. 군데군데의 상처자국에도 불구하고 대단한 힘의 소유자임이 분명해 보였다. 그녀는 그의 능력을 제한하는 것이 약함보다는 고통 때문이라는 걸 알아차렸다. 짙은 갈색 머리에서 흐른 물방울이 구릿빛 가슴과 어깨로 쭉쭉 미끄러지다가 허리춤 사이로 쏙 사라져 갔다.

"어때, 좀 나아 보이나?"

말콤이 시큰둥하게 입을 열었다.

그녀는 고개를 끄덕였다.

"너도 목욕 좀 하지 그래. 비누 한 덩어리로 박박 닦아내고 나면 조금은 땟국물이 벗겨질 거야."

"우리 일족원들이 관심 갖는 건 내 외모가 아니라 당신 외모예요."

그녀가 신랄하게 대꾸했다.

"그러니까 머리도 좀 다듬어야겠어요. 당신이 허락해 준다면요."

그의 턱이 굳어지는 걸 보며 그녀가 다급하게 뒷말을 덧붙였다.

"말콤 먼저 해주고 그 다음에 내 머리도 부탁해."

말콤이 반응을 보이기도 전에 개빈이 선수를 쳤다.

"사실 너무 오랫동안 외모에 신경을 안 썼어. 너희 일족원들에게 미개인처럼 보이고 싶진 않다구."

그가 말콤에게 재촉하는 시선을 던졌다.

"그럼 빨리 끝내. 아침내내 쓸데없는 짓거리로 시간낭비하고 있잖아."

말콤이 버럭 고함쳤다.

에어리엘라는 곧장 빗과 가위를 들고 다가갔다. 헝클어진 머리를 빗어 들쭉날쭉한 길이를 잘라내고 나자, 짙은 갈색 머리가 어깨 위로 곱슬곱슬 내려앉았다. 그는 적대적인 침묵으로 그 시간을 참아냈다. 비록 마지못해서라 해도 그가 협조해 주는 듯하자, 그녀는 그의 머리 한 부분을 땋아내리기까지 했다. 상처의 붕대까지 새로 갈아준 다음에 다 끝났다고 선언했다.

"개빈도 얼른 끝내. 출발해야지."

말콤이 셔츠를 집어드는 순간, 에어리엘라의 시선은 그 더럽고 낡은 셔츠에 고정되었다.

"그것밖에 입을 게 없어요?"

"너희들을 찾으러 나올 때는 좋은 옷이 필요한 줄 몰랐어."

"하지만 난 다 생각해 뒀지."

개빈이 자신의 말 안장 주머니에서 옷가지와 신발을 꺼내들었다.

"여기 있어."

말콤은 놀란 눈으로 그 옷을 바라보았다. 맥페인 족장이었을 때 입었던 옷. 부락에서 쫓겨나면서 그는 자신의 소지품을 모조리 버려두고 왔었다. 그런데 개빈이 어느 틈엔가 챙겨두었던 모양이다. 하지만 맥켄드릭 놈들의 안전만 확인하고 곧장 집으로 돌아갈 생각이었는데, 개빈이 왜 이 옷을 챙겨왔던 걸까?

"술을 더 가져왔어야지."

개빈이 어깨를 으쓱였다.

"공간이 별로 없었어."

말콤은 인상을 찌푸리며 플래드를 툭 풀어냈다.

에어리엘라가 빨갛게 달아오른 얼굴로 재빨리 돌아섰다.

"이쪽으로 오세요, 개빈."

그녀는 말콤이 옷을 다 입었으리라 확신이 들 때까지 개빈의 머리에 시간을 들였다. 가위와 빗을 챙겨넣고 나서야 조심스럽게 몸을 돌렸다.

그녀의 앞에 선 남자는 사흘 전에 만났던 그 지저분한 술꾼이 아니었다. 사프란빛 노란색 셔츠와 가죽 조끼, 갈색과 검은색의 당당한 플래드를 걸친 모습은 대단히 인상적이었다. 허리춤의 튼튼한 벨트에 검을 매달고 사슴가죽 신발을 종아리까지 끈으로 묶었다. 침착하게 그녀를 바라보는 푸른 눈동자는 명료하면서도 약간의 조롱기를 뿜어내고 있었다. 자신의 힘을 확신하고 그 힘을 휘두를 준비가 된 자신만만한 남자의 모습. 이 사람이 바로 아버지와 알핀이 말했던 검은 늑대였다. 천 명의 군대를 거느리고 극한의 용기를 보여주었던 전사, 무수한 전투에서 승리를 이끌었던 바로 그 전사였다.

모두 착각일 뿐이야, 그녀는 씁쓸하게 되새겼다. 이 남자는 술고 래였다, 옷 속의 몸은 상처로 찢겨졌으며 한 발짝만 걸어도 등과 다리의 고통이 노출될 것이다. 하지만 그가 따뜻한 햇살을 받으며 서 있는 이 순간만큼은 흠 없이 완전해 보였다.

"어때? 이만하면 봐줄 만한가?"

그녀는 갑자기 자신의 불결한 옷과 헝클어진 머리, 때 낀 살갗에 화가 났다. 이 남자 때문에 이런 모습으로 있어야 했다. 이 남자 때문에 그녀의 집이 약탈당했고, 이 남자 때문에 그녀는 에어리엘라 맥켄드릭이 될 수 없었다.

"됐어요. 이젠 출발해요."

그녀가 말등에 훌쩍 올라타 전속력으로 질주하기 시작했다. 자신의 증오가 나타나지 않도록, 이 남자를 가차없이 되돌려보내지 않도록, 그에게서 멀리 떨어져야만 했다.

해가 뉘엿뉘엿 저물어 갈 무렵 그들은 맥켄드릭의 경계선에 도착했다. 에어리엘라의 마음속에 기대감이 부풀어올랐다. 이전에 한 번도 부락을 떠나본 적이 없었던 데다, 이번 9일간의 여행은 끝도 없이 이어지는 느낌이었다. 자신의 성과 그 주위의 오두막들이 눈에 들어오자 그녀는 다급하게 말을 재촉해 달려나갔다.

시체들을 처음 본 것도 그녀였다.

초원의 낮게 자라난 풀숲에 그 시체들이 누워 있었다. 노란 번득임이 그녀의 시선을 잡아끌지 않았더라면 아마 그냥 지나쳐 버렸을 것이다. 그녀는 말의 속력을 늦춰 그리로 향했다. 누군가 사냥에 나섰다가 망토를 잃어버린 모양이라고 생각했다. 좀더 가까이 갔을 때, 그 노란 천이 셔츠이며 엎드려 누운 남자의 등에 덮여 있음을 알아차렸다. 잔인하게 난자당한 채 이미 오랫동안 죽어 있었던 듯한 상태. 공포스레 시선을 떼어냈을 때는 바로 옆에 누워 있는 또 다른 남자의 시체를 보아야 했다.

가이와 마커스.

그녀는 땅으로 내려서서 말의 목덜미에 이마를 기댔다. 목에서 터져나오려는 흐느낌을 참으려 안간힘을 다했다.

"무슨 일이야?"

말콤이 옆으로 달려와 가능한 한 빠르게 말에서 뛰어내렸다.

"어디 아파?"

그녀는 힘겹게 침을 삼키며 고개를 저었다. 시선을 들지도 않고서 시체들 쪽을 손가락질했다.

다른 남자들도 그들의 곁으로 합류했고, 이내 던컨이 치를 떨며 중얼거렸다.

"가이, 마커스. 맥켄드릭 족장이 당신에게 보냈던 사람들이에요."

말콤이 그 시체들을 살펴보았다.

"죽은 지 두 달 정도 됐군. 돌아오다가 너희들 일족을 공격한 그 놈들한테 당한 모양이야. 미리 경고하지 못하도록 죽여 버린 거야."

에어리엘라는 새삼스레 치밀어오르는 증오감에 몸을 떨었다. 로드릭의 손에 두 명이 더 죽음을 당했다.

"시신을 모셔가야겠어. 적당한 장례를 치러 줘야 해."

앤드루가 중얼거렸다.

"안 돼."

네 남자가 모두 놀란 표정으로 그녀를 바라보았다.

"우린 지금 위대한 검은 늑대와 같이 돌아가는 중이야. 오랫동안 이 순간을 기다려 온 일족원들 앞에, 야만적인 학살의 증거를 갖고 돌아갈 수는 없어."

"하지만 이대로 남겨둘 수도 없잖아. 여기 어디다 묻어 줄까?"

던컨의 말을 들으며 그녀는 고개를 가로저었다.

"일족원들과 우리 성직자 앞에서 경건하게 장례를 치러 줘야 돼. 담요를 덮어두고 하룻밤만 더 별들 밑에서 잠들도록 하는 거야. 내일 앤드루와 같이 와서 이 시신들을 부락으로 옮겨 줘. 그때 이 만행을 알려도 늦지 않아."

던컨과 앤드루가 고개를 끄덕이고 나서 담요를 가지러 갔다.

그녀가 말콤에게로 돌아섰다.

"우리 일족원들에게 당신이 맥페인의 족장이 아니라는 걸 굳이 알릴 필요는 없어요. 그 사실이 알려지면 많은 질문을 받아야 할 테고, 훈련에 임할 때 존경을 끌어내기도 어려울 거예요."

일족원들에게 거짓말하긴 싫었지만, 지금으로서는 선택의 여지가 없었다.

말콤이 어깨를 으쓱였다.

"돈 내는 건 너희들이니까, 너희들 마음대로 말해."

"내가 먼저 가서 도착을 알릴게요."

그녀가 초원을 가로질러 말을 달렸다. 증오와 상실감이 마음을 무겁게 내리눌렀다.

맥페인이 족장으로서의 위치를 유지했다면 이런 일은 일어나지도 않았으리라. 아버지의 제안을 받아들여 전사들을 끌어모았을 테고, 가이와 마커스와 같이 달려와 그들을 안전하게 지켜주었을 것이다. 그가 로드릭을 처치하고 그의 군대를 몰아냈을 것이며, 알펀이 예견했던 대로 위대한 검은 늑대로서 맥켄드릭의 성에 계속 머물렀을 것이다.

아무리 그를 원망해 보아도 실망감은 좀처럼 누그러들지 않았다. 새로운 족장으로 추대할 검은 늑대를 찾아오는 것이 그녀의 임무였다. 그런데 지금 그녀는 술고래, 한심하게 망가진 전사, 그것도 돈을 바라고 그들을 가르쳐 주겠다는 남자를 데려가고 있었다.

그를 보는 순간, 아마도 일족원들은 그녀의 판단 능력에 의문을 던질 것이다.

3

"돌아왔다!"

에어리엘라가 숲 밖으로 모습을 드러내자마자 드높은 목소리가 허공에 메아리쳤다. 일족원들이 그녀에게 손을 흔들어 보이며 재빨리 아이들을 모아들였다. 위대한 검은 늑대를 환영하기 위해서 성 쪽으로 초록의 비탈길을 열심히 달려올랐다.

에어리엘라는 멈춰 서지 않았다. 우선 알핀과 마을의 연장자들에게 맥페인의 상태를 경고해 주어야 했다. 하지만 성에 도달했을 무렵 그곳은 이미 난리법석이었다.

집집마다 제일 좋은 옷과 플래드를 걸친 사람들이 쏟아져 나오고, 우물 옆에는 씻으려는 아이들이 줄줄이 늘어섰다. 뜰 한가운데 나무 연단이 세워지고 그 위에서 다섯 명의 남자가 백파이프를 커다랗게 불어댔다. 빵과 고기, 과일과 술이 담긴 접시들을 든 여자들이 정신없이 뛰어다녔다. 색색의 공들을 던졌다 받는 사람, 물구나무 서서 걷는 사람, 재주 넘는 사람들이 구석구석에서 묘기를 부리고, 시인들은 시를 낭송해댔다. 모두들 임박한 축하 파티에 참석하려 종종걸음 칠 뿐 누구 하나 그녀에게 관심을 보이지 않았다.

그녀는 이리저리 걸어다니며 구겨진 종이를 열심히 들여다보고 있는 마을의 최고 연장자를 찾아냈다.

"앵거스 아저씨!"

그녀가 말에서 내리며 소리쳤다.

"지금은 얘기할 시간 없단다, 시간이 없어."

앵거스가 중얼거렸다.

"검은 늑대가 곧 도착할 거야, 이 연설문을 외워야 돼."

"아저씨, 저예요, 에어리엘라예요."

그가 놀란 시선을 들어올렸다.

"아직 그런 옷차림으로 뭐하는 거야? 신랑감이 금방 들어올 텐데. 어서어서 옷 갈아입어라. 더 이상 남자인 척할 필요 없어."

"맥페인은 내가 살아 있는 줄 몰라요. 우선 제 얘기를 들으셔야 해요. 말씀드릴 게……."

"에어리엘라, 너니?"

니알이 안도감으로 얼굴을 빛내며 성큼성큼 걸어왔다. 그녀의 이름에 즉시 모든 사람들이 동작을 멈췄다.

"에어리엘라!"

엘리자베스가 위층 창문에서 행복한 미소를 띤 채 손을 흔들어 보였다. 하지만 그녀의 차림새를 보자마자 미소가 사라졌다.

"세상에, 옷 갈아입어야지! 빨리 안으로 들어와!"

여자들 몇 명이 그녀를 성 안으로 끌어가기 시작했다.

"안 돼요, 잠깐만요. 우선 제 얘기를……."

"맥페인의 군대가 도착하려면 얼마나 남은 거냐? 탑에서는 아직 안 보인다던대."

듀갈이 다그쳐 물었다.

그녀는 마을의 두 번째 연장자에게 돌아섰다.

"그 점을 말씀드리려는 거예요……."

"왜 아직도 그런 차림이야? 맥페인이 네가 누군지 모르는 거냐?"

니알의 질문과 또 다른 질문들이 연달아 이어져 그녀의 대답을 가로막았다.

"그 사람이 소문대로 대단하더냐?"

"그의 전사가 정말 천 명이나 되던?"

"여행하는 동안 그의 실력을 본 적 있어?"

"지금 당장 그에게 검을 내줄 거야, 아니면 좀 기다릴 거야?"

사람들은 다음 번 족장에 대한 정보를 알아내려 그녀의 주위로 밀려들었다.

"길 좀 터주시게."

그 부드러운 목소리가 천둥소리만큼의 위력을 발휘했다. 그녀를 둘러싼 사람들이 옆으로 물러나며 알핀에게 길을 열어주었다.

"이리 오너라, 아가야."

에어리엘라가 순종적으로 그에게 다가섰다. 그 늙은 남자는 지팡이에 몸을 의지한 채 날카로운 눈길로 그녀를 살펴보았다.

잠시 후 그가 중얼거렸다.

"네가 기대했던 것과 많이 다른 모양이구나."

그녀가 고개를 끄덕였다.

"나의 환상이 틀렸다고 생각하는구나."

그녀는 대답하지 않았다. 일족원들 앞에서 맥페인을 비방하는 게 적당치 않았기 때문에. 하지만 어쨌든 알핀은 그녀의 생각을 분명하게 읽어냈다.

나이 든 남자가 고개를 끄덕이며 조용히 말했다.

"일단 그 남자를 만나보자구나, 그 상처받은 야수를."

탑 위에서 콜린이 소리쳤다.

"그들이 오고 있어요! 던컨과 앤드루 말고 두 사람이 더 있어요. 검은 늑대의 군대에 앞서 오나 봐요!"

"제 말 좀 들으세요."

에어리엘라는 주위 사람들을 둘러보며 다급하게 애원했다.

"맥페인은 제 정체를 몰라요. 제가 불에 타죽었다고 생각해요. 앞으로도 그렇게 믿어야 하니 절 롭으로 대해 주세요. 그를 만나보시면 알겠지만……."

"그들이 도착했어요!"

흥분한 콜린의 목소리가 터져나왔다.

모두들 동시에 떠들어대며 앞으로 밀려나가기 시작했다.

던컨, 앤드루와 개빈이 먼저 안뜰로 달려들어왔다.

그런 다음 말콤이 천천히 입장했다.

거대한 말등에 올라앉은 그의 모습은 다른 사내들보다 훨씬 더 장대했다. 그는 자신감과 힘을 발산해 내며 눈앞에 모인 사람들을 침착하게 바라보았다. 그 흥분 섞인 침묵 속에서, 한순간 그는 이 일족이 열망했던 위대한 전사인 것 같았다. 에어리엘라는 일족원들의 환상을 깨뜨리기가 두려워 감히 입을 열지 못했다.

"백파이프를 불어라!"

앵거스가 손을 흔들며 명령했다.

웅장한 백파이프 소리가 대기를 가득 채웠다. 연주자들이 검은 늑대를 위해 특별히 작곡한 곡을 연주했고, 군중이 아주 즐거워하는 것 같자 다시 한 번 되풀이했다. 마침내 음악소리가 잦아들자 앵거스가 연단 위로 올라섰다.

"나 앵거스 맥켄드릭은 위대한 맥페인의 족장인 그대를 환영하오."

그가 흘깃 종이쪽지를 훔쳐보았다.

"우리 맥켄드릭은 그대의 왕림을 깊이 영광스럽게 생각하오. 최근 우리는 많은 어려움에 처했었소. 사랑하는 족장이 돌아가시고 여러 일족원들이 쉽게 치유되지 않는 상처를 입었소. 그대가 마침내 도착해 주어서 다행이오, 우리를 보호하고 인도해 주기 바라오. 더 중요하게는 우리의 사랑하는 딸…….”

“백파이프를 울려라!”

던컨이 소리쳤다.

연주자들은 즉시 활기찬 곡을 연주하면서 앵거스의 연설소리를 집어삼켰다. 노인은 몇 번쯤 자신의 소리가 들릴까 의심스러운 듯 당혹스레 시선을 들어올리면서도 끝까지 낭독했다.

음악소리가 사라지자, 이젠 듀갈이 연단에 올라 4백 년 전부터 시작된 일족의 역사에 대한 시를 길게길게 낭송했다. 그 후에는 엘리자베스의 아버지 고든이 검은 늑대의 전설적인 모험담에 대한 시를 늘어놓았다. 시 낭송이 끝나자, 여섯 명의 곡예사들이 연단에 올라 재주를 넘고 공들을 던져 보이며 갈고 닦은 기술을 선보이기 시작했다. 점점 열기를 더해 가는 동안 백파이프 연주자와 시인들은 어긋난 공이나 발에 차이지 않으려 연단에서 내려와야 했다.

군중들이 열광적으로 박수 치며 계속하길 요구하자 그들은 더 오랫동안 묘기를 부렸다. 다음에는 백파이프 연주자들이 또 다른 곡을 연주하고 듀갈이 성의 지붕에 선 남자들에게 손짓해 보였다. 거대한 깃발이 풀어져 내리며, 작은 양을 수호하는 검은 늑대의 그림이 드러났다. 군중들이 환호성을 내질렀다.

에어리엘라는 불안하게 맥페인을 바라보았다.

언뜻 보기에 그의 얼굴은 침착하기 그지없는 듯했다. 하지만 몸이 경직돼 있으며 주먹을 불끈 틀어쥔 상태임을 알 수 있었다. 당장이라도 뛰쳐나가고 싶은 것처럼. 그에게 진작 경고해 주었어야 했는데. 새로운 족장이라 믿는 이 남자를 위해 특별한 환영 파티가 준비될 줄 미리 짐작했어야 했는데.

앵거스가 다시 한 번 연단에 올라 두 손을 들어올리자, 마침내 환호성과 음악소리가 가라앉았다.

"맥페인이 무슨 말이든 하고 싶을 거요. 자, 이리 올라와서 당신의 위대한 군대가 언제쯤 도착하는지 알려주시오."

맥페인의 시선이 에어리엘라에게 날아갔다. 그 푸른 눈동자 속에 분노가 이글거렸다.

'네놈이 말해.'

"맥페인의 군대는 지금 다른 곳에 가 있기 때문에 한동안 오지 못할 겁니다."

던컨이 재빠르게 앞으로 나섰다.

일족원들의 경악하는 숨소리가 터져나왔다.

"또한, 불행히도 그는 족장직을 받아들일 수 없다고 했습니다. 하지만 우리의 어려움을 전해 듣고 친절하게도 도와주기로 하셨습니다."

"어떻게?"

고든의 아내 헬렌이 다그쳐 물었다.

이번에는 에어리엘라가 나섰다.

"전투 기술을 가르쳐 주기로 했어요. 외부인들의 군대는 필요 없어요. 우리가 스스로 방어하는 방법을 배워야 해요."

사람들 사이에 웅성거림이 번져나갔다.

"우린 싸우는 일족이 아니다, 롭. 그런 일은 불가능해."

고든의 완강한 대꾸에 이어 듀갈도 고개를 끄덕였다.

"우리한테는 보호해 줄 군대가 필요해. 다시 공격이 닥치기 전에 서둘러 찾아야 돼."

"그런 군대를 찾기란 쉽지 않아요. 마냥 기다릴 형편도 아니구요. 다른 자들이 빼앗아가기 전에 우리 것을 스스로 지켜야 해요. 맥페인은 스코틀랜드에서 가장 훌륭한 군대를 이끌었어요. 천 명의 전사들을 훈련시켰죠. 무기 사용과 요새 강화에 대해 많은 것을 알고 있고요. 군대를 지닌 새로운 족장을 찾을 때까지 이분의 지도를 받아 우리 스스로 방어하는 법을 배워야 합니다.”

군중들 사이에 불편한 침묵이 감돌았다. 그녀의 말에 동의하지는 않지만, 검은 늑대가 있는 곳에서 그런 문제를 논의하고 싶지 않은 것이다. 그 대신 마을 장로회에 그 문제를 맡겨놓고 싶은 듯했다.

앵거스가 침착을 되찾으며 다시 입을 열었다.

“맥페인, 관대하게 도와주기로 해주셔서 감사드리오. 이리 올라와서 우리와 같이 건배합시다.”

말콤은 선뜻 말에서 내려서지 못했다. 이렇게 성대한 환영은 기대하지 않았지만, 그런 환대를 받은 후에 이 사람들 앞에서 자신의 무력함을 드러내 보이는 것이 치떨리게 혐오스러웠다. 앵거스가 두 잔의 와인을 들고 손짓하자 군중들이 박수갈채를 보냈다. 선택의 여지는 없었다. 필연적으로 뒤따를 반응에 마음을 굳게 다잡으며, 그는 어색하게 말에서 내려 절룩절룩 연단으로 걸어가기 시작했다.

당황스런 속삭임이 번져나가면서 박수소리가 사그라들었다. 말콤은 단호한 표정으로 터벅터벅 불안정한 발걸음을 옮겨갔다. 여기 오지 말았어야 했다. 이 사람들이 기대했던 것은 군대를 거느린 검은 늑대였다. 그에게 더 이상 군대가 없다는 것을 알았을 때의 실망감으로도 충분히 수치스러웠다. 하지만 연단으로 걸어가는 도중 그들의 놀라움이 연민으로 바뀌는 소리는 도저히 견딜 수 없었다.

앵거스는 완전히 얼이 빠져 버려 손에 든 잔을 내밀지도 못했다. 말콤이 돌아서서 침착하게 군중을 훑어보았다. 그들에게 지금의 이 비참한 수치심을 내보이지는 않으리라. 그런 모습은 또 다른 약함을 보이는 것일 뿐. 이 순간만으로도 그는 철저하게 발가벗겨진 느낌이었다.

“안 돼, 캐서린! 이리 돌아와!”

갑자기 한 여인의 목소리가 정적을 깨뜨려 놓았다.

예쁜 밤색 머리의 여자애가 사람들 틈을 뚫고 달려왔다. 7살쯤 돼 보이는 진지한 표정의 아이는 여인의 명령을 들은 척도 않고 연단 앞으로 다가서서 두 손을 뻗어 도움을 청했다. 달리 방법이 생각나지 않았으므로, 말콤은 아이를 연단 위로 끌어올려 주었다.

"제 이름은 캐서린 맥켄드릭이에요. 당신에게 드리려고 이걸 만들었어요."

아이가 구겨진 천조각을 내밀었다.

말콤은 주름 잡힌 천을 펼쳐 보았다. 검은 늑대와 별이 총총한 밤하늘 그림. 늑대 밑에 '환영합니다'라는 글씨가 삐뚤삐뚤하게 수 놓여 있었다.

"예쁘구나."

그가 중얼거렸다.

캐서린은 기운차게 고개를 끄덕거렸다.

"글씨가 제일 힘들었어요. 자꾸 크기가 안 맞는 것 같아서 두 번이나 다시 했는 걸요. 지금은 똑같아 보이나요?"

"그래, 아주 똑같다."

아이의 얼굴에 미소가 떠올랐다.

"다행이에요. 완벽한 작품을 드리고 싶었거든요."

그 말을 하면서 아이는 고사리 같은 손으로 말콤의 손을 붙잡았다, 마치 그에게 얼마나 지원자가 필요한지 아는 것처럼.

검은 늑내와 손 잡은 캐시린을 보면서 에어리엘라는 우유부단한 마음에서 빠져나왔다. 어차피 그의 한계는 분명히 알고 있었다. 그가 일족원들을 무적의 용사로 바꿔 주리라고는 기대하지 않았다. 적당한 검의 수여자를 찾을 때까지 방어 능력을 길러주는 것으로 족했다. 마땅한 족장감을 찾아낸 후에는 맥페인에게 금을 내주고 보내버리면 그만이었다.

간단한 일이 아닌가.

그녀가 캐서린의 옆으로 올라가 엄숙하게 사람들을 바라보았다.

"검은 늑대로 알려진 위대한 전사 말콤 맥페인과 그의 수석 전사 개빈을 환영해 주시기 바랍니다. 이분들은 한동안 우리의 귀한 손님이 되어 우리에게 스스로 방어하는 방법을 가르쳐 줄 겁니다. 모든 면에서 협조하여 그의 풍부한 지식과 경험을 받아들이길 부탁드립니다."

그 말에 아무런 호응이 없자 앵거스가 앞으로 나섰다.

"맥켄드릭 일족을 강화시키기 위해서라면 무엇이든 해야 하오."

그가 말콤에게 술잔을 건네주었다.

"환영하오, 맥페인."

군중 속에서 드문드문 내키지 않는 듯한 환영소리가 들려왔다. 일족원들의 실망감은 너무나도 분명해 보였다. 에어리엘라가 이런 남자와 결혼하지 않는다는 사실에 안도하면서도, 이런 남자가 무엇을 도울 수 있는지 믿지 못하는 것이다. 더 이상 축하할 기력도 없이 사람들이 뿔뿔이 흩어지기 시작했다.

"이리 오세요, 맥페인. 성을 보여드릴게요. 요새화할 수 있는 방법을 조언해 주세요."

에어리엘라의 제안에 말콤은 기꺼이 고개를 끄덕였다. 사실 맥켄드릭 일족원들의 낙담한 시선에서 도망치기 위해서라면 무엇이든 못할 게 없었다.

에어리엘라가 캐서린의 뺨을 쓰다듬으며 부드럽게 속삭였다.

"아그네스에게 가 있어. 나중에 여행한 얘기를 해줄게."

캐서린이 그녀를 끌어안고 나서 고분고분 아그네스를 찾아나섰다.

"널 꽤나 좋아하는 것 같군."

말콤이 한마디했다.

"내 동생인 걸요."

에어리엘라가 연단에서 내려섰다.

"이쪽은 니알, 성의 보수공사를 관리하는 책임자예요."

그 잘생긴 젊은이는 적대감을 숨기지 않고 가슴 앞으로 팔짱을 꼈다. 그의 손등에 화상 자국이 나 있었다.

"손은 왜 그렇게 됐나?"

"남쪽 탑에 불이 났었거든요."

니알이 퉁명스레 대답했다.

말콤은 안뜰 구석의 숯덩이 구조물을 쳐다보았다. 새로운 탑이 돌로 만들어지는 중이었다.

"앞으로는 무엇이든 돌로 만들어야 돼."

"예리한 충고, 감사드립니다."

니알이 비꼬았다.

개빈이 던컨, 앤드루와 같이 다가오는 동안 에어리엘라가 입을 열었다.

"군대가 성문으로 밀고 들어와 성에 기어올랐어요."

말콤의 시선이 안뜰 입구에 매달려 있는 철 창살로 옮겨갔다.

"놈들이 어떻게 성문으로 들어왔지?"

"그냥 말을 달려 들어왔지."

당연한 걸 묻는다는 듯이 앵거스가 대꾸했다.

"말이 들어올 만큼 입구가 크잖나."

"내 말은, 그들이 어떻게 성문을 열었냐는 거요."

앵거스와 듀갈이 어리둥절한 표정으로 서로를 쳐다보았다.

"닫혀 있었을 거 아니오?"

듀갈이 고개를 흔들었다.

"그 문은 닫히지 않는걸."

"어째서?"

"사슬이 너무 녹슬어서. 마지막으로 그걸 내렸던 게…… 거의 십

년 전이었지, 아마."

고든의 설명에 듀갈이 낄낄대며 웃었다.

"맞아, 그때 그 망할 놈의 문을 올리느라고 아주 고생했어."

말콤은 어이없다는 표정으로 그들을 쳐다보았다.

"십 년 동안 한 번도 성문을 내리지 않았단 말이오?"

세 명의 남자들이 똑같이 고개를 끄덕였다.

"그럴 필요가 없지. 우린 평화로운 일족이거든. 아무도 우릴 괴롭히지 않아."

"이전까지는."

개빈이 중얼거렸다.

"맞아, 이전까지."

앵거스가 동의했다.

성문 문제는 잠시 미뤄 두고 말콤은 성을 둘러싼 벽의 높이와 깊이를 가늠해 보았다. 충분히 높긴 하지만, 그 위 흉벽이 우스꽝스러울 만큼 낮았다. 게다가 궁사들이 활을 쏠 만한 총안도 없었다.

"흉벽이 왜 저렇게 낮소?"

듀갈이 열성적으로 입을 열었다.

"경치를 감상하려고. 저기 의자에 앉아서 내다보면 경치가 아주 끝내주지. 시를 쓰고 음악을 만드는 데 적격이야. 평생을 봐도 질리지 않는 풍경이지."

"그건 적들도 당신네를 정확히 볼 수 있다는 뜻이오."

말콤은 인내심을 발휘하려 애쓰며 두 노인의 말에 반박했다.

듀갈이 다소 분개한 표정을 지었다.

"아무도 우리에게 활을 쏘지 않아."

"이전까지는."

개빈이 다시 한 번 중얼거렸다.

"맞아, 이전까지."

앵거스도 다시 한 번 동의했다.

"이젠 성 내부를 보여드릴게요."

에어리엘라의 제안에 그들은 입구로 움직여갔다. 그곳에는 예쁘장한 벌꿀색 머리의 여자가 기다리고 있었다.

"엘리자베스, 이쪽은 맥페인, 그리고 그의 수석 전사인 개빈이시다. 얘는 엘리자베스, 내 딸이라오."

중년의 사내, 고든이 자청해서 소개를 맡았다.

"환영합니다."

그녀가 예의를 갖추며 중얼거렸다. 불안하게 말콤을 흘깃 본 다음 개빈을 바라보았다. 그가 미소지어 보이자, 그녀는 수줍게 눈을 내리깔았다.

그들이 들어선 거대한 홀은 양쪽 맞은편에 정교하게 조각된 벽난로가 자리잡고 있었다. 네 개의 커다란 아치형 창문에서 풍성한 햇살이 쏟아져 들어왔다. 짙은 빛과 연한 빛의 나무가 교차된 한쪽 벽면에는 한 남자가 사다리에 올라 피해를 보수하고 있었고 가운데에는 주홍색 천을 드리운 연단 위에 족장의 책상, 그 주위로 열 개 이상의 사이드 테이블이 정렬되었다. 테이블마다 색색의 옷감이 쌓여 있었는데, 여자들이 분주히 그 천들을 자르고 바느질하는 중이었다. 다른 여자들은 구석에서 물레질을 하고 또 창문 옆의 여자들은 정교한 태피스트리를 만들었다. 골풀과 향긋한 허브들이 바닥에 깔려, 그 너머 부엌에서 번지는 고기 굽는 냄새와 기막히게 어우러들었다.

맥페인의 홀만큼 크지는 않지만, 훨씬 더 상쾌하고 기분좋은 곳이었다.

"여자들이 뭘 만드는 거지?"

말콤이 물었다.

"도둑맞은 깃발과 태피스트리들을 다시 만들어 놓으려는 겁니다."

니알이 설명했다.

"당신의 위대한 군대가 도착할 때까지 준비해 놓으려 했었죠."

그의 어조에는 노골적인 경멸이 담겨 있었다. 하지만 말콤은 무시하기로 결정했다. 이 남자도 롭처럼 말콤이 그들 일족의 약탈을 막아 주었어야 했다고 믿는지도 몰랐다.

그들은 계속해서 성을 둘러보았다. 부엌과 지하 창고와 위층의 침실들까지. 가는 곳마다 성을 예전 상태로 되돌리기 위해 실을 잣고 그림을 그리거나 보수공사를 하는 사람들이 즐비했다. 사실 이 건물에 대한 말콤의 견해는 대단히 비판적이었다. 이곳은 요새가 아니라, 아름다운 집으로 만들어졌다. 미학적인 부분에는 지극히 공을 들였지만 방어적인 요새로 평가하자면 완전히 무용지물이었다.

게다가 그 점을 개선하기 위한 제안을 할 때마다 창문의 쇠창살이 빛을 가로막는다는 둥, 탑에 궁사들 구역을 만들면 바람이 안 통한다는 둥의 대답만 들었을 뿐이었다. 말콤은 시간이 갈수록 점점 짜증스러워졌다. 하지만 한편으로는 그들의 범상치 않은 기술과 예술성에 감탄했다. 창문과 벽난로와 문틀마다 섬세한 돌조각이 장식되었고, 천장의 우아하게 세공된 나무 패널들이 아름답고 따뜻한 분위기를 자아냈다.

"저 통로는 어디로 이어지나?"

한 곳의 아치형 문 앞에 밧줄이 가로놓여 있었다.

"남쪽 탑으로 통하는 계단이오. 아직 건축중이라 막아놨다오."

고든의 설명에 말콤은 이해가 되지 않는 듯 눈살을 찌푸렸다.

"이 탑은 공격 길목도 아닌데 왜 놈들이 여기다 불을 질렀을까?"

아무도 대답하지 않았다.

"당신들을 도우려면 상황을 정확히 알아야 하잖소. 놈들이 왜 불을 질렀소?"

마침내 입을 연 것은 롭이었다.

"그 탑에 족장님 딸의 방이 있었어요. 놈들의 두목이 그녀에게 결혼을 강요했어요. 그녀가 족장의 유일한 혈육이기 때문에 그 결혼으로 우리 족장이 될 수 있었으니까. 그럼 그의 아들이 정통 후계자가 되죠."

"이해할 수가 없군. 그 여자를 신부로 삼고 싶었다면 왜 저기다 불을 질렀지?"

"불지른 건 그자가 아니오."

니알이 말했다.

"우리 족장님과 일족원들을 여럿 죽인 후에, 그자가 에어리엘라를 그 안에 가둬 두었소. 그리고 그녀가 결혼하겠다고 할 때까지 한 명씩 일족원들을 죽이겠다고 위협했소. 그래서 에어리엘라가 스스로 불을 지른 거요."

말콤이 노인들을 바라보았다.

"그녀가 자살을 했다는 거요?"

노인들은 너무나 고통스러운 듯 시선을 돌려 버렸다.

"볼 만큼 본 것 같군. 잠시 쉬어야겠소."

말콤은 새로이 알게 된 사실에 소름이 끼치는 기분이었다.

그는 거대한 방으로 안내되었다. 반짝반짝 광을 내서 진홍색과 금색 플래드로 덮어놓은 침대. 벽난로 옆에 두 개의 의자와 고급스런 책상이 놓였고, 커다란 옷상자와 밖으로 물이 빠지도록 고안된 돌 수채통, 화장실까지 갖춰져 있었다. 성의 나머지 부분들과 달리, 그 침실의 벽에는 아름다운 태피스트리들이 그득했다. 하나같이 검은 늑대의 위업을 묘사하는 그림이었다. 말콤은 창가로 다가가서 불편한 마음으로 계곡과 숲을 내려다보았다.

자신은 이런 곳에 묵을 자격이 없다.

에어리엘라는 아버지의 침실이 새롭게 단장된 것을 보면서 또다시 분노에 휩싸였다. 일족 사람들은 족장이 될 거라 믿었던 남자를 위해 정성을 다했다. 하지만 맥페인은 그 남자가 아니었다. 도움이 절실히 필요했을 때 그들에게 와주지도 않았고, 이젠 고용된 전사일 뿐 그 이상도 이하도 아닌 인물이었다. 절대로 이런 방에 묵을 자격이 없었다. 그녀는 흘깃 니알을 쳐다보았다. 그의 굳어진 턱이 똑같은 생각에 빠져 있음을 짐작케 했다.

그녀가 목소리를 안정시키려 애쓰며 입을 열었다.

"여긴 맥켄드릭의 방이었어요, 내 생각에……."

"그분을 여기서 지내시도록 해라."

침착하면서도 단호한 얼굴의 알핀이 문가에 서서 말했다.

"네, 그러죠."

마지못해 대답하면서도 그녀는 맥페인에게 못마땅한 시선을 던져 이 방에 묵을 권리가 없음을 분명히 알려주었다. 그리고는 더 이상 참을 수 없어 성큼성큼 걸어나갔다.

"저 아이를 용서하게. 맥켄드릭을 많이 사랑했기 때문이라네."

말콤이 고개를 끄덕였다.

그 노인은 금장식된 사파이어색 풍성한 로브 차림으로 커다란 지팡이에 몸을 의지한 채 서 있었다. 듀갈이 그를 손짓해 보였다.

"이쪽은 알핀, 우리의 점술가지."

유령 같은 백발 노인을 바라보며 말콤이 의심스럽다는 듯 눈썹을 들어올렸다. 이 늙은이가 어떤 말도 안 되는 환상을 일족원들에게 심어주었을까.

알핀이 낄낄대며 웃었다.

"이 맥페인은 점술가를 믿지 않는군. 하지만 운명의 힘은 믿겠지?"

겹겹이 주름진 눈가의 검은 눈동자가 지혜롭게 반짝거려 늙어빠진 몸뚱이 안에 활발한 정신이 살아 숨쉬고 있음을 드러냈다.

"인간의 힘으로 통제할 수 없는 일들이 일어나긴 하오. 그런 걸 운명이라 부르고 싶다면 어쩔 수 없는 일이고."

말콤이 대꾸했다.

"하지만 인간이 허락하기 때문에 일어나는 일들도 있지. 자신의
통제 하에서 일어나는 일들 말이야. 그렇지 않나, 맥페인?"

"물론 스스로의 행동이 미래를 결정짓기도 하오."

알핀의 반짝이는 눈동자가 가늘어졌다.

"아니면 스스로를 과거에 묶어놓기도 하지."

그가 손을 내저으며 다시 낄낄거렸다.

"방은 마음에 드나, 맥페인? 책상도 자네의 거대한 체구에 부족함
이 없을 것 같은데."

말콤은 무심하게 책상을 바라보았다.

"이 정도 크기면……."

그의 눈살이 찌푸려졌다.

전엔 본 적이 없는 조각상 하나가 책상 위에 올려져 있었다. 회색
돌로 깎아 만든 젊은 여자의 두상이었다. 어린애처럼 섬세한 얼굴,
하지만 어린애가 아니라는 걸 알 수 있었다. 커다란 눈과 품위 있게
솟은 광대뼈, 곧게 뻗은 콧날, 돌로 만들어졌음에도 아주 부드러워
보이는 입술. 반항기 혹은 장난기인 것도 같이 턱이 살짝 앞으로 튀
어나왔다. 조각의 모델로 앉아 있는 것이 마음에 들지 않았던 걸까.
그는 묘하게도 담박에 그 여자가 마음에 들었다. 그녀를 본 적이 없
음에도 오랜 친구인 듯한 기분이었다. 긴 곱슬머리가 그녀의 얼굴을
감싸며 어깨까지 조각되어 있었다. 그는 어느새 그녀의 머리색과 그
무게를 가늠하고 있었다. 저 매끄러운 머리결에 손을 파묻으면 어떤
느낌일까, 돌이 아닌 진짜 머리결에.

"저건 누구요?"

알핀이 조용히 대답했다.

"에어리엘라, 맥켄드릭의 딸이지."

고든이 이어서 설명했다.

"우리 족장님이 일년쯤 전에 그 작품을 만들었소. 제일 좋아하신

소장품 중 하나였다오.”

그가 고개를 갸우뚱거리며 인상을 찡그렸다.

“공격당했을 때 도둑맞은 줄 알았는데.”

에어리엘라, 말콤 맥페인과 결혼할 예정이었던 여인. 그가 군대를 이끌고 달려와 그녀와 자기 일족을 잔인한 공격에서 구출해 주리라 믿었을 것이다. 그녀가 방에 불을 지르기까지 얼마나 오래 그를 기다렸을까? 5분? 10분? 그녀가 얼마나 오래 창가에 서서 필사적으로 검은 늑대의 흔적을 찾아보았을까? 한 시간? 아니, 한 시간은 아니리라. 놈들의 두목이 그녀의 아버지를 죽이고 굴복할 때까지 일족원들을 죽이겠노라고 위협했으니까 이 여자는 한 시간도 기다릴 여유가 없었으리라.

한 명의 생명이라도 구하기 위해 즉시 결정을 내렸을 것이다.

그는 죄책감이라는 고통에 이제는 많이 무뎌졌다고 생각했었다. 너무나 오랫동안 시달려 왔으니 그보다 더한 고통이 느껴질 리 없다고 믿었다. 하지만 일족을 위해 죽음을 택했던 그 아름다운 여인을 응시하면서 자신에 대한 혐오감을 견딜 수가 없었다. 더 지독한 것은 자신이 그 죽음을 막기 위해 아무것도 해줄 수 없었으리라는 사실이었다. 그가 만약 그들의 제안을 받아들여 습격 전에 도착했다 하더라도, 맥켄드릭은 틀림없이 코웃음치며 그를 쫓아보냈을 터였다.

오늘 이 사람들이 하고 싶었을 행동과 똑같이.

일족원들은 강력한 전사와 군대를 원했다. 그런데 지금 그들의 손에는 불구의 사내뿐이었다. 그는 이 점잖은 일족의 시인과 곡예사들을 전사로 바꿀 순 없다는 걸 알았다. 하지만 최소한 요새를 강화시킬 수는 있으리라. 다시는 누구도 이곳에 쉽게 쳐들어오지 못하도록. 그에게는 맥켄드릭과 그의 딸에게 갚아야 할 빚이 있었다, 최소한 그 정도는 해주어야 했다.

"나갑시다."

그는 등과 다리의 욱신거림을 무시해 버리며, 절룩절룩 문으로 향했다.

"외곽벽도 둘러봐야겠소."

연기나는 횃불의 노란 불길이 사람들 위로 따뜻한 빛을 뿌려주었다. 그날 밤 일족원 전체가 저녁 식사에 초대되어 검은 늑대의 군대를 위해 준비했던 술과 음식을 나누었다. 남자들은 가장 좋은 셔츠와 플래드 차림으로, 여자들은 가장 좋은 드레스 차림으로 참석했다. 도착한 전사에 대한 실망감이 크긴 했어도, 그런 대로 흥겨운 분위기였다. 마치 오랫동안 이런 축제가 절실히 필요했던 것처럼. 비록 그들이 예상했던 멋진 순간은 아니라 해도 모두들 이 순간을 즐기려 열심이었다.

음악가들이 백파이프와 하프를 연주하는 동안, 곡예사와 춤꾼들이 홀 안을 누비고 다녔다. 맥페인은 명예로운 손님으로 족장의 테이블에 자리잡았다. 개빈과 장로회의 노인들과 니알, 알핀, 롭이 함께 그 자리에 둘러앉았다. 맥페인이 홀로 들어서기 전, 에어리엘라는 이런 자리 배치에 강하게 항의했었다. 아버지의 예전 침실을 그자가 차지했다는 것만으로도 너무나 고통스러웠는데, 하물며 오늘밤 그자와 함께 앉을 마음은 추호도 없었다. 하지만 다른 곳으로 옮겨 달라는 그녀의 요구를 알핀은 단호하게 거절했다.

"너는 생전 씻지도 않느냐?"

테이블로 다가서던 맥페인이 퉁명스레 내뱉었다.

"내 꼴이 보기 싫으면 다른 곳에 가서 앉으세요."

그녀의 신랄한 대꾸에 앵거스, 듀갈, 고든이 나무접시에서 휘둥그래진 눈을 들어올렸다. 에어리엘라가 이렇게 무례하게 구는 모습을 본 적이 없었기 때문이었다.

알핀이 부드럽게 끼어들었다.

"롭은 물과 비누에 담쌓은 지 오래지. 때가 되면 그런 혐오감도 사라질 걸세."

에어리엘라는 시무룩하게 음식 접시로 시선을 내렸다. 자신이 이런 모습이어야 하는 건 맥페인 때문이었다. 이 상태에서 조금 더 씻어낸다면, 맥페인이 그녀의 여성적인 외모를 알아차릴 수도 있었다. 외부인에게 자신이 살아 있다는 사실을 드러내는 위험은 피해야 했다.

'이런 상태라도 괜찮아, 난 아무렇지 않아.'

혼잣말로 중얼거리면서도, 깨끗이 단장하고 좋은 옷을 차려입은 사람들 틈에서 혼자만 동떨어진 느낌이 드는 건 어쩔 수 없었다.

식사가 진행되는 동안, 맥페인은 다른 사람들을 완전히 무시하고 종이 위에 무언가를 적어내려갔다. 그것이 명예로운 손님으로서의 행동에 걸맞지 않았기 때문에 앵거스, 듀갈, 고든은 대단히 곤혹스러워했다. 그래서 몇 번인가 그를 대화로 끌어들이려 애썼지만, 건성의 대답만 들었을 뿐이었다.

하지만 개빈은 맥페인과 자신의 무용담으로 사람들을 즐겁게 해주었다. 이야기가 진행될수록 그 내용이 점점 황당해지자, 에어리엘라는 그 중의 어느 정도가 사실일까 의심스러워했고 말콤도 몇 번쯤 고개 들어 눈살을 찌푸려 보였다. 그런데도 개빈은 전혀 아랑곳없이 활기차게 떠들어댔다.

식사가 끝나기 전, 말콤이 드디어 깃펜을 내려놓으며 종이를 집어들고 테이블에서 일어났다. 홀 안이 쥐죽은 듯 조용해졌다.

"내일부터 전투 훈련과 성의 요새화를 시작할 것이오. 조를 나눠서 한 조가 훈련하는 동안 다른 조는 작업을 계속하는 방식이오. 하루 사 교대로, 모든 남자는 최소한 한 번씩 훈련을 받아야 하오."

"여자들은요?"

말콤과 함께 테이블의 다른 사람들도 당혹스레 롭을 쳐다보았다.

"여자들이라니?"

"여자도 훈련받아야 해요. 공격이 닥칠 때 그들도 스스로 방어하는 법을 알아야 해요."

"안 돼, 여자들을 전쟁터에 내몰 수는 없어."

"여긴 남자들뿐 아니라 우리 여자들의 집이기도 해요."

헬렌이 반박하고 나섰다.

"그러니까 우리도 돕고 싶어요."

"그 무슨 어리석은 말이오, 부인? 여자는 남자와 싸울 수 없소. 잠자코 맥페인의 말을 들으시오."

고든의 말이 끝나자 롭이 다시 반대했다.

"어리석은 말이 아니에요. 집으로 돌아오는 동안 맥페인은 나에게도 싸우는 법을 가르쳐 주었어요. 약한 힘으로도 상대를 제압할 수 있는 방법들이 있었어요."

"거칠고 성난 남자애를 가르치는 것과 부드러운 여자를 가르치는 것은 전혀 별개의 문제야."

말콤이 지적했다.

"여자들에게 내가 가르친 그런 공격 방식을 요구할 수는 없어. 더이상 이 문제는 거론하지 마. 자, 그럼 내일 아침에 남자들은……."

"롭이 배울 수 있었다면, 저도 배울 수 있어요."

엘리자베스가 자리에서 일어나며 외쳤다.

"엘리자베스 맥켄드릭, 아비 망신시키지 말고 얼른 자리에 앉거라."

고든이 벼락같이 고함쳤다.

"싫어요, 아버지. 항상 자신의 믿음을 위해 노력해야 한다고 하셨잖아요. 다시 공격받을 경우 저도 도움이 될 수 있어야 한다는 게 제 믿음이에요."

"저도 동의합니다."

또 다른 빨간 머리 소녀가 자리에서 일어났다.

"앉거라, 미건!"

똑같은 빨간 머리의 아버지가 경악하며 명령했다. 소녀의 얼굴이 눈에 띄게 창백해졌지만 자리에 앉지는 않았다.

"저도요."

다른 여자가 소리쳤다.

"저도요."

"나도."

말콤은 어이없는 시선으로 여자들을 둘러보았다. 백발의 쪼글쪼글한 노파까지 모두 일어나서 목소리를 더했다. 이렇게 싸우고 싶어 안달난 여자들은 본 적이 없었다. 한편으로는 그들을 너무 성급하게 무시했는지 모른다는 생각도 들었다. 맥켄드릭의 남자들은 150명이 채 되지 않았다. 그것도 검을 휘두를 기력조차 없는 앵거스와 듀갈 같은 노인까지 포함해서였다. 이렇게 소수로는 소규모 군대가 쳐들어온다 해도 상대하기 어려웠다. 하지만 여자들을 전력에 더해 넣는다면 일개 군대와 대등한 숫자로 맞출 수 있다.

롭이 다시 입을 열었다.

"나에게 가르쳐 준 것들을 다 가르칠 필요는 없어요. 하지만 그들도 스스로 방어하는 방법을 알 권리는 있잖아요. 여자들은 훌륭한 궁사가 될 수 있어요. 그러니까 활 쏘는 법을 가르쳐 주세요. 그렇게만 되면 더 많은 남자들이 칼로 싸울 수 있을 거예요."

말콤은 마지못해 그 논리를 생각해 보았다. 여자들을 전쟁에 참여시킨다는 것은 전혀 내키지 않았다. 그렇다 해도 습격당할 경우 그들이 어떤 만행에 당면할지도 잘 알았다. 자신의 일족 여자들도 그런 방법을 알지 못했었다. 그가 부락 밖으로 나섰던 그날, 여자들은 전적으로 무방비 상태였다.

그 끔찍한 기억을 되살리며, 말콤은 롭의 말이 옳다는 걸 깨달았다. 이 여자들도 대항할 기술을 배울 권리가 있었다.

"좋아, 훈련받을 의향이 있는 열다섯 살 이상의 여자들도 훈련조에 참여할 수 있다. 이젠 만족스러운가?"

그의 시선이 엘리자베스에게로 향하자, 그녀의 뺨은 장밋빛으로 발그레해졌다.

"네."

그녀가 고개 숙이며 얼른 자리에 앉았다. 말콤이 당황스러워할 만큼 달라진 태도였다.

"한 조가 훈련하는 동안, 다른 조는 성의 요새화 작업에 투입될 것이오."

말콤이 메모한 종이를 읽어내려갔다.

"우선, 흉벽을 이 미터까지 높여야 하오……."

"그럼 경치가 하나도 안 보이는데!"

듀갈이 부르르 몸을 떨며 반대했다.

"이 미터."

말콤의 대꾸는 단호했다.

"구십 센티미터 간격으로 총안을 하나씩 만들어야 하오. 그래야 화살을 재준비하는 궁사들에게 보호막을 제공해 줄 수 있소. 쇠로 만든 격자문도 필수적이오, 내렸다 올릴 수 있도록 기름칠이 잘 된 사슬을 달아서. 격자문을 내렸을 때 양쪽 돌벽에 깊이 박히는 쇠빗장으로 단단히 고정시켜야 하오. 그 앞에 두꺼운 참나무 문도 세울 것이오, 거기에도 두 개의 묵직한 쇠빗장이 있어야 하고."

"그건 시간 낭비, 나무 낭비예요."

니알이 빈정대며 입을 열었다.

"격자문이 있으면 나무문은 필요치 않죠."

"뚫리지 않는 문은 없는 법이야."

청년의 경멸 섞인 어조를 무시하려 애쓰며 말콤이 설명했다.

"하지만 그 문이 공격당하는 동안 당신들은 준비할 시간을 벌 수 있소. 화살, 바위, 끓는 기름을 그놈들 머리 위에 쏟아부을 수 있지."

"저 사람이 지금 끓는 기름이라고 했어?"

앵거스가 귀에 손을 갖다 대며 눈살을 찌푸렸다.

"각각의 탑마다 창문 네 개 이상을 궁사들이 활 쏠 수 있는 구획으로 변경해야 하오. 그 구획 뒤에는 남자 두 명이 들어갈 정도의 화살을 쟁여놓는 공간도 만들 것이오."

"침실이 많아서 그런 구획을 만들 공간은 없네."

듀갈이 반대했다.

"그 탑들은 이제부터 방어 체계를 갖추어야 하오. 그곳에서 계속 잠자고 싶다면, 좀더 작은 공간에서 사는 법을 배우시오."

듀갈이 놀란 얼굴로 앵거스를 바라보았다.

"저 사람이 우리 침실을 무기 창고로 바꾸겠다는군."

"지금의 외곽벽은 땅에서부터 수직으로 올라와 있소. 그건 포위공격을 당할 때 적군이 쉽게 돌벽을 뚫을 수 있거나 그 밑에 굴을 팔 수 있다는 뜻이오."

말콤의 말이 계속 이어졌다.

"그 기저에 일 미터 정도의 비탈을 만들 것이오. 그럼 적군이 벽에서 더 멀어진 곳에 노출될 터이니, 당신들이 흉곽에서 돌을 떨어뜨려 저지할 수 있소."

"저 말 들었어? 우리더러 사람을 벌레처럼 돌로 쳐죽이라는 거야."

근처 테이블에서 한 남자가 중얼거렸다.

"다른 문제점들도 있지만 일단은 성문과 외곽벽, 탑들부터 시작하기로 하겠소."

말콤이 메모지를 둘둘 말아챙겼다.

"그 작업에 참여하지 않는 자들은 훈련을 하거나 무기를 만들 것이오. 활, 화살, 장검, 단검, 도끼, 창, 방패들을 넉넉히 갖춰야 하오. 포위 공격에 대비하여 식량도 충분히 비축해야 하고. 식량이 떨어지지 않는 한 대개의 요새는 난공불락이오."

일족원들은 그저 멍하니 그를 바라보고 있었다.

"새벽동이 뜰 때 안뜰에 집결하시오. 조를 나눠서 작업과 훈련조를 지정하겠소. 각자 무기를 지참하고, 갑옷될 만한 것을 걸치도록. 그때까지 푹 쉬어 두는 게 좋을 거요. 내일은 아주 긴 하루가 될 테니까."

그가 자리에 앉아 개빈의 귀에 술을 갖다 달라고 속삭였다. 그런 다음 계단 쪽으로 걸어가기 시작했다. 조금 전과 같은 권위와 자신감을 뿜어내려 노력했지만, 다리의 고통이 그런 시도를 무력하게 만들었다. 모든 시선이 자신에게 집중된 것을 의식하면서 그는 천천히 뻣뻣하게 홀을 가로질렀다. 이 사람들의 침묵이 연민일까, 아니면 경멸일까 생각하면서.

에어리엘라가 육중한 참나무 문을 두드렸다.

"들어와."

문이 활짝 열리는 사이 그가 의자에서 벌떡 일어났다. 그녀가 본 적이 없을 만큼 민첩한 동작이었다. 하지만 롭이라는 걸 확인하자마자 그는 투덜거리며 털썩 의자에 앉아 책상 위의 단지를 들어올려 술을 뚝뚝 흘러가며 벌컥벌컥 들이켰다. 그런 다음 무심하게 그녀를 바라보았다. 그의 눈꺼풀이 무겁게 드리워져 있었다.

일족원들 앞에서 세세하게 성의 요새화를 설명하던 그 능숙한 지도자의 모습은 사라져 버렸다. 이제 다시 그는 고통에 짓이겨진 채 술에 의지하는 절름발이였다. 에어리엘라는 말콤이 순간적으로 창출해 냈던 그 환상에 흔들리지 말아야 한다고 마음속으로 중얼거렸다.

그가 절룩거리는 걸음으로 망가진 신체 상태를 일깨우기 전, 그 잠시 동안 얼마나 많은 사람들이 그를 믿었을까?

"왜 왔어?"

그가 짜증스레 내뱉었다.

그녀는 가슴 앞으로 팔짱을 끼며 문틀에 기대어 섰다.

"여기 머무는 동안은 그렇게 마셔대면 안 돼요, 맥페인. 일족원들이 당신의 술 취한 모습을 보면, 존경심을 갖지 못할 거예요."

그가 어깨를 으쓱였다.

"지금도 존경심 따윈 없어."

"그들의 존경을 받고 싶으면 존경받을 만하게 행동하세요."

그는 술을 더 들이키고 책상 위의 촛불을 험악하게 노려보았다.

"너희놈들이 존경을 하든 말든 전혀 관심 없어."

"존경심 없는 제자들을 훈련시키기란 힘들 걸요."

그는 어이없다는 듯한 표정이었다.

"정말로 내가 음악가와 곡예사, 시인들을 전사로 만들 수 있다고 생각하나?"

그가 아주 듣기 싫은 소리로 웃어젖혔다.

"너희들은 완전히 어린애야. 쳐들어오는 군대와 맞서 싸우는 게 뭔지 전혀 몰라. 경치가 안 보인다고 불평하고, 궁사들에게 공간을 뺏긴다고 투덜대고, 적의 머리에 돌 굴리는 걸 아주 역겹게 생각하지."

그는 눈을 감으며 의자에 등을 기댔다.

"다음 번에 공격당할 때는 그냥 항복해. 그걸로 끝내. 그럼 적어도 사람은 다치지 않을 거야."

그녀가 주먹을 불끈 틀어쥐며 그에게 다가들었다.

"당신 생각은 틀렸어요, 맥페인. 우리가 음악과 조각에 관심이 많다고 해서 그게 싸우는 기술을 터득하지 못한다는 의미는 아니에요.

아름다운 경치에 기뻐하고 다른 사람에게 동정을 느낀다는 사실이 우리가 약하다는 뜻도 아니구요. 그게 우리를 완전하고 강하게 만들어 주죠. 하지만 물론,"

그녀의 목소리에 경멸이 깃들었다.

"당신처럼 자기밖에 모르는 인간은 그런 걸 이해할 능력이 없겠지요."

그의 무거운 눈꺼풀이 번쩍 들려올랐다. 롭의 회색 눈동자가 열세 살 꼬마답지 않게 분노로 이글거리고 있었다.

"당신은 우리를 훈련시키기 위해 고용된 사람이에요. 우리에게 받는 대가만큼의 노력을 해줘야 해요. 첫새벽에 집결하라고 당신이 직접 명령했으니, 이제 그만 마시고 잠을 자는 게 나을 거예요. 아침에 내가 깨우러 오겠어요."

"나 혼자 충분히 일어날 수 있어."

말콤이 버럭 소리쳤다.

"새벽에는 못 일어날 걸요."

롭이 코웃음쳤다. 그리고는 말콤이 반박하기도 전에 문을 쾅 닫고 나가 버렸다. 그는 몽롱한 술기운에 젖어 오만방자한 꼬마 녀석의 말에 신경쓰지 않기로 했다. 그냥 다시 술을 들이키면서 침대 위에 걸린 태피스트리로 시선을 옮겼다. 검은 늑대가 10명의 전사로 50명의 적을 패배시키는 그림. 그는 황홀하게 그림을 응시했다. 자신이 정말 그런 믿을 수 없는 공적을 세운 적이 있었던가? 기억나지 않았다. 기억나지 않는 게 짜증스러워서, 촛불을 꺼 그 그림을 어둠 속으로 묻어 버렸다.

그리고는 침대에 털썩 쓰러져 남은 와인을 마저 마셨다. 자신에 대한 이야기가 다 과장된 것일지도 모른다, 그 모든 것이 더 이상 진실일 리 없다는 생각뿐이었다.

4

그녀는 주먹을 들어 몇 번이고 검은 패널 방문을 쿵쿵 두드렸다. 마침내 맥페인을 억지로라도 침대에서 끌어낼 작정으로 활짝 문을 열어젖혔다.

텅 비어 있었다.

에어리엘라는 눈살을 찌푸리며 복도로 걸음을 옮겼다. 지나치는 침실들마다 하품소리와 물소리가 밖으로 새어나왔다. 아래층에서 그녀는 빵 한 덩이씩을 움켜쥐고 달려나가는 던컨과 앤드루를 보았다. 그녀도 그 뒤를 따라 희뿌연 새벽공기 속으로 나가보았다. 일족원들이 늘어지게 하품하고 옷을 가다듬으며 맥페인의 앞으로 모여들고 있었다.

그는 거대한 검은 말등에 우뚝 올라앉아 침착하게 사람들을 지켜보고 있었다. 다시 한 번 깔끔한 플래드와 윤기나는 가죽조끼, 그리고 깨끗한 셔츠 차림이었다. 말끔하게 면도를 하고 검은 머리도 제대로 빗었으며, 완벽하게 말짱한 정신인 듯했다. 이런 이른 시간에 익숙지 않은 데다 어젯밤 파티의 여파로 느릿느릿 모여드는 일족원들보다 훨씬 더 빈틈없어 보였다. 에어리엘라는 그가 어떻게 일찍 일어나 준비를 끝냈을까 궁금해 했다. 숙취에 아직 헤매고 있을 시간에 말이다. 여행하는 동안 가장 마지막에 일어난 사람은 언제나 맥페인이었다.

그의 옆으로 다가드는 개빈을 보는 순간, 그 대답은 확실해졌다. 맥페인이 도움 없이 혼자 힘으로 일어났을 리는 없었다. 자랑스런 검은 늑대가 더 이상의 수치를 당하지 않도록 그의 친구가 일찌감치 깨워 준 것이리라.

"저 남자 너무너무 근사하지 않니?"

에어리엘라가 놀란 표정으로 엘리자베스를 바라보았다.

"네가 저렇게 우락부락한 얼굴에 매력을 느끼는 줄은 몰랐네."

"전혀 우락부락하지 않은걸."

엘리자베스의 눈이 꿈을 꾸듯 몽롱해졌다.

"상냥하고 부드러운 얼굴이야, 특히나 미소지을 때는."

에어리엘라는 당혹스레 말콤을 쳐다보았다. 표정은 침착했지만, 깊은 주름이 완고하게 패여 있었다. 인생에서 아무런 즐거움도 찾지 못한 남자의 얼굴, 부드러움의 흔적은 찾아볼래야 찾을 수 없었다.

"저 남자가 미소짓는 거 봤어?"

"그러엄. 처음 소개받을 때 나한테 미소지었어, 난 정말 심장이 멈추는 줄 알았어. 어젯밤 식사하는 동안에도 자주 웃던걸. 그때마다 난 숨쉴 수가 없을 정도였어."

그녀가 목으로 손을 올리며 한숨을 내쉬었다.

"그건 다 너의 상상이야, 엘리자베스."

에어리엘라는 고개를 흔들며 중얼거렸다.

"저 남자와 며칠 같이 여행해 봤지만, 맹세코 맥페인은 한 번도 미소짓지 않았어."

엘리자베스가 까르르 웃음을 터트렸다.

"맥페인을 말하는 게 아니야. 그 남자는 절대 미소짓지 않을 거야, 저 정도로 끔찍하게 몸이 망가진 후에는 특히나 더하겠지. 내가 말하는 사람은 그의 수석 전사, 개빈이라구."

맥페인에 대한 그런 묘사를 들으면서 에어리엘라는 대뜸 기분이 나빠졌다. 자신도 그런 식으로 여러 번 생각했으면서 왜 불쾌한 기분이 드는 걸까. 그녀는 자신의 그런 마음을 접어두고 맥페인과 대화를 나누는 개빈에게 시선을 집중시켰다. 충분히 보기 좋은 얼굴이었다. 가지런한 이와 회색이 드문드문 섞인 검은 머리, 매력적인 구석이 많은 남자였다. 그리고 정말로 그는 자주 미소지었다. 하지만 너무너무 근사하다고?

"너한텐 너무 나이가 많아, 엘리자베스. 마흔 살도 넘었다구. 넌 겨우 스물두 살이잖아. 게다가 맥페인이 떠나면 그 사람도 같이 떠날 거야. 너무 마음 열지 마."

"내 마음은 너무 오랫동안 닫혀 있었어. 맥켄드릭 중에서 내 마음을 사로잡은 사내도 없었고."

개빈을 지켜보면서 엘리자베스의 얼굴에 흐릿한 미소가 번졌다.

에어리엘라는 그런 친구를 물끄러미 쳐다보았다. 맥켄드릭은 고립된 일족이었기 때문에 젊은 남녀는 일족 안에서 배우자를 찾아야 했다. 어렸을 적에 에어리엘라는 이 남자들 중에서 누가 자신의 남편감일까 궁금해 했었다.

하지만 아들을 낳지 못한 채 어머니가 돌아가신 후에는, 자신의 선택이 일족 전체에 미치게 될 여파를 알게 되었다. 고집스럽고 조용한 소년이었던 니알은 이제 잘생기고 진지한 청년으로 자라났다. 그리고 그녀에 대한 애정도 각별했다. 그의 감정이 우정 이상이라는 걸 깨달았을 때, 에어리엘라는 알핀에게 찾아가 니알이 검의 다음 번 주인이냐고 물어 보았다. 알핀은 다음 번 족장이 일족 안에 없다고 알려주었다. 그래서 그들은 좋은 친구로 남았다.

하지만 일족의 어떤 여자도 니알의 관심을 끌지 못했고, 그는 여전히 그녀에게 남편이 생기는 것을 달가워하지 않았다. 그녀가 숲속에서 상처입은 로드릭을 성으로 데려왔던 날, 니알은 잠시 로드릭과 얘기를 나눠 본 후에 에어리엘라를 따로 불러내 그 잘생긴 외부인을 믿지 말라고 경고했었다.

그의 충고를 질투 때문이라고 무시해 버린 것이 얼마나 어리석었던가.

"남자는 뜰 서쪽으로, 여자는 동쪽으로 모이시오."

말콤이 명령을 내렸다.

쾡한 눈의 맥켄드릭들이 천천히 움직였다. 이런 새벽 시간에 그들에게 민첩하기를 바라는 것 자체가 무리였다.

"자, 각기 네 조로 구분하시오. 남자 삼 개조는 성문, 흉곽, 무기 만드는 작업을 담당하고 여자 삼 개조는 비축할 식량 준비, 활과 화살 생산, 그리고 오늘의 식사 준비와 아이들 돌보는 일을 포함해서 집안 일을 담당하시오. 나머지는 여기 남아서 훈련을 받을 것이오."

이의를 제기하는 자는 한 명도 없었지만, 그의 지시대로 뿔뿔이 흩어지는 사람들의 표정은 확연히 시무룩했다.

"활과 화살을 준비해 온 자는 여자들에게 넘겨주시오. 여자들은 개빈의 지시에 따라 외곽 벽 밖에서 궁술을 배우도록."

무기를 갖춰 든 여자들이 성문 밖으로 밀려나갔다. 롭도 활을 어깨에 짊어지고 당연히 그들을 따라가려 했다.

"너 어디 가는 거야?"

말콤이 다그쳤다.

"개빈을 도와주려구요."

"여자들 다루는 건 개빈 혼자 충분히 할 수 있어. 넌 남자들과 같이 훈련받아."

니알이 격분한 표정으로 반대했다.

"그 애는 우리와 같이 훈련할 수 없어요. 아직 어린애예요."

"남자들과 같이 훈련받아."

말콤은 단호하게 되풀이했다.

잠시 망설이다가 롭은 마지못해 남자들 사이로 합류했다.

"자, 이제 제일 먼저 할 일은……."

"잠깐잠깐!"

앵거스가 낡은 검을 질질 끌며 서둘러 걸어왔다.

"우리도 빠질 수 없지!"

앵거스의 검보다 더 녹슨 검을 흔들며 듀갈이 천천히 그 뒤를 따랐다. 비록 무기를 들지는 않았지만 풍성한 에메랄드빛 로브 차림의 알핀까지 합류하고 나섰다. 앵거스와 듀갈은 남자들 앞에 자리잡은 즉시 누구의 검이 더 무거운가를 놓고 토닥거리기 시작했다. 한편 알핀은 말콤에게 손을 흔들어 보인 다음 구경꾼의 위치로 물러났다.

말콤은 멍하니 그 백발의 노인들을 바라보았다.

"뭣들 하시는 거요?"

앵거스와 듀갈이 놀란 시선을 들어올렸다.

"당연히 훈련받으려는 거지."

"전사가 되려고."

앵거스는 뭐 그런 걸 묻느냐는 식으로, 듀갈은 말콤이 달리 오해하지 않도록 더욱 분명하게 설명을 덧붙였다.

갈색 반점들이 번진 연약한 팔을 부르르 떨어가며, 앵거스가 자신의 골동품 무기를 들어올려 보여주었다.

"내 아버지의 검이었지. 백년도 더 된 거야. 한 번도 써본 적 없고."

"내 검이 더 무거워."

듀갈이 큰소리치며 자신의 무기를 들어올리려 했다. 그의 굽은 몸뚱이가 부들거리는데도 허리 위까지 도저히 올려지지 않자, 그냥 포기하고 뭉툭한 칼끝을 땅으로 툭 떨어뜨렸다.

"육십 년 전에 만든 이게 훨씬 더 무겁다구."

"네 녀석이 어떻게 알아? 써볼 기회도 없었으면서."

앵거스가 반박했다.

"지금 기회가 생기잖아. 어떤 바보라도 이게 더 무겁다는 걸 알아. 맥페인한테 물어 보라구."

두 노인이 해결책을 내달라는 듯이 그를 바라보았다.

말콤은 그저 당황스럽고 어이가 없었다. 두 노인의 진지한 표정으로 보아, 진심으로 다른 사내들과 같이 훈련할 결심인 모양이었다.

"훈련에 참가하시겠다니 고맙군요."

노인들의 감정을 건드리지 않고 제외시킬 만한 방법이 뭐가 있을까?

"체격이나 힘, 두려움을 이유로 훈련할 수 없다고 생각하는 사람들에게 귀감이 될 거요."

일부러 나이에 대한 언급은 피했다.

"하지만 옆에서 지시하는 것을 도와주신다면 훨씬 더 영광이겠소. 연륜과 경험에서 나오는 지혜가 우리에게 큰 유익이 될 거요."

앵거스의 주름진 얼굴이 기쁨으로 활짝 피어났다.

"절대적으로 옳은 말이야. 실례하겠네, 듀갈. 검은 늑대가 내 도움을 필요로 해서 말이야."

그는 아버지의 검을 아무렇게나 질질 끌어대며 앞으로 나갔다.

"나도 네 녀석만큼 도울 수 있어."

듀갈이 발끈했다. 그의 검은 즉시 지팡이로 좌천당하고 말았다.

"잘 살펴보려면 연단으로 올라가야겠어."

"난 오랫동안 서 있을 수 없다구. 발목이 부어올라서."

"누구 의자 좀 갖다드려."

말콤은 최대한의 인내심을 발휘하며 지시했다.

지체없이 세 개의 의자가 연단 위에 준비되었다. 앵거스와 듀갈, 알핀이 마침내 자리를 잡고 앉자, 말콤은 이제 전사가 되려는 남자들에게로 시선을 돌렸다.

12살부터 60세 사이의 참으로 다양한 체구와 몸집을 지닌 사내들이 모여 있었다. 찬장과 서랍장에서 무기가 될 만한 것들을 죄다 긁어모은 모양이지만, 그 결과는 결코 운이 따랐다고 볼 수 없었다.

그들의 증조할아버지가 휘둘렀음직한 구멍나고 녹슨 검들, 수년간 나무를 잘라 무뎌진 도끼들, 짐승 가죽을 벗기고 가구를 조각하느라 까맣게 날이 변한 단검들. 몇몇 특별히 부지런한 남자들은 완전히 무용지물인 화려한 색색의 천조각으로 장식한 나무 방패를 만들어 냈으며, 다른 자들은 양동이와 그릇들을 투구랍시고 눈까지 푹 뒤집어썼다.

그 모습들이 어찌나 우스꽝스러운지, 말콤은 시선을 내리깔고 흠흠 헛기침을 해야 했다. 웃음이 터져 버릴까 봐 진심으로 걱정스러웠다.

"일단은 갑옷이나 무기 없이 훈련을 시작하겠소."

그것만이 이 문제의 해결책이라 결정하고 그가 목소리를 높였다.

"다 내려놓고, 두 줄로 나눠서 열 발짝 간격으로 둘씩 마주 보시오."

실망스런 표정들에 이어 몇몇 불평소리도 뒤따랐다.

오늘 당장 검술을 배운다고 생각했던 걸까? 이 사람들의 열정에 용기를 내야 할지 아니면 그 순진함에 치를 떨어야 할지 말콤은 알 수가 없었다.

"내가 명령하면, 서로에게 돌진해서 상대방을 쓰러뜨리시오."

잠시 사람들의 준비 상황을 점검해 보았다.

"공격!"

두 줄의 맥켄드릭 사내들이 앞으로 달려들었다.

대부분은 몸을 부딪혀 상대를 바닥으로 쓰러뜨리는 것이 고작이었다. 쓰러진 사람들이 상대의 발목을 움켜잡아 같이 끌어내렸다. 그 후에는 모두 한데 흙 속에서 엉켜붙는 난장판이 되었다. 한 명이 숨을 못 쉬겠다고 소리소리질러 부축을 받으며 빠져나갔다. 또 다른 남자가 어깨를 다쳤다고 소리치자, 그 즉시 사람들아 몰려들어 문질러 주고 야단들을 떨었다.

"저런 식으로 뭘 배우겠어."

앵거스가 고개를 흔들며 한마디했다.

"그냥 무기를 들고 싸우라는 게 낫지."

"날 시험하지 마시오."

말콤이 중얼거렸다.

"뭐라고?"

듀갈이 귀에 손을 갖다 대며 물었다.

"아직은 안 된다고 했소."

서로서로 일으켜 세워 먼지까지 털어주는 남자들을 말콤은 한심하게 쳐다보았다.

"제자리로 돌아가서 다시 시작. 상대를 적이라고 생각하시오. 이기겠다는 결심으로 덤벼들란 말이오."

두 줄의 사내들이 다시 부딪혔다. 이번에는 좀더 공격적으로.

결과는 눈뜨고 봐줄 수가 없을 정도였다. 열맷 명의 남자들이 신음하며 나동그라지자 상대방은 얼마나 다쳤냐고 물어 보며 용서를 빌었다. 심하게 다치지도 않은 남자 두 명은 쌍충깡충거리는 폼이 더 이상 계속하기 싫은 기색이었고, 나머지는 조그맣게 긁히고 까진 상처를 살피느라 정신없었다. 그 중에 찢어진 소매를 쳐다보며 경악하는 남자도 있었다.

"저런저런, 끔찍한 일이 벌어졌군."

듀갈이 쯧쯧 혀를 차며 중얼거렸다.

"케네스의 제일 좋은 셔츠가 찢어졌어."

"글리니스가 잘 꿰매 주겠지. 바느질 솜씨가 좋은 여자잖아."

앵거스가 그를 안심시켰다.

말콤은 울화통을 꾹꾹 참아가며 입을 열었다.

"다시 해보시오. 이번에는……."

그 순간 외곽벽 너머로 한 무더기의 화살이 후드득 날아들었다. 놀란 사내들이 쏟아지는 화살을 피해 비명을 지르며 달아났다. 불행히도 미처 피하지 못한 고든이 엉덩이에 화살을 맞았다. 또 다른 화살은 말콤의 말 옆 불과 몇 센티미터 떨어진 곳에 푹 박혀들었다. 말이 머리를 쳐들어올리며 히히힝 뒷걸음질쳤다.

"대체 무슨 일이야?"

말의 목을 매만져 진정시키며 말콤이 고함쳤다.

잠시 후 개빈이 민망한 표정으로 성문 앞에 나타났다.

"미안합니다. 여자들이 목표물보다 너무 낮게 쏘길래, 좀더 위를 겨냥하라고 했는데……."

그가 어깨를 으쓱였다.

"그런데 이렇게 됐어요."

"흐음, 여자들을 탓할 수는 없지."

앵거스의 말에 이어 듀갈도 고개를 끄덕였다.

"그래, 하라는 대로 한 것뿐인걸."

"명령대로 잘 따르는 모양이야."

알핀도 기분좋게 한마디했다.

"맞아. 우리 여자아이들이 첫날부터 이렇게 높이 쏠 수 있을지 누가 알았겠어?"

앵거스는 갑자기 신명이 난 표정이었다.

턱을 꽉 다문 채, 말콤은 부축받아 떠나는 고든의 모습을 지켜보았다. 이제 겨우 십분 훈련했을 뿐인데, 벌써 네 명이나 쓰러졌다.

이런 식으로 가다간 저녁 때쯤 일족원 전체가 드러누울 판이었다.

"우린 그런 남자 필요 없어요."

니알이 단호하게 입을 열었다.

"오늘 배운 게 뭐란 말입니까? 무거운 검 들어올리느라 팔이 아픈 것밖에 없잖아요?"

"난 여자들이 활보다 바늘에 더 적합하다는 걸 배웠어."

고든이 아픈 엉덩이를 움찔거리며 구시렁거렸다.

"그래도 우린 많이 나아졌어요, 아버지. 과녁을 다른 곳으로 옮긴 후에요."

엘리자베스가 애써 변명했다.

"그는 여자들을 궁사로 만들려 해요. 우린 허공이나 찔러대야 하구요."

경멸스런 어조로 니알이 계속 말을 이었다.

"몸만 쑤시고 피곤할 뿐이에요. 이게 다 뭡니까? 누구, 공격에 맞설 수 있다고 자신하는 사람 있어요?"

"난 너무 피곤해서 자고 싶은 생각밖에 없어."

램지가 투덜거렸다.

"난 팔이 아파 죽겠어. 지금 당장 누가 쳐들어온대도 손 하나 까딱 못해."

그레이엄의 불평에 이이, 휴기 플래드를 걷어올렸다.

"그건 아무것도 아니야. 내 허벅지 상처 좀 봐. 얼마나 크게 멍들었는지……."

"그것도 상처라는 거야? 내 어깨는 호수만큼이나 넓게 베였다구."

브라이스가 셔츠를 풀어내기 시작했다.

"베였다구? 난 갈비뼈가 부러졌어. 이건 확실해, 그래도 신음소리한번 안 냈어.”

“내가 달려들 때부터 징징댔잖아. 네 엄마한테 데려다 줘야 할까 고민했었어.”

“이런 훈련은 시간 낭비예요.”

니알은 다시 관심을 끌어모으려 노력했다.

“맥페인이 우릴 전사로 만들 수 있다고 생각한다면 완전히 착각이죠.”

“우린 싸우는 일족이 아니야. 그런 일은 다른 자들에게 맡겨야 돼.”

고든이 짜증스레 동의했다.

“맞아요. 그러니 맥페인이 무슨 소용입니까? 그자를 한 번 보기만 해도 다음 족장감이 아니라는 게…….”

“설마 그 사람이 다음 족장은 아니겠죠, 알핀?”

브라이스가 끔찍하다는 듯이 다그쳐 물었다.

모든 시선이 족장 테이블에 앉은 알핀에게로 향했다. 걱정스레 그의 대답을 기다리면서 홀 안에 침묵이 내려앉았다.

알핀은 의자에서 일어나 날카롭고 총명한 눈동자로 일족원들을 바라보았다.

“내가 작은 씨앗 하나를 보여주면서 이 연약한 껍질 안에 여름의 넓은 그늘과 가을의 많은 과실, 겨울의 풍성한 땔감과 집 지을 재목이 들어 있다고 말한다면, 내 말을 믿겠나?”

사람들은 말없이 그의 지혜를 곰곰이 생각해 보았다.

알핀이 만족스레 고개를 끄덕인 다음, 주홍빛 로브자락을 끌며 천천히 홀에서 나갔다.

그의 모습이 사라지자마자, 모두들 한꺼번에 질문을 쏟아내기 시작했다.

“지금 그 말이 무슨 뜻이야?”

“씨앗에 대해서 뭐라고 했는데.”

“내 생각에는, 지난 가을에 잘라낸 나무를 보충하려면 더 많은 씨 앗이 필요하다는 뜻인 것 같아요.”

그레이엄이 아는 체를 했다.

“왜 갑자기 씨앗 걱정을 하는 거지? 우린 검은 늑대 얘기를 하고 있었는데.”

앵거스가 알 수 없다는 듯 생각에 잠겼다. 그 친구의 귀에 대고 듀갈이 큰 소리로 속삭였다.

“아무래도 알핀이 예전 같지가 않아. 점점 늙어가고 있어. 백사십 살이 넘었을 때부터 완전히 달라졌다니까.”

“검은 늑대는 막강한 군대를 끌고 와야 했습니다.”

니알은 자신에게 관심을 끌어들이려 무던히도 애썼다.

“그런데 혼자 몸으로, 그것도 족장 역할에 절대 어울리지 않는 약한 몰골로 나타났어요. 그자 때문에 우리의 족장님과 많은 사람들이 죽었습니다. 오늘에서야 장례를 치르게 된 가이와 마커스를 포함해서요. 우리가 왜 그런 남자에게 시간을 낭비해서 그들의 기억을 더럽혀야 합니까?”

“에어리엘라도 그를 족장감으로 생각지 않아요, 그렇지 않다면 벌써 검을 내주었을 거예요.”

아그네스가 머뭇머뭇 입을 열었다.

“그런데 왜 데리고 온 거야?”

헬렌이 중얼거렸다.

던컨이 자리에서 일어나 진지하게 사람들을 둘러보았다.

“에어리엘라는 그가 우릴 도와줄 수 있다고 믿었기 때문에 데려왔어요. 비록 상처입은 몸이라 해도, 맥페인은 보기보다 훨씬 강해요.”

“맞아요.”

앤드루도 맞장구쳤다.

“우리가 집으로 돌아오던 도중에…….”

니알이 그 말을 가로막았다.

“그가 다음 족장이 아니라면 우린 적당한 족장을 찾는 데 시간을 써야지, 이렇게 어리석은 광대극이나 할 때가 아니야. 우리에겐 보호해 줄 수 있는 막강한 군대와 그 군대를 이끌어 줄 족장이 필요해. 굳이 훈련을 받아야겠으면 다른 선생을 찾아볼 수도 있잖아, 동정해야 할 불쌍한 불구자 말고.”

“그럼 동정하지 마.”

모든 눈길이 계단에서 내려서는 에어리엘라에게로 향했다. 그녀는 못마땅하게 일족원들을 둘러본 다음 니알에게 시선을 고정시켰다.

“네가 나쁜 의도로 맥페인을 몰아내자고 선동하는 건 아니라고 생각해, 니알. 하지만 어제 분명히 밝혔듯이, 난 그를 족장 자리에 앉히려고 데려온 게 아니야. 우리에게 전투 기술을 가르쳐 줄 수 있다고 믿었기 때문에 데려왔어.”

“상대를 넘어뜨리고 허공이나 찔러대게 하는 게 무슨 훈련이야?”

니알이 다그쳐댔고, 램지도 한마디 거들었다.

“그 남자는 뛰고 달리고 싸우지도 못해. 직접 시범을 보이지도 못하는데 무슨 수로 우릴 가르치겠어?”

“맥페인은 수많은 전투에서 싸웠어요, 그리고 단 한 번도 지지 않았고요.”

솔직히 에어리엘라도 확신하지 못하는 말이었지만, 사람들의 관심을 사로잡는 데는 성공이었다.

“그는 수천 명을 훈련시켰어요. 가장 평범한 농부들을 스코틀랜드 최고 전사들로 만들어 냈다구요. 이 정도면 우리 선생님으로 충분한 자격이 있지 않나요?”

그녀는 잠시 말을 멈추고 자신의 과장된 말이 사람들의 불평 속으로 스며들기를 기다렸다.

"그래요, 한때 온전했던 그의 몸이 수많은 전투 탓에 끔찍한 대가를 치르게 되긴 했죠. 하지만 절대 맥페인을 무기력하다고 생각지 말아요. 집으로 돌아오다가 앤드루와 던컨과 난 여덟 명의 포악한 강도들에게 공격을 당했어요. 우리가 잔인하게 도살당하려는 그 순간, 맥페인이 거대한 말을 타고 어둠 속에서 튀어나왔죠. 누구 하나 검을 들어올리기도 전에 그가 여덟 명의 강도를 모두 해치웠어요."

사람들이 그 경탄할 만한 광경을 상상할 수 있도록 그녀는 다시 말을 멈췄다.

"이제 아셨나요? 그렇게 상처받은 몸인데도, 너무나 고통스러운 상태인데도, 검은 늑대는 여전히 위대한 전사예요. 당신들 다섯 명이 한꺼번에 덤벼든다 해도 그는 거뜬히 이길 수 있어요. 그 놀라운 능력으로 미루어 보아, 적당한 다음 대 족장을 찾을 때까지 그가 우리를 충분히 가르쳐 줄 수 있다고 믿어 의심치 않습니다."

일족원들은 휘둥그래진 눈으로 홀린 듯이 그녀를 바라보았다. 에어리엘라는 만족스러웠다, 분명 자신의 연설이 대단히 설득력 있었던 듯했다.

"그 정도로 날 믿어 주니 고맙군."

그녀가 놀란 숨을 삼키며 화들짝 돌아섰다.

맥페인이 그녀의 뒤 계단 위에 우뚝 서 있었다. 깊이 주름진 얼굴에 분노가 서리고 그의 눈동자 또한 격하게 이글거렸다.

그것이 그녀에게로 향한 것일까, 아니면 일족원들에게로 향한 것일까.

그가 거칠게 내뱉었다.

"새벽에 훈련이 재개될 거요. 푹들 쉬어 두시오. 내일도 아주 긴 하루가 될 테니까."

그는 잡아죽일 듯한 시선을 에어리엘라에게 던지고는 몸을 돌려 천천히 계단을 올라갔다. 이야기를 지나칠 정도로 들어 버린 게 틀림없었다.

"꺼져."

노크소리는 단호하게 계속되었다.

"귀찮게 굴지 말란 말이야."

육중한 문이 활짝 열렸다. 롭이 복도에서 조심스레 그를 바라보았다.

"식사는 개빈이 갖다놨어."

말콤이 책상 위의 건드리지도 않은 음식을 가리켰다. 그리고는 술을 한껏 들이키고 아픈 등짝을 쿠션에 털썩 기댔다. 문득 소년이 들고 온 병에 그의 시선이 쏠렸다.

"그거 술이냐?"

"물이에요."

롭이 책상에 병을 내려놓으며 텅 빈 세 개의 술병을 들여다보았다.

"오늘밤에는 충분히 마신 것 같군요."

"충분한지 아닌지는 내가 결정해. 내가 불쌍해 보이면 술을 가져오든지 아니면 절대 귀찮게 굴지 마. 알아들어?"

말콤이 버럭 고함쳤다.

"난 당신을 불쌍히 여기지 않아요, 맥페인."

'저 지저분한 얼굴에 숨은 동정을 찾아내고 말리라.'

말콤은 그 차가운 회색 눈동자를 무섭게 노려보았다. 롭이 가슴 앞으로 팔짱을 낀 채 철저한 무관심으로 그의 시선을 받아냈다. 잠시 후, 말콤은 그 말이 사실이라는 걸 깨달았다. 이 꼬마는 그에게 동정 비슷한 감정도 느끼지 않았다. 물론 경멸은 있었다, 하지만 동정은 아니었다. 그는 만족스럽게 눈을 감았다.

동정보다는 경멸이 훨씬 더 견딜 만했다.

"날 내버려 뒀어야 했어."

그가 불편하게 몸을 들썩이며 으르렁댔다.

"내 꼴을 확인하자마자 그냥 떠났어야 했다구."

"난 그렇게 했어요, 맥페인. 우릴 쫓아온 건 당신이었어요."

말콤이 기억을 더듬으며 눈살을 찌푸렸다.

"내가 너흴 쫓아갔다고?"

"사실 우리에게 무슨 일이 생길까 걱정했던 건 개빈이었죠. 당신은 그냥 같이 왔을 뿐이구요."

말콤의 지끈거리는 머리 속에서 기억들이 소용돌이쳤다. 하지만 정확히 붙잡을 수가 없었다. 그게 당연한 일이겠지. 마침내 그가 고개를 끄덕였다.

"하지만 네가 이리로 날 데려왔잖아. 이런 게 아무 상관 없다고 믿게 만든 것도 너였어."

그가 자신의 짓이겨진 몸뚱이를 손짓했다.

"하지만 상관이 있었어. 너희놈들은 날 보자마자 온전치 못하다는 걸 알았어."

텅 빈 술잔을 냅다 집어던졌다. 하지만 그것은 그가 바라던 대로 산산조각나지 않고 벽에 부딪혔다가 온전하게 바닥으로 떨어져 내렸다. 그것이 더 그를 무력한 기분으로 몰아넣었다.

"빌어먹을, 날 혼자 내버려 뒀어야 했어."

롭이 경멸스레 입을 열었다.

"위대한 검은 늑대가 도전에 응하는 방식이 이런 거로군요. 말해봐요, 당장 극복하지 못할 문제가 생겼을 때 항상 이런 식으로 자신을 동정했었나요? 당신에 대한 그 대단한 소문들이 어떻게 만들어졌는지 신기하군요. 아니면 검은 늑대의 전설적인 위업들이 노력 하나 없이 우연히 만들어진 걸까요?"

"전설적인 위업 따윈 없어!"

건방진 꼬마 녀석.

"다 거짓말이야! 한때 진실일 수도 있었던 것들은 이제 환상과 과장 속에 파묻혔어. 나조차도 진짜로 일어난 일인지 기억할 수 없어."

그는 가슴을 틀어쥐는 절망감과 필사적으로 싸우며 공허한 목소리로 중얼거렸다.

"내 과거가 너무 하찮아서 과장해야 했는지도 모르지."

롭이 조용히 고개를 흔들었다.

"아니에요, 그렇진 않아요."

말콤은 그 말을 믿고 싶어 잠시 생각에 잠겼다. 그런 다음 그의 시선이 가늘어졌다.

"그런데도 넌 일족원들한테 진실을 말하지 않았어."

"그건 잘못된 행동이었어요. 하지만 그들이 당신의 훈련을 받아들이려면, 우선 당신을 존경해야 해요. 그래서 네 명이 아닌 여덟 명으로 부풀렸어요."

"셋이야. 한 놈은 개빈이 죽였어. 위대한 전사의 무용담거리는 아니지."

그가 코웃음치며 눈 위로 한 팔을 올렸다.

"그 얘기가 마음에 안 든다면, 당신의 승리가 기억나지 않는다면, 저 태피스트리를 보세요. 당신이 마을을 공격한 오십 명의 병사에게 단 열 명을 이끌고 맞서 싸운 그림이죠. 그 마을 사람들은 당신 일족도 아니었어요. 수적으로도 훨씬 열세였구요. 그런데도 당신은 철저하게 그 일당을 몰아내서, 그 후로 감히 그 마을을 괴롭히려는 자가 없게 만들었어요."

말콤은 고집스레 그 태피스트리를 바라보지 않았다. 그 일을 아는 것도 같은데, 확실하게 기억나지 않았다.

그날 진짜로 열 명의 전사만 이끌고 갔던 걸까?

"당신이 불타는 집 안으로 뛰어든 적도 있었죠."

롭이 맞은편 벽에 걸린 태피스트리를 손짓했다.

"다섯 명의 아이들과 부모가 안에 잠들어 있었어요. 그날 밤 기억나나요, 맥페인? 당신이 안으로 들어갈 때 불길이 반으로 갈라지는 것 같았다더군요. 당신은 아이들 잠옷에 불길 하나 번지지 않은 상태로 고스란히 데리고 나왔어요. 건물이 무너지기 시작했죠. 그런데도 당신은 마지막 아이를 구하러 다시 뛰어들어 온몸으로 아이를 보호하면서 데리고 나왔어요. 그 아이는 상처 하나 입지 않았지만 당신은 손에 심한 화상을 입었어요."

롭은 그 그림 앞에 서서 말콤이 부인하거나 인정하기를 기다렸다. 하지만 말콤은 아무 말도 하지 않았다, 상처가 없을까 봐 두려워 자신의 손을 내려다보지도 못했다.

"또 숲속에서 네 명의 남자에게 겁탈당하는 어린 소녀를 발견했던 적도 있었죠. 당신은 그 네 놈을 모두 죽여 버렸어요. 나중에 그 소녀가 가문을 욕되게 한 죄로 아버지에게 학대받는 걸 알고, 그 아버지를 때려눕히고 그녀를 맥페인으로서 당신 성에서 살게 해주었죠. 기억나요?"

말콤은 소년의 회색 눈동자를 힘없이 응시했다. 감탄과 혐오감이 복잡하게 뒤섞인 눈동자였다.

"아니."

그는 영웅적이었던 과거 하나 기억해 낼 수 없는 자신이 혐오스러웠다.

"기억 안 나."

롭은 짜증인지 분노인지 모르게 고개를 흔들었다.

"그럼 아이들에게 덤벼든 곰을 죽였던 건……."

"그걸 어떻게 알지? 그 얘긴 아무도 모를 텐데. 그 애들은 자신들이 죽을 뻔했다는 것도 몰랐어."

"알핀이 이야기해 줬어요. 그가 보았어요."

말콤이 코웃음쳤다.

"알핀이 봤다구요. 당신이 여기 오는 것을 본 것처럼요."

"알핀이 다 알고 있었다면, 맥켄드릭 일족은 왜 내 상태를 보고 그렇게 소름 끼쳐 할까?"

"그는 이런 모습의 당신을 본 게 아니에요. 때때로 알핀의 환상이 흐려지기도 하거든요."

"환상이 틀릴 때마다 그런 식으로 변명하면 되겠군. 아주 편리하겠어."

"당신이 알핀의 능력을 믿든 말든 그건 중요치 않아요."

소년이 성마르게 받아쳤다.

"중요한 건 우리를 훈련시키는 당신 능력이에요."

"오늘 보니까 너희들 중에서 훈련할 만한 놈은 하나도 없어. 최고 전성기의 검은 늑대라 해도 불가능해."

"우리 맥켄드릭 일족민들은 싸움을 좋아하지 않아요. 하지만 당신 병사들 모두가 처음부터 다 강하고 적합한 전사들뿐이었던가요?"

"처음부터 전부가 강하고 적합했던 건 아니었지. 하지만 적어도 긁히고 까지는 상처까지 겁내진 않았어."

롭이 눈살을 찌푸린 채 생각했다.

"그럼 그게 당신이 극복해야 할 과제겠군요. 자신의 상처나 다른 사람에게 상처입히는 걸 두려워하는 남자들은 어떻게 훈련시켰나요?"

"꿈도 꾸지 마. 그런 놈들은 무기 만들고 성벽 쌓는 거나……."

문득 그의 말이 중단되었다. 맥켄드릭 일족의 심약함을 고칠 수 있을지도 몰라. 그는 몽롱한 머리 속을 정리해 보려 애쓰며 벌떡 일어났다. 책상에서 펜과 종이를 꺼내어 빠르게 스케치를 그려가기 시작했다. 그 그림에다 치수와 재료들도 상세히 적어넣었다.

"이걸 던컨과 앤드루에게 갖다줘."

그가 명령했다.

"내일 새벽까지 두 개를 만들라고 해. 여기 목수들 기술이면 몇 시간밖에 안 걸릴 거야. 어쩌면 이걸로 맥켄드릭의 공격성을 끌어낼 수 있을지도 몰라."

롭이 그 종이를 받으려 손을 뻗다가 갑자기 멈칫했다.

"왜 그래?"

말콤이 성마르게 다그쳤다.

"아무것도 아니에요."

소년이 스케치를 받아들고 문으로 향했다.

"당신 손을 봤을 뿐이에요."

문이 닫힌 후, 말콤은 멍하니 자신의 두 손을 들어올려 보았다.

희미하게 살갗이 벗겨진 상처, 그 두 손에 화염이 낙인찍어 놓은 흔적이 남아 있었다.

5

에어리엘라는 침대로 스며드는 회색 그림자를 피하려 베개 속으로 더 깊이 머리를 파묻었다.

집요하게 울려대는 망치소리 때문에 도저히 더 이상은 잠들 수가 없었다. 침대에서 빠져나가 창틈으로 안뜰을 내다보았다. 열댓 명의 사내들이 두 개의 나무 구조물을 뚝딱거리고 그 주위에서 개빈, 던컨과 앤드루가 감독을 하고 있었다. 어젯밤 맥페인이 지시했던 그 스케치 속의 물건. 저런 교수대 같은 걸로 뭘 하려는 걸까.

그녀는 재빨리 속옷을 벗어 침대 위로 던진 다음 롭의 더러운 셔츠와 플래드, 낡아 떨어진 신발을 걸쳤다. 그리고 혐오감을 꾹꾹 참으면서 벽난로 안의 재를 얼굴과 머리, 손과 종아리에 두루두루 문질렀다.

갑자기 문이 활짝 열렸다. 에어리엘라는 즉시 머리를 한쪽으로 기울이며 어깨를 구부정하게 만들어, 똑바로 좀 서라고 훈계 들어야 하는 13살짜리 소년의 자세를 취했다.

"던컨이 큰 인형을 못 갖고 놀게 해."

캐서린이 토라진 얼굴로 투덜거렸다.

"못된 오빠야."

"무슨 큰 인형?"

에어리엘라가 다시 몸을 쭉 펴며 물었다.

"어젯밤에 아그네스랑 엘리자베스랑 미건이 만들었던 큰 인형들 말이야. 아침에 보니까 그 인형들이 홀 테이블에 누워 있더라구. 그런데 얼굴을 잊어버리고 안 만들었나 봐, 아주 슬퍼 보였어. 그래서 내가 거기다 얼굴을 그려 줬어, 환하게 미소짓는 얼굴로. 그런데 또 보니까 머리카락이 없잖아."

어린 소녀가 어이없다는 듯이 고개를 흔들었다.

"그래서 머리도 내가 그려 줬어. 이사벨한테는 언니처럼 검은 머리로, 플로라한테는 엘리자베스처럼 금발 머리로. 아주 잘 어울리더라구. 그런데 얼굴하고 머리를 다 그리고 나니까, 세상에 옷도 안 입은 거야. 거긴 사람들이 많이 다니는 홀이잖아. 누가 보기라도 하면 어떡해! 내 옷은 너무 작을 것 같아서, 아그네스의 옷을 갖고 갔어. 이사벨한테 예쁜 자주색 속치마를 입히고 있는데, 그때 던컨이 들어와서 대체 뭐하냐고 소리쳤어. 내가 벌거벗은 인형을 여기 놔두면 안 된다고 했더니, 던컨이 그건 인형이 아니라고 만지지도 말라고 그러잖아. 이젠 다 말했어."

어린 소녀가 침대 위에 털썩 걸터앉았다.

"언니는 어떻게 생각해?"

"내가 던컨한테 말해 볼게."

에어리엘라는 웃음을 참으려 애쓰며 다정하게 약속했다. 대체 그 '인형들'을 무슨 목적에 쓰려는 걸까? 끔찍한 의심이 생겨나기 시작했다.

"하지만 캐서린, 네 것도 아닌 물건에 손대면 안 되는 거 알지?"

“까까머리로 거기 누워 있는 게 너무 슬퍼 보였다니까. 눈도 없구.”

“그래도 너의 인형이 아니었잖아. 누가 마틸다 머리를 잘라 주거나 다른 색으로 물들이려 한다면 넌 기분 좋겠어?”

아이가 자신의 작은 인형을 꼭 끌어안았다.

“아니.”

“던컨도 그래서 기분 나빴을 거야. 자기 생각과 다르게 네가 마음대로 고쳐서. 이제 이해할 수 있니?”

자신의 편이 없다는 사실에 뚱해진 아이가 마지못해 고개를 끄덕였다.

“됐어.”

에어리엘라가 옆에 앉아 살짝 안아주었다.

“언제까지 이런 옷 입어야 되는 거야?”

캐서린이 한껏 코를 찡그렸다.

“맥페인이 여기 있는 동안은 어쩔 수 없어. 다음 번 족장을 찾을 때까지 내가 살아 있다는 게 알려지면 안 돼. 그런 말이 새나가면 로드릭이 다시 돌아올지도 몰라.”

“맥페인이 새 족장인 줄 알았는데.”

“나도 그렇게 생각했어. 하지만 그 사람은 적당치가 않아.”

그녀가 아이의 머리를 매만져 주었다.

“부엌에 데려다 줄 테니까 거기서 놀아. 저녁 때 여자애들을 잡아가는 물의 요정 얘기해 줄게.”

“나쁜 사람은 아니야.”

“물의 요정?”

“검은 늑대 말이야.”

“네가 어떻게 알아?”

“처음 여기 왔을 때 그 아저씨 눈을 보고 알았어.”

함께 계단을 내려가면서 캐서린이 설명했다.

"아주 슬픈 것 같았어. 그래서 당장 수놓은 걸 갖다주고 싶었어."

아이가 갑자기 미소지었다.

"그때 검은 늑대가 내 선물이 아주 예쁘다고 했어. 던컨의 인형에 그린 그림을 보면 뭐라고 말할까?"

말콤은 교수대에 매달려 웃고 있는 인형을 멍하니 쳐다보았다.

맙소사.

"나더러 이걸 보고 웃으라는 거야?"

"캐서린이 얼굴을 그려 줘야 한다고 생각했나 봐요."

던컨이 머쓱하니 머리를 긁적였다.

"옷까지 입히려는 걸 간신히 쫓아보냈어요."

개빈이 한마디했다.

"보기 좋은데 뭘. 명랑해 보이잖아."

"공격하지 못할 정도로 명랑해 보이지 않길 바랄 뿐이야."

말콤이 투덜대면서 일족원들에게 시선을 돌렸다.

"오늘도 적을 공격하는 것부터 시작이오. 하지만 서로 덤벼드는 대신, 이 앞에 매달려 있는 인형을 공격할 거요. 이리저리 흔들릴 테니까 움직임에 잘 대처하도록. 있는 힘을 다해 치고, 다음 사람이 공격할 수 있도록 옆으로 빠지시오. 저 속에 헝겊과 모래가 꽉 들어차 있으니 보기보다 묵직할 거요."

맥켄드리들은 불안하게 서로를 바라보았다. 그의 지시에 그리 마음이 내키지 않는 모양이었다.

"던컨, 앤드루, 사람들이 접근할 때마다 그걸 잡아 흔들어. 나머지는 두 줄로 나눠서 시작하시오."

"미안한 말이지만, 이게 무슨 도움이 될지 난 모르겠어."

앵거스가 의심스럽다는 듯 의견을 내놓았다.

"헝겊 인형은 진짜 사람을 공격하는 것하고 다르잖아. 되받아치지
않는다구."
듀갈이 자신 있게 아는 체했다.
"그건 나도 알아."
알핀이 키득거렸다.
"맥페인이 머리를 썼군 그래."
"하지만 헝겊 인형을 공격하면서 뭘 배운다는 거야?"
앵거스는 여전히 당황스러운 표정이었다.
"여기 일족원들은 상처입고 주는 것을 지나치게 겁내고 있소."
말콤이 설명했다.
"그런 식으로는 무기가 있든 없든 전쟁터에 나가는 게 불가능하
오. 이 헝겊 인형은 공격할 수 없고 결과적으로 아플 일도 없을 테
니, 점차로 두려움을 잊어버리고 공격적으로 돌진할 수 있게 될 거
요. 사람들의 몸 속에 숨어 있는 공격성을 찾아내려는 거요. 그 후에
야 다음 훈련으로 돌입할 수 있소. 여자들은 활쏘기 훈련을 계속할
거요. 과녁을 성에서 떨어진 곳에 놓았으니까 어제처럼 화살 세례를
받을 일은 없겠지."
"몇 명은 아주 예리한 감각을 지녔어."
개빈이 성문을 향해 가며 한마디 던졌다.
"훌륭한 궁사들이 될 거야."
"탑에 궁사들 구역이나 만들어 놓으면 되겠군."
말콤이 느릿하게 대꾸했다.
천천히 대열을 만들면서 맥켄드릭들이 시작할 준비를 했다. 브라
이스가 제일 먼저였다. 던컨이 헝겊 인형을 들썩들썩 움직이자, 그는
화들짝 놀라며 옆으로 피하느라 목표물을 맞추지 못했다.
말콤은 욕설을 퍼부어 주려다가 간신히 참았다.
"너무 빠르지 않게. 가까이 접근할 때까지 기다려, 던컨."

"저거 어린애처럼 생기지 않았어?"

"아주 못생긴 어린애."

램지와 휴의 중얼거림에 다른 사람들이 웃음을 터트렸다.

"저것을 필살의 적으로 생각하시오. 무기는 들지 않았소. 크긴 하지만 체격이 좋아도 약점은 있는 법. 무릎을 힘차게 걷어차면 뼈가 부러져 고꾸라질 거요. 사타구니를 힘껏 가격하면 가장 무서운 적도 눈물이 찔끔 나겠지. 두 주먹으로 갈비뼈 밑을 강타하면 그놈의 숨을 앗아갈 수 있소. 팔을 등뒤로 바짝 꺾으면 그놈의 팔을 어깨에서 뽑아낼 수 있소. 달려가는 동안 공격할 계획을 세우시오, 눈에 드러나지는 않게. 그 다음에 마음먹은 곳을 힘껏 공격하시오."

사람들이 멍청하니 그를 바라보았다. 말콤은 자신이 너무 많이 말해 버린 게 실수였음을 알아차렸다. 너무 충격을 줘버린 것일까.

"내가 한 번 해보겠소!"

그레이엄이 힘차게 외치며 그 미소짓는 형상을 향해 달려들었다. 그는 인형을 냅다 들이받아 공중으로 날려보냈다.

"잘 했소, 그레이엄. 다음엔 약간 아래쪽을 공격해 보시오. 그럼 상대의 숨이 넘어갈 거요."

"이번엔 내 차례야."

램지가 몸을 낮게 숙이고 달려들어 두 주먹으로 인형의 복부를 두들겨댔다.

"이거나 먹어라, 겁쟁이놈아."

"좋은 계획이었소, 램지. 그 정도 주먹이면 놈의 허리가 빈으로 접힐 거요. 다음에 주먹을 한데 합치면 더 강한 힘을 가할 수 있소."

그 후 두 시간 동안 말콤의 놀라움은 점점 커졌다. 맥켄드릭들이 불안감을 벗어던지고 그 웃음짓는 인형을 공격해댔다. 롭과 던컨과 앤드루가 여행 도중에 배웠던 기술을 선보이기도 했다. 그 헝겊 인형들이 아파하는 것도 아니었으므로, 남자들은 금세 망설임을 버리고 열성적으로 공격을 가했다. 한 조가 끝나고 다음 조가 도착했을 때, 첫번째 조는 자신들의 용맹을 자랑하며 더 잘 할 수 있겠느냐고 자극을 해댔다. 불과 한 시간만에 새로운 제자들은 더 복잡한 공격 기술을 배울 만한 상태로 접어들었다.

말콤이 말에서 내려 안뜰 가운데로 움직여갔다.

"날 이길 수 있다고 생각하는 사람은 나와 보시오."

자원하는 사람은 한 명도 없었다. 질까 봐 두려워서가 아니라 말 콤을 절름발이 이상으로 생각지 않았기에, 방어 능력이 없는 남자에 게 수치를 주고 싶지 않기 때문이었다.

마침내 말콤은 던컨과 앤드루에게 공격해 보라고 명령했다. 말콤 이 순식간에 둘을 제압해 보이자 맥켄드릭들은 경악스런 표정이었 다. 그 후에야 다른 자들이 도전하러 나섰다. 모두들 땅바닥에 넙죽 엎어지는 것으로 끝이 났지만, 말콤은 그들의 노력을 신중하게 칭찬 해 주었다.

맥켄드릭들이 비난이나 모욕보다 칭찬에 더 잘 반응한다는 것은 분명했다. 용기를 북돋워 줄 때마다 그들은 더욱 열심이었고 그날의 훈련이 끝났을 때쯤에는 오히려 아쉬워할 정도였다.

그리고 말콤은 온몸이 아프고 쑤셔서 어서 빨리 방으로 돌아가고 싶은 마음뿐이었다.

"내가 얼마나 세게 치는지 봤어? 진짜 사람이었으면 틀림없이 목 이 날아갔을 거야."

램지가 연어를 두 번째 덜어먹으며 자랑해댔다.

"그건 아무것도 아니야. 내 주먹을 맞는 순간, 그놈의 천조각이 찢 어졌다니까. 그렇게 꽁꽁 묶여 있지만 않았으면 모래까지 터져나왔 을걸."

"내가 미리 약하게 만들어 놨기 때문에 찢어졌던 거야. 다 이 몸

덕분이라구."

휴와 그레이엄이 한마디씩 떠들어댔다.

"이것 봐, 난 어깨가 시퍼렇게 멍들 정도로 들이받았어. 그게 사람이었으면 갈비뼈가 다 부러졌을 거야."

브라이스가 자랑스레 어깨를 드러내 보였다.

"부러져? 내 팔꿈치에 맞았으면 갈비뼈가 두동강나고 내장도 다 터졌을걸. 그걸 맞고도 로드릭 놈들이 일어날 수 있을지 두고 보자구."

휴가 나지막하게 으르렁댔다.

"로드릭이건 누구건 쳐들어오면 당신들하고 싸울 기회조차 없을 거예요."

엘리자베스가 자신 있게 장담했다.

"오늘 내가 세 번이나 과녁의 중앙을 맞췄어요. 미건하고 아그네스는 두 번씩 맞췄구요. 이번 주말쯤이면 백발백중이 될 거예요."

"우리 여자애들이 아주 신났네."

앵거스가 쾌활하게 말하다가 문득 인상을 찡그렸다.

"정말 이래도 되는 거야?"

"저 애가 아비를 쏙 빼닮았죠."

고든이 자랑스레 말하자, 헬렌이 남편의 어깨를 툭 때렸다.

"저 애가 당신만 닮았다는 거예요?"

"어이, 램지. 거기 멋지게 상처났군 그래……."

에어리엘리는 놀라워하며 일족원들의 자랑에 귀기울였다. 어제까지만 해도 아프다고 불평하고 전사가 못 될 거라고 투덜대던 사람들이, 오늘밤에는 트로피처럼 상처를 드러내면서 감히 공격해 오는 적들을 모조리 박살내겠다고 난리들이니……. 맥페인이 그들의 태도를 확연하게 바꾸어 놓았다. 비록 멕켄드릭들이 자신들 생각만큼 위협적인 존재가 된 것은 아니라 해도, 이건 대단히 좋은 시작이었다.

"잠깐 주목해 주시오."

홀 안이 조용해지면서 모든 사람의 시선이 맥페인에게로 향했다. 그는 계단 밑에 똑바른 자세로 우뚝 서 있었다. 침착한 표정이긴 했지만, 에어리엘라는 그의 턱이 경직되어 있는 것을 알아차렸다.

"오늘 여러분의 성적은 매우 훌륭했소. 훈련뿐 아니라 다른 작업도 마찬가지요. 던컨에게 나무 검과 방패를 만들어 두라고 지시했으니, 내일부터는 검술의 기본을 배울 수 있을 것이오. 충분히 기술을 터득하고 나면 진짜 검으로 훈련받을 수 있소. 물론 새로 만든 검으로."

흥분과 기대감 섞인 웅성거림이 번져나갔다.

"오늘은 잘 먹고 잘 쉬어 두시오. 내일 훈련도 첫새벽에 시작이오."

그가 몸을 돌렸다. 그 동작이 예상했던 것보다 더 고통스러운 듯 살짝 인상이 찌푸려졌다. 벽을 붙잡고 절룩거림을 최소화하기 위해 천천히 계단으로 올라갔다. 맥켄드릭들은 어색한 침묵으로 그를 지켜보았다. 마침내 그의 방문이 닫혔다.

"우리의 존경스런 선생께서 오늘 훈련으로 꽤나 힘드신 모양이야."

니알이 느긋하게 입을 열었다.

"잘 모르는 사람이 들었으면 네가 고소해 한다고 생각하겠어, 니알."

에어리엘라가 매섭게 반박했다.

"아니면 그의 훈련이 실패하길 바라고 있다거나."

그가 해명을 중얼거리건 말건, 그녀는 테이블 위의 와인병을 집어 들고 서둘러 계단을 달려올라갔다.

"들어와."

그는 낮은 불길이 타오르는 벽난로 앞에 서 있었다. 방금 전에 참아냈던 고통의 흔적 하나 드러내지 않은 채, 다시 한 번 힘찬 직립 자세였다. 하지만 문이 닫히고 꼬마 롭이라는 걸 알아차리자마자 그는 더 이상의 노력을 포기하고 벽을 짚으며 고통스럽게 의자에 내려앉았다.

그녀가 책상으로 다가가 와인 한 잔을 가득 따라주었다.

"오늘 훈련에 다들 만족하는 것 같아요. 당신이 그들에게 자신감을 불어넣었어요."

말콤은 다리와 등의 끔찍한 고통을 마비시키려 그 술을 단번에 들이켰다.

"더."

그가 잔을 내밀자, 롭은 다시 채워 주었고 말콤은 다시 한 번 단번에 비워냈다. 뜨끈한 술기운이 가슴으로 번져들기 시작했다. 고통을 달래줄 만큼은 아니었지만 흐릿한 안도감을 느낄 수 있었다.

"더."

소년이 머뭇거리다가 술잔을 채웠다. 이번에 말콤은 한 모금만 들이켰다.

"난 전사가 되는 것밖에 생각지 않는 자들을 훈련시켜 왔어. 걸을 수 있을 때부터 검과 도끼를 장난감으로 삼았던 자들. 아버지한테 강하고 담대해지라는 교육을 받고, 약한 모습이나 두려움이 드러날 때마다 처벌받았던 그런 자들이었지. 하지만 어제 예술가와 시인으로 온순히게 자라난 사람들에게 똑같은 걸 기대할 순 없다는 걸 알았어."

그는 호박색 불길을 물끄러미 들여다보았다. 검은 눈썹이 뒤틀리고 얼굴의 주름살도 더 깊이 패인 듯했다. 오늘밤에야 에어리엘라는 그의 표정이 분노 때문이 아니라 쉴새없이 밀려드는 고통과의 싸움 때문이라는 걸 알아차렸다. 그의 푸른 눈동자는 마치 괴로운 기억을 회상하는 것처럼 어두워져 있었다. 그는 지금 자신이 훈련시킨 전사에 대해서 말하는 게 아니었다. 자기 자신에 대해서, 엄격하기만 했던 자신의 아버지에 대해서 말하는 것이었다.

"맥켄드릭들은 세상의 아름다움을 볼 수 있도록 자식을 가르쳐요. 난 전쟁만 하는 일족이 뭘 이뤄낼 수 있는지 모르겠어요. 평화가 있어야 멸망이 아닌 창조에 관심을 기울일 수 있는데 말이죠."

"그건 너희를 약하게 만들기도 해."

"한동안은 그렇겠죠."

그녀가 수긍했다.

"하지만 그 잠시를 위해서 백년이라는 시간을 전쟁 훈련에 소비해야 했을까요?"

그는 생각에 잠겨 불 속을 들여다보았다.

"넌 지금 전사였던 남자에게 물어 보고 있어. 나에게 그 대답은 '그렇다'일 수밖에 없어."

몸을 움직이면서 그가 다시 고통스레 인상을 찌푸렸다.

"어디가 아파요?"

그의 입에서 쓸쓸한 웃음이 새어나왔다.

"어디가 안 아프냐고 묻는 게 나을걸."

"얼마나 오래됐어요?"

그가 와인을 깊이 들이켰다.

"삼 년이 넘었어. 윌리엄 왕을 위해 골치 썩이던 남작을 쳐부수러 갔을 때였지. 한 놈의 창이 내 말의 배를 찔렀어. 그 말 밑에 깔려서 다리뼈가 박살나고 등도 심하게 다쳤지. 난 그래도 계속 싸웠어. 하지만 더 이상 무서운 적수가 아니었지. 여러 번 칼에 맞고 마침내 한 놈이 날 끝장내려고 할 때 개빈이 그놈을 죽여 버렸어."

그는 자신의 피가 땅바닥에 뜨뜻하고 축축하게 번졌던 걸 기억했다. 다음 순간 그 기억을 밀어내며 고개를 흔들었다.

“다음에 기억나는 건 개빈이 내 몸을 꿰매고 있다는 거였어.”

“그 자리에서 다리를 맞췄나요, 아니면 나중이었나요?”

“몰라, 아마 몇 시간쯤 후였을 거야.”

“팔은 어떻게 된 거죠? 꿰맨 다음에 다시 치료하긴 했나요?”

말콤은 술잔 너머로 소년을 바라보았다.

“왜 갑자기 내 상처에 관심이 많아졌나?”

소년이 어깨를 으쓱이며 맞은편 의자에 앉았다.

“치료 기술을 배웠기 때문이죠. 전에 내가 능숙하게 꿰매는 거 봤잖아요. 당신 상처가 오래되긴 했지만, 고통을 덜어주는 방법을 찾을 수 있어요.”

“집에 도착했을 때 치료사가 찾아왔었어. 오염된 피를 제거해야 한다면서 불로 지져대며 피를 빼내더군. 그 다음에 고약한 냄새가 나는 물약하고 허브를 발라 줬지. 난 한동안 기절했었기 때문에 그 외 어떤 일을 했는지는 몰라. 다시 정신을 차렸을 때는 그냥 쉬라고만 하더군.”

“얼마만큼요?”

“몰라. 상태가 나아질 때까지였겠지.”

“팔과 다리를 다시 쓰기 시작할 때까지 어느 정도 쉬었냐구요?”

“내 팔은 힘줄이 잘려나갔어. 다시 움직이려니까 참을 수 없을 정도로 아프더군. 치료사가 오른팔이 다른 팔보다 약하다는 사실을 받아들이라고 했어.”

“그래도 움직여야 했어요, 빠를수록 좋았을 텐데……. 다리는 어때요?”

“네 눈으로 확인할 수 있잖아. 절름발이 다리야.”

말콤이 냉소적으로 대꾸했다.

“뼈가 붙은 후에 언제쯤 움직이기 시작했나요?”

“아픈 걸 참을 수 있게 되자마자부터 걸었어. 통증이 조금 약해지긴 했지. 하지만 정상적으로 걸을 만큼은 아니야.”

“그냥 걷는 것 말구요, 그 치료사가 근육 강화 훈련을 시켜 줬나요?”

“걸어다니고 말도 타 봤지만 소용없었어.”

“그 정도로는 충분치 않아요. 팔다리가 부러지거나 심하게 다쳤을 경우, 그 근육을 특별히 훈련시켜 줘야 해요. 일정 기간 동안 하루에 몇 번씩 해줘야 한다구요. 근육이 강해질수록 훈련 강도도 높여야 하구요. 그래야 손상이 회복될 수 있어요.”

“난 그 손상이 회복되지 않는다는 사실을 받아들였어.”

말콤이 힘없이 중얼거렸다.

“지금은 이 빌어먹을 통증이 멈춰 주기만 바랄 뿐이야.”

그가 다시 술을 목으로 털어넣었다.

“술보다는 다른 방법으로 노력해야 해요.”

말콤은 거만한 꼬마에게 시선을 들어올렸다. 왜 이놈의 무례함을 참아 주는 것일까? 어쩌면 이 꼬마가 지독히도 솔직하기 때문인지도 모른다. 이상하게도 롭이 자신의 생각을 전혀 숨기지 않는다는 게 마음 편했다.

“뭘 어쩌라는 거야?”

“뜨거운 목욕으로 근육을 달래주는 거죠.”

“목욕으로 풀린 적 없어.”

“강이나 호수의 차가운 물에서만 목욕했기 때문이에요.”

소년이 문으로 향했다.

“하지만 이건 달라요.”

말콤이 반대하기도 전에 소년의 모습이 금세 사라졌다. 몇 분 후 그레이엄과 램지가 묵직한 욕조를 들고 나타났다. 그 뒤로 맥켄드릭 사람들이 뜨거운 물 양동이를 줄줄이 들고 들어왔고 아그네스라는 이름의 여자가 비누와 수건을 상자 위에 놓은 다음 머뭇머뭇 예의를 갖추고 서둘러 빠져나갔다. 말콤은 아무 소용 없을 거라고 확신하면서도 무심히 김이 피어오르는 욕조를 바라보았다.

잠시 후 롭이 되돌아왔다.

"물이 뜨거울 때 들어가야죠."

성마르게 중얼거리고 나서 롭이 욕조 안에 갈색 병의 내용물을 쏟아부었다. 달짝지근하고 매운 향기가 공기중으로 뿜어져 나왔다.

"이 허브 오일이 약간은 도움이 될 거예요."

그리고는 두 손으로 물을 휘휘 저었다.

"따끈할 때까지 물 속에 앉아 있으세요. 차가우면 안 되구요. 몸을 다 말리고 나면 내가……."

롭의 회색 눈동자가 충격으로 휘둥그래졌다.

말콤은 벌거벗은 채 그의 앞을 지나 욕조 안으로 들어갔다. 그 꼬마가 자신의 몸을 보고 너무 역겨워하는 것 같아서 짜증스러웠다. 이렇게 상처투성이 몸을 본 적이 없어서인가? 롭이 획 몸을 돌려 아무렇게나 벗어던져진 말콤의 옷가지를 주워모으기 시작했다. 말콤은 눈을 감고 머리까지 물 속으로 푹 담갔다. 놀랍게도 뜨끈한 물의 느낌이 꽤나 기분좋았다.

그가 다시 물 밖으로 고개를 내밀었을 때, 롭은 조심스레 그의 플래드를 접는 중이었다. 작은 손이 몇 번 능숙하게 움직이자 그 모직 천이 깔끔한 네모 모양으로 정리되었다. 자신의 너덜너덜한 옷차림에는 관심도 없으면서 저건 또 무슨 깔끔일까. 참으로 괴상한 꼬마였다.

"그럼 난 나가볼게요."

에어리엘라는 이제 안전하게 욕조 안으로 들어가 있는 맥페인을 흘깃 쳐다보았다. 원래는 그의 등과 다리에 연고도 발라 줄 계획이었지만, 벌거벗은 모습을 보고 나니 왠지 너무나 당황스러워졌다. 지금은 이 남자에게서 달아나고 싶을 뿐이었다.

"가기 전에 등 좀 닦아 줘."

"저기…… 아그네스를 보낼게요."

"아그네스는 내 옆에 있을 때마다 겁먹은 토끼처럼 굴어. 그런 식으로 시중 들어주는 건 싫어. 자."

그가 물이 뚝뚝 떨어지는 수건을 내밀었다.

그녀는 움직이지 않았다.

"비누나 물에 닿는 게 그렇게도 싫은가!"

그가 버럭 고함쳤을 때에야, 마지못해 그녀가 수건을 받아들었다.

"네 손이 깨끗해지는 날을 볼 수 있을까 모르겠다."

그녀는 수건을 비누에 문질렀다.

"처음 만났을 때 당신도 나 못지 않았어요, 맥페인. 내 외모에 대해서 비판할 입장은 아닐 텐데요."

"그때 이후로 내 기준이 변했어. 게다가 여기서 어린애들을 포함해서 너만큼 지저분하고 헝클어진 사람은 보질 못했다구."

"그런 건 당신이 상관할 바 아니에요."

그녀가 뜨거운 천을 그의 등에 대고 빡빡 문질러대기 시작했다.

"빌어먹을."

그가 이를 악물며 욕설을 중얼거렸다.

에어리엘라도 그의 팽팽한 살갗 밑으로 근육이 요동하는 것을 보았다.

"미안해요."

얼른 손힘을 줄이며 중얼거렸다.

물 속으로 수건을 담갔다가 그의 구릿빛 등으로 뜨거운 물을 흘리며 천천히 끌어올렸다. 다시 수건을 밑으로 내려 물에 담갔다가 그의 상처입은 육체에 부드러운 소용돌이를 일으키며 끌어올렸다. 뜨거운 물에서 허브와 비누 향내가 향긋하게 우러났다. 은빛의 물방울들이 그의 목을 타고 어깨를 가로질러 허리춤의 물웅덩이 속으로 똑

떨어져내렸다.

맥페인이 살짝 앞으로 몸을 기울이며 한숨을 내쉬었다. 에어리엘라는 그의 긴장과 통증을 씻어내기 위해 그 동작을 여러 번 반복했다. 수건 밑으로 그의 몸이 확연하게 느껴졌다. 고르게 솟아오른 갈비뼈, 수직으로 이어진 등뼈, 단단하게 펼쳐진 살갗. 등 윗부분의 근육은 너무나 딱딱해서 사람의 몸이라기보다는 따뜻한 돌덩이 같았다. 그곳이 가장 아픈 곳 중 하나이리라.

수건을 내려놓고 그녀는 뭉친 근육을 주무르기 시작했다. 어머니가 이런 기술을 잘 가르쳐 주었다. 불편하지 않을 만큼 압력을 가하는 방법, 적절하게 손가락을 사용하는 방법, 편안함을 일깨워 주며 뻣뻣한 육체에 피를 통하게 하는 방법. 그녀는 눈을 감고서 손끝의 감각을 따라 굳은 근육을 어루만지고 압박했다. 천천히, 부드럽게. 맥페인의 목에서 쾌감과 고통으로 뒤섞인 낮은 신음이 새어나왔다.

조금조금씩 굳은 부분이 풀어지기 시작했다. 처음에는 단단한 돌벽에서 한 가닥의 공기가 새어나오는 것처럼 미미할 뿐이었다. 그녀의 손길이 점점 단호하게 다그쳐댔다. 오랫동안 유지해 왔던 긴장을 풀어내도록 근육에 용기를 북돋았다. 하지만 하룻밤 사이에 성공할 수 있는 일이 아니었다.

그녀는 손을 옆으로 펼쳐 등 주위의 근육을 주무르기 시작했다. 마치 그 느낌에 굶주려 있었던 것처럼 그의 근육이 움찔움찔 출렁거렸다. 척추를 주물러 내려가고 옆구리로 올라와 어깨도 매만져 주면서, 어느새 그녀는 그를 탐험해 가고 있었다. 그녀의 손길이 그의 성난 몸에 뜨겁고도 부드러운 설득을 가하는 동안, 그는 낮은 신음을 계속 흘려보냈다.

말콤은 이렇게 부드러우면서도 자신 있는 솜씨로 안마를 받은 적이 없었다. 치료사에게도, 어떤 여인에게서도. 그 소년은 그의 어느 지점이 아픈지 정확히 아는 듯했다. 고통스럽지 않게 근육의 반응을

불러내려면 얼마의 압력을 얼마나 오랫동안 가해야 하는지도 잘 알
고 있었다. 그의 몸이 그런 치료의 손길을 너무나 오래 기다려 왔던
것 같았다.

향긋한 수증기를 들이마시며 눈을 감고서 뜨거운 액체 속에 몸을
담그고 있는 동안, 서서히 그의 육체가 깨어나기 시작했다. 등을 마
사지하는 부드러운 손길에 대해서뿐 아니라, 좀더 애타게 자극해대
는 예상치 못한 감각까지.

'무슨 생각을 하는 거야?'

그는 살짝 몸을 움직이며, 조금 전처럼 평화로운 즐거움을 찾아보
려 애썼다. 하지만 무언가가 바뀌었다. 등에 닿는 손길이 치료적이라
기보다 왠지 관능적인 것으로 변해가는 듯했다. 마치 그의 등을 주
무르는 손길이 소년이 아닌 여자의 손길인 것처럼. 톱의 몸이 더 가
까이 기울어지면서, 말콤은 젖은 살갗에 닿는 그의 숨결까지 느낄
수 있었다.

몸으로 번져가는 그 감각에 그는 진심으로 소름이 끼쳤다. 말콤은
몸을 휙 떼어내며 퉁명스럽게 내뱉었다.

"그만 됐어. 나가 봐."

소년이 당혹스레 그를 바라보았다.

"아직 끝나지 않았는데요. 연고를 발라야……."

"그런 연고 안 발라도 돼. 당장 나가라구."

말콤의 얼굴이 분노로 험악해졌다. 에어리엘라는 자신이 무얼 어
쨌길래 이 남자가 화를 내는지 이해할 수가 없어, 그저 바라만 보았
다. 자신의 손길 밑에서 근육이 풀어지는 걸 느꼈는데, 지금 그의 몸
은 마치 극한 고통에 사로잡힌 것처럼 팽팽하게 뭉쳐 있었다.

"좋아요, 나가 드리죠."

그녀도 매섭게 맞받아치고는 쿵쿵 발을 굴리며 거칠게 문을 닫고
나갔다.

　그들 사이의 무언가가 변했다는 걸 그녀도 알아차렸다. 향긋한 수증기가 피어오르는 사이 어느 때인가 그녀의 손길은 단지 그의 고통을 달래주는 것만이 아니라, 금지된 탐험으로까지 진행되어 갔다. 심하게 상처나 있으면서도 여전히 따뜻하고 단단하게 힘이 잠재되어 있는 그 몸으로.
　정말이지 인정하기 싫지만, 그녀는 분명 그의 몸을 만지는 것이 즐거웠다.

6

"맥페인하고 무슨 일 있었냐?"

에어리엘라는 불편하게 몸을 들썩였다.

"아무 일 없었어요."

"아무 일 없다고? 그 사람하고 얘기하는 건 너뿐이었어. 그런데 지금 그는 훈련이 끝나자마자 방에 틀어박혀서 아무도 안 만나잖아."

듀갈이 고개를 흔들어대는 동안 앤드루가 끼어들었다.

"아그네스가 저녁 식사를 갖다주고 목욕도 도와주는 걸요."

에어리엘라는 짜증이 확 치밀었다. 그의 등을 안마해 준 날 이후로 맥페인과의 사이에 무언가가 변해 버렸다. 그 다음날 그는 화난 사람처럼 완전히 롭을 무시했고, 그런 태도에 화가 나서 그녀도 그날 저녁 목욕할 때 아그네스를 들어보냈다. 그녀가 금방 쫓겨나리라 예상하면서. 그런데 맥페인은 오히려 매일 밤 그녀에게 목욕 시중을 들어 달라고 고집했었다.

고든이 입을 열었다.

"홀에서 우리랑 같이 식사하지도 않아. 훈련이 끝나기만 하면 자기 방에 들어가서 나오지도 않고. 그 안에서 뭘 하는 걸까?"

니알이 코웃음쳤다.

"술이나 퍼마시겠죠."

던컨이 화를 내며 반박했다.

"알지도 못하면서 왜 그런 말을 해. 설사 술을 마신다 해도 다음 날 우릴 훈련시켜 줄 수 있으면 상관없는 거잖아?"

"그 사람도 약간은 즐길 줄 알아야 돼. 내가 젊었을 적에는……."

앵거스의 말이 끝나기도 전에 에어리엘라가 가로막았다.

"맥페인이 자기 방에 있고 싶으면 있는 거예요. 우리 훈련과는 상관없어요."

그녀는 맥페인이 얼마나 술에 의존하고 있는지 사람들에게 알리고 싶지 않았다. 지난 한 주 동안 그는 점차 일족원들의 자신감을 이끌어냈고, 공격당할 경우 진짜로 싸울 수 있으리라 믿게 만들었다. 새로운 동작을 선보이거나 색다른 전략을 가르칠 때마다 사람들의 감탄을 자아냈었다. 그가 매일 밤 자기 연민으로 술독에 빠진다는 사실이 알려지면 그 동안 얻어낸 존경심마저 다 없어질 것이다.

"왜 이런 어리석은 짓에 시간을 낭비하는 거야?"

니알이 불만을 터트렸다.

"언제 공격이 닥칠지 모르는데 우린 커다란 인형이나 두들겨패고 나무 검이나 휘둘리대잖이. 강한 군대를 지닌 진짜 전사를 찾아내기까지 얼마나 더 기다려야 되는 거야?"

"그런 사람이 나타날 때까지, 아니면 알핀이 다른 환상을 볼 때까지."

에어리엘라가 짤막하게 대답했다.

듀갈이 알핀에게 시선을 돌렸다.

“다른 환상을 보았나?”

기대감어린 침묵이 내려앉았다. 알핀이 그들을 응시하다가 고개를 저으며 한숨쉬었다.

“아니.”

“우린 맥페인에게 계속 훈련받아야 해요.”

에어리엘라의 말에 또다시 니알이 투덜거렸다.

“우리가 절름발이한테 훈련받는 동안 넌 계속 남자로 있어야 하잖아. 이건 말도 안 돼.”

“그는 절름발이가 아니야.”

에어리엘라가 쏘아붙였다.

“아참, 맥페인의 군대가 있잖아. 그 군대가 금방 도착할지도 몰라. 그럼 로드릭이든 누구든 더 이상 두려울 게 없어.”

앵거스의 말을 들으면서 에어리엘라는 흘깃 걱정스레 알핀을 쳐다보았다.

“그들은 지금 다른 곳에 가 있어요. 그러니까 그 군대에만 의존할 수는 없어요.”

“이상하지 않나? 검은 늑대의 군대가 대장도 없이 싸운다는 게?”

니알이 빈정거렸다.

“어차피 그가 다음 번 족장도 아닌 바에야 군대가 어디 있든 상관 없잖아. 그는 일시적으로 우릴 도와주러 와 있는 거야, 그것만 생각하라구.”

던컨이 말하자 니알이 다시 단호하게 입을 열었다.

“우리가 공격에 맞서 싸울 수 없다는 건 너무나 분명해. 우린 이 말도 안 되는 짓거리를 그만 두고 새로운 맥켄드릭을 찾아나서야 돼. 에어리엘라가 결혼해서 검을 수여할 때까지 우리 일족은 결코 안전하지 않다구.”

홀 안의 모든 사람들이 묵묵히 생각에 잠겼다.

“그 말이 맞을지도 몰라.”

마침내 고든이 중얼거렸다.

에어리엘라의 기분은 완전히 가라앉아 버렸다. 니알과 고든이 이런 식으로 생각한다면, 똑같은 생각을 지닌 사람들이 얼마나 더 많을까?

초록과 노란 빛의 숲속으로 말을 달리면서, 말콤은 고통을 달래려 애쓰며 낮게 몸을 기울였다. 개빈과 램지, 휴가 활을 움켜쥔 채 붉은 사슴을 쫓아 그의 곁을 달려나갔다. 하지만 말콤은 더 이상 몸의 반항을 무시할 수가 없어 말의 속력을 줄여야만 했다.

분통이 터졌다.

이런 한계를 받아들인다는 게 결코 쉽지 않았다. 그의 상태는 형편없었다, 남자답지도 못했다. 이곳에 온 후로 움직일 때마다 동정과 실망감 섞인 시선이 따라붙는 것을 더 이상 견딜 수 없었다. 끊임없이 평가받으며 자신의 부족함을 드러낼 수밖에 없다는 것이.

자기 자신도 이런 모습이 불쌍하고 한심한데, 다른 사람들은 얼마나 더하겠는가.

그는 깊이 숨을 들이쉬었다. 그냥 땅과 말과 가죽 냄새를 음미해 보자. 이 스러져 가는 여름날 숲속에서 말달리는 즐거움을 받아들여 보자. 지난 2주일간 그는 자신의 의무를 다한 다음 방에만 틀어박혀 있었다. 하지만 지난 주에 맥켄드릭들이 열심히 노력한데다가, 그들이 칭찬받기 좋아하는 성향임을 알기 때문에 보상을 해주기로 결심했다. 그래서 오늘 하루 훈련과 건설 작업을 쉬고 휴식을 취하든지 자신과 함께 사냥에 나서라고 제안했다.

놀랍게도 오늘 아침 대부분의 남자들은 이제 익숙해진 이른 새벽에 안뜰로 모여들었다. 자신들의 승마 실력과 활솜씨를 뽐내고 싶어서 안달이 난 것 같았다. 주변 숲에는 야생 짐승들이 풍요로웠다. 그

들은 일찌감치 수십 마리의 토끼와 새들, 세 마리의 붉은 사슴을 잡
아들였다. 아마도 오늘밤 음악과 춤이 곁들여진 흥겨운 잔치가 열릴
것이다.

그때쯤 말콤 자신은 욱신거리는 몸 때문에 참석할 수도 없겠지만.
그는 매일 저녁 뜨거운 물에 몸을 담갔다. 그것이 다소 긴장을 풀
어 주긴 했어도 몇 병의 술만큼 효력을 발휘하진 못했다. 그래서 그
는 목욕과 함께 술도 마셨다. 그가 옷을 벗고 욕조로 들어가면 수줍
음 많은 아그네스는 시선을 피한 채 비누와 수건을 내밀면서 떨리는
목소리로 도와드릴 게 있느냐고 물어 왔다. 말콤은 롭이 일부러 한
짓이라는 걸 알아차렸기 때문에 아그네스를 내보내는 대신 등을 닦
아 달라고 말했다.

그 소심하고 겁 많은 손동작을 견뎌내면서, 그는 왜 그런 요구를
했을까 생각해 보았다. 어쩌면 너무 오랫동안 여자의 손길을 느끼지
못해서, 가늘고 부드러운 손길이 닿는 느낌을 기억해 보고 싶어서였
는지도 모른다. 지난밤 롭의 손길에 그렇게 이상한 감각이 치밀었던
것도 그 때문이었으리라. 마음은 나른하고 몸까지 풀리자 자신의 몸
을 만져 가는 손길이 지저분한 남자애의 손이 아니라 여자의 손이라
는 상상이 떠올랐다.

자신의 반응에 너무 놀라 다음날도 롭에게 거칠게 대하고 말았다.
자신의 괴상망측한 반응 때문에 그 아이를 처벌하는 것은 잘못이었
다.

하지만 그 애한테서 멀리 떨어져 있어야만 했다. 그래서 하루 종
일 그 아이를 무시하고 피하려 했던 것이다. 그날 저녁 방으로 돌아
왔을 때, 롭 또한 예전처럼 그의 방으로 찾아오지 않았다.

그런데 그 까탈스런 어린 친구가 왜 이리 그리워지는 걸까?

땅이 진동하면서 다른 말의 접근을 신호해 주었다. 진주 빛깔의
암말이 자그마한 형체를 싣고서 나뭇잎 사이로 튀어나왔다. 롭은 자

신이 추적하던 사냥감을 찾느라 말콤을 보지 못했다. 잠시 후 사냥감이 이쪽으로 오지 않았다고 결론내린 듯, 그가 말고삐를 잡고 드물게 부드러운 목소리로 말을 칭찬했다. 미소까지 지었다.

롭의 엉킨 갈색 머리가 바람결에 날아오르며 거의 여성스럽다 싶을 만한 골격을 드러냈다. 회색 눈동자도 즐겁게 반짝이고 있었다. 암말이 콧김을 뿜어내며 말콤의 말 쪽으로 고개를 돌리자, 롭의 시선도 뒤따랐다.

말콤을 본 첫번째 반응은 놀라움이었다. 하지만 그 표정은 이내 사라지고 그의 가냘픈 몸이 거의 알아차릴 수 없을 정도로 천천히 구부정해졌다. 그 결과 머리카락이 앞으로 떨어져 조각 같은 뺨의 형태를 감춰 버렸다.

말콤은 롭의 얼굴이 무표정해지는 것과, 방금 전의 미소가 사라지는 것을 홀린 듯이 지켜보았다. 자신의 존재로 인해 그런 변화가 일어났다는 사실이 실망스럽기까지 했다.

그들 사이에 어색한 침묵이 늘어졌다.

"사냥 즐거웠나?"

그 침묵을 깨뜨리려 말콤이 억지로 입을 열었다.

"그럭저럭요."

롭이 어깨를 으쓱였다.

말콤은 그 꼬마가 다른 말이라도 하길 기다렸지만 침묵이 이어지자 다시 입을 열었다.

"성에서 출발할 때는 널 못 봤는데."

"난 나중에 합류했어요."

'당신이 사라진 후에.'

롭의 회색 눈동자가 덧붙였다.

그 쌀쌀맞은 태도가 말콤의 신경에 거슬렸다, 자신이 그런 결과를 만들었음에도. 그들 사이에 틈이 생겨 버렸다. 말콤은 그를 친구로 생각해 본 적이 없었다. 하지만 지금 그들 사이에 어떤 끈이 존재했으며 그걸 끊어 버린 장본인이 자신이라는 걸 깨달았다.

"너희 일족원들이 잘 해내고 있어."

그는 피해를 만회해 보고자 노력했다.

하지만 롭은 코웃음을 쳤다.

"아그네스는요? 그녀도 잘 해내고 있나요?"

말콤은 이제 미소짓기 일보 직전이었다. 이 꼬마의 적대감이 그 때문이었군.

"너 질투하는 마누라처럼 말하는구나. 그 여자한테 마음 있냐? 그럼 왜 나한테 들여보냈어?"

롭은 어이없다는 표정으로 진저리를 쳤다.

"말도 안 되는 소리 말아요!"

"왜 말도 안 돼? 그 여자 그런 대로 예쁘잖아."

사실 아그네스는 평범한 얼굴이었다, 하지만 13살짜리 남자아이 눈으로 보면 반질반질한 얼굴과 풍만한 몸매만으로도 매력적일 수 있으리라 짐작했다.

"그런 게 아니라니까요."

"그럼 그 여자가 내 시중 드는 걸 왜 그렇게 싫어해?"

이 꼬마를 놀리는 것이 꽤나 재미있었다.

"내가 언제 싫어했다고 그래요?"

"사실 그 여자에겐 너 같은 치료 기술은 없어. 하지만 너처럼 잔소리가 심하진 않지."

그가 잠시 생각하는 척하다 한숨을 푹 내쉬었다.

"그 조용함으로 단점을 무마시키는 수밖에."

"당신은 우리 일족을 훈련시키기 위해 고용됐어요, 맥페인. 여자와 잠자라고 고용한 게 아니라구요."

꼬마가 입술을 새침하게 굳힌 채 싸늘하게 그를 노려보았다. 말콤은 더 이상 참지 못하고 고개를 젖혀 웃어대기 시작했다. 오랫동안 잊었던 웃음이 그의 가슴으로 따뜻한 전율을 흘려보냈다.

갑자기 롭이 그에게 달려들어 뒤로 홱 밀어젖혔다. 말콤은 엉겁결에 꼬마의 허리를 감싸안고 바닥으로 풀썩 쓰러졌다.

온몸에 불이 붙은 것처럼 지독히도 아팠다.

"빌어먹을, 이게 무슨 짓이야!"

그가 거칠게 롭을 옆으로 밀어냈다.

한순간 말발굽소리가 그의 시선을 잡아당겼다. 어두운 숲속으로 망토를 걸친 형체가 빠르게 달려가는 것이 보였다. 그는 눈살을 찌푸린 채 웅크리고 누운 롭에게 시선을 옮겼다.

소년의 위쪽 팔뚝에 화살이 박혀 있었다.

말콤은 즉시 허리춤의 단검을 빼들고 주위를 둘러보았다. 아무도 없음을 확인한 후에 꼬마의 옆으로 내려앉았다.

"건드리지 말아요!"

"얼마나 깊이 박혔는지 봐야겠어. 셔츠 벗어내고……."

"안 돼요! 그냥 내버려 둬요!"

롭이 그의 손을 뿌리치며 소리쳤다.

"깊이 박히지 않았으면 여기서 당장 빼내는 게 나아. 안 그러면 더 깊이 파고들 거야."

말콤이 인내심을 발휘해 가며 설명했다.

"건드리지 말란 말예요."

소년의 눈에 눈물이 그렁그렁 맺혔다.

"이거야 원."

롭이 더 반항하기 전에, 말콤은 그의 소매를 잡아 쭉 찢어냈다. 화살 주위의 찢어진 살점들이 드러났다.

"깊지는 않군. 내가 빼줄게."

"안 돼요! 가만 놔둬……."

롭이 공포에 차 소리쳤지만, 말콤은 단호하게 팔을 붙잡고 단번에 화살을 뽑아냈다. 고통스런 비명소리가 공기중에 울려퍼졌다.

"됐어."

말콤은 화살을 내던지고 자신의 소맷자락을 찢어 소년의 팔에 감아주었다.

"괜찮아?"

롭이 떨리는 숨을 몰아 쉬며 끄덕거렸다. 지저분한 뺨으로 눈물이 주르륵 흘러내렸다.

"다행이야. 성에 돌아가서 몇 바늘 꿰매고 붕대로 싸면 돼. 내 말에 같이 타자."

"나 혼자 탈 수 있어요."

부들거리는 목소리로 소년이 고집했다.

"그건 알아. 하지만 상처입은 널 혼자 태우는 게 내 마음에 들지 않는다구."

그가 일어서서 소년을 일으켜 세웠다. 그런 다음 말등에 올려주려고 허리를 붙잡았다. 남자아이의 비쩍 마른 느낌 대신 묘하게도 부드러운 감촉이 느껴졌다. 말콤은 눈살을 찌푸리며 손을 움직였다. 그의 손가락이 완만한 곡선의 엉덩이 위로 펼쳐졌다.

"이 손 치워요!"

롭이 버럭 고함쳤다.

"나 혼자 탈 수 있다고 했잖아요!"

그리곤 깊이 숨을 들이쉬며 자신의 말까지 걸어가 힘겹게 올라앉았다.

더 이상 문제삼지 않기로 결정한 말콤도 자신의 말에 올라탔다. 숲속은 이미 차가운 어둠에 감싸였고 그들은 말없이 말을 달렸다. 말콤은 상처입은 어린 친구가 힘들어하지 않도록 천천히 말을 몰았다. 그제서야 방금 일어난 일에 대해 생각할 여유가 생겼다.

그 화살은 자신에게 쏘아진 것이다!

이미 잔치가 벌어진 듯 흥겨운 웃음과 음악소리가 떠들썩하고, 고기 굽는 냄새가 성 밖으로까지 먹음직하게 풍겨나왔다. 롭이 진지하게 입을 열었다.

"이 일은 대충 넘어가기로 해요."

말콤은 말에서 내려서며 놀란 시선을 던졌다.

"넌 화살에 맞았어, 날 쏘려던 화살에."

"사람들한테 알려봤자 아무 도움이 안 돼요. 걱정만 시킬 뿐이에요."

"당연히 걱정해야지. 네가 죽을 수도 있었어. 나 또한 공격대상이 된 게 즐겁지 않고."

롭이 성마르게 고개를 흔들었다.

"괜히 서로서로 의심하게 만들 필요가 뭐 있어요? 그자의 정체를 알아내고 싶다면, 일단 마음을 안심시켜 놓는 게 나아요."

말콤은 잠시 생각해 보았다. 꼬마의 말이 맞을지도 모른다. 의심받지 않는다고 생각하면 그놈이 주의를 게을리 할 수도 있었다. 아마 다시 시도하게 되리라.

"좋아."

그가 소년을 내려주려고 팔을 들어올렸다.

"나 혼자 내려갈 수 있어요."

롭이 땅으로 내려서서 잠시 말에 몸을 기댔다. 그리고는 천천히 걸음을 옮겼다.

순간 바닥으로 쓰러지려는 소년을 말콤이 얼른 붙잡아 주었다.

"피를 흘렸기 때문에 힘이 없는 거야."

자신의 고통에 인상을 찡그리면서도, 그가 소년을 품안으로 끌어올렸다.

"안겨서 들어갈 순 없어요."

롭의 반대에도 불구하고, 말콤은 절룩절룩 걸음을 옮기기 시작했다.

"지금은 어쩔 도리가 없잖아. 다음 번엔 네가 날 안고 가."

말콤이 롭을 안고 들어서자마자, 떠들썩하던 소리가 딱 멈추고 모두 충격어린 눈으로 그들을 바라보았다.

"오, 안 돼!"

엘리자베스가 개빈에게 내밀던 술잔을 그의 무릎으로 툭 떨어뜨리고는 아그네스와 헬렌, 그리고 어린 캐서린을 뒤에 달고 정신없이 달려들었다.

"어떻게 된 거야? 어디 다쳤어?"

"별거 아니야."

바닥으로 천천히 내려서며 롭이 사람들을 안심시켰다.

"사냥하다가 빗나간 화살에 팔을 맞았어. 맥페인이 빼냈어."

어린 여동생의 손을 붙잡으며 힘없이 미소지어 보였다.

"난 괜찮아."

홀 안에 안도감이 번지는 동안, 말콤은 주위 깊게 사람들의 표정을 살펴보았다. 죄책감이나 혹은 목적이 틀어져 버린 것에 대한 유감이라도 나타나지 않을까? 모두들 놀라고 걱정스런 표정이었다. 알핀만이 말콤의 예리한 시선을 태연스레 마주 보았다. 마치 이런 일이 일어날 줄 알고 있었던 것처럼.

그리고 니알의 얼굴이 분노로 일그러져 있었다.

"깨끗하게 씻어내고 몇 바늘 꿰매야 할 거야."

말콤이 던컨에게 지시했다.

"내 방으로 데려가서 지저분한 옷을 다 벗겨놔. 이번 기회에 목욕이라도 한 번 시키자구."

홀에 있던 여자들이 경악하며 입을 틀어막았다.

말콤은 여자들의 이상한 반응에 눈살을 찌푸렸다.

"저…… 맥페인, 롭은 나와 앤드루에게 맡기세요."

던컨이 제안했다.

"우리 방이 꽤 넓으니까 거기서 보살펴도 돼요."

"그래요, 그게 낫겠어요."

롭도 재빨리 동의했다.

"아그네스와 제가 상처를 치료할게요."

"나도 기분 좋아지게 재미있는 얘기를 해줄게요."

엘리자베스와 캐서린이 열성적으로 나섰다.

말콤은 어깨를 으쓱였다. 상처만 나을 수 있다면 누가 보살피든 무슨 상관이야?

"맘대로 해."

"자, 롭이 무사한 걸 확인했으니까 잔치를 계속하자구."

앵거스가 불안하게 알핀을 바라보았다.

"그래도 되겠지?"

"그럼그럼."

알핀이 쾌활하게 고개를 끄덕이며 우글쭈글한 손을 들어올렸다.

"연주를 시작하라!"

귀청 찢어질 듯한 백파이프 소리가 메아리치기 시작했다. 말콤은 슬쩍 개빈에게 눈짓을 보낸 다음 천천히 자신의 방으로 올라갔다.

"화살이 자네를 겨냥했다는 거야!"

"롭이 그걸 알아차리고 날 밀어냈던 거야."

"그놈이 실수한 다음에 다시 쏘지 않은 걸 보면, 죽이기보다 겁만 줄 생각이었나 보군."

말콤이 험악하게 술을 들이켰다.

"어쨌든 누군가 내가 사라지길 바라는 녀석이 있어. 죽일 생각이

아니었다 해도 내가 떠나주길 바라는 거겠지. 문제는 왜 내가 없어
지길 바라냐는 거야."

개빈이 불길을 들여다보며 생각에 잠겼다.

"맥켄드릭 사람들은 차츰 자네를 받아들이기 시작했어. 자네가 고
용돼서 온 걸 모르니까, 진짜로 자기들을 도와주고 싶어한다고 생각
할 거야. 대부분은 자네의 도움이 필요하다는 걸 인정하고 있어, 최
소한 새 족장을 찾을 때까지. 하지만……."

그가 머뭇머뭇 말을 이었다.

"자기네가 공격당한 것을 자네 탓으로 돌리는 자도 있다더군, 엘
리자베스 말로는."

"그게 왜 내 탓이야?"

"맥켄드릭은 자네가 군대를 이끌고 와서 자기 딸과 결혼하고 족장
자리를 받아들일 거라고 확신했었어. 일족원들도 그 말을 철썩같이
믿었고. 모두들 검은 늑대가 족장이 된다는 기대에 부풀어 있었지.
그런데 공격을 받아 족장과 그의 딸이 죽어 버린 거야. 여기 사람들,
둘에 대한 사랑이 아주 극진했던 것 같아. 그 여자 아주 아름다웠던
모양이야."

말콤은 책상 위의 조각상을 흘깃 쳐다보았다. 그 조각이 제대로
만들어진 거라면 에어리엘라는 분명히 절묘한 미인이었을 것이다.

"일족원들을 위해 목숨까지 던진 걸 보면 용기도 대단한 여자였나
봐."

개빈이 중얼거렸다.

말콤은 그녀의 얼굴을 바라볼 수가 없어, 벽난로의 불길로 시선을
돌렸다. 하지만 위로를 얻기는커녕, 그 사랑스런 얼굴이 서서히 화염
에 먹혀들어가는 영상이 떠올랐다.

'그녀가 얼마나 오래 날 기다렸을까?'

개빈이 계속 말을 이었다.

　"모두들 그녀에 대해 말하기를 꺼려하더군. 엘리자베스 말로는 너무 고통스럽기 때문이래."

　당연하리라. 마리안의 죽음이 그에게 고통스러웠던 것처럼. 그의 어리석음 때문에 죽어 버린 마리안, 맥페인의 무기력한 여자와 아이들.

　그는 자신을 혐오스러워하며 다시 술을 마셨다.

　"자넬 쏘았던 놈은 아마 제때 찾아와 주지 않은 걸 처벌하려는 건지도 몰라. 맥켄드릭들은 거의 백년 동안 유지했던 평화에서 공격성을 깨달아가고 있어. 어쩌면 그런 순수함이 없어진다는 사실 때문에 자넬 원망하는지도 모르지. 여기 있을 권리가 없다고 생각하기 때문에 자넬 쫓아 버리고 싶은 걸 수도 있어."

　"그놈 생각이 옳아."

　개빈이 화난 시선을 던졌다.

　"자넨 권리가 있다고 생각해서 여기 온 게 아니야. 그들이 부탁해서 왔잖아, 말콤."

　"아니, 난 그들의 돈이 탐나서 여기 온 거야."

　그의 얼굴이 경멸에 찬 표정으로 일그러졌다.

　"무슨 이유로 왔든 간에 여기서 목적만 달성하면 되는 거야. 맥켄드릭들을 도와줄 수만 있으면 돈을 받든 말든 무슨 상관이야?"

　말콤은 말없이 그 점을 생각해 보았다. 평범한 전사라면 고용되었다는 사실에 그리 신경쓰지 않으리라. 던컨이 그런 제안을 했을 때 그 또한 별로 신경쓰지 않았었다. 하지만 그는 평범한 전사가 아니었다. 검은 늑대, 위대한 맥페인 일족의 족장이었다. 몇 년 전이었다면 보상을 바라서가 아니라 그 일이 옳다는 이유만으로 기꺼이 도와주었을 터였다.

　'내가 얼마나 밑바닥까지 추락해 버린 걸까.'

　하지만 그런 생각을 잠시 접어 두고 그가 조용히 입을 열었다.

"또 다른 가능성도 있어. 이 일족이 강해지는 걸 바라지 않는 누군가가 날 제거하려는 걸 수도 있지."

개빈이 눈살을 찌푸렸다.

"자기 일족이 약한 채로 남아 있는 걸 누가 바라겠어?"

말콤은 남은 술을 마저 들이킨 다음 무시무시한 표정으로 친구를 바라보았다.

"다시 공격이 있으리라는 걸 아는 자."

벽난로의 불길이 잿더미로 사그라드는 동안, 말콤의 술잔은 이미 텅 비어 있었다. 그 잔을 돌바닥으로 집어던져 깨뜨렸다. 힘없이 눈을 깜박이며 노란 밀랍으로 녹아내리는 촛불에 초점을 맞췄다. 그 불이 꺼지는 건 싫었다. 그 불이 꺼져 버리면, 자신의 아내가 될 수도 있었을 소녀의 매끈한 뺨과 곧은 콧날을 비춰 주지 못할 테니까. 문득 멍한 술기운으로 그는 생각했다.

'내가 맥페인의 족장이었다면 그녀를 아내로 맞을 수 있었을까?'

아니. 그가 상처입지 않았다면, 이런 고통에 시달리지 않았다면, 하루하루의 시간을 보내기 위해 술에 의지하고 살지 않았다면, 그는 지금쯤 마리안과 결혼해서 아이를 한 명쯤 낳았을 것이다. 그녀의 뱃속에 다른 아이가 더 자라고 있을지도 몰랐다.

그는 아픈 팔에 머리를 기대고서 빨강과 금빛의 불씨를 들여다보았다. 마리안의 머리색과 비슷해. 그 어린 사촌은 아주아주 어렸을 적부터 그를 숭배했었다. 통통한 두 다리로 걸을 수 있을 때부터 그의 뒤를 졸래졸래 따라다녔었다. 수줍음 많은 마리안이 아름다운 여자로 피어나고 아버지가 그들의 결혼을 약속해 주었을 때 그는 자신이 정말 운 좋은 사내라고 생각했다. 그녀는 겨우 열여섯, 말콤은 스물여덟의 나이였다.

말콤이 집으로 돌아가 정착한 후에 결혼식을 치를 예정이었다. 캠프에서 밤을 보내면서 그는 가끔 그 순간을 상상하곤 했다. 검은 늑대로서 자랑스럽게 돌아갔을 때 마리안이 발그레해진 얼굴로 머리채를 휘날리며 그를 맞으려 달려오는 장면.

그런데 그 대신 그는 수레에 실려 부러진 몸과 혼미한 정신 상태로 집에 돌아갔다. 하지만 약혼녀의 사랑스런 얼굴에 공포가 서리는 걸 알지 못할 만큼 정신이 없진 않았다. 공포와 연민, 그리고 흐릿한 혐오감.

그 순간 그는 자신이 결코 결혼하지 않으리라는 걸 알았다.

에어리엘라라는 소녀의 돌상을 말없이 바라보다 그는 시선을 돌려 버렸다. 자신과 결혼했을 수도 있었던 여자 둘이 죽어 버렸는데 그는 이렇게 살아 있었다.

마리안은 그가 술에 취한 채 부하들을 이끌고 성을 떠나 있는 동안 살해당했다. 맹목적이고 무조건적으로 자기 일족을 사랑했던 에어리엘라는 마침내 그가 오지 않으리라는 걸 받아들이고 스스로 목숨을 끊었다. 그 끔찍한 순간에 그녀가 그를 증오했을까? 그 마지막 순간에, 알핀이 예언했던 남자의 흔적을 찾아 절망적으로 지평선을 돌아보았을까?

죄책감이 그의 숨을 죄어 왔다. 방 안이 너무 답답했다. 숨을 쉴 수가 없었다. 이곳은 맥켄드릭의 방이었다. 그는 이곳에 있을 자격이 없었다. 촛불마저 꺼져들어 그를 버렸다. 그는 비틀비틀 일어나 어둠 속에서 문을 찾아헤맸다. 그런 다음 절룩절룩 복도와 계단을 걸어 밖으로 나섰다. 차갑고 맑은 공기, 끝도 없이 이어진 밤의 어둠이 이 휘청이는 감각들을 안정시켜 줄 수 있지 않을까.

머리 위로 공단 같은 하늘이 고요하게 펼쳐졌다. 그는 초점을 맞출 만한 별을 찾아보았다. 달뿐이었다. 크고 화려한 달의 광채가 너무나 눈부시게 느껴졌다. 그는 눈을 감고 단단한 땅의 느낌을 찾아 털썩 무릎을 끓었다. 몸뚱이가 여전히 아팠지만, 고통스런 감각은 혈관 속의 술기운으로 많이 둔해졌다. 지금은 고통이 아닌 다른 생각 들을 할 수 있었다. 마리안에 대해서, 그녀의 달콤하게 미소짓는 입술에 키스했던 느낌에 대해서. 그리고 그의 사촌이자 마리안의 이복오빠였던 해럴드에 대해서. 그는 여동생에게 무슨 일이 생기면 가만두지 않겠노라고 말콤을 놀려대곤 했었다.

'그놈이 날 죽였어야 했어.'

말콤은 쓸쓸하게 생각했다.

'날 살려둔 걸 자비로운 행동이라고 생각했겠지. 그놈이 칼로 내 몸을 찔러서 끝장내 줬어야 했어.'

울음인지 신음인지 모를 소리가 그의 입에서 새어나왔다. 그는 화들짝 놀라며 들은 사람이 있을까 봐 어둠 속을 둘러보았다. 성은 적막하게 잠들어 있었다. 창문들은 하품하는 검은 동굴 같았다.

탑 한 곳의 높이 솟아 있는 창문만을 제외하고. 그 창을 바라보며 그는 혼자가 아니라는 생각에 작은 위로를 받았다. 누군가 다른 사람도 이 외로운 여름날에 잠 못 이루고 있구나.

갑자기 그 호박색의 빛 속으로 여자의 모습이 나타났다. 작고 단정한 윤곽 정도였지만, 그 우아한 동작이 아이가 아닌 분명 여자임을 확신케 했다. 그녀는 무언가를 찾는 듯, 혹은 시원한 공기를 맞아들이려는 듯 하늘을 올려다보았다. 은색의 달빛이 그녀의 얼굴에 퍼부어내렸다.

말콤의 숨결이 얼어붙었다.

정신이 혼미해서일까? 죄책감과 피곤과 술기운이 합쳐져서 저 모습을 에어리엘라로 보이게 만든 것일까? 그는 유령이나 영혼을 믿지 않았다. 점술가도, 하이랜드 족속들이 열광하는 다른 어떤 미신도 믿지 않았다. 그런데도 달빛 속에 서 있는 그 여자에게서 시선을 떼어낼 수가 없었다. 눈을 깜박이기라도 하면 그녀가 영원히 사라져 버릴까 봐 두려웠다. 마침내 눈을 깜박인 후 그녀가 아직 그대로 있다는 사실에 미치도록 다행스러워했다.

다음 순간 그녀가 몸을 돌려 사라졌다, 안뜰의 어둠 속에 그를 홀로 남겨 두고.

그녀를 이렇게 보낼 수는 없었다. 그녀에게 미안하단 말을 하기 전에는 안 되었다. 그녀의 죽음은 말콤 자신 때문이었다. 그녀는 스스로 방에 불을 질러 화염에 불타며 죽어갔다. 끔찍하고 고통스런 죽음. 그녀에게 용서받길 기대하지는 않았다. 용서받을 자격도 없었다. 하지만 그 일을 사죄해야만 했다. 그런 끔찍한 일이 생기길 바랐던 건 아니라고 그녀에게 알려주고 싶었다.

가능하기만 했다면 여기에 왔으리라는 것도.

진홍빛 와인 속으로 수면제용 허브가 뽀얀 거품을 일으키며 똑 떨어졌다.

에어리엘라는 술잔을 집어들고 녹아드는 약을 지켜보면서 몇 번 흔들었다. 팔이 너무 아파서 잠들 수가 없었다. 엘리자베스가 조심스레 상처를 꿰매고 붕대를 감아 주었고, 아그네스는 뜨거운 물로 목욕시켜 주었다. 내일이면 어차피 다시 재를 문질러야겠지만, 어쨌든 둘이서 그녀의 더러운 머리를 감겨 잠시나마 불결함에서 해방시켜 주었다.

통증으로 인해 잠들 수가 없었으므로, 에어리엘라는 특별히 조제한 허브약을 먹었다. 하지만 몇 시간이 지나도 여전히 깨어 있는 상태 그대로였다. 불길 앞에 앉아서 와인을 홀짝이며 잠기운이 쏟아지길 기다렸다. 하지만 아무리 노력해도 그날 일어났던 사건이 머리에서 떠나지 않았다.

누군가 맥페인을 죽이려 했다.

처음에는 우연이라고 생각했다. 하지만 분명히 숲속에서 나타난 망토 입은 자의 모습을 보았다, 먹잇감을 쫓는 사냥꾼처럼 은밀한

동작이었다. 그 당시 맥페인의 웃음소리가 숲속에 쩌렁쩌렁 울리고 있었으니까, 누구든 그들이 어디 있는지 알 수 있었을 것이다. 그자는 나타나자마자 민첩하고 조심스럽게 활시위를 당겼다. 화살이 공중을 가르는 사이 에어리엘라가 간발의 차로 맥페인을 밀어낼 수 있었다. 화살이 그녀의 팔에 박혀들었지만 그런 상처쯤은 아무것도 아니었다. 누군가 검은 늑대를 죽이려 했다는 사실에 비하면 아무것도 아니었다.

그녀의 일족 사람들 중 누군가가.

그들이 맥페인을 원치 않는다는 건 알고 있었다. 너무나도 자신들을 실망시킨 남자에게 훈련받는다는 것이 결코 기분좋은 일은 아니리라. 맥페인은 그들이 꿈꿔 왔던 위풍당당한 전사완 거리가 멀었다. 하지만 검의 수여자는 바로 그녀였고, 일족 사람들은 그녀의 결정에 따라야 했다. 그런데 누군가 그녀의 결정에 불복하고 맥페인을 죽이려 했다니……. 충격적이었다.

다음 번 공격에 대항하려면 지금으로서는 맥페인만이 유일한 희망이었다. 그녀가 적당한 족장을 찾아 검을 수여할 때까지, 맥켄드릭 일족은 극도로 위험하고 연약한 상태였다. 대체 그자는 맥페인을 제거해서 무얼 얻으려 했던 것일까?

그녀는 생각에 잠겨 불길을 들여다보았다. 수면제 허브의 효과가 나타나기 시작하면서 생각이 좀처럼 정리되지 않았다. 어쩌면 그녀가 맥페인에게 검을 수여할까 봐 걱정하는 사람이 있을지도 몰랐다. 물론 말도 안 되는 생각이었다. 그가 유능한 훈련 선생임을 입증한다 해도 망가진 몸과 과거의 실패, 술에 빠진 습성, 군대가 없다는 사실은 다음 대 맥켄드릭으로서 결코 적당치 않았다. 맥페인을 선택한다면 그녀의 일족에게는 고통과 파멸이 따를 것이다.

하지만 일족 사람들은 아직 그의 상처가 어느 정도인지 모른다. 맥페인 족장의 자리에서 쫓겨났다는 사실도, 지금 그의 군대에 다른 지도자가 생겼다는 것도, 매일 밤 그가 술독에 빠져 지낸다는 것도.
그렇게 약한 사내는 맥켄드릭의 검을 휘두를 수 없었다. 육체와 정
신이 온전했을 때 맥페인을 만났더라면 어땠을까? 그 검이 그의 파
멸을 막아 줄 수 있었을까?

쓸데없는 생각이야. 그녀는 씁쓸하게 중얼거렸다. 지금 그는 맥켄
드릭들을 도와주려는 고매한 이상이 아니라 금을 바라고 여기에 와
있다. 그들의 계약은 간단했다. 그녀는 훈련과 요새화에 대한 그의
지식을 이용할 뿐이었다.

더 이상 필요 없어지는 순간 그는 쫓겨날 것이다.

방문이 나지막이 삐걱거렸다. 그녀는 시선을 들어올렸다. 이런 시
간에 누가 찾아왔을까.

맥페인의 모습이 보인 순간 그녀는 벌떡 일어났다. 잠옷 앞자락으
로 빨간 와인이 쏟아졌다.

말콤은 자신의 앞에 선 절묘한 유령을 넋나간 듯이 바라보았다.
그녀의 머리색은 가장 반짝거리는 나무색과 같았다. 그 사이사이 구
릿빛이 섞여 있었다. 그가 짐작했던 것처럼 풍성한 머리채, 그 머리
채가 돌조각에서 본 대로 곱슬곱슬하게 흘러내렸다. 길이만이 달랐
다, 등까지 흘러내리는 대신 간신히 어깨에 닿아 있었다.

'불에 탔기 때문일 거야.'

그는 다시 한 번 죄책감에 휩싸였다. 그녀의 피부는 뽀얗고 얼굴
은 섬세했다. 그는 그 얼굴 윤곽을 빠짐없이 알고 있었다. 곧게 뻗은
콧날, 우아한 광대뼈, 사랑스럽게 튀어나온 턱. 풍성한 입술의 곡선
부터 커다란 회색의 눈동자까지 그녀의 모든 것이 고통스러울 만큼
눈에 익었다. 그녀는 마치 두려워하는 사람처럼 그를 응시하고 있었
다, 그로서는 이유를 짐작할 수 없었지만.

살구빛의 불빛이 가냘프고 동그란 몸의 곡선을 드러내 주었다. 뜨
거운 욕망이 치밀어올랐다. 그는 자신의 흉측한 반응에 놀라 재빨리

시선을 내렸다. 그때 그녀의 앞자락에 진홍빛 얼룩이 묻어 있는 것을 보았다.

그녀의 몸이 피로 덮여 있었다.

"미안하오."

고요한 정적 속에서 그의 목소리가 갈라져 나왔다.

그녀는 이해하지 못하는 듯 불안하게 그를 바라보았다.

"난…… 난 몰랐소. 당신이 그런 위험에 처한 줄 몰랐소."

무기력하고 수치스런 느낌으로 그가 말을 이었다.

그녀는 아무 말도 하지 않았다. 하지만 침묵이 곧 비난이었다.

"알았다 해도 내가 할 수 있는 일은 없었을 거요. 나에겐 군대가 없었소. 당신을 구출해 줄 만한 무기도, 방패도, 말도 없었소."

그가 혐오스럽게 자신의 몸을 가리켰다.

"맞서 싸울 만한 온전한 몸조차 없고."

그녀의 회색 눈동자가 점점 어두워졌다. 마치 겁쟁이의 핑계라는 듯 몸을 굳힌 채 그를 지켜볼 뿐이었다.

그리고 정말 그건 겁쟁이의 핑계에 불과했다.

"당신 생각이 옳소. 난 어떻게든 여기 왔어야 했소."

지독한 죄책감을 더 이상 견디기가 힘들었다. 그는 그녀의 피 묻은 모습을 지워 보려 눈을 감았다. 자신의 생명과 그녀의 생명을 맞바꿀 수 있었더라면 좋았을걸. 적어도 그녀는 살 가치가 있었다, 그녀를 사랑하고 필요로 하는 사람들이 있었다. 그런데 그에게 또 한 명의 죽음이라는 책임감을 안겨준 채, 불 속에서 죽었다.

도저히 죄책감을 견딜 수 없었다.

"에어리엘라, 정말 미안하오."

에어리엘라는 이런 맥페인을 본 적이 없었다. 가끔 그가 고통스러워했다 해도, 자기 혐오에 허우적대는 이기적인 고통이라고 짐작했었다. 그녀의 앞에 서 있는 남자는 술에 취해 검은 늑대의 위업들이 진짜였을까 의심스러워하던 그 맥페인이 아니었다. 지금도 술에 취해 있기는 했지만 자기 연민 때문이 아니라 한 여자를 구하지 못했다는 죄책감으로 괴로워했다. 그녀의 얼굴을 제대로 쳐다보지도 못할 만큼.

그녀에게는 그를 경멸할 이유가 수도 없이 많았다. 이 남자가 그녀와 그녀의 아버지, 그녀의 일족을 실망시켰다. 하지만 지금은 그를 증오할 수 없었다. 그의 깊은 고통이 처절하게 마음에 와닿았다.

문득 그를 이곳에 머물게 하면 안 된다는 걸 깨달았다. 이제 곧 그녀의 영혼이 허공으로 사라지지 않는 걸 이상하게 생각할 것이다. 그녀는 수면제가 들어간 와인을 술잔 가득 따랐다.

"마셔요, 맥페인. 전부 다."

그녀가 술잔을 내밀며 명령했다.

그가 눈을 뜨고 바라보았다. 유령이 말할 수 있다는 사실에 놀라워하는 것도 같았다. 하지만 말없이 손을 뻗었다. 술잔을 받아들면서 그녀의 차가운 살갗에 그의 손가락이 스쳤다. 푸른 눈동자를 그녀에게 고정시킨 채 그는 고개를 젖혀 술을 들이켰다. 그런 다음 손등으로 입을 닦고 조심스레 술잔을 내려놓았다.

"내 죽음에 괴로워하지 말아요."

그녀가 조용히 중얼거렸다.

"다 끝난 일이에요."

그는 고개를 저었다. 용서받을 자격이 없다는 걸 알기에.

"나 때문에 당신은 끔찍하게 죽었소. 아버지가 죽는 걸 지켜보고 일족원들이 갈가리 찢기는 모습도 보았소. 끝까지 내가 오리라는 희망에 매달려 있었겠지. 하지만, 빌어먹을!"

그의 목소리에 갑자기 분노가 실렸다.

"왜 좀더 기다리지 않았소? 그자와 결혼하겠다고만 했으면 살 수도 있었잖소. 그 다음에 다시 나에게 연락을 보낼 수도 있었소. 그럼 내가 어떻게든 도울 방법을 찾았을 거요.”

“난 그자와 결혼할 수 없었어요. 그를 족장으로 삼을 수 없었고요. 우리 일족이 가혹하게 고통받았을 거예요.”

“어떤 족장이라도 죽일 수 있는 법이오. 불사신이란 없소.”

‘그 검이 있으면 가능해요. 그걸 가까이 두었더라면 내 아버지도 돌아가시지 않았을 거예요.’

그 무기만으로 일족 전체를 구할 수는 없었을 것이다. 하지만 적어도 아버지가 로드릭의 칼날에 쓰러지지는 않았으리라.

“난 그자와 결혼할 수 없었어요.”

그녀가 단호하게 되풀이했다. 그날의 고통스런 장면들, 그 끔찍한 기억들이 휘몰아치기 시작했다.

“그의 만행을 보고 난 후에는 더더욱. 그자의 손길을 견디느니 차라리 죽음을 택하는 게 나았어요.”

그는 그 말을 이해할 수 있었다.

“그렇겠지.”

결혼을 제안했던 것 자체가 너무나 잔인하고 바보 같은 짓이었다. 그가 가까이 다가섰다.

“그놈은 당신에게 손댈 권리가 없었소.”

그는 유령이라는 것도 잊은 채 그녀의 뺨에 손을 갖다 댔다. 놀랍게도 견고한 느낌이었다. 작고 섬세하긴 하지만 허공으로 사라지진 않았다. 그녀의 몸이 살짝 떨리는 것을 느끼며 그는 ‘추운가 보다’ 하고 생각했다, 뜨거운 불 앞에 서 있다는 사실에도 불구하고.

그녀는 그의 손길에서 물러나지도 않았고, 그렇다고 기대어 오지도 않았다. 미동 없이 서서 은빛의 눈동자로 바라볼 뿐이었다.

강렬한 욕망이 그의 생각들을 어지럽혔다. 자신의 여자가 될 수도 있었던 여자. 그가 여기 와서 보호해 줄 수 있었다면 아내로 제안받았을 여자. 밤마다 그의 품에 안겨 함께 잠들었을 여자. 그는 그녀의 연약한 턱선과 크림색의 목선으로 손가락을 미끄러뜨렸다. 손가락 끝에 빠르게 고동치는 맥박이 느껴졌다. 나방의 날갯짓처럼 연약한 느낌. 마음 한구석으로는 이 여자가 죽었다는 걸 알았다. 그런데도 자신과 똑같이, 그녀의 뒤에서 일렁이는 불길처럼, 창에서 불어드는 바람처럼, 살아 숨쉬고 있는 듯했다.

"에어리엘라."

그의 목소리가 욕망으로 거칠어졌다. 그녀의 구릿빛 머리 속으로 손을 밀어넣고 비누와 히스 향내를 들이키며 고개를 숙였다. 그녀의 눈이 불안하게 번들거렸지만 뒤로 물러나지는 않았다. 이 순간 그녀는 유령 혹은 상상력의 산물이기를 그만 둔 것 같았다. 술과 욕망에 취한 채 그는 그녀를 끌어안았다.

그리고 미쳐 버린 거라고 확신하며, 그녀의 입술에 자신의 입술을 갖다 댔다.

말콤의 따뜻하고 단단한 입술이 닿는 순간, 에어리엘라의 숨결은 거의 멎어 버렸다. 그를 밀어내야 했다. 이 남자에겐 그녀를 만질 권리가 없었다. 그녀를 끌어안을 권리도, 절망적으로 그녀의 입술을 탐할 권리도 없었다. 하지만 왠지 그의 가슴을 밀어내고 뒷걸음칠 수가 없었다. 묘한 감각이 그녀의 몸 속에서 피어나기 시작했다. 처음에는 뱃속 깊은 곳의 아주 작은 불씨로 느릿하게.

그녀가 그 감각을 쫓아 버리려 애쓰는 동안 말콤의 손이 그녀의 등과 어깨, 허리와 엉덩이를 어루만지기 시작했다. 그녀가 진짜라는 걸 믿을 수 없는 듯이 그녀의 곡선과 계곡들을 매만져갔다. 그의 키스가 점점 대담하고 집요해졌다. 그녀의 입술을 빨아들이고 혀로 그녀의 입술을 맛보았다. 그녀가 그 사악한 쾌감에 놀라 숨을 들이쉬는 사이, 그의 혀가 깊숙이 파고들어왔다.

그것이 그녀의 마지막 저항마저 날려보냈다. 그녀의 뱃속에 자리 잡았던 불씨가 이제 활활 타오르고 있었다. 그녀는 그의 목에 두 팔을 감았다. 그의 큰 키에 맞추려고 발끝을 들어올리며 단단한 가슴에 몸을 기댔다. 그는 힘껏 끌어안으며 그녀를 만지고 쓰다듬었다. 처음으로 생명을 얻은 것처럼, 이전의 모든 것은 이 감각들의 그림자일 뿐이었던 것처럼 에어리엘라는 정신이 어지러워졌다. 이 남자가 그녀의 남편으로 운명지어졌던 사람이었다.

그녀가 필요로 할 때 오지 않았던 남자, 그녀의 일족을 고통 속에 남겨 두었던 남자.

'이게 무슨 짓이야.'

갑작스런 수치심이 그녀의 생각을 일깨웠다. 그와 동시에 말콤이 그녀의 아픈 팔을 붙잡았다. 에어리엘라가 움찔하자 그는 재빨리 손을 풀어놓고 물러섰다.

"내가 너무 거칠었소?"

"아뇨. 그런 게 아니에요."

그녀는 고개를 흔들며 중얼거렸다.

그의 눈동자는 술과 수면제 허브의 효과로 흐려져 있었다. 하지만 뭔가 이상하다는 걸 느낄 수는 있었다. 눈살을 찌푸리며 말콤은 그녀의 어깨에서 잠옷을 잡아내렸다. 붕대로 감겨진 상처. 그는 멍하니 그곳을 쳐다보았다.

그런 다음 그의 눈이 가늘어졌다.

"이게 뭐지?"

그녀는 정신없이 설명을 찾아헤맸다.

하지만 무슨 말을 하기도 전에, 갑자기 그가 상관없다는 듯 한숨을 내쉬었다. 그런 다음 눈을 감고 바닥으로 쿵 쓰러졌다.

7

누군가 그의 이름을 부르고 있었다. 돌개바람 속에서 소리치는 것처럼 웅얼대는 목소리였다. 놈이 무슨 말을 하는 건지는 모르지만, 꺼져 주길 바랐다. 부드러운 모직이 마음을 감싸고 있는 듯 편안했다, 깨어나서 느껴야 하는 고통으로부터도 피난처를 제공해 주었다. 말콤은 한숨 쉬며 베개 속으로 더 깊이 파고들었다. 이 귀찮은 소리를 무시해 버리면 언젠가는 끝이 나겠지.

다음 순간 담요가 사라졌음을 알았다. 그의 벌거벗은 몸으로 싸늘한 공기가 공격해 왔다.

"무슨 빌어먹을……."

"일어날 시간이야, 말콤."

언제나처럼 쾌활한 개빈의 목소리였다.

"어이쿠, 몰골이 왜 그래? 어젯밤에 얼마나 마신 거야?"

말콤은 초점을 잡으려 애쓰며 눈을 껌벅거렸다.

"몰라."

혓바닥이 두툼하게 마비된 것처럼 제대로 말하기가 힘들었다.

"어젯밤에 갖다준 거, 그게 뭔진 몰라도."

"난 술 세 병만 갖다줬는데. 매일 똑같은 양이잖아."

개빈이 테이블 위의 텅 빈 술병을 흘깃 보았다.

말콤은 눈을 부비며 일어나 앉았다. 끔찍이도 기운이 없었다.

"유별나게 독한 술이었나 보지. 침대에 누운 것도 기억이 안 나."

"흐음, 그래도 어젠 꽤나 깔끔했는데 그래. 맨정신이었을 때도 이렇게 옷을 개놓은 적이 없었잖아."

말콤은 상자 위에 차곡차곡 개어진 옷을 보며 눈살을 찌푸렸다. 옷을 개두는 것은 그의 버릇이 아니었다. 평소에는 허물 벗듯이 집어던지고 침대에 쓰러졌는데.

"아그네스가 해놨겠지."

하지만 그랬을 것 같지는 않았다. 아그네스는 그에게 수건과 비누를 갖다주는 것 정도가 최선의 노력이었다. 어젯밤에 목욕을 했는지도 기억나지 않았다.

개빈이 그의 셔츠와 플래드를 던져주며 농담을 던졌다.

"그 여자 아주 세심하군. 자네한테 마음이 있나 본데. 여성적인 인상을 심어주고 싶었던 모양이야."

"그 여잔 날 무서워해."

말콤이 딱 잘라 말했다. 어떤 여자도 이렇게 짓이겨진 절름발이한테 끌리지는 않을 것이다. 그런 사실을 받아들인 지 이미 오래였다. 어차피 마리안이 동정과 혐오감으로 그를 보았던 순간부터 어떤 여자에게도 욕망을 느끼지 못했으니까 그리 신경쓰이지도 않았다.

어젯밤까지는.

플래드를 걸쳐입던 그의 손길이 멈칫했다.

"어젯밤에 누구 나한테 찾아온 사람 있었나?"

"내가 알기론 없는데. 하지만 난 저녁 식사만 갖다주고 사랑스런 맥켄드릭 여자들한테 돌아갔으니까 그 후에는 모르지. 왜?”

흐릿한 기억이 꿈틀거렸다. 여자가 있었다, 따뜻한 불길과 열기도. 그는 눈살을 찌푸리며 좀더 생각해 내려 애썼다. 그 여자 머리가 이상했었다. 너무 짧았어. 왜일까? 점점 머리 속의 안개가 흩어지면서 그녀의 모습이 조금 분명해졌다. 하얀 잠옷을 입고 벽난로 앞에 서 있었다. 그 여자한테 마음이 동했었다. 하지만 잠옷의 무언가가 거슬렸었다. 뭔가…….

“왜 그래, 말콤?”

“모르겠어.”

그가 고개를 흔들며 중얼거렸다.

“어젯밤에 어떤 여자와 같이 있었던 것 같아. 그런데 그 여자가 누구였는지, 어디에 있었는지 기억이 안 나. 다 꿈인 것 같기도 하고.”

“맥켄드릭의 모든 여자들이 자넬 겁내지는 않는 모양이군. 어떻게 생겼는데?”

플래드의 허리띠를 매면서 말콤은 기억해 내려고 애썼다.

“작은 여자였어. 머리색이 아주 묘했는데. 갈색도 아니고 빨간색도 아니고……. 진흙색이랄까, 녹슨 쇠색깔 같은.”

“거참 특이한 표현이네. 시인이 돼도 괜찮겠어.”

말콤이 험악하게 인상을 썼다.

“머리색은 중요치 않아. 중요한 건 내가 그 여자 얼굴을 아는 것 같았다는 점이라구. 뺨이나 턱, 코…… 오랫동안 관찰했던 것처럼. 그런데 한 번도 본 적은 없었어.”

“그럼 꿈을 꿨거나 유령을 봤던 거겠지.”

개빈이 결론지었다.

“여기서 지내는 동안 맥켄드릭 여자들을 한두 번 이상은 다 봤잖아.”

"그렇긴 하지만."

그가 침대에 앉아 신발을 신기 시작했다.

"진짜 사람 같았어. 품에 안은 느낌이 아주 부드러웠다구. 좋은 향기가 났었는데, 히스하고…… 무슨 다른 향기."

"장미? 라일락? 제비꽃?"

"맞다, 비누내였어."

개빈이 기분좋게 고개를 끄덕였다.

"목욕하는 유령이라, 마음에 들어."

"내가 왜 이런 얘기를 네놈한테 하고 있을까."

말콤이 투덜거렸다.

"그 여자가 뭐라고 하던가?"

말콤은 다시 생각에 잠겼다. 그 여자가 말을 하긴 했었다. 그건 확실했다. 그는 허공을 응시하며 불 앞에 서 있던 그녀의 모습, 불빛에 일렁이던 얇은 잠옷의 모습을 그려보았다. 머리가 어깨에 닿을 정도로 짧았다. 그게 왠지 자신의 잘못이었던 것 같았다. 그리고 피. 그녀의 옷에 피가 묻어 있었다.

'내 죽음에 괴로워하지 말아요.'

그 여자가 그렇게 말했었다. 그렇다면 자신 때문에 죽었다는 뜻인데. 하지만 마리안은 분명 아니었다. 그 악몽 같던 날 죽었던 맥페인 일족의 여자 중 한 명도 아니었다. 다른 여자였다. 그의 시선이 헤매다니다가 문득 책상 위의 조각상으로 빨려들었다.

에어리엘라.

"그럴 리가 없어."

하지만 기억이 점점 더 분명해졌다. 안뜰에 서 있다가 탑 위의 창문으로 그녀의 모습을 보았고, 그 후에 그녀에게 찾아갔었다. 용서를 빌려고. 탑방에서 찾아낸 여자는 그가 아는 어느 누구보다 아름다웠다. 그녀에게 강한 욕망이 일어났었다.

유령에게 욕망이라니.

"그 여자 죽지 않았어."

개빈이 어리둥절한 시선을 던졌다.

"누구?"

"맥켄드릭의 딸."

그가 문으로 걸어가 활짝 열어젖혔다. 개빈이 서둘러 뒤따라나왔다.

"그걸 어떻게 알아?"

"어제 내가 봤으니까."

맥켄드릭 놈들이 날 속였어!

"그 여잔 탑방에 숨어 있었어. 이유를 알아내야겠어."

절룩거리는 발 때문에 마음먹은 것만큼 빠르게 움직일 수는 없었다. 그래도 그는 놀라운 속도로 좁은 계단을 전진해 갔다. 그녀를 만나서 무슨 이유로 이런 속임수를 썼는지 알아내야 했다. 어젯밤의 그 방문을 거칠게 열어젖혔다. 그녀가 여러 겹의 담요 밑에 웅크린 채 누워 있었다. 말콤이 난폭하게 이불을 걷어올렸다.

"도대체 무슨……."

주름진 손으로 담요를 찾아헤매며 앵거스가 눈살을 찌푸렸다. 아무것도 손에 잡히지 않자 그가 졸음에 겨운 눈을 무겁게 떴다.

"무슨 일이야? 놈들이 쳐들어왔나?"

노인이 발딱 일어나 앉았다.

"내 검 어덨지?"

"여기서 뭐하는 거요, 앵거스?"

말콤은 당혹스러움과 분노 사이에서 갈팡질팡했다.

"잠자고 있었지."

그가 하얀 머리를 긁적이며 불안하게 개빈을 쳐다보았다. 맥페인이 왜 이러는 거야?

“자넨 여기 웬일인가?”

“이 방에서 뭘 하고 있냔 말이오?”

말콤의 경직된 목소리에 앵거스는 그저 어리둥절한 표정이었다.

“잠자고 있었지. 지금은 자네와 얘기하는 중이고.”

말콤은 눈을 감고 인내심을 달라고 신께 기도했다.

“왜 당신 방에서 잠자지 않았소?”

“여기가 내 방이야, 거의 이십 년째.”

“아닐 텐데. 여긴 에어리엘라의 방이잖소.”

“에어리엘라의 방은 다른 탑에 있었어. 불타 버린 그 탑이지.”

“하지만 지금은 여기가 그 여자 방이잖소. 내가 어젯밤 여기서 그녀를 봤는데.”

앵거스는 생각에 잠긴 듯 하얀 턱수염을 매만졌다.

“거참 이상하네. 저녁 먹고 여기 들어온 다음에 아무도 못 봤는데. 그래, 에어리엘라는 죽었는데 어떻게 그녀를 볼 수 있었겠어?”

“어젯밤 내가 이 방에 왔단 말이오. 그 여자가 저기 앉아서…….”

말콤은 그녀가 앉아 있던 우아한 의자를 찾아보았다. 그런데 없었다. 대신 낡아서 금이 간 의자만이 눈에 들어왔다. 그는 정신없이 방 안을 둘러보았다. 벽마다 걸려 있던 절묘한 태피스트리도, 와인이 놓였던 섬세한 테이블도, 진홍빛 천으로 덮인 침대도 다 사라졌다. 이 방에는 하나같이 수십 년 된 초라한 가구들뿐이었다.

“내 의자에 그녀가 앉아 있었다고?”

앵거스가 흥미로운 듯이 물었다.

“그럼 맥켄드릭도 만나 봤나?”

“아니오.”

말콤이 고개를 흔들었다. 이 방이 분명한데. 그런데 어떻게 하룻밤 사이에 다 변해 버렸을까? 게다가 앵거스 방이라니 어떻게 된 걸까?

머리가 아파서 쪼개질 것 같았다. 어젯밤에 대체 얼마나 마셨던 거지?

"미안하오, 앵거스."

관자놀이를 문지르며 그가 중얼거렸다.

"내가 어젯밤에 과음했던 모양이오. 귀찮게 할 생각은 아니었소."

"괜찮아, 괜찮아."

앵거스가 너그럽게 고개를 끄덕였다.

"여긴 손님이 별로 찾아오지 않거든. 언제든 들르라구."

그가 다시 드러누워 턱까지 담요를 끌어올렸다.

말콤은 천천히 좁은 계단을 내려갔다. 도대체 어떻게 된 거야? 머리가 돌아 버렸나? 꿈과 현실을 구별하지 못할 정도로 많이 마셨던가? 그런 생각 자체가 혐오스러웠지만, 그것밖에 대답이 없었다.

그게 아니라면 진짜로 유령을 보았거나.

거대한 홀에서 던컨과 앤드루, 니알과 롭이 아침 식사를 하고 있었다. 말콤과 개빈이 들어섰는데도 롭은 접시에 고개를 파묻은 채 시선을 들어올리지도 않았다. 언제나처럼 지저분한 모양새였다. 아니, 더럽게 엉킨 머리가 어제보다 훨씬 지독해 보였다.

"던컨, 이 녀석 목욕 좀 시키지 그랬어!"

말콤이 짜증스레 한마디하자, 롭은 대뜸 험악한 얼굴로 고개를 들었다.

"내가 목욕을 하든 말든 당신이 상관할 바 아니에요, 맥페인."

던컨이 부드럽게 끼어들었다.

"목욕하기 싫다는데 어떡해요. 그래도 엘리자베스와 아그네스가 상처 주위는 깨끗하게 닦아줬어요."

"그 몸뚱이에 한 군데나마 기생충이 우글거리지 않는다니 다행이군. 젠장할 롭, 어떻게 그런 꼴로 나다닐 수가 있지?"

"그렇게 보기 싫으면 내 근처에 얼쩡거리지 않으면 되잖아요."

소년이 컵을 쾅 내려놓으며 고함쳤다. 긴장감을 풀어 보려 개빈이 나섰다.

"마음에 드는 여자가 생기면 뜯어말려도 씻으려고 안달일 거야. 그냥 놔두라구."

"빨리 그런 여자가 생기기만 바라야겠군. 깨끗한 공기 좀 마시면서 살게."

롭이 의자를 밀어젖히며 벌떡 일어났다.

"오늘 훈련에서 빠져 드릴 테니까 깨끗한 공기 실컷 마시라구요."

그리고는 성큼성큼 걸어가 쾅당 문을 닫고 나갔다.

"저 녀석 외모에 뭐 그리 신경쓰나? 예전에 자네도 비슷한 상태였으면서."

개빈이 중얼거렸다.

"롭은 오늘 기분이 안 좋다구요. 어제 팔을 다쳤잖아요."

던컨이 말했다.

던컨과 앤드루의 못마땅해 하는 표정을 보아하니, 롭이 어제의 공격에 대해서 진실을 말해 준 모양이었다. 말콤은 니알의 표정을 흘긋 살펴보았다. 롭이 그에게 화를 냈다는 사실이 아주 고소한 것처럼 경멸스런 표정이었다.

'다들 나한테 좋은 감정이 아니군.'

그는 짜증스레 몸을 돌려 문으로 향했다.

"일 분 내로 아침 훈련 시작이야. 늦지 말도록."

그날 말콤의 인내력은 거의 한계까지 치달아갔다. 그게 지끈거리는 머리 때문인지, 생명을 위협받았다는 사실 때문인지, 롭과의 말다툼 때문인지는 알 수 없었다. 이유가 무엇이든 훈련하는 맥켄드릭들이 끔찍이도 무능해 보여, '곡예사나 시인으로 돌아가 버려!' 하고 버럭 고함치고 싶은 걸 간신히, 정말 간신히 참아냈다. 하지만 오후

에 램지와 그레이엄이 더 큰 검을 차지하려고 싸웠을 때는 도저히
더 이상 견딜 재간이 없었다. 그는 개빈에게 훈련을 맡기고 그 자리
를 떠나 버렸다.

원래 방으로 돌아갈 생각이었는데, 어느새 그는 성의 깊숙한 부분
에 있는 알핀의 방으로 향하고 있었다. 흠집난 나무문에 노크하려는
순간 그 안에서 쾌활한 목소리가 울려나왔다.

"들어오시게, 맥페인."

말콤이 놀라며 문을 열었다. 몇 개의 촛불들만이 켜진 어두운 방
이었다. 안으로 걸음을 내딛자마자 커다란 올빼미가 퍼드득 그의 머
리 위를 날아 선반에 내려앉았다. 화로의 작은 불길 위에 세 개의 솥
이 매달려 부글부글 끓고 있었다. 매운 연기와 허브 냄새, 그밖에 뭔
지 알고 싶지 않은 묘한 냄새가 공기중에 가득 들어찼다. 구석의 테
이블에 고개 숙이고 있는 알핀의 모습이 보였다. 말콤은 천천히 그
리로 다가갔다.

'내가 온 걸 어떻게 알았을까? 노크도 하기 전에?'

그의 궁금증을 알아차린 것처럼 알핀이 낄낄 웃어댔다.

"내 나이쯤 되면 귀로 소리를 듣는 게 아니라네."

말콤은 더 이상 물어 보지 않았다. 알핀이 그를 '본' 방식에 대한
멍청한 이야기를 들을 마음은 전혀 없었으니까.

"뭐하는 겁니까?"

"구역질 치료약을 만드는 거지."

알핀이 검은 덩어리들을 단지 안에 채우며 대답했다.

말콤이 가까이로 몸을 기울였다.

"그건 뭐죠?"

알핀이 말콤의 코에 단지를 들어올려 주었다.

"멧돼지 똥."

말콤은 콜록콜록 기침하며 얼른 뒤로 몸을 빼냈다.

"이걸 불로 잘 말린 다음에 갈아서 물과 섞으면 뱃속을 가라앉히
는 데 기막힌 효과를 내지."

"대단하군요."

진짜 구역질이 날 지경이었다.

알핀이 뚜껑을 닫아 그 단지를 거머리가 가득한 다른 단지 옆에
올려놓았다.

"자, 맥페인. 무슨 일로 예까지 오셨나?"

말콤은 잠시 머뭇거렸다. 정말 왜 여기까지 와버렸을까. 분명 꿈
이었을 그 일 때문에 이렇게 혼란스러워하다니, 그런 자신이 바보
같았다. 그래도 이왕 왔으니 이 노인에게 말해서 손해날 일은 없으
리라.

"어젯밤에 꿈을 꾸었소."

알핀은 놀랄 일이 아니라는 듯 고개를 끄덕였다.

"난 절대로 꿈을 꾸지 않는데 이상하단 말이오."

"꿈꾸는 게 두려워서겠지."

'이 늙은이가 무슨 헛소리를 하는 거야?'

"난 아무것도 두려워하지 않소."

그의 분노에는 전혀 아랑곳하지 않고 알핀이 키득거렸다.

"내 말이 맞을 텐데, 맥페인."

노인이 다시 화로로 다가가 주머니 속의 무언가를 끓는 솥 안에
뿌려넣었다.

"두려움 없는 인간은 없다네. 자넨 꿈을 두려워해. 꿈속에서 보게
될 장면을 견딜 수 없어하지. 그래서 매일 밤 정신을 마비시켜 버리
려 노력하는 걸세."

문득 말콤은 그 말이 맞다는 걸 알았다. 꿈속에서 마리안의 모습
을 보게 될까 봐 겁이 났다. 그 사랑스런 목이 베어져 차가운 돌바닥
에 누워 있던 마리안. 계단에 쭈그리고 누운 애비게일, 구석에 웅크

린 피오나, 침대 위의 어린 헤스터. 모두가 핏기 없이 푸르둥둥한 얼굴이었다. 상처를 통해 온몸의 피가 빠져나가 버렸기 때문이었다.

2백 명 이상의 여자와 아이들이 그날 밤 그런 식으로 도살당했다.

말콤 자신 때문에.

"우린 지금 자네 꿈 얘기를 하고 있는 거네."

알핀이 부드러운 목소리로 그의 기억을 몰아냈다.

말콤은 숨을 크게 들이키며 입을 열었다.

"여자를 보았소. 한 번도 만난 적은 없지만 분명 에어리엘라였소."

알핀이 단지를 휘젓다 말고 시선을 들어올렸다.

"그걸 어떻게 알지?"

"맥켄드릭의 방에 있는 조각상. 그 얼굴이었소."

노인이 고개를 끄덕이며 다시 단지를 휘휘 저었다.

"아름답더군, 머리카락이 불타고 잠옷에 피가 묻어 있긴 했어도."

알핀이 눈살을 찌푸렸다.

"피가 났다고? 왜?"

"모르겠소. 죽는 과정에서 그렇게 된 모양이오."

잠시 생각에 잠겼다가, 알핀은 그저 어깨를 으쓱이고 다른 단지로 시선을 옮겼다.

"계속해 보게."

"나더러 자기 죽음 때문에 괴로워하지 말라고 했소⋯⋯."

"그 애가 그런 말을?"

알핀이 너무 놀라워하는 깃 같자 말콤의 눈이 가늘어졌다.

"그게 놀랄 만한 일이오?"

"아니, 그런 건 아니야."

그는 재빨리 침착을 되찾았다.

"내 나이쯤 되면 놀라울 일도 별로 없지. 그냥 에어리엘라가 자넬 용서할 줄은⋯⋯."

“그녀는 날 용서한 게 아니었소. 괴로워하지 말라고 했을 뿐이지. 그건 전혀 다른 문제요.”

“그렇긴 하지.”

알핀이 고개를 끄덕인 다음 병 속으로 검은 액체를 따라붓기 시작했다.

“그 다음엔 어떻게 됐나?”

“우린 잠시 얘기를 나눴소. 무슨 얘기를 했는지는 잘 기억나지 않고. 그 다음에 내가 그녀에게 키스했소.”

병이 바닥으로 떨어져 산산조각나면서 올빼미가 홰를 치며 소란스럽게 날아올랐다.

알핀이 황망히 깨진 조각들을 주워올리며 손을 내저었다.

“늙은 몸뚱이가 둔해져서 말야. 걱정할 거 없네. 그 애한테 키스를 했다고? 지금 그렇게 말했나?”

말콤이 고개를 끄덕였다.

“그 애가 가만히 있던가?”

“물론이오. 난 여자한테 억지로 강요하는 사내가 아니오. 내 상상 속에만 존재하는 여자라 해도.”

“잠깐의 뽀뽀였나, 아니면 긴 진짜 키스였나?”

말콤의 눈썹이 위로 획 올라갔다.

“왜 그런 걸 묻는 거요?”

“뭐, 그냥. 늙은이의 호기심이랄까? 어쩌면 흐릿해진 내 청춘을 돌이켜보고 싶은 건지도 모르지. 싫으면 굳이 대답하지 않아도 되네.”

말콤이 한숨을 내쉬었다.

“잠깐은 아니었소.”

“멋지군!”

말콤은 어이가 없었다.

“몇 년만에 처음으로 꿈을 꾼 데다 피범벅된 죽은 여자와 키스했는데, 그게 뭐가 멋지다는 거요?”

“흐음, 끔찍할 것 같기도 하군. 그게 정말 그런 거였다면 그 꿈 때문에 많이 혼란스러울 테니까.”

“‘그게 정말 그런 거였다면’이라니 그게 무슨 뜻이오? 다른 것일 수도 있단 말이오?”

말콤이 다그쳤다.

알핀은 한동안 고민스러운 듯이 그를 바라보았다. 그리고는 휴 하니 한숨을 내쉬었다.

“자넨 쉽게 설명할 수 없는 일들을 믿지 않아, 점술가나 유령 같은 거. 그러니 내가 굳이 납득시키려 애쓸 이유도 없지. 다만 맥켄드릭의 딸이 아버지와 일족과 이 땅을 목숨보다 더 사랑했다는 걸 이해했으면 좋겠네. 그들이 상하는 걸 두고 볼 수 없을 정도로 너무나 사랑했지. 일족의 고통을 덜어주기 위해서라면 무슨 짓이든 못할 게 없었어. 우리 중 누구보다도 그 애는 투사였지.”

“왜 그런 말을 나한테 하는 거요? 내가 그 일 때문에 충분히 괴로워하지 않는다고 생각하시오?”

“자네에게 더한 고통을 가하려는 게 아니라네. 단지 자네의 아내로 예정된 그 여자를 좀더 이해시키고 싶었던 거지.”

“내 아내로 예정된 여자는 마리안이었소.”

말콤이 거칠게 반박했다.

“무언가 볼 능력이 있는 거라면 그 정도는 알아야 하잖소.”

“하지만 자네의 길이 변했다네, 맥페인. 그날 밤 마리안은 죽었지만 자네는 살았어. 그녀와 같이 죽은 게 아니라.”

‘내 일부는 이미 죽었소.’

그가 쓸쓸하게 생각했다.

“그렇겠지. 하지만 전부 다는 아니잖아.”

알핀의 말에 말콤은 놀라며 눈을 들어올렸다.

“어쩌면 에어리엘라도 그 비슷할 걸세.”

알핀이 계속 말을 이었다.

“탑에 불을 질렀을 때 그 애의 일부는 죽었지. 하지만 완전히 놓아 버리기에는 이 일족, 이 성, 이 땅이 그 애한테 너무나 소중했어. 그래서 그녀는 여기 남아 우릴 지켜보고 있지, 다음 길로 인도하려 애쓰면서.”

“그녀의 유령이 떠돌아다닌다는 말을 하려는 거라면, 시간 낭비 마시오.”

말콤은 으르렁거리며 문으로 절룩절룩 걸어갔다.

“그건 그냥 꿈이었소. 어제 마신 술 때문에 현실처럼 느껴졌을 뿐이오.”

“그렇게 생각하나, 맥페인?”

“난 빌어먹을 유령 따위 믿지 않는다구.”

그는 거칠게 문을 열고 나갔다.

메마른 황야를 달리는 동안 차갑고 깨끗한 바람이 그의 몸에 부딪혀 왔다. 등과 다리의 고통과 맞서 싸우면서 앞쪽에 반짝이는 호수를 향해 더욱 속도를 높였다.

온몸이 아프고 숨결도 거칠어졌지만 기분은 상쾌했다. 롭과 그의 친구들을 찾으러 나섰을 때 이후 이렇게 전속력으로 달려본 적이 없었다. 그의 몸은 이미 이 대가를 치르게 되리라 경고하고 있었다. 내일은 하루 쉬고 다음날 다시 달릴 작정이었다. 이런 식으로 계속 연습하다 보면 짜증스런 연약함도 극복할 수 있지 않을까.

이제 그는 피곤에 지쳐서가 아니라 주위를 둘러보기 위해 말의 속도를 줄였다. 멀리 맥켄드릭 성이 높다랗게 솟아 있었다. 야생화들이 눈부시게 흩뿌려진 언덕의 비탈길, 그 위에 크림색의 돌성이 우아하게 자리잡았다. 아직 건축중인 탑이 지난번의 잔인한 공격을 일깨워 주었지만, 그 외에는 모든 것이 평화로웠다.

그 성 밑으로 하얀 오두막들이 즐비하게 늘어서 집집마다 가느다란 연기를 뿜어내고 있었다. 꽥꽥대는 거위와 닭들을 뒤에 달고서 아이들이 언덕을 달려올라가 집으로 돌아오는 아버지를 맞이했다. 그날의 작업과 훈련을 끝낸 후에 이제 가족들이 함께 둘러앉아 저녁식사 하며 그날 있었던 일들을 얘기하리라. 남자들이 환호하는 아이들을 공중으로 높이 들어올려주며 더 나이 든 아이들에게는 머리를 쓰다듬어 주면서 아내와 어머니가 기다리는 집을 향해 천천히 걸어갔다.

말콤은 말의 방향을 돌려 다시 달렸다.

그 소박한 기쁨을 그는 영원히 누릴 수 없을 것이다. 남편과 아버지가 될 가능성은 마리안이 죽기 오래 전부터 사라졌다. 그녀가 그의 망가진 몸뚱이를 쳐다보던 순간부터. 그 후로 몇 달 동안 그녀는 혐오감을 숨기려 최선의 노력을 다했지만 그가 가까이 다가들 때마다 움츠러들었다.

그래서 그는 그저 아직 준비가 안 됐다는 핑계로 결혼식을 연기해 버렸다.

그녀는 그의 결정을 돌덩이 같은 침묵으로 받아들였다. 그가 예상했던 안도감이나, 혹은 희망했던 실망감의 흔적도 내보이지 않았다. 그는 화가 났었다. 그녀는 조용히 앉아서 아무 말 없이 고개를 숙였을 뿐이었다. 아버지나 족장이나 예정된 남편의 모든 말에 순종하도록 길들여진 미리안.

그 후로 말콤은 결혼에 전혀 관심 없는 사람처럼 노골적으로 그녀를 무시해 버렸다. 그러면서도 매일매일 멀리서 그녀를 지켜보았다. 그녀의 사랑스런 모습과 우아한 자태를 바라보면서, 이제라도 명령만 내리면 자신의 여자가 될 수도 있다는 사실 때문에 괴로워했다. 그는 그녀가 다른 남자에게 마음을 주었으리라 짐작했다. 그녀처럼 어여쁜 여자라면 일족의 어느 남자라도 사로잡을 수 있을 테니까.
그녀의 배신을 확신하며 그는 자신의 냉담함을 합리화시켰다.

그리고 그녀가 죽고 나서야 해럴드를 통해 자신의 생각이 틀렸음
을 알게 되었다.

그는 황야 끝의 호수로 다가갔다. 롭의 회색 암말이 물가에 서 있
다가 수말의 접근을 알아차리며 귀를 쫑긋 세웠다. 그 뒤 통나무 위
에 걸터앉은 롭이 물 속으로 돌멩이들을 집어던지고 있었다. 말콤은
말에서 내려 천천히 다가갔다. 오늘 아침 괜시리 이 꼬마에게 못되
게 굴었던 걸 사과하고 싶었다.

"같이 좀 앉아도 될까?"

롭은 시큰둥한 시선을 던질 뿐이었다.

안 된다는 뜻은 아니리라 해석하면서 말콤은 옆에 앉아 몇 개의
돌멩이를 주워올렸다.

"네가 없으니까 훈련 시간이 더 힘들더군."

호수 안으로 돌멩이 하나를 던져넣었다.

롭은 그에게 시선을 돌리지도 않았다.

"내 기분이 아주 고약했든지 아니면 일족원들이 너무 형편없었든
지 그랬겠지."

"당신한테 문제가 있었던 거겠죠, 맥페인."

"그럴지도 모르지."

그는 돌멩이 하나를 더 물 속으로 집어넌졌다.

"오늘 아침 일은 그냥 잊어버리자구."

소년이 놀라며 그를 돌아보았다.

"지금 미안하단 말을 하는 건가요?"

얼굴에 땟국물이 흐르고 머리도 쥐 파먹은 듯이 어깨에 엉켜 있었
지만, 그의 맑은 회색 눈동자가 강렬하게 번득거렸다. 말콤은 약간
당황스런 기분이었다.

“뭐…… 그렇게 말할 수도 있겠지.”

롭이 다시 호수로 눈길을 돌렸다.

“좋아요, 그 사과 받아들일게요.”

“다행이군.”

말콤은 묘하게도 마음이 안정되지 않았다.

말없이 눈앞의 풍경을 바라보다가 마침내 롭이 입을 열었다.

“이 성이 견고해지려면 얼마나 걸리죠?”

“다들 열심히 일해 왔고 건설 기술도 뛰어나니까 성문은 조만간 완성될 거야. 흉벽도 여름이 지나기 전에는 끝낼 수 있을 거고. 외곽 벽의 기저를 쌓는 게 좀 시간이 걸릴 텐데, 돌 자르는 건 이미 진행 중이니까 다른 일이 끝나는 대로 곧 시작할 수 있어.”

“우리 힘으로 방어할 수 있으려면 얼마나 걸리죠? 당신은 언제쯤 떠날 건가요?”

말콤이 눈썹을 들어올렸다.

“날 쫓아내고 싶어서 안달이 난 것 같군.”

“여기 오기 싫어했던 건 당신이었어요, 맥페인. 당신은 금을 바라고 왔을 뿐이에요, 삼 개월 이상 머물지 않겠다고 했잖아요. 어제 일로 더 떠나고 싶은 마음이 생겼을 텐데요.”

“어제 일을 어떻게 알아?”

말콤이 놀라며 다그치자 롭은 뚱하니 쳐다보았다.

“어제 내가 화살에 맞았잖아요. 기억나요?”

맞아, 그 화살. 이놈의 정신이 어떻게 된 거야?

“내가 무서워서 달아날 줄 알았다면 그런 걱정일랑 말아. 난 아무 데도 안 가.”

롭의 턱이 딱딱하게 굳어졌다. 모르는 사람이 보았더라면 말콤의 대답을 못마땅해 한다고 생각했으리라.

“너희 일족 말인데,”

말콤이 계속 말을 이었다.

"아무래도 너희들 스스로 방어할 수는 없을 거야. 의욕적으로 잘 배우고 있긴 하지만, 기본적으로 전사로서 지녀야 할 잔인성이 없어. 그런 건 내가 가르칠 수 있는 것도 아니고."

"우리가 지금 시간 낭비를 하고 있단 거예요?"

"아니. 최소한 소수의 군대에 맞서 싸울 수는 있을 거야. 하지만 그 이상의 공격에는 도움이 필요해. 그러니까 주변 일족과 동맹을 맺어야 돼."

롭이 고개를 저었다.

"동맹을 맺으면 다른 일족이 요구할 때 억지로 전쟁터에 나가야 하잖아요. 우리 맥켄드릭은 평화로운 일족이에요. 일족원들에게 그런 일을 요구할 수는 없어요."

"이런 건 네가 결정할 일이 아니야. 장로회에 올려야 해."

"그럼 제안해 보시죠. 어차피 동의하지 않을 테니까."

그 말이 맞을 것 같긴 했다. 평화를 사랑하는 맥켄드릭들이 자기 땅도 아닌 다른 일족을 위해 싸움터로 향하진 않을 것이다.

"동맹을 맺지 않으려면, 하루 빨리 군대를 지닌 새 족장을 찾아야 해."

"그게 간단치가 않아요. 적당한 사람이어야 하니까."

"뭐에 적당해야 한다는 거야?"

"우리 일족을 이끄는 데 적당한 사람요."

"웬만한 규모의 군대를 지닌 남자면 돼."

"다른 일족에겐 괜찮을 수도 있겠지만 맥켄드릭에겐 아니에요."

롭이 냉소적으로 대꾸했다.

"다음 대 맥켄드릭은 훌륭해야 돼요. 아주아주 강하고 용감해야 하죠. 진정으로 명예를 지킬 줄 아는 사람."

"예전의 나처럼?"

말콤이 농담조로 물었다.

"그래요, 맥페인. 예전의 당신처럼."

그 말이 말콤에게 참을 수 없는 모욕으로 느껴졌다. 왜 이런 지저분한 꼬마 녀석에게 학대받으며 앉아 있어야 한단 말인가? 다른 할 일도 충분히 많다. 그는 벌떡 일어나 말이 있는 곳으로 절룩이며 걸어가기 시작했다.

에어리엘라는 그 말을 내뱉은 즉시 후회했다. 그에게 상처입히려 했던 이유를 알 수 없었다. 하지만 어젯밤 이후로 그들 사이에 무언가가 변했다. 그의 품에 안겼을 때 그녀는 생명과 열기가 몸 속에서 살아나는 걸 느꼈다. 그의 망가진 몸과 술 취한 상태에도 불구하고, 그녀의 몸 속에 욕망이란 불길이 지펴졌다.

아주 찰나적인 순간, 그의 몸에 기대어 있으면서 그녀는 안전한 느낌이었다. 검의 수여자이자 다음 대 맥켄드릭이 아닌 누구에게도 마음을 주어서는 안 되는 그녀가 말이다. 그녀의 행동은 수치스럽고 도저히 이해될 수 없다. 그래서 그가 떠나주길 바랐다. 그가 옆에 앉았을 때부터 그를 쫓아내고 싶어서 견딜 수가 없었다. 그런데 그가 멀어지려는 지금 이상한 상실감에 사로잡혔다.

"맥페인."

말콤이 멈춰 섰다.

"그…… 그런 뜻으로 말하려던 게 아니었어요."

"그래? 그럼 무슨 뜻이었지?"

그녀는 조심스레 단어를 선택하려 노력했다.

"당신은 우릴 도와주고 싶어서 여기 온 게 아니었어요. 금을 바라고 왔어요. 그러니까 내 말은, 진정한 맥켄드릭이라면 보상을 바라지 말아야 한다는 뜻이었어요."

"그런 남자가 있다고 생각한다면 큰 오산이야."

말콤이 거칠게 되받았다.

"어떤 전사라도 이 땅과 너희 일족을 지배하기 위해 여기 왔을 거야. 너희 일족의 뛰어난 기술을 보고 나면, 더 많은 부를 차지하려고 다른 마을에 그것들을 팔고 싶어할 거고 자기 침대에 끌어들여 자식을 낳아줄 만한 예쁜 여자도 찾아내겠지. 그가 공정하고 정의로운 사람이라면, 세월이 지나면서 원래 여기에 왔던 이유는 자연스럽게 잊혀질 거야. 하지만 어떤 남자라도 자신이 주어야 하는 것이 아니라 얻고 싶은 것 때문에 여기 왔을 거야."

"아니에요!"

에어리엘라가 튕기듯이 일어나 그의 앞으로 다가들었다.

"당신도 한때는 아무 조건 없이 도움을 주었던 때가 있었어요. 누군가를 도왔다는 사실만으로 충분했던 때가 있었죠. 당신은 변했어요. 하지만 그런 사람이 이 땅 어디에도 없다는 식으로 말하지는 말아요. 그런 명예로움을 지닌 사람이 어딘가엔 분명 있다구요."

"그럼 그 빌어먹을 인간을 찾아보지 그래. 원하는 걸 얻을 때까지 한 명씩 죽이겠다는 놈이 다시 공격해 오기 전에."

에어리엘라의 뇌리에 그 잔인한 기억들이 생생하게 떠올랐다. 그녀는 소름 끼치는 영상을 떨쳐내려 애쓰며 두 팔로 자신의 몸을 감싸안았다.

"찾을 거예요."

말콤은 놀란 시선으로 롭을 바라보았다. 그 작은 체구를 감싸안은 모습이…… 에어리엘라를 연상시켰다. 어젯밤 자신의 몸을 감싸안은 채 온몸을 고통스레 굳혔던 그 에어리엘라가 다시 한 번 눈앞에 서 있는 듯했다. 말콤의 가슴 중간에 닿았던 그녀의 키도 이 꼬마와 거의 비슷했다.

말콤은 당황스레 꼬마를 살펴보았다. 더럽게 헝클어진 상태에서 머리색을 가늠하기란 쉽지 않았다. 짙은 색이라는 것 정도만 알 수 있었다. 땟국물이 흐르긴 하지만 우아하게 솟은 광대뼈, 곧게 뻗은 콧날, 살짝 튀어나온 턱. 에어리엘라의 돌상에서 보았던 그 섬세한 구조와 아주 흡사했다. 하지만 이 불결하고 오만한 녀석이 어젯밤 그의 욕망을 불러일으켰던 여자일 리는 없었다.

그는 자신의 정신 상태를 의심스러워하며 고개를 흔들었다. 아마 친척이기 때문에 비슷한 면이 있는 것이리라. 에어리엘라 맥켄드릭 은 죽었다. 알핀도 그렇게 말하지 않았던가?

'그래서 그녀는 여기 남아 우릴 지켜보고 있지, 다음 길로 인도하 려 애쓰면서.'

아니다. 알핀은 그녀가 죽었다고는 얘기하지 않았다. 그녀의 일부 가 죽었다고 하면서, 이 일족의 누구보다 투사라고만 말했었다.

말콤이 아는 한, 투사들은 스스로 목숨을 끊지 않는 법이다.

그의 눈살이 찌푸려졌다.

에어리엘라는 맥페인의 시선이 어딘지 이상하다는 걸 알아차렸다. 그의 푸른 눈동자가 그녀의 깊숙한 곳까지 꿰뚫어보려는 듯 강렬해 지며 표정도 굳어졌다. 그녀가 얼른 몸을 틀어 돌아섰다.

"맘대로 생각하라구요."

아무렇게나 엉덩이를 긁적이며 그녀가 태연스레 중얼거렸다.

"당신이 상관할 문제도 아닌 걸요."

땅바닥에 침을 퉷 뱉은 다음 구부정한 자세로 말을 향해 걸어가기 시작했다.

그때 말콤이 그녀의 상처입은 팔을 움켜잡았다.

그녀가 신음하자, 손의 힘을 풀어내긴 했지만 완전히 풀어 주지는 않았다. 대신 그녀의 셔츠 목깃을 잡아 단숨에 찢어내렸다.

붕대가 감긴 팔과 가슴의 일부가 드러났다. 에어리엘라가 분노하 며 옷을 끌어올렸지만 이미 늦었다. 그는 그녀의 가슴에 단단히 감 긴 리넨천을 보았다. 당연히 어젯밤 팔뚝의 붕대를 보았던 기억도 되살아났다.

말콤은 넋이 나간 채 눈앞의 여인을 바라보았다. 방금 전과 마찬가지로 불결하고 초라한 차림새였지만, 갑자기 자신이 어떻게 이 여자를 남자애로 착각했는지 이해되지 않았다. 남자라고 하기엔 너무 우아하고 섬세한 골격인데, 그 회색의 눈동자도 너무나 아름다운데. 그녀는 구부정한 자세를 포기하고 자신의 분노를 한껏 드러내며 똑바로 그를 마주 보았다.

"맙소사, 살아 있었어."

그가 중얼거렸다.

"그래요! 당신 덕분은 아니었죠, 맥페인!"

"하지만 왜?"

그는 이 꼬마 친구가 여자라는 사실을 받아들이려 안간힘을 썼다.

"왜 죽은 척했나?"

"선택의 여지가 없었어요. 로드릭이 나와 결혼하려고 아버지를 죽였어요. 일족원들까지 모조리 죽이려 들었다구요. 내가 죽어야만 그 살인을 중지시킬 수 있었어요."

'로드릭.'

"당신은 오지 않았고 우린 이길 가망이 없었어요. 그래서 탑에 불을 지르고 비밀 통로로 도망쳤죠."

'그 로드릭일 리는 없어.'

"그 로드릭이 어디 출신이라던가?"

말콤이 다그쳤다.

"서덜랜드 출신이라고 했는데, 그자가 한 말은 거의 다 거짓말이었죠."

그녀가 씁쓸하게 대답했다.

"너희들 성에 어떻게 들어왔지?"

"공격이 있기 두 달 전쯤에 내가 발견했어요. 맥페인의 경계선 부근에 쓰러져 있었죠. 예전에 윌리엄 왕의 군대에서 싸웠고 집으로 돌아갔다가 부모가 다 돌아가신 걸 알았다더군요. 인버네스로 가던 도중 강도한테 당해서 돈도 검도 말도 다 빼앗겼다고 했어요.”

맥켄드릭처럼 천진한 사람들에게 동정받을 만한 얘기로군.

말콤이 느릿느릿 입을 열었다.

“하지만 상처는 그리 심하지 않았을걸.”

“그래요. 어깨와 다리를 찔렸는데, 꿰매기만 하면 별 문제 없었어요.”

순진한 여자애가 집으로 데려가 보살펴 줄 만큼, 그 일족의 성과 방어 상태를 염탐할 수 있는 기회를 얻을 정도였겠지.

“어떻게 생긴 놈이었나?”

그녀가 역겨운 듯 코웃음쳤다.

“잘생겼다고 생각하는 사람도 있겠죠. 나도 처음엔 그렇게 생각했지만. 들판에서 오랫동안 일한 사람처럼 체격 좋고 단단한 몸이었어요.”

‘들판에서 오랫동안 전투 훈련을 받은 사람 같았겠지.’

“머리는 긴 금발이었어요. 그걸 아주 자랑스러워하는 것 같더군요. 하지만 제일 눈을 끄는 건 눈동자였어요. 아주 특이한 색깔이었죠…….”

‘초록.’

“짙은 초록색…….”

그의 귀에 쿵쿵쿵 굉음이 울려대기 시작했다.

“허영기로 가득 찬 인간이었어요. 그러니까 내가 얼굴을 찔렀을 때 그렇게 미쳐 날뛴 거겠죠.”

“그자의 얼굴을 찔렀다고?”

말콤이 놀라며 다그쳤다.

“날 탑으로 끌고 가면서 이미 아버지를 죽였고 결혼에 동의하지 않으면 일족원들도 한 명씩 죽이겠다고 위협했어요. 너무나 끔찍한 말이었죠. 그래서 내가 단검으로 그자의 뺨을 그어 버렸어요.”

“맙소사, 그놈이 널 죽일 수도 있었어!”

자신이 알던 그 로드릭이라면 충분히 그러고도 남는다.

“아니면 내가 그자를 죽일 수도 있었죠. 목을 겨냥했었는데 그자한테 손목을 붙잡혀 버렸어요.”

말콤은 방금 들은 말들을 받아들이려 노력했다. 로드릭이 맥켄드릭 일족을 평가해 본 다음 차지할 만하다고 결정했던 거다. 그래서 이 일족을 습격하여 족장을 죽이고 그의 딸과 결혼하려 들었다. 하지만 그녀가 죽어 버리자 떠났다.

“로드릭이 이 일족을 지배하고 싶었다면, 왜 네가 죽은 다음에 그냥 떠나 버렸을까? 대신 네 여동생과 결혼할 수도 있었을 텐데.”

캐서린이 아직 어리긴 하지만 로드릭이 결혼을 강요하지 못할 만큼 어리지는 않았다.

“캐서린은 아버지의 직계 후손이 아니에요. 두 살 때 부모님이 돌아가셔서 성으로 들어왔던 거예요. 그 애와 결혼해 봤자 로드릭은 정당한 권리를 얻지 못해요.”

“그래도 여기 남아서 너희 일족에게 항복을 강요할 수도 있었을 거야. 꼭 네가 필요한 건 아니었어.”

에어리엘라는 잠시 머뭇거렸다. 전설의 검에 대해 말할 수는 없었다. 위력을 알게 된다면, 맥페인도 차지하려 들 것이다.

하지만 이 남자는 다음 대 맥켄드릭이 아니었다.

“항복을 강요할 수는 있지만 진정으로 받아들여지진 못하죠. 로드릭은 족장뿐 아니라 다른 남자들을 여럿 죽였고 나도 죽게끔 만들었어요. 맥켄드릭들은 그런 짓을 절대 용서하지 않아요. 그자가 여기 남아 있었다면 음식에 독약이 들어가거나 잠든 사이에 목이 베이기까지 오래 걸리지 않았을 거예요. 삼엄한 경비를 세운다 해도 영원히 편안할 순 없었을 거예요. 그걸 깨달았던 모양이죠, 그래서 훔쳐

갈 수 있는 걸 다 챙겨서 떠난 거겠죠."

말콤은 그녀의 말을 곧이곧대로 믿을 수 없었다. 로드릭은 원하는 것을 포기하고 후퇴하는 놈이 아니었다. 비실비실한 음악가와 시인들을 두려워했을 리도 절대 없었다. 독이 들었을까 봐 걱정이 되면 우선 어린아이에게 먹여 보겠노라고 위협할 수도 있었다.

그래, 로드릭이 무언가 다른 걸 원했던 게 분명했다. 에어리엘라의 죽음으로 더 이상 차지할 수 없다고 생각한 그 무엇.

"그래서 남자애인 척한 거야? 네가 살아 있는 게 알려지면 로드릭이 다시 올까 봐?"

그녀가 고개를 끄덕였다.

"나한테 속았다는 걸 알면 가만 있지 않을 거예요."

"그래서 나한테도 그 가면극을 계속했다 이거군."

"당신과 개빈이 떠나면 난 다시 에어리엘라가 될 수 있어요. 하지만 외부인이 성으로 들어오는 즉시 롭으로 돌아가야 해요."

말콤은 뒷짐진 채 호수 위에 출렁이는 햇살을 바라보았다. 맥켄드릭의 딸이 살아 있었다. 그녀의 죽음에 대한 죄책감은 가벼워졌지만, 또 다른 짐이 그곳에 내려앉았다. 에어리엘라가 죽었다 해도 로드릭이나 그자의 자랑을 들은 다른 놈들이 약탈하러 찾아들 수 있다.

어느 쪽이든, 맥켄드릭 일족은 극도로 위험한 상태였다. 보호해 줄 족장이 필요했다.

그 족장이 자신일 수 없다는 게 그의 자존심을 상처입혔다. 하지만 그는 그 사실을 인정할 만큼 현실적이었다.

'난 그런 자릴 원하지도 않아.'

한때 족장 자리에 있었으면서도 일족을 실망시키고 수많은 생명을 죽게 하지 않았던가.

또다시 그런 고통을 감당할 수는 없었다.

"맥켄드릭은 오랫동안 공격에 대항할 만큼 강하지 못해. 동맹 일족을 찾아야 해. 적어도 너희가 기다리는 그 신비의 족장이 나타날 때까지는. 난 그런 협상에 경험이 있으니까 내가 도와줄게. 계약 조건을 적당히 조절할 수 있을지도 몰라. 또 최대한으로 너희 일족을 강하게 만들어 줄게. 새 족장이 나타날 때까지든 너희 일족이 안전한 동맹을 맺을 때까지든.”

“그 대가로 얼마나 드려야 하죠?”

그녀의 질문은 대단히 모욕적이었다.

“애초에 계약한 정도면 돼.”

그녀가 놀란 눈으로 쳐다보았다.

“난 지금 너그러운 기분이라구.”

그가 퉁명스레 중얼거렸다.

“그리고 네 정체가 다 드러났으니까 더 이상 나 때문에 아침마다 잿더미 속으로 기어들어갈 필요 없어. 당장 목욕하고 여자답게 갈아입어. 그 다리도 좀 가리고.”

그가 그녀의 지저분한 종아리를 바라보며 못마땅하게 눈살을 찌푸렸다.

“하지만 외부인이 오면……..”

“그럴 경우에는 네 좋을 대로 그 우스꽝스러운 변장을 계속해도 돼. 하지만 그때까지는 에어리엘라 맥켄드릭으로 행동하라구.”

그가 말이 있는 곳으로 걸어가며 고개를 흔들어댔다.

“더 이상 남자들과 같이 훈련받을 필요도 없어.”

“왜요? 지금까지 잘 해왔잖아요.”

“널 남자들과 씨름하게 할 순 없어.”

그는 2주 동안이나 그래 왔다는 게 정말이지 소름 끼쳤다.

“더구나 그 빌어먹을 플래드 차림으로는 절대로 적당치 않아.”

그가 말등에 올라탔다.

에어리엘라는 성난 얼굴로 그를 노려보았다. 이 추악한 차림새에서 벗어나고 싶긴 해도, 매일의 훈련이 점점 즐거워지기 시작했는데.

"그럼 내가 나쁜 놈한테 공격받았을 때 방어할 방법도 모른다면 그건 적당한 일인가요?"

"어떤 놈도 너한테 접근하지 못할 거야, 에어리엘라."

그의 목소리가 낮고 거칠게 터져나왔다.

"내가 있는 한은."

그의 포악한 표정은 그녀에게 전율을 일으킬 정도로 위협적이었다. 문득 대담하게 말을 달리며 강도들에게 검을 휘두르던 그 전사의 모습이 기억났다. 그의 신체적인 약점을 잘 알고 있었지만 검은 말등에 당당하게 앉아 있는 지금은 맥페인이 어떤 남자와 싸워도 충분히 이길 수 있으리라는 확신이 들었다.

그의 망가진 육체가 더 이상 문제되지 않을 것처럼 묘하게 마음이 놓였다.

한 가지 사실을 깨달을 때까지는.

공격이 닥친다면 한 남자가 아니라 일개 군대일 거라는 사실.

8

시트를 움켜잡은 채로, 엘리자베스는 깊이 심호흡을 한 다음 방문을 열었다.

"어머나!"

창가에 앉아 있는 개빈을 보면서 그녀가 짐짓 놀라는 척했다.

"안에 계시는 줄 몰랐어요. 침대 시트를 바꾸려고 했는데 나중에 다시 와야겠군요."

"난 괜찮으니까 할 일을 하시오."

개빈이 말콤의 검을 반짝반짝하게 닦으며 중얼거렸다.

그녀가 은근히 미소지으며 문을 닫고 방으로 들어섰다.

"문은 열어놓는 게 낫겠소, 엘리자베스. 나와 단둘이 있는 걸 아시면 당신 아버지가 싫어할 거요."

"아그네스와 미건이 복도 청소하는 중이라 먼지가 많이 들어올 거예요. 게다가 금방 끝내고 나갈 건데요, 뭐."

그녀는 더 이상 망설이지 않고 침대로 걸어가서 이불을 들어올렸다.

"당신 무기는 제가 다른 남자들한테 맡겨드릴 수 있어요."

그녀가 바닥에 늘어져 있는 검과 도끼와 단검들 쪽으로 고갯짓했다.

그는 머리를 가로저었다.

"전사는 자기 무기를 직접 챙겨야 하오. 하도 오랫동안 이 일을 해와서 다른 사람이 해주면 흡족하지도 않다오."

그가 한숨을 쉬었다.

"게다가 내 나이쯤 되면 자기 방식을 바꾸는 게 쉽지 않소."

"그 정도로 늙었다고 생각하시나요?"

엘리자베스가 놀리듯이 물었다.

"당신 아버지라 해도 맞을 나이지."

"아니에요!"

"맞다니까. 난 마흔넷이오. 하루하루가 틀려지기 시작해."

"전 스물두 살이에요. 당신이 나 같은 딸을 두려면 아주 어렸을 때 결혼했어야 할 걸요."

그녀가 시트를 걷어내다가 문득 손길을 멈췄다.

"결혼…… 하셨나요?"

그는 칼날의 한 부분을 유심히 들여다보았다.

"아니."

"한 적은 있으세요?"

"있소."

"어떻게 됐어요?"

"아내가 죽었소."

더 이상 그 얘기를 하기 싫은 듯이 그의 목소리가 무뚝뚝해졌다.

"유감이에요."

그녀가 다시 하던 일을 계속했다.

“그게 최근 일인가요?”

“아니.”

“아이는 있으세요?”

“엘리자베스, 침대 시트를 갈려고 온 거요, 아니면 날 심문하러 온
거요?”

“어머나, 무례하게 말씀하시는군요.”

그녀가 시트를 내던지고 두 손을 허리춤에 갖다 댔다.

“그냥 물어 봤을 뿐이에요, 개빈 맥페인. 우리 맥켄드릭들은 손님
에게 사교적으로 대하기를 좋아해요. 하지만 싸움터에서만 살아온
당신은 그런 일을 모르는 모양이군요.”

“미안하오.”

이 여자는 참으로 보기 좋은 모습이었다, 풍성한 금발 머리가 어
깨로 흘러내리고 연푸른 눈동자는 분노로 번쩍거리고 있었다.

“무례하게 굴 생각은 아니었소. 당신의 심문…… 아니, 대화를 계
속해 보시오.”

“더 이상 알고 싶은 거 없어요.”

그녀가 톡 쏘아붙이며 침대 위로 시트를 펼쳤다.

이제 방 안에는 침대보가 바스락거리는 소리밖에 들리지 않았다.
갑자기 개빈은 그녀의 화를 풀어주고 싶어졌다. 그녀가 이제 곧 할
일을 끝내고 나가 버릴 텐데.

‘그러는 편이 나아.’

그는 자신에게 중얼거렸다. 자기 나이의 반밖에 안 되는 여자와
애정놀음이나 하려고 여기에 온 것이 아니었다. 몇 주일 후면 말콤
과 그는 떠나게 될 것이다. 엘리자베스 맥켄드릭의 감정을 복잡하게
만들고 떠나긴 싫었다.

고든 맥켄드릭의 분노도 달갑지 않고.

그렇다 해도 뽀얗고 가느다란 손으로 침대보의 주름을 잡아가는

모습에는 감탄하지 않을 수 없었다. 구석으로 몸을 기울이자 얇은 여름 드레스가 찰싹 달라붙어 풍만한 젖가슴을 강조했다.

이제 겨우 소녀티를 벗은 여자일 뿐, 나이 많고 전쟁에 찌든 데다가 이미 사랑을 해보았고 아내와 어린 아기까지 묻어야 했던 그에게는 어울리지 않았다. 하지만 침대보를 능숙하게 매만져 가는 그녀는 어느 모로 보나 성숙한 여자였다. 부드럽게 휘어진 몸의 곡선과 뽀얀 살결, 웃음과 생기가 넘쳐흐르는 여자.

맥켄드릭 남자들이 왜 이 여자를 지금까지 내버려 두었을까? 그녀가 일족원들 앞에서 대담하게 일어나 전투 기술을 배우겠다고 했던 장면을 떠올리며 그는 미소를 지었다. 그녀의 아버지조차 막지 못했었다. 강한 남자가 필요하리라. 그녀의 욕구를 이해하고 받아들여 줄 만큼 충분히 성숙하고 현명한 남자.

그는 맥켄드릭의 젊은 남자들을 떠올려 보았다가 이내 지웠다.

"자, 다 됐어요."

그녀가 빨랫감을 주워 모으고는 엉덩이를 부드럽게 흔들며 문으로 향했다.

"고맙소, 엘리자베스."

그녀가 멈춰 섰다.

"다음에 시트 갈 때는 에이다를 보내드릴게요, 개빈. 당신하고 비슷한 연배니까 훨씬 편안하실 거예요. 일흔이 넘긴 했지만 아직 팔팔하시거든요."

그런 다음 문을 광 닫고 나가 버렸다.

개빈이 흥미롭게 미소지었다. 아무래도 엘리자베스 맥켄드릭에게 어울릴 만한 남편감은 여기에 없을 것 같았다.

맥켄드릭 남자들이 새로 만든 검과 방패와 도끼로 훈련중이었다. 상대방이 다음 번 공격을 알아챌 정도로 뻔하고 조심스럽게.

“더 빠르게.”

말콤이 성마르게 명령했다.

“노파라도 그보다는 더 힘차게 싸울 거요.”

“맞아, 맞아.”

앵거스가 맞장구쳤다.

“듀갈과 내가 나가서 시범을 한 번 보여줄까?”

“고맙지만 그럴 필요 없습니다. 스스로 터득하는 게 더 낫죠.”

“마음이 바뀌면 당장 말하라구. 아버지가 쓰시던 이 검으로 내가 기꺼이 나서줄게.”

“내 검이 더 무거워.”

듀갈이 한마디했다.

“그렇다고 더 좋은 건 아니야.”

그들을 바라보고 있던 알핀이 입을 열었다.

“자네 검은 어디 있나, 듀갈?”

“방에 두고 왔어. 너무 무거워서 굳이 갖고 다닐 필요가 없겠더라구. 하지만 필요하면 금방 가져올 수 있어.”

“네 녀석이 그걸 끌고 나올 때쯤이면 훈련이 다 끝나 버릴 거야.”

앵거스가 코웃음쳤다.

“네 녀석이 연단에서 내려서기도 전에 갖고 올 수 있다구. 내가 삼 년이나 더 젊다는 거 잊었어?”

“이 년 반이야.”

“삼 년이야.”

“내 기억으로는 분명히 이 년 반이라구.”

“내 나이를 내가 모를 것 같아? 틀림없이…….”

말콤은 고개를 흔들어대며 다시 훈련장으로 시선을 돌렸다. 맥켄드릭들의 기술이 발전되어 가긴 하지만 아직 훈련된 군대와 싸울 수 있을 만큼은 아니었다. 팔을 잘라내고 목을 따내려 달려드는 자들에

게 대항할 만큼은 아니었다. 이런 수준으로는 로드릭의 포악한 전사
들에게 맥없이 무너지기 십상이었다.

맥켄드릭을 공격한 것이 로드릭이라는 걸 알았을 때부터, 말콤은
훈련의 강도를 점점 높였다. 나무 검과 방패를 진짜 무기로 바꾸어
훈련에 돌입했다. 우선은 허공을 베고 찌르는 것부터 연습하여 무기
에 익숙해지도록 만들었다.

하지만 그 훈련을 오래 끌지 않고 이내 진짜로 싸워 보라고 명령
했다. 불행히도 진짜 무기 훈련에 상처입고 상처입힐까 봐 두려워하
는 그들의 고질병이 다시 도지고 말았다. 너무나 소심하게 검들을
쨍그랑거렸으므로 그는 어쩔 수 없이 다시 한 번 부대자루 공격으로
되돌아가야 했다.

또한 던컨에게 작업 시간을 더 늘리라고 요구했다. 성의 요새화
작업이 웬만한 속도로 진행중이긴 했지만 충분치 않았다. 성문을 막
아 줄 격자문도 아직 완성되지 않았고, 흙벽도 삼 분의 이 정도만 끝
났을 뿐이었다. 궁사들의 구역도 아직이었다. 최대한 오랫동안 침입
자들을 막아 줄 수 있을 정도로 성이 견고해야만 했다. 그래야 외곽
벽이 무너지기 전에 적들을 더 많이 죽일 수 있다.

놈들이 안으로 밀고 들어왔을 때 무슨 일이 벌어질까에 대해서는
생각하고 싶지도 않았다.

"잠깐 얘기 좀 할 수 있을까, 맥페인?"

듀갈의 목소리가 말콤의 생각들을 잘라냈다.

"뭡니까?"

"잔치를 한 번 열었으면 좋겠는데."

앵거스가 말했다.

"왜죠?"

"축하하려고."

말콤이 멍하니 두 노인을 바라보았다.

“무얼 축하한단 말입니까?”

“음, 우리 에어리엘라가 돌아온 지 벌써 이 주일이나 지났는걸.”

“그녀는 줄곧 여기에 있었잖소.”

“그래도 변장을 그만 두고 맥켄드릭의 딸로 다시 돌아왔잖나. 우리 일족은 그걸 아주 기뻐하고 있어. 축하 잔치가 열리면 더 즐거울 거야.”

“물론 그것만이 아니라 축하할 일들은 또 있어.”

앵거스가 하얀 눈썹을 찡그리며 생각해 내려 애썼다.

“우리의 전투 기술이 기적적으로 향상된 것도 축하할 만하지.”

“빌어먹을! 뭐하는 거야, 그레이엄. 날 죽일 셈이야?”

안뜰에서 램지의 고함소리가 울려퍼졌다.

말콤은 아직 축하할 정도의 수준이 못 된다는 말을 꾹꾹 눌러참았다.

“작업도 그렇잖아. 다들 열심히 일해 왔어. 흙벽이 풍경을 가려 버리긴 했지만 그래도 멋지게 잘 만들었어.”

“그래, 환상적인 작품이야.”

듀갈과 앵거스가 열성적으로 고개를 끄덕거렸다.

“올해 농사도 풍년일 것 같고.”

그쯤에서 알핀도 한마디 거들었다.

“난 또 아주 효과적인 위장약을 개발해 냈지. 멧돼지 똥보다 훨씬…….”

“좋소.”

맥페인은 더 이상 들을 마음이 없었다.

“훈련과 작업에 방해되지만 않는다면 잔치하는 건 당신들 마음이오.”

앵거스의 주름진 얼굴에 활짝 미소가 번졌다.

“좋았어. 그럼 에어리엘라한테 지시를 내리라구. 그 애가 다 알아서 할 거야.”

“당신들이 말하면 되지 않습니까?”

말콤이 대뜸 눈살을 찌푸렸다.

“우린 그냥 자네가 그러고 싶을 것 같아서…….”

“난 그럴 시간이 없습니다.”

“일 분이면 되는데…….”

“그럴 시간이 없다고 했잖소. 잔치를 열고 싶으면 당신들이 말하시오.”

그가 냅다 고함치며 돌아서 버렸다.

“그렇다면 할 수 없지. 우리가 말할게.”

말콤은 자신의 행동이 이상하게 비치리라는 걸 알았다. 하지만 상관없었다. 롭이 여자였다는 걸 알게 된 날은 그래도 그녀와 얘기를 할 수 있었다. 펑퍼짐하고 볼품없는 차림새로 여전히 열세 살짜리 지저분한 남자애의 모습이었으니까.

그런데 그날 밤 그녀는 호리호리한 몸매에 물처럼 흐르는 초록색 드레스를 입고 홀에 나타났다. 반짝이는 뽀얀 살결에 불꽃 같은 적갈색 머리채를 드러낸, 단 한 번 품에 안아 봤던 바로 그 여자의 모습으로. 그는 어찌해야 할지 알 수가 없었다. 그녀의 절묘한 아름다움, 그 내면에 대단한 용기와 힘이 잠재되어 있다는 사실이 당황스러웠다. 그녀를 품에 안았을 때 혈관 속으로 용솟음치던 자신의 욕망을 기억했다.

그리고 이런 상태만 아니라면 자신의 여자가 될 수도 있었음을 알기 때문에 더욱 견딜 수가 없었다.

“그래서 물의 요정이 어린 여자애를 바다 속으로 데려갔대. 요정의 집은 분홍색과 하얀색 바위로 만들어진 동굴이었어. 부드러운 해초 침대에서 잠을 잤단다.”

“거기서 뭐 먹고 살았대?”

캐서린이 눈을 반짝이며 재촉해댔다.

에어리엘라는 물 양동이에다 내장 빼낸 연어를 씻어내며 말을 이었다.

“물고기를 먹었지.”

“훈제한 거?”

“아니.”

그녀는 또 한 마리의 연어를 집어들고 배를 갈랐다.

“바다 속에는 훈제실이 없었단다.”

캐서린의 눈이 휘둥그래졌다.

“그럼 날 걸로 먹었대?”

“아니, 요리해서.”

“하지만 바다 속에서 어떻게 요리를 해?”

에어리엘라는 생선 내장을 양동이에 집어넣으면서 대답을 생각해 보았다.

“물의 요정은 마법의 힘을 갖고 있었어. 그 마법으로 불을 만들었단다.”

“아하.”

캐서린이 만족스러운 듯 고개를 끄덕였다. 그런 다음 다시 눈살을 찌푸렸다.

“빵도 먹었대?”

“그래, 빵도 있었지. 아주아주 커다란 오븐에다 아주아주 맛있는 빵을 구웠어. 노릇노릇하고 바삭바삭한 빵.”

캐서린이 고개를 흔들었다.

“말도 안 돼. 불도 만들고 오븐도 만들 수 있으면서 왜 훈제실은 못 만든 거야?”

“나도 그게 이상하네.”

엘리자베스가 웃으며 끼어들었다.

"요정이 마음만 먹으면 훈제실도 만들 수 있었어. 하지만 사방에 싱싱한 물고기들이 헤엄쳐 다니는데 굳이 훈제할 필요가 있었겠니?"

"훈제하면 맛있잖아."

아그네스의 말에 캐서린도 맞장구쳤다.

"맞아, 얼마나 맛있는데."

에어리엘라도 동의할 수밖에 없었다.

"알았어. 다음에 얘기할 땐 커다란 훈제실도 만들어 줄게."

"내 생각에는 물의 요정이 여자들과 아이들을 잡아먹으려고 물 속으로 데려간 것 같아."

생선 머리를 툭툭 잘라내며 아그네스가 말했다.

캐서린이 놀라며 외쳤다.

"아냐, 그럴 리 없어. 아니지, 언니?"

"그래, 내가 알기론 그렇지 않아."

아이 앞에서 그런 얘기를 하다니, 그녀는 아그네스의 무신경이 다소 짜증스러웠다.

"우리가 지금까지 씻어낸 생선이 몇 마리나 될까?"

엘리자베스가 재치 있게 주제를 바꾸었다.

에어리엘라는 손이 닿지 않도록 조심하며 소매로 이마를 닦아냈다.

"천 마리쯤 될걸."

물론 과장이 섞이긴 했지만.

"며칠이나 손에서 비린내가 날 거야."

한숨짓는 아그네스를 에어리엘라가 다독여 주었다.

"나한테 냄새 없애는 에센스가 있어. 뜨거운 물에 섞어서 잘 담그고 있으면 냄새가 싹 사라질 거야."

"에어리엘라, 넌 계속 롭인 척했으면 이런 일 하지 않아도 됐을 텐데. 남자들과 같이 성에서 작업하는 게 더 좋지 않아?”

엘리자베스가 말했다.

“맥페인이 여자들도 도우라고 했잖아, 너무 힘든 일만 아니면.”

“그렇긴 해. 그런데 식량 준비하는 건 왜 남자들이 안 도와주는 거니?”

“글쎄 말이야. 물고기를 잡기만 하면 씻을 필요는 없다고 생각하나 봐.”

“내 맘대로만 할 수 있으면 차라리 물고기 잡는 일을 택하겠어. 상쾌한 아침에 호수에서 물고기를 잡아 올리는 게 얼마나 기분좋을까? 이 일과는 비교도 안 돼.”

“난 맥페인이 왜 이렇게 많은 양을 쟁여놓으라는 건지 이해할 수가 없어.”

아그네스가 물고기의 배를 갈라내며 투덜거렸다.

“공격이 시작되자마자 자기 군대를 불러오면 되잖아?”

“그가 여기에 있기만 한다면야 그럴 수도 있겠지.”

에어리엘라가 신중하게 대꾸했다.

“그 사람이 떠나겠대?”

아그네스가 놀란 시선을 들어올렸다.

“당장은 아니야. 하지만 새 족장이 나타날 때까지만 여기 있을 거야.”

“그때가 언제쯤일까?”

엘리자베스는 애써 불안감을 숨기며 물었다. 맥페인이 떠나면 개빈도 함께 떠나 버릴 텐데.

“몰라. 알핀이 다른 환상을 아직 못 봤나 봐. 검의 수여자가 빨리 정해져야 우리가 더 안전해질 텐데 말이야.”

“왜 맥페인한테 안 주는 거야? 아빠가 항상 검은 늑대한테 줄 거라고 했잖아.”

캐서린이 물었다.

"그건 그 사람을 만나기 전이었어."

캐서린은 못마땅한 표정이었다.

"그 아저씨가 다리를 절어서 그러는 거야?"

"그것도 그렇지만 다른 이유도 있어."

"어떤 거?"

"넌 아직 어려서 이해하지 못하는 이유들이야, 캐서린."

에어리엘라는 그 얘기를 끝내려고 단호하게 대꾸했다.

"넌 그 사람이 아니라고 확신하는 거야?"

아그네스가 고집스레 물었다.

"그래."

"실망이야."

엘리자베스가 한숨 쉬며 말하자, 에어리엘라가 놀란 시선을 던졌다.

"넌 그 사람 싫어하잖아."

"약간 무섭긴 해. 하지만 남자들이 그를 좋아하게 된 것 같아. 유능한 선생님인데다 요새화하는 일도 훌륭하게 충고해 주었잖아. 이번 주에는 다툼이 일어난 것도 해결해 줬어. 다들 그의 판단에 만족스러워하던걸."

"무슨 다툼?"

"유웬의 개가 토마스의 채소밭에 들어가서 여름 농사를 다 망쳐놨어. 그래서 토마스가 낭장 손해 배상하고 그 개를 죽여 비리리고 요구했거든. 유웬은 거절했어, 밭에다 뼈다귀와 음식 쓰레기를 묻어놓은 토마스가 잘못한 거라면서. 둘이 서로 주먹질까지 하려다가 맥페인한테 물어 보자고 결정했던 거야. 그는 양쪽 얘기를 다 들어보고 나서, 유웬에게 개의 행동은 주인 책임이라고 말했어. 자기 개가 잘못을 저질렀으면 보상을 해야 한다고. 하지만 땅 속에 뼈다귀를 묻

어놓았을 때 개가 파헤치고 싶어하는 건 당연하니까 개를 죽이지는
말아야 한다고 했어.”

“나한텐 왜 그 얘기를 안 했어?”

일족 사람들이 자신이 아닌 맥페인에게 조언을 부탁하다니, 에어
리엘라는 기분이 좋지 않았다.

“글쎄, 맥페인이 다 해결해 줬으니까 굳이 널 귀찮게 할 필요가
없다고 생각했겠지.”

“그건 귀찮은 일이 아니야. 아버지가 그 일을 해오셨고 이제 그런
건 내 일이야. 맥페인의 일이 아니라구.”

“그렇게 기분 나쁘면 그 사람한테 직접 말하지 그래?”

아그네스가 제안했다.

“그럴 거야, 기회가 닿는 대로.”

에어리엘라는 연어 속으로 칼날을 푹푹 찔러넣었다.

사실 그때가 언제일지는 확신할 수 없었다. 그녀의 정체가 밝혀진
후 몇 주 동안이나 맥페인과 얘기할 기회가 없었다. 처음에는 서로
바빠서 그런가 보다 하고 생각했었다. 그런데 그녀가 홀에 들어서기
만 하면 맥페인이 빠져나가는 것을 보고 일부러 피하는 것임을 알아
차렸다. 그녀가 남자애가 아니라는 걸 알게 된 지금, 더 이상 그녀와
엮이고 싶어하지 않는 듯했다.

기분이 아주아주 나빴다. 여자라는 게 밝혀졌다는 이유만으로 왜
그들의 관계가 변해야 한단 말인가? 그녀는 내장 뺀 생선을 물 양동
이에 툭 내던지며 분을 달랬다.

그 순간 그가 자신의 방으로 찾아왔던 밤이 기억났다. 그녀를 바
라보던 그의 시선, 그녀가 사람일 리 없다는 걸 스스로 납득하려 애
쓰면서도 욕망으로 이글거리던 그 푸른 눈동자. 그가 뜨거운 몸으로
그녀를 힘껏 안아들이고 입술을 부딪혀 왔었다. 그의 뺨이 꺼칠하게
와닿았고 그의 입술에서는 달콤한 와인맛이 났다. 그리고 어떤 경우

에도 그녀를 보호해 줄 수 있을 만큼 두려움 없이 강한 남자인 것 같았다. 그녀는 그의 목을 끌어안고 그 남성적인 몸에 한껏 몸을 들이대며 키스를 되돌려 주었다.

떨리는 손으로 다음 생선의 배를 가르면서 그녀는 생각했다.

'어쩌면 맥페인을 피한 사람은 나였는지도 몰라.'

"돌을 던져!"

첫번째 공격조가 사다리로 오르는 걸 지켜보면서, 말콤이 지시를 내렸다.

"지금!"

흙을 채운 부대 자루들이 아래쪽의 남자들을 향해 휙휙 날아갔다. 상한 빵 덩어리와 나무 그릇, 몇 개의 낡은 신발들도 그 뒤를 이었다.

"이젠 끓는 기름! 빨리!"

나무 연단 위의 커다란 솥단지들이 앞으로 쑤욱 기울어졌다.

"젠장할! 얼음장이네, 이거!"

물세례를 얻어맞은 고든이 놀라며 외쳤다.

"궁사들 사격 시작! 놈들을 성벽에서 떨어뜨려!"

말콤이 소리쳤다.

흉벽에 자리잡고 있던 여자들이 공중으로 뭉툭한 화살을 날려보냈다.

"으윽, 맞았어!"

브라이스가 가슴을 움켜쥐고 몇 걸음 비틀거리다가 푹 쓰러졌다.

"죽은 자들은 뒤로 돌아가서 다시 공격하라. 궁사들은 계속 화살을 쏘도록!"

"거의 다 왔다!"

던컨이 자랑스럽게 소리지르며 사다리 꼭대기로 열심히 기어올랐다.

"램지, 그레이엄, 그냥 서 있지 말고 사다리를 밀어 버려!"

램지와 그레이엄이 명령에 따라 사다리를 밀어내자 던컨이 필사적으로 매달려 바둥거렸다.

"계속 돌을 던져, 흉벽까지 올라오지 못하게 해!"

높이 쌓은 흉벽 사이사이에서 더 많은 빵 덩어리들이 후드득 밑으로 퍼부어졌다.

"성문에 파성퇴가 들어오잖아!"

몇몇 남자들이 작은 나무둥치를 들고 전진하자 개빈이 소리쳤다.

"끓는 기름을 쏟아부어!"

성문 위에서 물세례가 쏟아졌지만, 나무를 든 맥켄드릭들은 재빠르게 그 공격을 피했다.

말콤의 벼락 같은 목소리가 터져나왔다.

"움직임을 잘 지켜보란 말이야. 뒤쪽도 경계해야지, 뒤쪽의 외곽 벽이 무너지는 건 시간문제야."

일 개조의 맥켄드릭들이 즉시 성벽의 뒤쪽으로 달려갔다. 말콤은 팔짱을 낀 채 이제 전방의 경계가 허술해진 것을 스스로들 알아차릴 때까지 기다렸다.

새 검에 대한 맥켄드릭들의 공포심이 충분히 사라졌기 때문에 말콤은 모의 전투를 할 시기가 되었다고 판단했다. 공격과 수비 두 팀으로 나누어 훈련을 진행시켰다. 이 전투의 가장 중요한 목표는 가능한 한 오랫동안 공격자들을 저지하는 것이었다. 빵 덩어리와 차가운 물, 뭉툭한 화살로 싸운다는 점을 감안할 때 그들이 꽤나 잘 해내고 있는 듯했다.

실제 군대와 싸울 때는 이보다 더 잘 해주기를 바랄 뿐이었다.

"성문을 열어!"

그가 말이 있는 곳으로 절룩절룩 걸어갔다.

"놈들이 안뜰까지 밀고 들어오면 성 밖으로 쫓아내야 한다. 여자들은 방어벽이 있는 곳에서 계속 활을 쏘도록. 남자들만 뜰로 나와서 싸우라구. 움직여!"

그가 안장 위로 육중하게 뛰어올랐다.

갑자기 말이 히힝거리며 격렬하게 앞발을 들어 말콤을 바닥으로 내동댕이쳤다. 맥켄드릭의 공격조가 즉시 전투를 멈추며 주위로 몰려들었고, 수비조는 흉벽에서 걱정스레 지켜보았다.

"괜찮아?"

개빈이 당장 달려와 그의 곁으로 내려앉았다.

"어디 다치셨어요, 맥페인?"

던컨이 소리쳐 묻자, 말콤보다 먼저 개빈이 대답했다.

"괜찮으니까 소란 떨지 마."

"볼썽 사납게도 떨어지는군."

니알이 뒤쪽에서 어슬렁대며 빈정거렸다.

"자기 말에 앉는 것도 제대로 안 되나?"

"저리들 꺼져! 모두 다!"

갑자기 말콤이 버럭 고함치자, 맥켄드릭들은 성벽 쪽으로 주춤주춤 물러났다.

말콤은 굴욕적인 심정으로 몸을 일으키려 안간힘썼다. 개빈이 손을 내밀었지만 무시해 버렸다. 이를 악물고 어색하게 일어나 말의 옆구리에 웅크리고 기대어 섰다. 말이 그의 어깨에 코를 부비며 나지막하게 히힝기렸다.

말콤은 이 녀석이 왜 자신을 내던져 버렸는지 이해할 수가 없었다. 가장 피비린내나는 전쟁터에서도 침착성을 잃지 않던 녀석이었는데. 재빠르게 말의 등과 옆구리 양쪽을 매만져 보았다. 아무 상처도 만져지지 않자, 뱃대끈을 풀어 안장을 들어보았다.

피가 흐르고 있었다. 말의 살 속에 금속 박차가 깊이 박혀 있었다.

“빌어먹을.”

개빈이 믿을 수 없다는 듯 박차를 노려보았다.

“오늘 아침에 누가 안장을 올렸나?”

“언제나처럼 콜린이……. 하지만…….”

“콜린!”

말콤의 고함소리에 콜린이 우물쭈물 앞으로 다가왔다.

“이것에 대해서 아는 거 있나?”

콜린의 눈이 공포스레 휘둥그래졌다.

“안장을 올린 게 언제였나?”

개빈이 부드럽게 물었다.

“전 제일 먼저 이 말의 안장을 올려요. 맥페인이 언제든 타실 수 있도록요. 오늘도 그랬어요.”

그가 불안하게 말콤을 흘깃 보았다.

“그 후에는 마구간에 놔뒀나?”

콜린이 고개를 주억거렸다.

“고맙다, 콜린. 이제 가봐.”

“잠깐.”

말콤이 그를 멈춰 세웠다. 그리고는 말고삐를 단단히 붙잡은 채 단번에 박차를 빼냈다. 고통스레 울면서도 말은 움직이지 않았다. 말콤이 말을 다독여 준 다음 콜린에게 고삐를 넘겼다.

“마구간으로 데려가서 상처를 씻어줘. 알핀한테 바를 만한 연고가 있는지 물어 보고. 상처가 나을 때까지는 타지 않을 거다.”

“네, 맥페인.”

콜린이 진지하게 대답하고 말을 끌고 갔다.

“저 애가 한 짓이 아니야.”

개빈이 중얼거렸다.

“그래. 하지만 어떤 놈이 했는지 알게 되면 당장 죽여 버릴 거야.”

말콤이 깊이 숨을 들이쉬며 성 쪽으로 한 걸음 떼었다. 다리에서 부터 등까지 엄청난 고통이 밀려들었다. 그는 헉 숨을 들이키며 허리를 굽혔다.

"젠장할!"

"나한테 기대."

개빈이 옆으로 다가갔지만 말콤은 거칠게 거절했다.

"놔둬. 부축당하는 꼴까지 보이진 않아."

"제발, 말콤……."

"내버려 두라구!"

그는 힘겹게 숨을 몰아쉬면서 천천히 걸음을 옮겼다. 똑바로 설 수 없다는 게 미치도록 수치스러웠다.

에어리엘라는 바구니를 다른 팔로 바꿔 들며 터벅터벅 비탈길을 걸어올랐다. 어젯밤부터 글리니스의 출산을 돕느라 기운이 쭉 빠져 버렸다. 고집스럽게도 엄마를 힘들게 하더니, 빨간 머리카락의 찌푸 린 얼굴을 한 갓난아기가 드디어 세상 밖으로 빠져나왔다.

글리니스와 함께 아기의 작은 손가락 발가락을 살펴보고 누굴 닮 았는지 얘기하면서 즐거운 시간을 보낸 후에, 에어리엘라는 엄마와 아기가 잠드는 걸 확인하고 나서 조용히 오두막을 나섰다. 케네스에 게 어서 빨리 이 기쁜 소식을 전해 주고 싶었다.

싸우는 소리가 들리지 않는 것으로 보아 오늘의 훈련은 끝난 모양 이었다. 그녀가 안뜰로 들어섰을 때 일족원들은 무리지어 낮은 목소 리로 웅성대고 있었다. 그녀를 보자마자 케네스가 득달같이 달려왔 다.

"아들이에요, 케네스!"

그녀가 행복하게 알려주었다.

"예쁘고 건강해요. 글리니스도 지치긴 했지만 괜찮구요. 어서 보러 가세요.”

“고마워, 에어리엘라!”

그가 즉시 성문 밖으로 달려나갔다.

그녀는 일족원들의 심각한 얼굴을 둘러보았다.

“왜 이렇게 우울한 표정들이에요?”

던컨이 시무룩하게 입을 열었다.

“에어리엘라, 맥페인이 다쳤어.”

“말에서 떨어졌단다.”

앵거스가 부연설명했다.

“맥페인이 말에서 떨어져요?”

“사실은 말이 내동댕이쳤던 거지.”

듀갈이 중얼거렸다.

“말의 안장 밑에 박차가 박혀 있었어. 그래서 맥페인이 올라앉았
을 때…….”

“그 사람 어딨어요?”

에어리엘라가 다그쳤다.

“방에 들어갔어.”

던컨이 대답했다.

“개빈이 와인 세 병을 갖다줬는데 그 후로 금방 쫓겨났어. 알핀이
약을 가져갔는데도 들어오지 말라고 했대. 그래도 알핀이 들어가려
니까 맥페인이 문으로 술병을 던져 버렸어. 그게 두 시간 전 일이
야.”

그가 머뭇거렸다.

“허리를 똑바로 못 펴더라구, 에어리엘라.”

에어리엘라는 더 이상 지체하지 않고 성 안으로 달려들어갔다.

“들어오면 죽을 줄 알아.”

에어리엘라는 조심스레 문을 열고 침대에 누운 말콤을 쳐다보았
다. 그의 옆에 빈 술병 두 개가 나뒹굴고 있었다. 그가 술병을 집어
던지려다가 그녀를 보자 바닥으로 툭 떨어뜨렸다.

"나가."

"싫어요."

그녀는 문을 닫고 테이블 위에 바구니를 올려놓았다.

그의 푸른 눈동자가 술기운과 고통으로 흐릿해져 있었다.

"그럼 술이나 더 가져와. 당장!"

"이미 충분하게 마신 것 같아요, 맥페인. 고통스럽긴 하겠지만, 이
건 취한다고 해결될 문제가 아니에요."

그는 씁쓸하게 웃었다.

"네가 고통에 대해서 뭘 안다고 그래?"

"당신만큼 잘 알지는 못하죠. 하지만 그걸 덜어 줄 방법은 알고
있어요."

그녀가 바구니 안의 단지들을 빼내기 시작했다.

"또 목욕시키려는 모양이군."

말콤이 힘없이 중얼거렸다.

"지금은 욕조 안으로 걸어들어갈 수 있을지조차 의심스러운 걸요.
어디가 부러진 것 같은가요?"

"몸뚱이 전체가 부러진 것 같아."

"어디 좀 봐요."

그의 표정이 위협적으로 일그러졌다.

"건드리지 마."

"지난번 내가 화살에 맞았을 때 한 말하고 똑같네요."

"이번엔 달라."

"어떻게 다르죠?"

"내가 널 죽여 버릴 테니까."

"계속 떠들어 보세요."

그녀는 그의 오른팔에 손을 내리고 부드럽게 뼈를 만져보기 시작했다. 위협과는 달리 그는 아무런 반대 행동도 취하지 않았다. 그녀가 그의 표정 변화를 살피면서 조심스럽게 손가락 하나하나를 움직여 보았다. 그런 다음 왼쪽 팔로 손을 옮겼다.

"여기 뼈는 온전하군요. 이젠 다리를 검사해야겠어요."

"다리는 안 부러졌어."

"확실해요?"

"내 다리로 여기까지 걸어왔다구."

"그럼 제일 많이 다친 데가 등인가요?"

그는 고개를 끄덕이려다가 척추로 흘러내리는 고통에 헉 하니 입을 벌렸다. 그가 움직일 수 없을 것 같자, 에어리엘라는 직접 침대 옆으로 돌아가 셔츠를 걷어올렸다. 그의 몸이 딱딱하게 굳어졌다.

"조심할 테니까 긴장 푸세요."

"긴장 풀기는커녕 등을 똑바로 펼 수조차 없어."

그의 거친 목소리엔 절망이 깃들어 있었다.

"알아요. 하지만 손상된 곳을 정확히 파악해야 도와드릴 수가 있어요."

그녀가 플래드를 내려 상처투성이 등을 드러냈다. 손가락을 살짝 척추 밑부분에 놓았을 뿐인데도 그의 몸이 부르르 경련을 일으켰다. 그곳이 가장 아픈 듯했다.

"괜찮아요. 아프지 않게 할게요."

말콤이 참고 있던 숨을 후우 토해냈다.

에어리엘라는 그의 등으로 손을 움직이며 갈비뼈 하나하나를 만져나갔다. 근육들이 돌덩이처럼 딱딱하게 굳어 있었다. 그의 움찔거림이나 고통스런 신음소리가 아픈 지점들을 확연히 알려주었다. 그녀의 손이 척추를 매만져 올라가 어깨를 따라 갈비뼈 옆쪽으로 훑어내려왔다.

“최소한 갈비뼈 두 개에 금이 간 것 같아요.”

검사를 마치고 나서 그녀가 입을 열었다.

“근육이 심하게 충격을 받아서 수축됐구요. 그래서 몸을 펴려고 할 때마다 그렇게 아픈 거예요. 척추뼈도 어긋난 것 같아요.”

“멋지군. 이제 고문 끝났으면 술이나 갖고 와.”

“이제부터는 다른 방식으로 고통 다루는 법을 배워야 해요.”

그녀가 그의 셔츠를 밑으로 끌어내렸다.

“전사는 기분이 안 좋을 때마다 술에 의지하면 안 돼요.”

“난 이제 전사가 아니야. 그러니까 무슨 짓이든 해도 돼.”

“여기 있는 동안에는 안 돼요. 일족원들은 당신을 위대한 검은 늑대로 생각해요. 술 취해서 도와주려는 사람한테 물건을 집어던지는 건 적당치 않아요. 금방 돌아올 테니까 쉬려고 노력해 보세요.”

그녀가 밖으로 나서자마자 던컨이 걱정스레 달려왔다.

“괜찮아?”

“물론이야.”

“그는 어때?”

앤드루가 물었다.

“많이 힘들어해. 전에도 등의 상태가 안 좋았었는데 이번 일로 더 심해졌어.”

“나아질 수 있겠나?”

개빈이 다그쳤다.

그의 표정이 심각하게 일그러져 있었다. 그 순간 에어리엘라는 개빈이 말콤에게 얼마나 헌신적인지 알아차렸다. 맥페인이 족장의 자리에서 쫓겨나 일족에게 추방당했을 때 비루한 오두막으로까지 따라나섰을 정도로. 말콤이 얼마나 중한 죄를 저질렀든, 그들의 우정에 금이 갈 정도는 아니었던 모양이었다.

"나아질 거예요."

에어리엘라가 대답해 주었다.

"하지만 당신 도움이 필요해요. 안에 들어가서 방이 더워질 정도로 불을 지피세요. 당신한테까지 이것저것 던져대지는 않겠죠. 던컨, 돼지 방광에 따뜻한 물과 기름을 채워서 두 개 준비해 줘. 마실 물도 가져오고. 앤드루, 알핀에게 근육을 달래 주고 고통을 완화시킬 만한 연고를 달라고 해. 따뜻하게 데워야 하니까 냄비에 담아서 가져와야 돼. 붕대로 쓸 리넨천도 있어야겠어."

"피를 짜낼 건가?"

개빈이 물었다.

"맥페인의 치료사는 고통이 심해질 때마다 항상 피를 빼내던데."

"그게 도움이 되던가요?"

"며칠 후에는 고통이 좀 가라앉는 것 같더군. 그게 피를 빼낸 효과인지는 모르겠고."

"내 어머니는 그런 치료법을 믿지 않았어요. 효과가 확실한 게 아니라면 내가 아는 방법으로 해볼래요. 자, 들어가서 방에 불을 피워 주세요."

잠시 후 벽난로의 불길이 활활 타올랐고 던컨과 앤드루도 그녀가 요구했던 물건들을 갖고 돌아왔다.

"마셔요, 전부 다."

에어리엘라가 맥페인에게 물잔을 건네주었다.

말콤은 힘겹게 팔꿈치로 일어나 잔을 받았다.

"이게 뭐지?"

"물에다 통증 가라앉히는 약을 탔어요. 술을 많이 마신 상태니까 이것까지 마시면 잠들 수 있을 거예요."

말콤은 어색하게 고개를 기울여 내용물을 삼켰다.

"효과가 나타나려면 얼마나 걸릴까?"

"오래 걸리진 않을 거예요. 셔츠를 벗어야 하는데, 조금 일어나 앉을 수 있겠어요?"

그는 간신히 웅크린 자세로 일어나 앉았고, 에어리엘라는 재빠르게 셔츠를 벗겨낸 다음 다시 침대에 눕혀 주었다.

그녀가 따끈하게 데워진 냄비를 가져왔다.

"이 연고를 다 바르고 나면 등을 펴고 누울 수 있을 거예요."

"과연 그렇게 될까?"

그녀는 아무 대꾸 없이 소맷자락을 말아올리고 따끈한 연고를 손바닥에 퍼발랐다. 그런 다음 그의 등에 대고 마사지하기 시작했다. 그의 몸이 적응할 시간을 주기 위해서 가볍게가볍게 손을 미끄러뜨렸다.

점차 신음이나 움찔거리는 횟수가 줄어들자 약간의 압력을 더 가했다. 천천히 부드럽게 경직된 근육 위로 손가락과 손바닥을 움직였다. 그의 숨소리에 따라 고통이 심한 곳과 그 효과를 알아차리면서 말없이 계속했다. 한참이 지난 후 그가 한숨을 내쉬며 자세를 바꾸어 등을 뻗었다.

"엎드려 누우세요, 맥페인."

그녀의 조용한 목소리에 그는 고분고분 지시대로 따랐다.

그가 엎드려 눕자 마사지하기가 훨씬 수월해졌다. 그녀는 한동안 등의 구석구석을 주무른 다음 그 위에 돼지 방광 하나를 올려놓았다. 그리고는 그의 척추 양쪽의 굳은 부분들을 풀기 시작했다. 조금씩조금씩 그의 근육이 풀어지는 걸 느끼며 그녀는 손에 점점 압력을 더했다. 손이 아파서 더 이상 할 수 없을 지경이 되자 따끈하게 데워 놓았던 또 다른 돼지 방광을 그의 등 윗부분에 올려놓았다.

맥페인은 눈을 감고 팔에 얼굴을 댄 채 고르게 숨을 내쉬고 있었다. 그의 몸이 좀더 편안해지도록 신발을 벗겨 주었다. 그 사이 그의 상처난 다리를 살펴보았다. 종아리를 쥐고 살짝 무릎을 굽혀 보고 나서 허벅지까지 만져 보았다. 뼈가 그리 굽어진 것 같지는 않았고, 그녀가 보기에 길이도 별 차이가 없는 듯했다.

하지만 한 번 부러진 뼈가 남은 평생 동안 고통스러울 수 있다는 것도 잘 알았다. 그 뻣뻣한 다리에도 연고를 발라 마사지하기 시작했다. 이 다리의 고통을 줄이고 근육을 강화시킬 만한 방법이 뭐가 있을까? 어쩌면 특별 훈련으로……

"떨어진 게 아니야."

그가 아직 깨어 있다는 사실에 놀라워하며 그녀는 시선을 들어올렸다.

"뭐라구요?"

"말에서 떨어진 게 아니라구. 누가 안장 밑에 박차를 넣어놨어."

"알아요."

그가 만족스러운 듯 고개를 끄덕이고 다시 눈을 감았다.

"난 말에서 떨어지지 않아."

그녀는 검을 휘두르며 캠프로 달려들어오던 그의 모습을 떠올렸다. 그래, 맥페인은 말에서 떨어질 만한 남자가 아니었다. 누군가 그를 쫓아내려 애쓰고 있었다. 화살로도 안 되자 신체적으로 상처입히는 것뿐 아니라 일족원들 앞에서 수치를 주기 위해 그의 안장 속에 박차를 넣어두었다. 누군가가.

"니알이 그런 것 같아."

그녀의 손동작이 멈칫했다.

"왜 그렇게 생각해요?"

"나에 대한 경멸을 공공연히 드러내잖아. 너를 보는 눈빛도 심상치 않았고."

에어리엘라는 곰곰이 생각해 보았다. 니알이 맥페인을 경멸하는 건 분명했다. 일족이 공격당했을 때 그녀처럼 맥페인을 증오하고 혐오하기도 했었다. 하지만 맥페인을 쫓아내려고 니알이 이런 짓까지

할 수 있었을까? 일족의 이익에 어긋나는 행동을 할 정도로 니알의 분노가 큰 것일까?

그녀는 심란한 마음으로 돼지 방광을 맥페인의 등에서 걷어냈다. 그가 팔베개를 한 채 살짝 옆으로 돌아누웠다. 붕대는 내일 감아도 되리라. 그의 몸 위로 담요를 덮어 주고 잠시 살펴보았다. 힘과 연약함이 동시에 느껴졌다. 상처입고 술에 취해 있으면서도 위력적인 느낌이 함께 풍겨났다. 수많은 전쟁터를 누비던 위대한 검은 늑대가 이제 자신의 육체를 가장 큰 적으로 맞아야 하다니 얼마나 아이러니한 일인가.

어쩌면 그에게 일족을 훈련시켜 달라고 한 자체가 너무 무리한 요구였는지도 모른다. 그는 아침부터 밤까지 훈련시키고 계획을 짜고 요새화 작업을 감독하는 일들을 감당해 왔다. 신체적으로 온전한 사람도 지치는 일이었을 텐데, 제대로 걷거나 달리기도 힘든 사람한테는…….

그리고 이제 그를 상처입혀서라도 쫓아내고 싶어하는 사람이 나타났다. 이런 상황으로 여기 남아 있게 할 수는 없었다. 오늘보다 더 심한 상처를 입기 전에 그를 보내야만 했다. 지금까지 그는 최선을 다했다. 이제 군대를 지닌 전사를 찾아내야 할 시기가 된 것 같았다.

하지만 이곳을 떠난 뒤에 맥페인은 어떻게 될까? 그에게는 귀환을 열렬히 환영해 줄 가족이나 일족이 없었다. 예전에 개빈과 같이 살았던 그 곰팡내나고 더러운 오두막으로 돌아가 고통과 술과 절망에 빠져 공허한 시간을 살아갈 것이다. 전에는 신경쓰이지도 않았던 그 일이 이젠 왠지 끔찍하게 느껴졌다. 정말로 맥페인이 그런 비참한 존재로 전락해야 할 만큼 큰 죄를 저질렀을까?

그가 약하게 신음하며 고통을 피하려는 것처럼 겨드랑이로 얼굴을 묻었다. 앙다문 턱으로 머리카락이 흘러내렸다. 에어리엘라는 무의식적으로 그의 머리를 쓸어넘겨 주었다. 그 즉시 맥페인의 손이 움직여 그녀의 손목을 부러뜨릴 듯 움켜잡았다.

술기운과 약기운에 취한 눈으로 초점을 잡아가면서 그의 눈이 위협적으로 그녀를 노려보았다. 드디어 그녀를 알아차리자 손아귀의 힘을 풀었다. 하지만 완전히 놓아주는 대신 그녀를 가까이로 끌어내렸다.

"난 안 떠날 거야, 네가 안전하다는 걸 확인할 때까지."

그녀는 물끄러미 그를 응시했다.

"여기 남아 있으면 안 돼요, 맥페인. 죽을지도 몰라요."

말콤이 그녀의 손목을 풀어놓았다. 하지만 그녀가 뒤로 물러나지 않자, 그녀의 뺨을 손가락으로 쓰다듬었다.

"난 벌써 죽었어, 오래 전에."

그들은 한참 동안 그 상태로 서로를 바라보았다. 이윽고 말콤이 한숨을 쉬며 지친 잠 속으로 빠져들어갔다.

9

하프와 백파이프의 선율 사이사이로 흥겨운 웃음소리가 저녁 바람에 실려 나왔다.

"자식들, 재미 좋은가 보군."

태비스가 기름때 낀 머리를 긁적거리며 중얼거렸다.

"으휴, 이 고기 냄새."

그레거가 코를 킁킁거리다가 땅바닥으로 침을 툇 뱉었다.

"지금 당장 공격하자구요. 저 맛있는 것들이 다 없어지기 전에."

"맞아, 더 기다릴 필요 없어요."

머독이 맞장구쳤다.

"참아."

그들의 대장이 두 발을 벌리고 가볍게 뒷짐진 자세로 맥켄드릭 성을 살펴보았다.

"적당한 시기를 잡아야지."

"저 맥켄드릭 놈들은 우리 상대가 안 돼요. 지난번처럼 밀고 들어가서 빼앗으면 된다구요."

"저 녀석들은 싸울 줄도 몰라요. 그냥 쳐들어가서 실컷 먹고 예쁜 계집이나 안아 보자구요."

머독과 그레거가 당장 말에 올라타려 했다.

"기다려."

나지막했지만 대장의 말에 머독은 즉시 명령에 따랐다.

로드릭이 부하들 쪽으로 몸을 돌렸다.

"놈들이 우리 상대가 아니라는 건 분명해. 하지만 성벽을 세우고 훈련까지 했으니 약간은 골치 아파질 수도 있어."

"술 주정뱅이 절름발이한테 훈련받는 거라면서요. 그런 놈이 곡예사들을 훈련시켜 봤자죠."

태비스가 코웃음쳤다.

"그렇긴 해도 성문을 새로 만들고 흙벽도 높이 쌓았어."

"아직 완성도 안 됐잖아요. 외곽벽 무너뜨리는 건 식은 죽 먹기예요."

"일단 안으로 들어가기만 하면 놈들은 싸울 엄두도 못 낼 걸요. 맥켄드릭의 딸년을 잡아서 검을 빼앗기만 하면 다 끝나는 거죠."

"그게 시작이야."

로드릭이 중얼거리면서 밝게 불 켜진 성 쪽으로 시선을 돌렸다.

뱃속 깊은 곳에서부터 분노가 치밀어올랐다. 그 교활한 계집이 그를 속였다. 처음엔 뺨을 그어 버려 이 완벽한 얼굴에 영원한 흠집을 만들어 놓더니, 그 다음엔 검을 빼앗을 방법이 생겼다고 자신하는 순간 탑에 불을 질러 버렸다. 창 밖으로 화염이 치솟아오르며 나무 건물이 무너져 내렸을 때의 그 충격이 아직도 생생했다. 그때는 전설의 검을 영원히 포기해야 할 줄 알았는데.

하지만 그년은 죽지 않았다.

더욱 흥미롭게도 말콤이 이곳에 와 있었다. 예전 자신의 족장이자 지휘자였던 말콤 맥페인. 그자가 무슨 착각으로 이 일족을 도울 수 있다고 생각했을까? 위대했던 검은 늑대는 이제 불쌍하게 망가진 들짐승에 불과했다. 술이나 퍼마시면서 근근히 목숨을 이어나가는 한심한 인간이었다.

맥켄드릭 놈들, 말콤에게 뭘 기대할 수 있다는 거야? 에어리엘라가 맥페인에게 검을 내주었을 가능성도 잠시 떠올랐지만 물론 쓸데없는 걱정이었다. 그의 정보통에 따르면, 그녀는 말콤을 다음 대 족장감으로 생각지 않는다고 했다. 그 계집은 신체적, 도덕적으로 완벽한 족장을 바라고 있었다. 몇 주일간 그를 치료해 주면서 그 계집이 구구절절이 떠들어대지 않았던가.

절름발이 술꾼이 된 검은 늑대는 절대 그 기준에 맞을 수가 없지.

한동안은 자신이 바로 그 남자라고 확신시킬 수도 있었는데. 그런데 그 계집이 미래를 볼 줄 안다는 늙은 떠벌이한테 찾아가서 아니라는 대답을 받아 갖고 왔다. 실망스러워하면서도 에어리엘라는 알편의 의견을 받아들였다. 일족에 대한 책임감이 자신의 감정보다 더 중요했던 모양이었다.

이 문제를 더 강압적으로 처리해야 한다는 걸 깨달은 게 바로 그때였다.

"맥켄드릭들을 제압하는 건 어렵지 않아."

그가 부하들에게 말했다.

"그 계집을 잡아서 검을 내놓으라고 족치면 돼. 일족원들을 한 명씩 죽여가면서. 우선은 놈들이 실컷 먹고 취할 때까지 기다리자구. 정신이 흐려지고 몸을 움직일 수도 없을 때 공격하는 거야."

"하지만 먹을 게 다 없어지잖아요."

"성은 우리 차지야. 더 만들라고 하면 돼."

그 생각으로 적당히 흡족해지자, 사내들은 대장의 작전을 알리러 다른 전사들에게로 움직였다.

로드릭은 노란 불빛이 새어나오는 성을 다시 한 번 쳐다보았다. 이제 곧 검을 차지하게 되리라. 그걸 받아내고 나서 새신부를 침실로 끌고 갈 것이다.

그러고 나서 그 계집의 얼굴을 그어 버려야지. 새 족장을 화나게 한 대가를 톡톡히 치르게 하는 거야.

커다란 홀에서 맥켄드릭들은 손에 손을 잡고 빙글빙글 돌아가며 흥겹게 춤을 추었다. 모두들 제일 좋은 옷으로 차려입었고, 테이블마다 구운 고기와 생선, 빵, 치즈, 딸기를 얹은 파이가 잔뜩 올려져 있었다. 그 맛난 음식들은 맥주와 와인과 함께 목구멍으로 쏟아져 들어갔다. 그레이엄과 램지가 열성적으로 백파이프를 불어대고, 브라이스와 휴는 틈나는 대로 맥주를 들이키면서 놀라울 만한 공 던지기 묘기를 선보였다.

엘리자베스가 벌써 수십 번째 드레스의 목선을 끌어내리며 개빈 쪽을 쏘아보았다.

"저 남자 왜 이렇게 재미없니? 춤도 추지 않고 얘기만 하면서 앉아 있잖아."

"네가 가서 춤추자고 해보지 그래?"

에어리엘라가 한마디하자 그녀의 표정이 대뜸 밝아졌다.

"정말 그래 볼까?"

아그네스가 못마땅한 표정을 지었다.

"너무 경망스러워 보일 거야."

"개빈은 우리 손님이야. 혹시라도 오해가 생길까 봐 여자들한테 춤을 신청하지 않는 건지도 몰라. 하지만 엘리자베스 네가 춤을 신청하면, 특히나 네 아버지 앞에서 그렇게 하면 그 사람도 정중하게 받아들일 거야."

"맞아!"

에어리엘라의 말에 충분히 고무된 듯, 엘리자베스는 목선을 더 밑으로 끌어내린 다음 종종걸음쳐 갔다.

개빈은 술잔 너머로 엘리자베스가 곧장 자신에게 다가오는 모습을 바라보았다.

"개빈 맥페인, 밤새도록 거기 앉아만 있을 건가요, 아니면 나와 함께 춤을 추시겠어요?"

고든이 기겁하며 딸을 바라보았다.

"지금 제정신이냐, 엘리자베스? 그게 무슨 말버릇이야?"

"개빈이 너무 수줍어서 춤을 신청하지 못하기 때문에 제가 신청하는 거예요, 아빠."

고든이 당혹스레 개빈에게 시선을 옮겼다.

"이 말이 사실이오?"

"뭐가 말입니까?"

"당신 같은 전사가 수줍어서 내 딸에게 춤을 신청하지 못한다는 거 말이오."

"물론 아니지요."

"자, 들었지? 개빈은 수줍어서 그런 게 아니다, 아가야."

"그럼 왜 저한테 춤을 신청하지 않으시나요?"

엘리자베스가 도전적으로 개빈을 바라보았다.

고든이 눈살을 찌푸리며 생각에 잠겼다.

"그건…… 내 딸아이가 흡족하지 않다는 뜻인가요?"

"이닙니다, 따님이 아주 아름다우신 걸요."

엘리자베스의 표정이 나긋나긋하게 풀어졌다.

"정말요?"

"아, 그럼 부인이 있는 모양이군."

듀갈이 고개를 끄덕여댔다.

"아닙니다."

"약혼녀가 있나?"
앵거스가 물었다.
"아니요."
"춤을 잘 못 추나?"
"아니요."
"그럼 대체 이유가 뭐지?"
모두들 그의 설명을 기다리며 빤히 쳐다보았다.
"이 아가씨한테는 내가 너무 나이가 많아서……."
마침내 개빈이 중얼거렸다.
앵거스의 표정이 멍해졌다.
"뭐가 어떻다고?"
"너무 나이가 많아서요."
개빈은 갑자기 바보가 된 기분이었다.
"이 청년이 지금 나이가 많다고 했어?"
듀갈이 믿을 수 없다는 표정으로 다그쳤다.
"설마…… 어디 나비가 많다는 거겠지."
"그럼 어서 나가 보시오, 개빈."
고든이 그의 등을 툭 내리쳤다.
"우리 맥켄드릭은 춤 한번 췄다고 결혼식장에 끌고 들어가진 않
소. 게다가 내 딸을 잘 아는데, 엘리자베스는 당신이 좋다고 할 때까
지 여기서 꿈쩍도 안 할 거요."
엘리자베스는 승리에 찬 미소를 짓고 서 있었다.
"좋아요."
개빈이 자리를 털며 일어났다.
"엘리자베스, 같이 춤추는 영광을 허락해 주시겠소?"
"기꺼이요, 개빈."
그녀가 새초롬하게 입을 열었다.

“당신같이 오래 사신 분이 내 보조를 따라오실 수 있다면요.”

개빈이 홀 중앙으로 엘리자베스를 이끌어 고개 숙여 인사하고는, 그 즉시 그녀의 손을 붙잡고 활기차게 춤을 이끌어갔다. 엘리자베스가 따라잡기 힘들 정도로. 하지만 그녀는 열심히 따라다녔고 그 춤이 끝날 때쯤 그들은 숨이 넘어갈 정도로 웃음을 터트렸다.

그 모습을 바라보며 에어리엘라는 새삼스런 기억 속으로 빠져들었다.

몇 달전만 해도 이 방에서 아버지와 같이 춤을 추었다. 맥켄드릭 족장은 시와 사냥과 백파이프 연주에도 능한 만능 재주꾼이었다. 지혜로운 정신과 따뜻한 마음으로 모든 일족원의 존경과 사랑을 받았다. 그의 죽음에 다들 좌절했음에도, 오늘밤 슬퍼하는 사람은 아무도 없는 것 같았다.

그녀만 제외하고.

아버지의 존재가 미치도록 그리웠다. 힘찬 팔로 안아주었을 때, 턱수염을 부비며 잘 자라고 입맞춰 주셨을 때의 그 안전한 느낌이 그리웠다. 또한 일족을 지켜야 한다는 책임감이 그녀의 어깨를 무겁게 내리눌렀다. 그들이 오랫동안 공격에 대항할 수 없으리라는 걸 잘 알고 있었다. 맥페인도 그렇게 말하지 않았던가.

“맥페인은 안 내려오나?”

던컨과 앤드루와 니알이 그녀의 옆으로 다가들었다.

“모르겠어. 삼 일 전보다 나아지긴 했지만, 여기 참석할 마음이 생기진 않을 것 같아. 내가 준 약 때문에 많이 지치기도 했을 테고.”

“거기 너무 맛들이면 안 되는데 말이야.”

니알이 시큰둥하게 입을 열었다.

“술보다 네 약을 더 좋아하게 될지도 모르잖아.”

“왜 그렇게 그 사람을 싫어해?”

에어리엘라의 날카로운 목소리에 그의 표정도 대뜸 굳어졌다.

“너도 알잖아. 그자가 우리에게 신경쓰지 않았기 때문에 네 아버지와 많은 사람들이 죽었어. 너도 하마터면 죽을 뻔했고. 그리고 군대도 없이 무능력한 꼴로 여기 왔잖아. 다음 대 맥켄드릭도 아닌데 그자가 네 아버지의 방에서 잠자고, 당연한 듯이 우리한테 명령해대다니. 그자가 네 아버지의 기억을 더럽히고 있어.”

에어리엘라는 니알의 눈을 살펴보았다. 맥페인에 대한 경멸 외에는 찾을 수 없었다. 정말로 니알이 그런 짓을 했을까?

“그런 식으로 말하지 마. 우리 일족을 위해서…….”

“맥페인이 나왔어.”

앤드루가 중얼거렸다.

에어리엘라는 화들짝 시선을 들어 계단 위에 선 맥페인을 찾아냈다. 그가 우뚝 서서 방 안을 둘러보고 있었다. 목과 손목에 금실이 수놓아진 튜닉 차림이었다. 초록과 검은색의 플래드를 어깨에 둘러 고풍스런 브로치로 고정시켰고 허리띠도 단정하게 묶여 있었다. 다리를 벌리고 침착한 표정으로 서 있는 그 순간은 힘과 불굴의 정신까지 겸비한 위대한 검은 늑대의 모습이었다.

다음 순간 그가 뻣뻣한 동작으로 계단을 내려서기 시작하자 그 환상은 산산조각났다.

“많이 좋아졌네.”

앵거스가 놀라워하며 한마디했다.

말콤은 모든 사람의 시선이 모아진 것을 느끼며 절룩이지 않으려고 안간힘을 썼다. 말에서 떨어지는 것을 목격한 사람들에게 강하고 건강하다는 것을 보여주고 싶었다.

사실 상태가 한결 나아지기도 했다. 에어리엘라의 지속적인 마사지와 스트레칭이 놀라우리만큼 그의 고통을 덜어 주었다. 아프지 않게 척추뼈를 우드득우드득 다뤄 가는 솜씨는 정말 대단했다. 그녀가 자세히 가르쳐 준 스트레칭을 오늘은 혼자서 연습해 보기도 했다.

약간 망설여지기는 했지만 아래층에서 들리는 웃음과 음악소리에 이끌려 옷을 차려입고 나자, 더 기분이 좋아졌다.

에어리엘라에게 다가갈수록 더욱더 기분이 좋아졌다.

그녀는 사파이어색 드레스 차림이었다. 그 위에 아름답게 짜여진 진홍색과 푸른색의 플래드를 걸쳐 보석핀으로 고정시켰으며, 기품 있는 은사슬을 허리춤에 장식했다. 갈색과 구릿빛의 머리채가 흙과 불꽃처럼 어깨로 늘어져 있었다.

"즐거운 저녁이군."

그가 살짝 고개 숙여 보였다.

에어리엘라는 그의 정중한 태도에 놀라며 고개를 끄덕였다. 맥페인이 보기 드물게 기분좋은 상태인 것 같았다. 푸른 눈동자도 술기운 하나 없이 명료했다.

"많이 나으신 것 같군요, 맥페인. 다행이에요."

던컨이 말했다.

"고마워."

"며칠 전엔 일어서지도 못했다는 게 믿기지 않는군요. 그 상태가 언제까지 계속될까요?"

니알의 적대적인 얼굴을 말콤은 침착하게 마주 보았다.

"걱정해 줘서 고맙군, 니알. 그 동안 최고의 치료를 받았지. 내 등이 또 아프게 되면 에어리엘라가 기꺼이 치료해 줄 거라고 확신하네."

니알의 얼굴이 험악하게 일그러졌다.

이 녀석은 분명 에어리엘라를 사랑하고 있군. 말콤은 홀긋 그녀의 얼굴을 살펴보았다. 그녀도 이 청년에게 특별한 감정이 있을까? 하지만 두 사람을 노려보고 있는 지금의 표정으로는 판단하기가 어려웠다.

"미안해."

그가 그녀의 분노를 달래보려 노력했다. 왠지 오늘 저녁에는 우아한 매너를 보여주고 싶었다. 그런 매너가 제대로 기억나지 않아서 탈이긴 했지만.

"춤을 신청해야 마땅하겠지만, 내 몸이 허락하지 않는군. 그 대신 테이블로 에스코트해 주고 싶은데?"

그가 그녀에게 한 팔을 내밀었다.

에어리엘라는 당혹스레 그 팔을 쳐다보았다. 맥페인이 이렇게 매너 있게 굴 수 있으리라고는 생각해 본 적이 없었다. 그런 모습을 한 번도 본 적이 없었으니까.

하지만 그가 언제나 짐승처럼 살았던 건 아니다. 그는 군대뿐 아니라 물질적으로도 풍요로운 맥페인 일족의 외아들로 태어나 다음 대 족장으로서 자랐다. 자신의 일족과 함께 잔치를 즐겼던 때도 있었으리라. 활기차게 춤출 수 있었던 적도.

그녀가 손을 내밀어 그의 팔을 붙잡았다.

"고마워요. 오랫동안 서 있어서 피곤하던 참이었어요."

그들은 천천히 걸어갔다. 비록 느릿하게 움직이긴 했어도 오늘밤 그는 거의 절룩거림이 드러나지 않았다. 말콤은 노인들이 앉은 족장 테이블로 그녀를 이끌어 의자를 빼내 주고 그 옆에 앉았다. 그들이 나란히 앉은 것도 오늘이 처음이었다. 에어리엘라는 그의 거대한 체구에 괜시리 당황스러워져 의자 끝으로 주춤주춤 움직였다.

"왜 그렇게 꿈틀거리는 거냐? 의자가 어디 잘못됐어?"

앵거스의 예리한 눈은 나이가 들어도 여전한 모양이었다.

"꿈틀거리지 않았어요."

"오늘 저녁에는 아주 건강해 보이는군, 맥페인. 유웬의 아내가 만들어 준 그 셔츠, 아주 잘 어울리는데."

"고맙군요."

에어리엘라의 시선이 셔츠로 향했다. 우아하게 금실로 수를 놓아 그의 넓은 가슴을 한껏 강조해 주었다.

"애니가 그 셔츠를 만들어 줬어요?"

"지난번에 문제를 해결해 준 게 있는데, 고맙다면서 선물하더군."

"개하고 관련된 그 일 말인가요?"

그가 놀란 시선을 던졌다.

"그 얘기 들었나?"

"여긴 작은 부락이에요. 남몰래 할 수 있는 일은 하나도 없죠."

"마음에 새겨둬야겠군."

그가 테이블 가운데의 술병으로 손을 뻗었다.

"와인 한 잔 마실 텐가?"

그녀가 고개를 끄덕이자, 그는 잔을 채워준 다음 잠시 망설이다 그대로 내려놓았다.

"당신은요?"

"오늘밤은 마시고 싶지 않아."

그는 허리춤의 단검을 빼내어 접시 위의 고기를 썰기 시작했다.

"그럼 정말로 몸이 가뿐해진 거예요?"

"그렇다니까, 다 네 덕분이지."

그의 눈동자는 깊은 호수처럼 헤아릴 수가 없었다. 그의 시선을 받으면서 그녀는 묘하게 불편해졌다. 마치 지금까지 숨어 있었거나 전혀 잊혀졌던 그의 일부를 보는 것 같았다. 이것은 검은 늑대로 알려진 이 남자의 또 다른 일면이었다. 위대한 전사였을 뿐만 아니라, 점잖은 사회에 편안하게 어울렸던 남자. 극도의 자제력을 지녔던 남자.

그런 남자가 지금처럼 추락해 버린 걸 생각하면 마음이 아팠다.

"내일부터 다시 우릴 훈련시킬 수 있겠군."

앵거스가 끼어들었다.

"그 동안 나하고 앵거스가 개빈을 도와주려고 열심히 노력했는데

말이야, 그는 우리 얘기를 들은 것 같지도 않더라구. 조금 귀가 먹은
것 같아."

듀갈이 가엾어하는 듯 고개를 흔들며 말했다.

그때 찢어질 듯한 고함소리가 음악과 웃음소리를 뚫고 울려퍼졌
다.

"공격이야! 놈들이 쳐들어온다!"

콜린이 숨 가쁘게 홀 입구로 달려들어왔다.

"로드릭이에요! 그놈들이 성벽을 기어오르고 있어요."

충격의 전율이 사람들 사이로 번져나갔다.

다음 순간 한꺼번에 온갖 소리들이 폭발해 버렸다.

사람들이 각기 다른 방향으로 내달리며 비명을 질러댔고 의자와
테이블들이 우당탕 쿵쾅 뒤집어졌다. 아이들을 데리러 뛰어가는 여
자들, 아무도 따라주지 않는 명령들을 외쳐대며 우왕좌왕하는 남자
들, 공포로 얼어붙어 버린 사람들.

말콤이 목격한 중에서 가장 소름 끼치는 공포의 도가니였다.

"조용!"

그가 주먹으로 테이블을 쾅 내리치며 소리질렀다.

"모두 제자리에 멈춰!"

기적처럼 맥켄드릭들의 동작이 정지되었다.

"우린 이제부터 침착하게 적을 물리칠 것이다. 콜린, 몇 놈이나 되
더냐?"

"그…… 글쎄요, 사십 명쯤 되는 것 같아요."

"이 방에 있는 남자와 여자들은 모두 몇 명이지?"

그가 당혹스레 맥페인을 바라보았다.

"이백오십 명 정도요, 하지만……."

"육 대 일이다. 그 형편없는 도둑놈 무리보다 우리가 훨씬 수적으
로 우세해."

말콤이 맥켄드릭들을 둘러보았다.

"그 동안의 훈련을 시험해 볼 수 있는 기회가 왔다. 다만 이번에는 상대가 다칠까 봐 걱정할 필요가 없다. 알겠나?"

맥켄드릭들이 창백해진 얼굴로 고개를 끄덕였다.

"개빈과 던컨 조는 흉벽에서 기어올라오는 놈들을 막아. 앤드루와 그 조는 성문 위로 올라가 성문 돌파 공격에 대비하라. 엘리자베스, 아그네스, 여자들을 이끌고 탑으로 가서 움직이는 것은 뭐든 쏴버려. 헬렌, 아이들과 노인들을 아래층 비밀 통로로 대피시키시오. 활을 가져가서 그 안으로 들어오려는 놈은 누구든 쏴버릴 것. 나머지는 각자 무기와 방패를 챙겨서 성과 안뜰의 지정된 위치에 자리잡아라. 출발!"

아직 부들거리면서도 한결 침착해진 모습으로 맥켄드릭들이 성을 지키기 위해 뛰어나갔다.

에어리엘라도 서둘러 뒤따라 나섰다.

"어디 가는 거야?"

말콤이 다그쳤다.

"캐서린을 피신시킨 다음 롭으로 옷 갈아입고 성벽 머리에 올라갈 거예요."

"그놈은 네가 살아 있는 걸 알아, 에어리엘라. 그래서 되돌아온 거야."

그녀가 고개를 흔들었다.

"그렇게 확신할 수는 없어요."

"이 일족 안에 그놈에게 알려준 배신자가 있어. 캐서린을 데리고 비밀통로로 들어가. 내가 부를 때까지 거기서 나오지 마."

"그럴 순 없어요. 일족원들을 도와야 해요."

"내 말 잘 들어. 이유는 모르겠지만 로드릭이 원하는 건 분명 너야. 그러니까 네가 우리의 약점이라구. 네가 붙잡히면 여기 있는 누구도 전투를 계속할 수 없어. 여기서 물러나 있어, 에어리엘라.”

일족원들이 위험에 처해 있는데 그걸 보고만 있으란 말인가.

“그럴 순 없어요.”

“내 말대로 해.”

그가 버럭 고함쳤다.

“안 그러면 내가 직접 끌고 가서 가둬 버릴 거야.”

“그자가 우리 일족원들을 한 명씩 죽일 거라구요, 내가 나타날 때까지.”

그녀는 자신의 몸을 꼭 감싸안으며 떨리는 목소리로 중얼거렸다.

맥페인은 그녀의 감정을 충분히 이해할 수 있었다. 일족원들이 그녀를 위해 싸우는 동안 어두운 구석에 숨어 있는 대신, 차라리 자신도 싸우다 죽는 편을 택하고 싶은 것이다. 하지만 그걸 허락할 수는 없었다. 로드릭이 그녀를 찾아내면 모든 것이 끝이었다.

그리고 그녀의 안전을 확신해야만 그 자신도 전투를 지휘할 수 있었다.

“로드릭은 전처럼 너희 일족원들을 살해하지 못해. 내가 그렇게 놔두지 않아. 누군가 죽는다면, 그건 무기력하게 서 있다가가 아니라 스스로 방어하다가 죽는 걸 거야. 하지만 우선은 네가 안전해야 돼. 그 확신이 있어야 내가 이 싸움을 지휘할 수 있어. 네가 죽거나 붙잡히는 건 일말의 가능성도 없어야 돼.”

그가 그녀의 턱을 잡아 자신을 바라보도록 했다.

“이해하겠나?”

“네, 이해해요.”

그녀의 커다란 회색 눈동자에 두려움이 담겨 있었다.

“모두 무사할 거야, 에어리엘라.”

그것이 불가능한 약속이라는 걸 알면서도 그는 그렇게 말해야만 했다.

그녀는 그 말을 간절히 믿고 싶었다. 하지만 그의 눈을 바라보면서 그 속에 번득이는 불안감을 알아보았다.

"당신 스스로도 믿지 못하잖아요, 맥페인."

그녀가 그의 손을 뿌리치며 격하게 반박했다.

그는 그녀의 어깨를 움켜잡아 끌어당겼다.

"한 가지만은 분명해, 에어리엘라. 로드릭은 널 건드리지 못할 거다. 그 전에 내가 먼저 죽여 버릴 테니까."

그의 손은 우악스러웠고 눈동자는 분노로 이글거렸다. 그 얼굴에는 분노와 함께 또 다른 묘한 감정도 섞여 있었다. 그가 부드럽게 그녀의 뺨을 어루만졌다.

"아래층으로 내려가, 에어리엘라. 난 싸우러 가야 돼."

그가 조용히 명령하고는, 돌아서서 천천히 계단을 올라갔다. 에어리엘라는 어찌해야 할지 결정하지 못한 채 그의 모습이 사라질 때까지 지켜보았다.

다음 순간 전투의 고함소리들이 들리기 시작했고, 그녀는 재빨리 캐서린을 찾아나섰다.

"이거나 먹어라, 이 뚱땡이 털보 돼지야!"

던컨과 같이 커다란 돌을 밀어내며 램지가 소리쳤다.

그들은 총안 틈으로 신중하게 그 돌의 방향을 지켜보았다. 사다리 위에 거의 올라왔던 덩치 큰 녀석의 몸에 쿵 들이맞았다. 놈이 두 팔로 돌을 막으려다가 균형을 잃고 뒤로 떨어졌다. 그 밑에 있던 다른 몇 놈까지 함께 훑어내렸다.

"해치웠어!"

던컨이 환호성을 질렀고 램지가 그의 등을 툭 때렸다.

"정확히 네 놈이야."

"성문 돌파공격이 시작된다."

개빈이 성문 위의 남자들에게 소리쳤다.

"물 준비됐나?"

"네!"

앤드루가 크게 대답하는 사이 그레이엄이 마지막 뜨거운 물 양동이를 커다란 솥에 퍼부었다.

"기다려."

개빈이 로드릭 군사들의 돌진하는 모습을 지켜보았다.

"기다려, 아직…… 지금이야!"

앤드루와 다른 남자들이 솥을 옆으로 기울여 아래 공격자들에게 펄펄 끓는 물을 쏟아냈다.

고통스런 비명소리가 울려퍼지면서 나무를 들고 돌진했던 놈들이 급하게 뒤로 후퇴했다.

"잘 했어! 다음 솥 준비해!"

"놈들이 뒤쪽으로 올라온다!"

말콤이 검을 들고 모습을 드러냈다.

"일 조 이 조, 뒤로 가서 놈들을 막아!"

2개조의 맥켄드릭들이 즉시 성벽의 다른 쪽으로 달려갔다.

"넓게 퍼져! 공백을 메워!"

말콤이 명령했다.

"개빈, 오른쪽으로 한 발 비켜주실래요?"

엘리자베스가 그를 향해 활을 겨냥하며 소리쳤다.

개빈이 즉시 오른쪽으로 움직였다. 화살이 핵 그의 곁을 날아 뒤에서 검을 들고 달려들던 전사의 몸에 명중했다.

개빈이 놀라며 그놈을 쳐다보다가 엘리자베스에게 시선을 돌렸다.

"고맙소."

"좀더 조심하세요."

개빈이 미소지었다.

“노력하겠소.”

“궁사들, 저 밑의 사다리 든 놈들을 겨냥해.”

말콤의 명령에 따라, 탑과 흉벽에 자리잡았던 여자들이 새로운 공격자들에게 활시위를 당겼다. 공중으로 화살이 휙휙 날아가 몇 놈을 쓰러뜨리자 나머지 놈들이 뿔뿔이 흩어졌다.

“잘 했어!”

“맥페인, 여기 뒤쪽이 힘들어!”

고든이 낮은 흉벽으로 뛰어오른 덩치 큰 사내와 검을 맞부딪히며 고함쳤다.

“몇 명 더 뒤쪽으로 이동해! 궁사들도…… 남자들만!”

말콤이 지시를 내리며 직접 그쪽을 도와주러 나섰다.

“빌어먹을 자식, 이거나 받아라!”

고든이 공격자의 배에 칼을 푹 찔러넣자, 그 사내는 맥켄드릭에게 당했다는 게 믿어지지 않는 듯 휘둥그래진 눈으로 천천히 고꾸라졌다.

“어때? 놀랐지, 이놈아?”

“니알! 뒤 조심해!”

말콤의 천둥 같은 목소리가 울려퍼졌다.

니알이 빙글 몸을 돌려, 달려드는 상대의 어깨를 베어냈다.

“살고 싶으면 저쪽에서 꼼짝 말고 앉아 있어.”

그가 상대의 목에 칼끝을 들이대며 으르렁대자 놈은 덜렁거리는 어깨를 움켜잡은 채 허둥지둥 구석에 쪼그려 앉았다.

“고마워요, 맥페인!”

니알이 소리쳤지만, 말콤은 다른 지시를 쏟아내느라 그 말을 듣지 못했다.

에어리엘라는 흉벽 계단으로 이어진 복도를 서둘러 달려갔다. 맥페인의 방을 지나는 순간, 창문으로 넘어오는 그림자를 발견했다. 벽에 찰싹 등을 붙이고 화살통의 화살을 빼내어 활에 끼워넣었다. 그 그림자 뒤로 또 다른 놈이 합류했다. 그녀는 입술을 깨물었다. 한 놈은 맞출 수 있겠는데, 다른 놈까지 겨냥할 시간이 있을까?

'한 놈이라도 죽이는 게 나아.'

그녀가 팽팽하게 활시위를 당겼다.

갑자기 커다란 그물이 천장에서 떨어져내려 그 두 놈을 가둬 버렸다.

"아하!"

앵거스가 구석진 곳에서 나타나 그물을 벗어내려 안간힘쓰는 놈들에게 고물검을 휘둘렀다.

"몰래 기어들어와서 우릴 죽일 셈이었냐? 그렇지, 이 불한당 놈들아?"

"앵거스 아저씨?"

"아, 에어리엘라. 활 쏠 필요 없어. 내가 이놈들을 꽉 붙잡아 뒀으니까."

다른 쪽 구석에서 듀갈이 낡은 검을 질질 끌며 나타났다.

"우리가 맥페인의 방을 지키고 있었어."

"어떻게……."

"맥페인이 우리더러 그물로 여길 맡으라고 했어. 여기 창문이 크고 또 땅하고도 가까우니까 위험할 거라고."

"우리가 이걸로 덮치고 나면 브라이스와 휴가 와서 놈들을 아래층 창고로 끌고 가는 거야. 벌써 여섯 놈이나 붙잡았어."

"대단하시네요."

앵거스와 듀갈은 이 일을 대단히 즐거워하는 듯했다. 함정을 설치하는 게 그리 위험스러울 것 같지도 않았다. 맥페인이 힘없는 두 노인의 역할까지 적절히 찾아냈다는 게 놀라웠다.

"우리가 여기서 나가기만 하면 너희 늙은이는 죽은 목숨이야."
그물에 갇힌 한 놈이 으르렁거렸다.
"정말?"
앵거스가 낄낄대며 웃었다.
"이봐, 젊은이. 검은 늑대의 명령이 떨어질 때까지 각오나 단단히
해두라구. 검은 늑대가 너희 강아지들을 한 입에 먹어 버릴 거야!"
"그 검은 늑대는 술고래 절름발이일 뿐이야. 술 취해서 자기 일족
여자와 아이들을 다 죽게 하고 내쫓긴……."
"젠장할, 그렇게 추악한 거짓말은 더 이상 들어주지 않겠다."
듀갈이 고함치며 무거운 검을 들어올리려 안간힘썼다.
"네놈의 혓바닥을 잘라 줄 테다!"
"무슨 일이에요?"
브라이스가 안으로 들어섰다.
"이놈의 두꺼비 새끼가 맥페인을 모욕하잖아."
브라이스의 표정이 대뜸 험악해졌다.
"지하감옥에서 몇 년 썩은 후에도 그런 말을 할 수 있을지 두고
보자."
그 위협적인 공갈협박에 두 녀석들의 얼굴이 새하얗게 질렸다.
"난 다른 사람들과 합류해야겠어요. 부디 조심하세요."
에어리엘라가 입을 열었다.
"우리 걱정은 말아라. 듀갈과 내가 쌓아 온 싸움 실력을……."
앵거스가 말을 멈추며 하얀 머리를 긁적거렸다.
"우리가 싸웠던 게 언제였지, 듀갈?"
듀갈이 검을 지팡이삼은 채 생각에 잠겼다.
"젊었을 때 베시 때문에 싸운 적이 있었어. 기억나나?"
"아, 그래. 내가 이겼지."
"무슨 헛소리야. 베시와 결혼한 게 바로 난데……."

에어리엘라는 미소지으며 다시 걸음을 재촉했다.

성벽 머리에는 기어오르는 로드릭의 군사들을 막아내기 위해 이리저리 뛰어다니는 사람들로 정신없었다. 간신히 올라온 놈들도 검과 화살을 든 맥켄드릭들과 맞부딪히거나 냅다 떠밀려 허공으로 날아가야 했다.

그 어수선한 어둠 속에서 에어리엘라는 재빨리 맥페인의 모습을 찾아보았다. 외곽벽 뒤쪽에서 어마어마하게 덩치 큰 거인과 맞붙어 있었다. 맥페인이 격렬하게 공격을 퍼부었지만 그 상대는 엄청난 힘과 민첩성으로 그의 공격을 잘도 피해다녔다.

에어리엘라는 그쪽으로 화살을 겨냥했다. 하지만 두 남자가 너무 빠르게 움직이고 있어서 쏠 엄두가 나지 않았다. 눈꼬리 한쪽으로 맥페인을 돕기 위해 달려가는 개빈의 모습이 보였다.

갑자기 커다란 금발의 남자가 흉벽으로 훌쩍 뛰어올라 그를 움켜잡았다.

"무기 내려놓으시지, 용감한 개빈."

로드릭이 그의 목에 검을 들이대며 명령했다.

개빈의 손에서 검이 떨어져내렸다.

"개자식."

"개빈!"

엘리자베스가 공포스레 비명을 내지르자, 로드릭이 흘깃 그녀를 바라보았다.

"엘리자베스, 설마 이런 늙다리한테 마음 있는 건 아니겠지? 쯧쯧."

그가 개빈을 자신의 앞으로 내몰아 방패막이로 삼았다.

"이만 됐어, 그레거! 이제 그놈은 내 거야."

맥페인과 싸우고 있던 거구의 사내가 누런 이를 드러내며 씨익 웃고는 검을 내렸다.

말콤은 치밀어오르는 분노를 간신히 억제하며 예전의 자기 부하에게로 돌아섰다.

"안녕하시오, 말콤. 생각보다 좋아 보이긴 하는군. 그래도 남을 보호해 줄 능력은 안 될 텐데. 아직도 그걸 깨닫지 못했나?"

"원하는 게 뭐냐, 로드릭?"

"모든 인간이 바라는 그런 거지."

로드릭이 어깨를 으쓱여 보였다.

"내가 지배하는 성, 나의 필요를 채워 주는 사람들, 침대를 따끈하게 덥혀 줄 예쁜 여자."

그의 시선이 에어리엘라에게 날아갔다.

"오랜만이야, 에어리엘라. 변함없이 사랑스럽군. 머리가 짧아지긴 했지만 그래도 괜찮아."

에어리엘라의 화살이 로드릭 쪽을 겨냥했다. 하지만 개빈이 앞에 서 있는 한 정확히 맞추리라는 보장이 없었다.

"포기해라, 로드릭."

말콤이 말했다.

"네 군대는 반으로 줄었어. 여기 맥켄드릭들은 아직 기운이 펄펄하고. 이 성은 너의 차지가 아니야."

"그럴지도 모르지. 적어도 오늘밤은 말이야. 그 활 내려놓으시지, 아가씨. 안 그러면 개빈의 목을 그어 버릴 수밖에 없는데."

에어리엘라는 머뭇거리다가 무기를 떨어뜨렸다.

"좋아, 이젠 너희 절름발이 지휘자와 한 판 붙어야겠으니까 끼어들지 마. 끼어들면 불쌍한 개빈의 목은 없어질 거야. 사람들한테 충고 좀 해주라구, 말콤."

그가 거구의 부하에게 개빈을 밀어내자 그자는 즉시 목에 칼끝을 들이댔다.

말콤이 천천히 검을 들어올리며 명령했다.

"절대 끼어들지 마."

"좋았어. 그럼 어느 정도 실력인지 보자구, 친구."

로드릭이 씨익 미소지었다.

에어리엘라는 공포에 젖은 채 두 전사의 싸움을 지켜보았다. 쨍쨍 소리와 함께 두 남자의 검이 야만적으로 맞부딪혔다. 로드릭이 더 젊고 건강한 몸을 지녔다. 하지만 말콤도 전엔 내비친 적 없는 격한 분노에 사로잡혀 있었다. 그의 커다란 칼날이 까만 하늘에 은색 선을 그리며 휙휙 날아다녔다. 두 손으로 검을 움켜쥔 채 온 힘을 다해 싸우고 있었다.

에어리엘라는 두려워지기 시작했다. 로드릭이 그를 지칠 때까지 희롱하다가 죽이려는 건 아닐까? 하지만 말콤이 로드릭을 흉벽 쪽으로 천천히 몰아넣고 있었다.

로드릭이 말콤의 공격에 대응하면서 입을 열었다.

"아직 그녀한테 그걸 받지 못했군."

말콤은 그런 말에 신경쓰지 않고 싸우는 데에만 정신을 집중시켰다. 하지만 다음 순간 로드릭이 빙글 돌아 성벽 위로 올라섰다.

"오늘은 이걸로 충분해."

그가 위협적으로 검을 내밀며 선언했다.

"가자, 그레거."

거대한 사내가 즉시 개빈을 풀어주고 흉벽 너머의 사다리로 기어내렸다.

"또 만나자구, 에어리엘라."

로드릭이 검을 허리춤에 끼워넣으며 밧줄을 타고 훌쩍 뛰어내렸다.

맥켄드릭들이 우르르 흉벽 끝으로 달려갔다. 로드릭이 말에 올라타면서 퇴각을 명령하자 그의 부하들이 지체없이 말을 타러 움직여

갔다.

맥켄드릭들 사이에서 기쁨의 환호성이 터져나왔다.

"우리가 해냈어!"

던컨이 앤드루의 등을 두드리며 소리쳤다.

"맙소사, 진짜 해냈어!"

고든이 딸아이를 껴안으려 다가갔다. 하지만 그녀는 활을 내던지고 개빈에게로 내달렸다.

"괜찮으세요?"

개빈이 놀란 눈으로 바라보았다. 그녀의 커다란 푸른 눈에 눈물이 고이고 아랫입술도 바르르 떨리고 있었다.

"괜찮소."

그가 안심시켰다.

그녀는 창백한 얼굴로 그를 응시하며 서 있었다. 그에게 무언가 더 바라는 것 같긴 했지만 개빈은 그게 뭔지 알 수 없었다.

"난 괜찮소."

그가 다시 한 번 말했다.

엘리자베스가 고개를 끄덕이고 천천히 돌아섰다. 다음 순간 갑자기 그녀가 흐느껴 울며 돌아서더니 그의 가슴에 얼굴을 묻고 통곡하기 시작했다.

개빈은 어찌할 바를 모른 채 머뭇거리다가 마침내 한숨을 내쉬며 그녀에게 팔을 둘렀다.

"괜찮나니까."

그가 그녀의 머리를 부드럽게 쓰다듬었다.

"우린 이제 안전하오. 다 잘 될 거요, 엘리자베스."

말콤은 로드릭 일당의 멀어져 가는 모습을 뚫어져라 지켜보았다. 이렇게 쉽게 포기할 놈이 아니라는 걸 알기에 더욱 불안했다. 그가 에어리엘라를 돌아보았다. 그녀의 눈에 두려움이 담겨 있었다. 로드릭이 돌아오리라는 것을 그녀도 아는 것이다.

"맥페인을 위하여!"

램지가 검을 높이 쳐들며 외쳤다.

"맥페인이 있었기에 우리가 그 겁쟁이 돼지새끼들을 물리칠 수 있었다!"

흥분한 환호소리가 허공을 가득 메웠다.

"맥페인! 맥페인! 맥페인!"

몇몇 남자들이 달려와 말콤을 어깨 위로 들어올렸다.

"검은 늑대에게 환호하라!"

일족원들이 쉴새없이 맥페인의 이름을 외쳤다. 말콤이 당장 내려놓으라고 명령했지만, 환호소리에 묻혀 그의 목소리는 들리지도 않았다.

"검은 늑대를 위해 건배합시다, 이 황홀한 밤 그가 이끌어 준 성공을 위해서!"

"맥페인! 맥페인! 맥페인!"

에어리엘라는 일족원들이 기쁨에 들떠 말콤 주위로 몰려드는 것을 지켜보았다. 그들이 그를 어깨에 들쳐메고 성문 앞까지 걸어가 그곳에서 내려놓고 안으로 끌어들였다. 계단을 거쳐 홀로 몰려가는 동안 그들의 의기양양한 함성소리가 계속 이어졌다.

이겼다는 안도감에도 불구하고, 그녀는 환호하는 사람들 속에 섞일 수가 없었다.

흉벽에 홀로 남아 로드릭이 돌아올 날을 두려워할 뿐이었다.

깊은 밤, 벨벳 망토 같은 하늘에 별들이 점점이 박혀 있었다.

몇 시간이나 계속됐던 잔치소리가 마침내 잦아들었다. 에어리엘라는 벤치에서 일어나 낮은 흉벽으로 몸을 기울였다. 아직 완성되지 않은 이 부분이 성벽 머리의 약점이 될 수도 있으리라. 하지만 한편으로는 주위의 장엄한 풍경을 바라볼 수 있는 자리이기도 했다.

그녀의 앞으로 울창한 수풀림이 넓게 펼쳐졌다. 서쪽으로는 수많은 물고기와 물의 요정들의 안식처인 호수가 은은한 달빛 아래 반짝이는 목탄처럼 자리잡았다. 산들도 있었다. 굽이굽이 황홀하게 뻗은 봉우리들이 그들 일족을 바깥 세상으로부터 안전하게 고립시켜 주었다.

지금까지는.

얼마나 어리석고 순진했던가. 그녀의 일족은 그 산들의 가운데 숨어서 백년 동안 평화로운 잠 속에 빠져 있었다. 바깥 세상에 대해서는 거의 알지 못했다. 물론 지나치는 여행객들로부터 얘기를 듣긴 했었다. 알핀에게 전설과 지휘자들과 전쟁에 대해서, 검은 늑대 같은 위대한 영웅에 대해서 듣기도 했다.

하지만 그것은 모두 그들과 아무 상관이 없는, 딴 세상의 일인 것 같았다. 맥켄드릭들은 그저 이 대지의 아름다움을 이해하고, 가능하다면 그 아름다움에 무언가를 덧붙이고 싶어했을 뿐이었다. 그런 이유로 풍경을 가리지 않는 낮고 정교한 흉벽도 세웠다. 누군가가 그들의 모든 것을 앗아가려 들 줄은 상상치도 못했다. 누군가 그들이 만들어 낸 것들을 훔치고 억지로 그들을 지배하고, 전설의 검을 차지하고 싶어할 줄은 상상하지 못했었다.

로드릭이 원하는 것이 바로 그런 것들이었다. 그는 이 성과 이 땅을 욕심내고 일족 사람들을 노예로 만들려 했다. 무엇보다도 어떤 상대에게든 싸워 이길 수 있는 능력을 갈망했다. 그 검의 전설이 진실인지 아닌지도 모르면서, 그 검이 자신에게 힘을 줄 거라고 믿었다.

문득 낮은 숨소리가 들리는 것 같았다. 그녀가 돌아섰을 때 말콤이 서 있었다. 한참 동안 그곳에 있었던 듯했다.

"널 방해하고 싶지 않았어."

그가 조용히 입을 열었다.

"모두 잠든 줄 알았어요."

"다 잠들었어. 승리에 들떠서 정신없이 마셔대더군. 로드릭이 오늘밤에 돌아올 것 같았으면, 내가 마시지 못하게 했을 거야."

그녀가 흐릿하게 미소지었다.

"왜 웃지?"

"당신이 다른 사람의 술을 금한다는 게 이상해서요."

그가 고개를 갸우뚱해서 인정하고는 낮은 성벽 위에 손을 올려놓으며 장엄한 풍경을 바라보았다.

"아름답군."

'전에는 왜 알아차리지 못했을까.'

에어리엘라가 놀라며 그를 바라보았다. 맥페인이 이런 아름다움에 소박하게 감탄할 수 있다니. 모든 것을 군사적인 측면으로만 생각하는 전사라고 생각했는데. 지금의 이 황홀함을 이해하는 면도 진정 그의 일부분일까?

"그걸 지켜줘서 고마워요."

그가 고개 저었다.

"너희 일족이 지켰어. 난 방법을 가르쳐 줬을 뿐이야."

"당신이 우릴 승리로 이끌었어요. 모두들 공포에 젖어 있을 때, 당신이 우릴 진정시키고 이길 수 있다고 믿게 해주었어요."

그는 조용히 그 말을 생각해 보았다. 오늘의 전투를 승리로 이끈 것이 정말 자신이었을까? 그렇게 생각하고 싶은 유혹이 생겼다. 그들이 어깨로 들어올려 환호했을 때 아주 찰나적인 순간 검은 늑대의 기분이 기억나는 것도 같았다. 갑자기 강하고 유능하고 두려움 없는 전사…… 필요한 존재가 된 느낌이었다. 하지만 맑은 정신으로 혼자 남겨진 지금, 그는 망가진 몸뚱이의 고통을 절감하며 술에 위안을 얻고 싶었다.

위대한 전사의 습성이라고 할 수는 없었다.

"로드릭은 우리의 저항을 예상치 못했어. 그래서 쉽게 물리칠 수 있었던 거야. 하지만 다음에는 더 교활해지고…… 더 잔인해질 거야."

에어리엘라는 단단한 돌에서 힘을 얻으려는 것처럼 성벽을 움켜잡았다.

"안 올지도 몰라요."

"올 거야, 에어리엘라. 로드릭은 한때 맥페인이었어. 내가 훈련시킨 전사 중 한 명이었지."

"당신이 그를 훈련시켰다구요?"

그녀가 경악하며 중얼거렸다.

"그때도 힘을 갈망했었지. 족장 자리를 강탈하려다가 쫓겨난 후에도 지배할 일족을 찾아다녔던 모양이야. 너희 일족이 강해져서 조금 놀라긴 했겠지만 놈은 다시 돌아올 거야. 한 가지 알고 싶어. 놈이 아까 한 말, 나한테 아직 주지 않았다는 게 뭐지?"

그녀는 시선을 피했다.

"모르겠어요."

그녀의 얼굴이 까만 어둠을 배경으로 달빛을 받아 완벽하게 각인되었다. 그는 그녀가 알면서도 말하지 않으려 한다는 걸 알아차렸다. 우아하게 솟은 뺨과 길게 늘어진 속눈썹, 살짝 튀어나온 턱선을 물끄러미 쳐다보았다. 적갈색 머리카락이 바람에 실려 뺨으로 스쳐지났다.

그녀는 아름다웠다. 그 사랑스런 외면 속에 대단한 용기와 힘을 지녔다. 일족을 보호하기 위해 머리를 자르고 더러운 재를 온몸에 문지르고, 항복하느니 차라리 싸우다 죽는 편을 택하는 여자. 그래, 로드릭은 이 여자를 차지하기 위해서 꼭 돌아올 것이다.

자신에게 약간의 자격만 있었더라도, 그녀를 얻기 위해 싸웠을 텐데.

그는 그 생각을 황급히 밀어냈다. 여자와 함께 할 수 있는 그의 인생은 이제 없었다. 피로 물든 전쟁터에서 이 절름발이 술꾼의 껍데기로 전락했을 때 이미 끝나 버렸다. 그나마 남아 있었을지도 모르는 자존심이나 용기는 술 취한 채 전사들을 성 밖으로 이끌어나가, 일족의 여자와 아이들을 로드릭의 칼날에 남겨두었던 그날 밤 뿌리마저 뽑혀 나갔다. 그 순진한 자들의 죽음이 그의 영혼을 무겁게 짓눌렀다, 죄책감이 뼛속까지 스며들었다.

그의 행동은 결코 용서받을 수 없다. 어떤 여자가 그런 남자를 받아들일 수 있겠는가.

에어리엘라 맥켄드릭처럼 고상한 이상을 지닌 여자는 더더욱 불가능하리라.

그가 불쑥 입을 열었다.

"훈련된 군대를 지닌 족장을 찾아야 해. 난 여기 오래 머물 수 없어."

그녀의 몸으로 공포감이 치달았다.

"왜요?"

그녀에게 무어라 말할 수 있을까? 자기가 소속되지도 않은 이곳에서, 점점 그를 존경하기 시작한 사람들을 지켜보고 있기가 너무 힘들다고 말할까? 아침마다 고통이나 술기운과는 상관없이 억지로라도 일어나 매일매일 자신을 증명해야 하고 거의 필요한 존재라는 착각까지 생겨나기 때문에, 그녀를 볼 때마다 가질 수 없는 여자라는 걸 깨달아야 하기 때문에 고통스럽다고 말할까?

어서 빨리 떠나는 게 나았다. 이별이 견딜 수 없어지기 전에.

"네가 안전해질 때까지는 여기 남아 있을 거야. 하지만 네가 살아 있다는 걸 로드릭에게 알린 배신자가 이 안에 있어. 이제 놈이 직접 그걸 확인했어. 오래지 않아 다시 쳐들어올 거야. 너희 일족은 로드

릭 같은 전사와 맞서 싸울 정도로 강하지 않아. 군대를 지닌 강한 족
장이 있어야 돼. 그걸로 충분치 않으면 동맹도 맺어야 돼.”

그의 말이 옳았다. 그런데 맥페인이 떠난다는 생각에 왜 이리 쓸
쓸한 기분이 드는 걸까. 그녀는 언제나 그가 한동안만 머물 뿐이라
는 걸 알고 있었다. 삼 개월. 그들이 동의했던 시기는 그 정도였다.

그녀는 갑자기 한기를 느끼며 자신의 몸을 꼭 끌어안았다.

“내일 알핀에게 말해 볼게요. 알핀이 그 사람을 찾도록 도와줄 수
있을 거예요.”

“아주아주 강하고 용감한 남자, 진정으로 명예를 지킬 줄 아는 남
자.”

그는 그녀가 묘사했던 자질들을 되풀이하며, ‘네가 믿었던 예전의
나 같은 남자’라고 마음속으로 덧붙였다.

그녀가 고개를 끄덕였다.

“그런 것들이 훌륭한 족장의 자질이긴 해. 하지만 넌, 너는 남편감
으로 어떤 남자를 원하지? 너와 함께 아이를 낳고 늙어갈 남자는 어
때야 할까?”

“그런 건 생각해 본 적 없어요. 중요하지도 않구요. 중요한 건 내
일족을 지키고 이끌어 줄 수 있는 능력이에요.”

말콤은 그녀의 말이 진심인지 확신할 수 없었다. 그녀가 지금처럼
자신의 몸을 감싸안는 경우는 두려워질 때, 아니면 무언가 고통스러
운 생각을 할 때뿐이었다.

“에어리엘라, 그것만 중요한 게 아니야. 너의 남편이 될 남자는 그
래, 용감하고 명예로워야 하겠지.”

그는 그녀의 뺨을 살짝 매만졌다.

“하지만 널 존중해 주고, 널 가장 소중하게 여기겠다고 맹세하는
그런 남자여야 해.”

에어리엘라는 움직일 수가 없었다. 뺨에 닿는 그의 손이 너무나

따뜻하고 강인했다. 전투에서 수많은 사람을 죽음으로 몰고 갔을 이 손이 어떻게 이리도 부드러울 수 있을까? 맥페인의 푸른 눈동자가 이글거리며 그의 얼굴에 깊은 주름이 패였다. 마음속에서 익숙지 않은 어떤 싸움이 벌어지는 것처럼. 그의 표정은 후회와 욕망으로 굳어 있었다.

그녀의 심장이 빠르게 고동쳐댔다. 그녀는 그가 부드럽게 턱을 잡아 올렸을 때 밀어내야 한다는 걸 잘 알았다. 그가 고개를 숙여올 때 반항해야 한다는 것도 알았다. 그의 입술이 따뜻하게 내리누를 때 그만 두라고 말해야 한다는 것도 알았다.

'그만해요, 맥페인.'

그녀는 그의 목을 끌어안고 그의 단단한 가슴에 기댔다. 이전에 알지도 못했고 이해할 수도 없는 절망감으로 그에게 키스했다.

'제발 그만해요.'

그는 그녀의 소리를 들을 수 없었다. 그녀의 입 속으로 신음을 흘려내며 입술을 열고 깊이 파고들어왔다.

'제발 부탁이에요, 이러지 말아요.'

그렇게 애원하면서도 그녀는 그에게 매달렸다. 그가 그녀를 보호해 줄 수 있을 것처럼. 로드릭의 위협으로부터, 미지의 남편으로부터, 일족의 미래를 책임져야 한다는 이 외로운 짐으로부터 그녀를 구해 줄 수 있을 것처럼.

'우린 이러면 안 돼요.'

그녀는 더 힘껏 그에게 매달렸다. 그의 손이 그녀의 머리와 어깨와 등을 굶주린 듯 고통스럽게 어루만졌다. 이 순간을 갈망하듯이, 이제 곧 그녀를 놓아주어야 한다는 걸 아는 듯이.

왜 그는 듣지 못하는 걸까? 그녀는 그의 검은 머리에 손가락을 파묻으며 그의 열기, 힘, 손길에 자신을 더욱 밀어댔다. 이상하게도 그에게 꼭 안겨 있는 지금이 평생의 어느 때보다도 더 안전한 느낌이었다.

말콤은 뜨거운 욕망에 사로잡혔다. 그녀의 달콤한 입술을 음미하며 그녀의 체취를 들이키며 그 가냘픈 곡선을 손으로 느껴 보았다. 이러지 말아야 한다는 걸 알면서도 멈출 수가 없었다. 그녀가 필사적으로 그의 키스에 답해 주고 있었다. 그에게 매달려 신음하면서 지독한 갈망을 그의 몸 속에 가득 채웠다.

이건 미친 짓이었다. 희망 없는 짓, 잘못된 짓이었다. 그런데도 그는 하늘의 달을 따내는 것보다 더 그녀에게서 몸을 떼어내기가 불가능했다.

정신없이 그녀의 등과 허리의 곡선과 풍만한 엉덩이를 어루만지면서 그녀를 더 가까이 끌어당겼다. 미치도록 그녀를 원했다. 그녀의 옷을 벗겨 이 매끈한 돌바닥에 눕히고 싶었다. 그녀가 사랑하는 이 산과 호수와 검은 하늘 아래서 그녀를 갖고 싶었다.

하지만 하룻밤만으로는 만족할 수 없었다. 오늘밤 이후로 다시 그녀를 만질 수 없다면 더욱 고통스러울 것이다. 그리고 그녀는 그 이상을 그에게 줄 수 없었다. 지금 얼마나 사랑스럽게 매달려 있든 간에.

그는 남은 의지력을 다 긁어모아 그녀를 부드럽게 떼어냈다.

"미안해, 에어리엘라."

그가 거칠게 중얼거렸다. 그녀를 원한 것이, 그녀에게 필요한 전사가 못 되기 때문에, 위대한 검은 늑대가 아니라서 미안했다.

그녀는 여전히 휘몰아치는 감각에 허우적대며 그를 응시했다. 다음 순간 자신의 행동에 경악하며 그녀는 화들짝 뒷걸음쳤다.

"그…… 그만 가봐야겠어요."

당장 도망치고 싶었다. 그녀의 감각을 어지럽히는 이 남자에게서 떨어져야 했다.

그녀는 몸을 돌려 꼿꼿한 자세로 걷기 시작했다.

‘이 남자는 아니야.’

격렬하게 자신에게 일깨웠다.

‘오늘 전투를 승리로 이끌었다 해도 이 남자는 맥켄드릭이 아니야.’

그 고통스럽고도 반박할 수 없는 진실이 그녀를 계속 걷게 만들었다. 뒤돌아서 다시 그의 품으로 달려들지 않도록 해주었다.

10

아버지가 그녀를 부르고 있었다.

아주 멀리에서 들리는 것처럼 흐릿했지만, 분명히 낮고 온화한 아버지의 음성이었다. 어린 딸에게 너무 오래 숲에서 놀지 말라셨던 그 목소리. 그녀는 흙 묻은 손으로 치마를 움켜잡고 성을 향해 달려갔다. 두 팔을 활짝 벌리자 아버지는 그녀를 높이 들어올려 빙글빙글 돌려주셨다. 그녀의 까르르거리는 웃음소리와 아버지의 깊은 웃음소리가 함께 섞여들면서, 주위의 사람들이 모두 일손을 멈추고 미소지었다. 마침내 아버지가 땅으로 내려주셨을 때, 그녀는 어지럼증으로 비틀거리다가 햇살로 달궈진 풀밭에 풀썩 드러누웠다. 머리 위의 하늘이 빙빙 돌아가는 듯했다.

'에어리엘라.'

그녀는 부드러운 베개 속으로 더 깊이 파고들었다.

'에어리엘라, 아가야. 일어나야지.'

그녀가 벌떡 일어나 앉았다.

　방 안에 혼자뿐이라는 걸 깨닫기까지 약간의 시간이 걸렸다. 아래쪽 안뜰에서 목소리들이 들려왔지만, 그 속에 아버지의 것은 없었다. 그녀는 다시 누워서 턱까지 이불을 끌어올렸다. 아버지의 풍부한 저음이 다시 들리지 않을까 귀기울여 보아도, 일상적인 아침의 소음들뿐이었다.

　'아버지는 돌아가셨어.'

　자신의 딸과 일족을 지키기 위해 노력하다가 로드릭의 칼날에 맞아 돌아가셨다. 명예롭고 용감하게 전사하셨다.

　그 슬픔이 너무나 커서 가끔은 더 이상 견디기 힘들어지기도 했다.

　피로 얼룩진 기억들, 로드릭의 흉악한 탐욕으로 인해 죽어간 아버지와 일족원들의 기억이 로드릭 때문에 되살아났다. 그자가 개빈의 목에 검을 겨누고 맥페인에게 도전했을 때는 이제 다 끝이라고 생각했었다. 말콤은 고도로 훈련받은 건강한 전사에게 이길 수 없었다. 사력을 다해 공격에 대응하긴 했지만, 로드릭이 그만 두기로 결정하지 않았다면 결국에는 지쳐 쓰러졌을 것이다.

　그 후에는 죽었으리라.

　이 일족을 위해 맥페인이 거의 죽을 뻔했다는 사실, 그 때문에 그의 품에 안겼던 것이리라. 두려움과 안도감 때문에 순간적으로 판단력이 흐려졌던 거다. 그의 돌처럼 단단한 몸에 안겼던 때를 기억하며 그녀의 몸 속에 열기가 되살아났다. 그의 욕망어린 손길이 굶주린 듯 헤매다녔었다. 그리고 그녀는 정신없이 그 키스를 받아들였다. 그의 넓은 가슴과 근육질의 다리를 몸으로 느끼면서 너무나도 안전하고 자유로워진 기분이었다.

　하지만 그녀는 안전하지도 자유롭지도 않았다. 일족을 지키는 것이 그녀의 가장 큰 책임이었다. 새 족장을 찾아 그 전사에게 검을 내주어야만 그들이 안전해지고 맥페인은 떠날 수 있다. 그가 원하는 것도 그것이리라.

어젯밤 그런 일이 있은 후, 그를 어서 떠나 보내는 게 최선이었다.

그녀는 침대에서 일어나 옷을 입기 시작했다. 로드릭의 다음 공격에 대비해야 하리라. 말콤의 말대로, 이제 그는 더 교활해질 것이다. 부하의 수가 줄어든데다 부상자도 여럿일 테니 한동안은 공격하지 못할 테지만, 아직 검의 수여자가 결정되지 않았다는 걸 알았으니 오래 머뭇거리지도 않을 것이다. 그 전에 다음 대 맥켄드릭을 찾아야 했다.

서둘러 밖으로 나섰을 때, 일족원들은 이미 작업에 몰두해 있었다. 흉벽 너머로 밀어냈던 돌들을 다시 제자리에 올려놓는 남자들, 화살들을 주워모아 상태를 점검하는 여자들. 개빈이 가장 낮은 흉벽의 돌 쌓는 작업을 감독하는 동안, 브라이스와 휴는 성문을 검사했다. 몇몇 남자들만이 구석에서 전투 훈련을 하고 있었다. 언제나처럼 앵거스와 듀갈이 연단 위에 올라앉아 누구 하나 귀기울이지 않는 충고를 외쳐댔다.

말콤의 모습은 보이지 않았다.

"잘 잤니, 에어리엘라."

앵거스가 손을 흔들어 보였다.

"어젯밤에 우리가 기막히게 해냈어, 그렇지?"

"그래요. 모두 다 자랑스러워요."

"맥페인이 고안한 그 그물로 일곱 놈이나 생포했어."

듀갈도 한마디했다.

"로드릭 그놈, 꽁지가 다 빠졌을걸!"

"포로들은 어떻게 했어요?"

"창고에 가둬뒀어. 진짜 지하감옥이 없어서 아쉽긴 하지만 맥페인이 그 정도로도 괜찮을 거라고 했단다."

그녀는 다시 한 번 안뜰을 둘러보았다. 어젯밤 그런 일이 있은 후 말콤과 마주치는 게 매우 걱정스러웠다.

"맥페인은 어디 있어요? 아직 안 일어났나요?"

"벌써 떠났어."

싸늘한 전율이 그녀의 몸을 훑어내렸다.

"떠나다니요?"

"오늘 아침 일찌감치 출발했어, 던컨과 램지를 데리고."

앵거스의 말에 이어 듀갈이 설명했다.

"이 근처 일족들을 찾아가서 동맹 가능성을 타진해 보려는 거야. 여기 일은 개빈한테 맡겨놨다. 이 주일 내로 돌아올 거래. 너한테는 그런 얘기 안 하더냐?"

어젯밤 그가 동맹의 필요성을 말하긴 했지만…….

"드…… 듣긴 했는데, 이렇게 당장 떠날 줄은 몰랐어요."

"족장이 생기면 더 나아질 텐데 말이야. 로드릭 놈이 다시 오기 전에 그 검을 수여해야 해. 아직도 그게 누군지 모르겠냐?"

그녀가 고개를 저었다.

"내 생각엔 맥페인한테 줘도 될 것 같은데."

듀갈이 말했다.

"처음에는 안 될 것 같았지만, 여기 온 후로 훌륭한 지도자라는 걸 증명해 보였잖아. 이제 그의 군대만 와주면 누구도 우릴 넘보지 못할 거다."

그가 희망 섞인 시선을 던졌다.

"맥페인은 아니에요."

그들의 실망을 느낄 수 있었다. 지난 몇 주 동안 일족 사람들은 점점 그에게 감탄하고 있었다. 신체적인 결함이나 술 마시는 습관도 더 이상 문제삼지 않는 듯했다. 그러나 일족원들은 그의 진짜 모습을 알지 못했다.

진짜 모습을 알게 된다면, 그를 다음 대 맥켄드릭으로 생각지 않으리라.

"들어오너라, 에어리엘라."

그녀는 묵직한 문을 열고 안으로 들어섰다. 올빼미가 방해꾼이 달갑지 않은 듯 커다란 날개를 퍼득이며 요란스레 울어댔다. 알핀은 반짝이는 은가루가 담긴 그릇을 열심히 들여다보며 낮은 목소리로 주문 같은 말을 중얼거리더니 두 손을 흔들었다.

갑자기 눈부신 빛이 펑 터졌다. 질끈 눈을 감았다가 다시 뜨자 온통 뿌연 연기뿐이었다.

알핀의 모습도 사라졌다.

문득 콜록콜록 기침소리가 들리더니 울퉁불퉁한 손이 나타나 연기구름을 휘저었다.

"잘 안 되네."

"뭘 하시려던 거예요?"

"새로 변신 좀 해보려고. 전에는 잘 됐었는데, 사십 년 이상 안 써먹었더니…… 연습이 부족했던 거야."

그가 한숨을 내쉬었다.

"내일 다시 한 번 해보세요."

"요즘은 복잡한 마법을 쓰면 피곤해져서 말이야."

그가 지팡이를 움켜잡고 휘청휘청 화로로 다가가 노란 거품이 일어나는 작은 냄비 안에 우유색 액체를 쏟아붓기 시작했다. 잠시 후에 그가 중얼거렸다.

"그가 떠났구나."

"네, 잠시 동안요."

"넌 두려워하고."

"제가 뭘요?"

"그에 대한 너의 감정."

“전 맥페인에게 아무런 감정 없어요.”

알펀은 의심쩍다는 듯 눈썹을 들어올렸다.

“우린 그냥…… 친구예요. 그 이상은 아니라구요.”

“그래.”

알펀이 ‘말린 거미’라 쓰여진 단지 안에서 오그라붙은 것들을 한 줌 집어 냄비 속에 뿌려넣었다. 쾨쾨한 냄새가 방 안 가득히 피어올랐다.

그녀가 머뭇머뭇 입을 열었다.

“새 족장에 대한 환상이 더 나타났는지 알고 싶어요.”

“약간. 하지만 분명치가 않아. 실제 모습이라기보다는 자질이랄까 그런 정도야.”

“어떤 자질이 있어야 하나요?”

“너도 잘 알잖니. 우리가 여러 번 얘기해 줬잖아.”

“다시 듣고 싶어요. 부탁이에요.”

알펀은 생각에 잠겨 냄비를 휘저었다.

“불굴의 힘을 가졌어. 몸도, 마음도, 영혼도.”

말콤의 망가진 몸에는 그런 힘이 없었다. 게다가 끊임없이 술을 필요로 했다.

“다른 건요?”

“용기 있게, 명예롭게 인생을 살아가지. 도움이 필요한 자를 도와주고 싶어하는 천성적인 마음이 있어.”

다시 그녀는 말콤에 대해서 생각했다. 대가를 지불하겠다고 하기 전에는 여기 오고 싶어하지도 않았던 말콤.

“또요?”

“우린 그를 훌륭한 지도자로서 존경해. 그 존경을 얻을 만한 일들을 하지.”

말콤도 한때는 훌륭한 지도자였다. 하지만 그 후로 일족에서 쫓겨날 만큼 끔찍한 잘못을 저질렀다.

‘술 취해서 여자와 아이들을 죽게 만들고 쫓겨난…….’

“그게 사실인가요?”

알핀이 시선을 들어올렸다.

“뭐가?”

거짓말일 거야. 거짓말이어야 해. 그렇다 해도 확인해 보아야 했다.

“어젯밤 로드릭의 군사 한 명이 맥페인에 대해서 말했어요. 그가 술에 취해 여자와 아이들을 죽게 만들어서 쫓겨났다구요.”

그녀는 잠시 망설였다. 이 대답을 정말로 들어야 할까?

“그게 사실인가요?”

알핀은 아무런 감정을 드러내지 않고 뚫어져라 그녀를 바라보았다.

“그래, 사실이다.”

그녀는 무의식적으로 자신의 몸을 감싸안았다.

이 사실을 알았더라면 절대 그를 데려오지 않았을 텐데.

“아니다, 에어리엘라. 그를 데려온 건 잘 한 일이었어.”

알핀의 낮은 목소리가 들려왔다.

그녀는 힘겹게 침을 삼키며 이 끔찍한 내용을 사실로 받아들이려 안간힘썼다.

“맥페인이 우리에게 방어 기술을 가르쳐 준 건 물론 감사해요. 하지만 이제 그를 떠나보내야겠어요. 일족원들이 그를 너무 좋아하기 시작했어요. 그의 실패한 과거나 현재 상태를 알지 못한 채로요. 그들은 그의 진짜 모습을 알지 못해요.”

“과연 그럴까?”

“그래요.”

그녀가 문으로 걸어가다가 멈칫했다.

"맥페인은 로드릭이 돌아올 거라고 확신하더군요."

알핀은 냄비 안의 액체를 휘젓는 데 정신이 팔려 있었다.

"그런가요, 알핀?"

긴 침묵이 흘렀다.

"그래, 로드릭은 돌아올 거다. 그리고 그때는 쉽게 물러나지 않을 거야. 자신의 분노를 우리에게 퍼부으려 들 거다."

섬칫한 두려움이 밀려들었다.

"당장 검의 수여자를 찾아야 해요. 그가 돌아오기 전에 끝내야겠어요."

"로드릭 말이냐?"

"아니, 맥페인요."

어디선가 한 여인이 울고 있었다.

에어리엘라는 두터운 안개를 휘저으며 천천히 움직여 갔다. 듣는 이의 마음을 찢어놓을 정도로 비통한 울음소리였다. 에어리엘라가 아버지의 시신 옆에서 같이 데려가 달라고 울부짖었을 때처럼.

온통 엷은 망사 같은 것이 둘러싸여 있어 한치 앞도 보이지 않았다. 그녀는 눈을 감고 그 울음소리를 따라 걸음을 옮겼다. 차츰차츰 그 울음소리에 가까워졌다.

마침내 살며시 눈을 떠보았다.

하얀 커튼이 갈라진 곳에, 빨강과 금빛 머리의 아름다운 여인이 상처입은 검은 늑대 옆에 무릎 꿇고 앉아 있었다. 그 짐승의 살은 갈 가리 찢겨나갔고 숨결도 거칠었다. 여자는 울면서 그 짐승의 머리를 무릎에 안은 채 부드럽게 쓰다듬었다. 늑대는 잠시 그 손길을 견뎌 내다가 다음 순간 갑자기 으르렁대며 그녀의 손을 물어뜯었다. 그녀 의 창백한 얼굴에 고통이 스쳤다. 하지만 비명을 지르지도 않고 조 용히 짐승의 이빨이 떨어져 나가기를 기다렸다.

에어리엘라는 그녀가 미친 야수에게서 달아나리라 예상했다. 하지만 그녀는 피범벅된 손을 들어올려 다시 그를 쓰다듬기 시작했다. 흐느끼면서 부드러운 말로 계속 그를 달래주었다. 잠시 후 그녀의 목에서 진홍색 물줄기가 흐르기 시작했다. 가슴을 거쳐 옷 속으로 주르륵 흘러내렸다. 그녀의 몸에서 점점 힘이 빠져나갔다. 그녀가 고개를 들었을 때, 공포스럽게도 에어리엘라는 그 목이 베어진 것을 보았다.

마침내 그녀가 바닥으로 풀썩 쓰러졌다. 한 손으로는 여전히 성난 늑대를 감싼 채로.

그녀와 똑같은 머리채의 성난 전사가 나타났다. 그는 생명 없이 피 웅덩이 속에 쓰러진 여자를 보며 격하게 울부짖었다. 그가 늑대를 번쩍 들어올려 멀리 집어던졌다. 그런 다음 여자의 시체를 꼭 안아들며 몸을 돌렸다. 그 순간 너무 늦게 도착해 버린 그 전사의 얼굴이 에어리엘라의 눈에 들어왔다.

맥페인의 족장, 해럴드였다.

'에어리엘라, 일어나거라.'

그녀는 거친 숨을 몰아쉬며 어둠 속을 둘러보았다. 아무도 없었다. 어깨에 담요를 뒤집어쓰고 벽난로 앞으로 걸어가 앉았다. 무릎을 두 팔로 끌어안으며 곰곰이 그 꿈을 돌이켜보았다.

그녀가 본 검은 늑대는 상처입은 말콤이 분명했다. 그런데 그를 위해 슬프게 울던 여자는 누구였을까? 해럴드는 그녀의 죽음을 늑대의 탓으로 여기는 것 같았다. 그래서 검은 늑대를 던진 것이리라. 그 아름다운 여인이 말콤이 보호하지 못했다는 여인들 중 한 명이었을까?

그녀는 한참 동안 벽난로 앞에 웅크린 채로 자신의 꿈을 생각했다. 문득 한 깨달음이 떠올랐다. 처음에는 애매하고 불확실하게, 하지만 생각할수록 점점 명확하고 또렷해졌다.

마침내 창틈으로 아침 햇살이 기어들기 시작했을 무렵 그녀는 그 꿈의 의미를 받아들였다.

맥페인의 족장 해럴드, 말콤의 자리를 빼앗고 그를 추방했던 그 남자가 다음 대 맥켄드릭이 될 운명이었다.

11

말콤은 등과 다리의 고통을 달래려 애쓰며 안장 위에서 몸을 꿈틀
거렸다.

거의 2주일 동안 여행을 한 후에, 그의 저주받은 몸뚱이가 격하게
반발해대고 있었다. 부상당하기 전에는 열흘 이상 말을 달려도 멀쩡
했는데, 이번 여행에서는 축축한 땅에서 잠을 깰 때마다 등짝에 경
련이 일어났고 오랜 시간 말을 달리면서 그 고통이 더욱 심해졌다.

하루에 몇 번씩 몸을 뻗어 보면서 에어리엘라가 가르쳐 주었던 단
련을 했다.

확신할 수는 없지만, 팔과 다리에 조금은 더 힘이 생기는 것 같았
다. 그렇다 해도 밤이 되면 항상 죽도록 두들겨맞은 느낌이었다. 뜨
거운 기름과 부드러운 손길로 마사지해 줄 에어리엘라가 없었기 때
문에, 그는 다른 일족을 방문할 때마다 제공되는 술로 고통을 진정
시켰다. 명료한 정신으로 협상을 하기 위해 고통이 둔화될 만큼만
마시려고 노력했다. 엄청난 자제력이 요구되는 일이긴 했지만 그는

해냈고 그 사실에 기분좋았다. 규칙적으로 마사지를 받고 훈련을 계속한다면, 술 없이도 고통을 감당할 수 있을지도 몰랐다.

맥켄드릭 성이 어슴푸레하게 모습을 드러냈다. 이른 아침 햇살에 반짝이는 그 돌성이 보이자마자 그는 말의 속력을 더욱 높였다. 어서 빨리 돌아가고 싶은 마음이 굴뚝 같았다.

그는 안락한 환경을 추구하는 타입이 아니었다. 전사로서 수개월씩 밖에서 생활하는 일이 허다했고 해럴드에게 쫓겨났을 때도 개빈이 만든 비좁은 오두막에서 살았다. 개빈이 좀더 공간을 넓히고 가구를 만들겠다고 했을 때도 반대했었다. 어차피 대부분의 시간을 술에 취해 지냈으므로 더 넓은 공간이나 가구 따위는 필요치 않았다.

하지만 몇 달간 우아한 성에서 안락하게 생활한 탓인지 자신의 침대가 몹시도 그리워졌다. 맥켄드릭들이 내주었던 맛좋은 음식들도 그리웠다. 비록 자신의 방 안에서만 들은 것이라 해도 매일 밤 들려왔던 음악소리와 웃음소리도 그리웠다.

무엇보다도 에어리엘라가 보고 싶었다.

무슨 충동으로 그녀에게 키스해 버렸을까? 로드릭을 물리쳤다는 안도감, 오랫동안 잊고 있었던 승리감에 취했던 때문이리라. 광활하게 펼쳐진 밤하늘과 장엄한 대지, 선선한 여름 바람도 한몫 담당했을 테고.

다음 순간 적갈색 머리를 내려뜨리고 자신이 사랑하는 대지를 바라보던 에어리엘라의 모습이 떠올랐다. 그는 오랫동안 그녀를 지켜보았다. 작고 날렵한 몸매, 거의 연약한 느낌까지 들었다.

하지만 그녀는 투사였다. 남자로 태어났다면 무시무시한 전사가 되었으리라. 하지만 여자이기에 새 족장을 찾아 결혼해야 하는 짐을 짊어졌다. 자신의 일족을 위해 그녀는 거의 알지도 못하는 남자 옆에 벌거벗은 채 누우리라. 그에게 아이들을 낳아줄 것이고, 일족을 위해서 자신의 꿈과 희망을 모두 접어 버릴 것이다.

에어리엘라는 일족에 대한 책임감과 의무를 최우선으로 쳤다.

던컨이 그의 옆으로 말을 달리며 만족스레 아래쪽 계곡을 바라보았다.

"참 아름답죠?"

말콤은 말을 세우고, 검푸른 호수 위로 에메랄드빛 산비탈을 거쳐 솟아 있는 성을 살펴보았다. 주변 일족의 음울하고 견고한 요새들은 이 성채의 우아함과 비교도 되지 않았다. 동그랗게 정렬된 탑들, 완벽하게 규격화된 총안들. 수많은 아치형의 창문들이 정교한 돌틈으로 빛을 받아들이고 있었다. 사람을 내몰기 위해서가 아니라 받아들이기 위해 만들어진 건물이었다. 맥켄드릭들은 공격을 막아내기 위한 요새보다 즐겁고 고상한 삶의 터전을 만들어 냈다.

전에는 왜 이런 아름다움에 감탄하지 못했을까?

"로드릭이 적어도 두 주 안에는 공격하지 못할 줄 알았어."

주변에 전사들의 흔적은 보이지 않았다.

"많은 군사를 잃었으니까 부상자가 나을 때까지나 다른 무리들을 끌어들이기까지 기다려야겠지. 맥켄드릭에게 저항할 능력이 있다는 걸 알았으니 이번엔 더 공격적인 계획을 짜낼 거야."

"하지만 이제 우리에게 동맹 일족들이 생겼잖아요."

램지가 말했다.

"로드릭은 우릴 도와주기로 한 일족들의 군대를 당해내지 못할 거예요."

"하지만 그들이 도착하려면 네 시간이 걸려. 적어도 우리 힘으로 여덟 시간 이상 공격을 저지해야 한다는 뜻이야. 맥켄드릭 자체의 군대도 필요해."

"왜 당신 군대를 부르지 않죠, 맥페인? 검은 늑대가 훈련시킨 전사라면 적은 인원으로도 충분할 텐데요."

하지만 그는 더 이상 그 막강한 군대의 지휘권이 없었다.

“내 군대는 다른 곳에 나가 있어.”
그는 거짓말을 할 수밖에 없었다.
“어서 돌아가자.”
그가 다시 말을 몰아 나갔다.
“지금은 뜨거운 물로 목욕하고 싶을 뿐이야.”
던컨이 눈썹을 치켜들면서 웃음을 터트렸다.
“왜 웃어?”
“그냥요, 처음 여기 올 때의 당신 모습이 생각나서요.”
그가 어깨를 으쓱여 보이고는 성을 향해 재빠르게 달려나갔다.

“돌아왔다!”
“맥페인이 돌아왔다!”
일족민들의 흥분한 외침소리를 듣는 순간 에어리엘라의 몸은 공포로 굳어 버렸다.
말콤이 돌아오기 전에 결혼식을 끝낼 작정이었다. 하지만 해럴드가 그녀의 서신을 받는 즉시 와주지 않았다. 그녀의 결혼 조건을 받아들이겠으며 일주일 내로 도착하겠다는 답변만을 보내 왔다. 이제 언제라도 그가 찾아올 것이다, 당장 오늘이라도. 그녀는 말콤의 반응이 두려웠다. 아직 새 족장에 대해서 알지 못하는 일족원들의 반응도 걱정스러웠다.
“맥페인이 돌아왔어!”
캐서린이 즐겁게 소리치며 커다란 홀로 달려들어왔다.
“캐서린, 뛰어다니지 마!”
아그네스가 빗자루를 내려놓으며 호통쳤다.
엘리자베스도 바닥에 깔던 신선한 골풀을 내려놓았다.
“이렇게 일찍 돌아온 걸 보면 여행이 성공적이었던 모양이야.”
“어서어서 서둘러라, 맥페인이 돌아온다잖아?”

앵거스와 듀갈이 함께 문으로 들어섰다.

"창문으로 보니까 맥페인이 아주 건강해 보이더구나. 집으로 돌아오는 전사 같던걸."

듀갈이 은근슬쩍 에어리엘라를 쳐다보았다.

에어리엘라는 고개를 흔들었다. 그들은 말콤이 새 족장이 되기를 바랐다. 하지만 그에 대해서 그녀만큼 알지 못했다. 그들에게 그 끔찍한 과거를 알려줄 수도 없었다. 일족원들의 환상이 산산이 부서져버릴 테고 말콤에게도 견딜 수 없는 모욕이 될 테니까. 이 일족에게 희망과 자신감을 불어넣어 준 보답으로라도 그 어두운 과거를 드러내고 싶지는 않았다.

맥켄드릭들은 열성적으로 그를 환영했다. 말콤 일행이 말을 달리는 동안, 모두들 그들의 뒤를 따라 달리며 안뜰로 모여들었다. 웃고 손을 흔들어대면서 여행 결과에 대해서 질문들을 쏟아부었다. 아주 오래 전 말콤이 당당하게 맥페인 부락으로 귀환했을 때가 기억날 만큼 따뜻하고 즐거운 순간이었다.

"어떻게 됐소, 맥페인?"

고든이 다급하게 입을 열었다.

"잘 됐어?"

개빈이 물었다.

앵거스가 뜰을 가로지르며 손을 흔들어 보였다.

"돌아온 걸 환영하네. 다른 일족과 동맹이 성사되었나?"

말콤이 사람들을 둘러보며 입을 열었다.

"한 곳이 아니라, 네 일족이 우릴 도와주기로 약속했소. 맥그리거, 캠벨, 그란츠, 프레이저 일족이라오."

환호성이 울려퍼졌다.

"굉장해! 우린 이제 안전해졌어!"

“약간 안전해진 것뿐이오. 아직도…….”

말콤의 말은 더 이상 이어지지 못했다.

“맥페인! 맥페인!”

캐서린이 치마를 걷어들고 열심히 그에게 달려와서 말에 태워달라는 듯이 두 팔을 쭉 뻗었다.

말 위에 앉혀 주자 대단히 영광스런 자리에라도 앉은 것처럼 캐서린이 행복하게 미소지었다. 그런 다음 살짝 인상을 찌푸렸다.

“왜 이렇게 오래 걸리셨어요?”

말콤이 소녀의 머리를 쓰다듬었다.

“겨우 열두 날이었단다.”

“십이 년보다 더 길었다구요. 에어리엘라와 아그네스한테 말타는 것 좀 가르쳐 달라고 했더니 바쁘다고 안 된대잖아요. 대신 나더러 바느질을 하랬어요.”

그녀가 살짝 귓속말로 속삭였다.

“난 바느질보다 말타는 게 훨씬 좋아요.”

“너라면 두 가지 다 잘 할 수 있을 거야.”

“아참, 드릴 게 있어요.”

소녀가 소맷자락에서 접은 종이 한 장을 끄집어냈다.

“이거요.”

말콤이 조심스레 종이를 펼쳐 보았다. 작은 말의 등에 아주 거대한 전사가 올라앉았고 그 옆에서 작은 소녀가 같이 말을 달리는 그림이었다. 그 밑에 서툰 솜씨로 ‘검은 늑대와 나’라는 제목이 적혀 있었다.

“마음에 드세요?”

“잘 그렸구나.”

“말에 비해 아저씨가 좀 큰 것 같긴 해도, 나한테는 그렇게 보였는 걸요.”

“소중하게 간직하마.”

그가 종이를 접어서 허리춤에 끼워 넣었다.

“고맙다.”

아이가 미소지으며 고개를 끄덕였다.

“드디어 돌아오셨군요.”

토마스가 앞으로 나섰다.

“유웬의 개가 또 제 밭을 파헤쳤지 뭡니까. 그 문제를 상의하려고 한참 기다렸어요.”

유웬도 그 곁으로 다가섰다.

“내가 변상하겠다고 했잖아. 이런 사소한 일로 맥페인을 귀찮게 하지 말라구.”

“괜찮소.”

말콤이 말하는 사이, 이번에는 브라이스가 입을 열었다.

“흉벽 좀 봐주세요. 개빈이 밤낮으로 우릴 들볶았다구요. 그래도 근사하게 잘 만들었죠?”

말콤은 홀 입구에 서 있는 에어리엘라의 모습을 알아차렸다. 소박한 회색 드레스 차림이었지만 그녀의 아름다움은 여전히 눈이 부셨다. 그의 시선과 마주치자 그녀는 재빨리 눈길을 돌려 버렸다.

“맥페인, 어떠냐구?”

개빈의 목소리에, 말콤이 서둘러 흉벽을 훑어보았다.

“좋은데.”

그가 다시 시선을 돌렸을 때 에어리엘라의 모습은 이미 사라지고 없었다.

“성벽 머리로 돌들을 다 올려놨어요, 오십 개나 더요.”

“화살도 수백 개나 만들어 놨어요.”

휴와 그레이엄이 자랑스레 설명했다.

“잘 했어.”

그렇게 중얼거리면서도 말콤은 불안해졌다. 에어리엘라가 왜 도망쳤을까? 그날 밤 일 때문에 화가 난 걸까?

"피곤하겠군. 여행 결과를 보고하기 전에 좀 쉬는 게 낫겠어."

개빈이 말하자 앵거스가 손사래를 쳤다.

"이렇게 팔팔한 젊은이가 뭐 피곤해? 내가 젊었을 적에는 몇 달씩 여행해도 피곤한 줄 몰랐어."

듀갈이 고개를 절레절레 흔들었다.

"체, 무슨 소리를 하는 건지 모르겠군. 다른 데 가본 적도 없으면서."

말콤이 입을 열었다.

"지금 설명하겠어요. 그 후에는 내가 없는 동안 진행된 작업을 둘러봐야겠군요."

"승마연습도 시켜 주실 거예요?"

캐서린이 애원하는 눈으로 쳐다보았다.

"오늘은 안 되겠구나. 내일 하자."

"약속하는 거죠?"

"그래, 약속."

그는 에어리엘라의 차가운 반응에 여전히 불안해 하며 성 쪽을 흘긋 바라보았다.

더 이상 그를 여기 머물게 해서는 안 돼.

그녀는 지난 두 시간 동안, 해럴드가 도착했을 때 말콤이 여기 있어도 상관없을 거라고 수없이 되뇌어 보았다. 말콤이 직접 군대를 지닌 족장이 필요하다고 말했었다. 여기서 어느 정도의 성공을 거뒀다 해도 그는 자신이 족장이 될 수 없다는 것도 잘 알았다.

하지만 그를 맞이하는 일족원들의 태도가 너무나 열렬했다. 그에게 자신들의 문제를 털어놓고 그 동안 해놓은 일들을 칭찬받고 싶어했다. 캐서린도 말콤의 말에 올라앉아 활짝 웃고 있었다.

처음 그가 도착했을 때 일족원들이 얼마나 큰 실망과 의심을 드러냈던가. 그런데 그는 그들의 적대감과 경멸을 견뎌냈고, 자신을 쫓아내려는 시도까지 참아내면서 인내력과 의지를 보여주었다. 그렇게 모든 사람들의 존경과 애정을 받아냈다.

하지만 해럴드가 도착하면 그 모든 것이 끝나 버리리라.

일족원들은 말콤에 대한 충성심 때문에라도 낯선 족장을 받아들이려 하지 않을 것이다. 사실 그녀는 말콤이 돌아오기 전에 해럴드와 결혼하여 그 동안 말콤이 해준 일들을 말할 계획이었다. 남편에게 말콤을 공정하게 대해 달라고, 그의 과거를 비밀로 덮어 달라고 부탁하려 했다. 그런데 이제 불가능해졌다.

조만간 해럴드가 도착하여, 자기 일족의 여자와 아이들을 죽게 한 그 남자가 맥켄드릭들에게 존경받고 사랑받는다는 사실을 알게 될 터였다. 일족원들의 차가운 반응과 말콤에 대한 혐오감이 합해져서 말콤의 소름 끼치는 과거를 낱낱이 드러내려 할 것이다. 그리곤 말콤을 부락에서 추방해 버리겠지. 그것이 말콤에게 얼마나 심한 굴욕일까.

그런 일이 일어나게 할 수는 없었다.

"얘기 좀 할까?"

그녀가 빙글 돌아섰다. 말콤의 커다란 몸집이 따뜻하게 내리쬐이던 햇살을 막아 버렸다. 표정을 읽을 수는 없었지만, 피곤함과 고통이 눈썹 사이에 새겨져 있었다. 여행이 그의 몸에 크나큰 부담이었으리라. 지금 그에게 필요한 것은 뜨거운 목욕과 그녀의 마사지를 받으며 며칠 동안 푹 쉬는 것이다. 그런데 그녀는 그를 쫓아내려 하고 있었다. 예전의 그 초라한 오두막으로, 그 외롭고 황량한 인생으로.

죄책감이 목까지 타고 올라와 숨쉬는 것조차 힘이 들었다.

“여행이 성공적이었나 보군요, 맥페인.”

침착한 목소리를 내려 노력하며 그녀가 입을 열었다.

말콤은 가슴 앞으로 팔짱을 낀 채 다리의 통증을 조금이라도 줄이기 위해 흉벽에 몸을 기댔다. 에어리엘라가 그의 존재를 불편해 하는 것 같긴 해도 도망치지 않는다는 사실에 불안감이 약간은 가라앉았다. 그녀의 모습은 참으로 아름다웠다. 어깨 위로 불 같은 머리채를 내려뜨리고 그 커다란 회색 눈동자로 강렬하게 그를 바라보고 있었다. 그의 몸 속에 욕망이 불타올랐다. 그녀를 와락 끌어안고 키스하고 싶었다. 그 매끄러운 뺨을 매만지며 그날 밤처럼 정열을 느껴보고 싶었다.

하지만 그는 그냥 서 있었다, 자신의 여자일 수 없음을 알기에.

“협상이 잘 됐어. 네 군데 일족이 우리와 동맹을 맺기로 했어.”

‘우리.’

“좋은 소식이네요.”

에어리엘라는 그가 자신까지 포함시켜 말했다는 사실에 놀랍고도 불편했다. 애써 자신의 할 일을 기억하며 재빠르게 입을 열었다.

“이제 당신은 떠나도 되겠어요.”

그것 때문이었던가? 말콤은 미소짓고 싶은 충동을 참아냈다. 더 이상 오래 머물 수 없다고 했던 그날 밤의 말 때문에 저렇게 불안해 하는 것이다. 아직 완벽한 족장을 찾지도 못했는데 동맹을 맺었다고 그가 떠나 버릴까 봐. 하지만 그는 열이틀만에 다시 만나게 된 그녀의 곁을 떠난다는 걸 상상할 수 없었다. 환호와 애정으로 열렬히 맞아 준 일족을 버리고 떠나는 것도 상상할 수 없었다.

“걱정하지 마. 난 아무 데도 안 가.”

“당신은 떠나야 해요!”

그의 눈썹이 의심스레 들려올랐다.

“내 말은…… 당신이 할 일을 다 했으니까…… 사실 예상보다 훨씬 잘 해냈어요. 하지만 이제 우리 스스로 방어 능력이 생겼고 동맹도 맺었으니까…… 당신도 어서 대가를 받아 집으로 돌아가고 싶을 거란 뜻이에요.”

그의 인내심이 점점 사라져 갔다. 믿을 수 없는 감정과 분노가 함께 섞였다.

‘내가 떠나기를 바라는 것일까, 에어리엘라가?’

“너희 일족이 스스로 방어할 수 있으려면 아직도 멀었어. 지금까지는 가장 기초적인 훈련만 받았을 뿐이야. 앞으로 훨씬 더 많이 배울 수 있어. 요새화 작업도 아직 안 끝났고. 맥켄드릭들이 잔인한 공격에도 맞서 싸울 수 있을 정도가 될 때까지 난 떠나지 않아.”

그녀는 절망스러웠다. 언제 해럴드가 도착할지 모르는데 왜 이 사람은 그냥 대가를 챙기고 떠나주지 않을까?

“당신은 여기 남을 수 없어요, 맥페인.”

“어째서?”

그녀는 잠시 머뭇거렸다. 그의 모든 것을 빼앗은 남자와 곧 결혼할 거라고 말한다면 말콤에게 견딜 수 없는 상처가 되리라. 모르는 채 떠나야만 했다.

“일족원들이 당신을 지나치게 좋아하게 됐어요.”

그녀는 진실보다 덜 고통스러운 설명을 찾아헤맸다.

“그게 어때서?”

“당신에 대한 애정 때문에 일족원들이 새 족장을 받아들이지 않으면 곤란해요.”

두려움이 그의 가슴을 쥐어뜯었다.

“새 족장을 찾아냈나, 에어리엘라?”

그의 시선이 너무나 강렬해서 그녀는 진실을 들키게 될까 봐 겁이 났다.

“아뇨. 하지만…….”

말콤은 안도감에 휩싸이며 그 말을 가로막았다.

"너희 일족원에게 충성과 존경을 받아내는 건 그자가 알아서 할 일이야. 자기 힘으로 노력해서 얻어내라고 해. 나로 말할 것 같으면, 너희 일족이 드디어 날 좋아하기 시작했는데 지금 와서 떠날 순 없지. 안 그래?"

그가 슬쩍 농담을 던졌다.

"당신을 고용한 사람은 나예요, 맥페인. 당신이 떠날 시기를 결정하는 것도 내 권한이에요. 그리고 난 지금이 가장 최적의 시기라고 생각해요."

"그 문제를 분명히 깨닫게 해줘서 고맙군. 하지만 내가 여기서 해줄 수 있는 일을 너무 과소평가하는 것 같아, 에어리엘라."

"당신이 할 일은 다 끝났어요."

그가 갑자기 그녀의 앞으로 다가들어 턱을 붙잡아 올렸다.

"내 말 잘 들어, 에어리엘라. 네가 아직 찾아내지도 못한 그 특별한 전사가 날 싫어할 거라는 이유로, 너희 일족이 날 너무 좋아하게 될까 봐 걱정된다는 이유로 날 떠나보내진 못해. 난 그 따위 이유로 이 일족의 안전이 위협받게 하진 않아. 알아듣겠나?"

그녀가 턱을 잡아빼며 무기력한 좌절감으로 그를 노려보았다.

"됐어. 더 할말 없으면 난 가봐야겠어."

그녀는 말없이 계단으로 향하는 그의 뒷모습을 지켜보았다.

'그를 여기 둬서는 안 돼.'

그녀는 자신이 하게 될 일을 혐오스러워하며 비참하게 중얼거렸다.

하지만 얼마나 큰 증오를 받게 되든, 그가 해럴드에게 다시 파멸되는 일은 두고 볼 수가 없었다.

"날 좀 도와줘."

에어리엘라가 애원했다.

"맥페인이 이해해 줄지도 모르잖아. 네가 해럴드와 결혼해도 개빈과 같이 남아 있겠다고 할지도 몰라."

엘리자베스도 필사적이었다.

"그렇게 되지 않을 거야. 그가 남고 싶어한다 해도 해럴드가 허락하지 않을 거야. 족장 자리를 빼앗고 그를 쫓아낸 게 해럴드였어. 그가 말콤이 여기 살도록 해줄 것 같아? 불가능한 일이야."

그녀가 고개를 흔들었다.

엘리자베스의 눈에 눈물이 고이기 시작했다.

"하지만 왜 개빈까지 떠나야 되는 거야?"

"개빈은 절대 말콤을 버리지 않아. 일족에게 추방당했을 때도 그를 따라나섰는데 여기 남겠다고 하겠어? 해럴드가 그를 탐탁해 하지 않을 가능성도 있어. 난 새 족장의 분노를 사고 싶지 않아."

"나도 맥페인이 족장감이라곤 생각지 않았어. 그가 여기 왔던 날 모두들 마찬가지였어. 하지만 차츰차츰……."

"변한 건 아무것도 없어."

에어리엘라가 재빨리 가로막았다.

"그는 그때와 똑같은 불구자에 술꾼이야. 해럴드 맥페인이 맥켄드릭 검의 정당한 수호자야. 내가 그 사람과 결혼하면 그의 군대가 로드릭을 막아 줄 거야. 하지만 사람들이 지나치게 맥페인을 좋아하게 돼버렸어. 그 충성심 때문에 내 선택을 따르려 하지 않을지도 몰라. 그러니까 당장 말콤을 내보내야 돼."

"하지만 개빈에게까지 약을 먹이는 건……."

"우리 계획을 방해하지 못하게 하려면 어쩔 수 없어. 네가 그 사람과 친하니까 그의 잔에 약을 탈 수 있을 거야. 잠든 걸 확인한 후에 앤드루와 던컨을 불러. 내일 아침쯤이면 맥페인과 개빈은 사라질 테고 새 족장이 우리에게 오는 중일 거야."

"맥페인이 돌아오려고 하면 어떡해?"

"돌아오지 않을 거야."

"그걸 어떻게 알아?"

"분노가 그를 막을 거야."

에어리엘라는 흘깃 창 밖을 내다보았다. 말콤이 피곤한 발걸음으로 성문을 향해 천천히 걷고 있었다. 그 주위에 적어도 열댓 명의 맥켄드릭들이 몰려들어 그 동안의 성취를 열심히 설명하고 있었다. 어린 캐서린도 그의 관심을 끌어보려고 가끔씩 그의 손을 끌어당겼다.

내일 맥페인이 떠났다는 사실을 어린 동생에게 어떻게 설명해야 할까?

"그는 아주 많이 화가 날 거야. 그리고 돌아오면 자신의 끔찍한 과거가 드러날 줄 알 거야."

말콤은 힘없이 방문을 닫았다. 마침내 혼자 있게 된 지금, 다른 사람의 시선을 신경쓰지 않고 마음껏 절룩거릴 수 있었다. 개빈이 놓아두고 간 쟁반에는 술병과 술잔뿐 식사는 없었다.

한숨이 터져나왔다. 너무 피곤해서 혼자 식사하고 뜨거운 목욕이나 하고 싶었는데. 두 가지를 지시하기 전에 그는 잠시 쉬기로 결정하고 의자에 앉아 와인을 따라부었다. 척추의 고통을 참아내며 등을 기댄 다음, 술을 크게 한 모금 들이키면서 생각에 잠겼다.

그가 없는 동안 개빈이 책임을 잘 완수해 주었다. 흉곽은 거의 완성되었고, 성문 또한 완벽했다. 무기나 돌들도 충분히 준비해 놓았다. 다음 단계는 외곽벽의 기저를 쌓는 일이다. 그래야 그 밑에 굴을 파거나 벽을 뚫려는 공격을 막을 수 있다. 공격자들을 더 저지하기 위해서는 깊은 도랑을 파서 물도 채워놓아야 했다. 정확히 돌을 던질 수 있도록 성벽 머리 앞쪽에 받침대를 만드는 것도 괜찮은 방법이다.

그렇게만 되면 맥켄드릭 성은 그야말로 난공불락일 것이다. 물과 식량을 충분히 쟁여놓고 훈련을 계속한다면 이웃 일족의 지원 부대가 도착할 때까지 공격을 막아낼 수 있으리라. 하지만 산비탈의 오두막에 먼저 공격이 가해진다면 어쩔 수 없이 성 밖으로 나가서 싸워야 할 텐데. 그런 경우에는 경험 많은 지도자와 고도로 훈련된 전사가 필요했다.

그는 다시 한 번 와인을 들이켰다. 오늘 맥켄드릭들의 열렬한 환영에 꽤나 기분좋았다. 그들이 진심으로 그를 그리워한 것 같았다. 처음 이곳에 도착했을 때는 검은 늑대를 맞이한답시고 깃발과 음악과 시와 연설로 법석을 떨다가 그의 절룩이는 걸음과 군대가 없다는 사실을 알고는 한없이 실망했었다. 그들의 충격적인 시선이 그의 마지막 남은 자존심마저 모두 앗아갔었다.

하지만 오늘은 그의 주위로 몰려들어 여행 얘기를 듣고 그 동안의 일을 말해 주려 열심이었다. 귀환하는 족장을 대하듯이 애정과 존경으로 그를 환영해 주었다.

쓸데없는 생각이야, 그는 거칠게 자신에게 일깨웠다. 그들은 진실을 알지 못한다. 그의 손에 묻은 그 죄 없는 피들을 알게 된다면 경악스러워하며 당장 쫓아 버릴 것이다. 에어리엘라도 반대하지 않을 테고.

그는 불편하게 몸을 움직이며 그녀와의 대화를 곱씹어 보았다. 그녀의 태도는 결코 그를 환영하는 것이라 할 수 없었다. 그럼 무얼 기대했던가? 그녀가 안겨들면서 정열적으로 키스라도 해줄 줄 알았나? 돌아와 줘서 너무 기쁘다고, 그가 그리워했던 것만큼 무척이나 그리웠노라고 속삭여 줄 줄 알았나?

어리석은 놈. 그는 씁쓸하게 자신을 욕했다. 성벽 머리에서 그날 밤 있었던 일은 일시적인 광기일 뿐, 그 이상은 아니었다. 에어리엘라에게는 이 일족의 새 족장과 결혼해야 할 의무가 있었고, 그는 그 남자가 아니었다. 그녀에게 접근할 권리가 없었다. 맥켄드릭들을 가능한 한 강하게 만들어 주고 로드릭의 공격을 무찌를 수 있도록 도와주기 위해서 여기 있을 뿐이었다. 새 맥켄드릭이 이곳에 정착하여 에어리엘라가 안전하다고 느껴지면, 그 길로 그는 당장 떠날 것이다. 다른 남자의 손길이 에어리엘라에게 닿는 걸 지켜봐야 한다면 미쳐 버릴지도 몰랐다.

무기력한 분노가 치밀어올랐다.

부드러운 노크 소리가 그의 생각들을 잘라냈다.

"들어와."

엘리자베스가 방으로 들어섰다.

"죄송해요, 맥페인. 에어리엘라가 이걸 전해드리라고 했어요."

말콤은 경직된 자세가 되지 않도록 조심하며 의자에서 일어났다.

"고마워."

종이쪽지를 전한 후에 엘리자베스가 머뭇거렸다.

"다른 볼일이 있나?"

"아뇨."

그런데도 그녀는 떠나지 않고 주춤거렸다.

"정말 다른 일이 없는 거야?"

말콤의 재촉을 받고 나서야 그녀가 입을 떼어냈다.

"저…… 당신과 개빈이 우릴 위해 해주신 일들, 정말 감사합니다. 우리 모두 감사하고 있어요. 이 말을 꼭 하고 싶었어요."

"고맙군. 나에게도 큰 의미가 있는 일이지."

그녀의 눈에 눈물이 고이면서 입술까지 부르르 떨리기 시작했다. 말콤은 그녀가 항상 이렇게 감정적인 걸까 의아스러웠다.

"안녕히 가세요, 맥페인."

그녀가 거의 들리지 않게 중얼거렸다.

"잘 자요, 엘리자베스."

문이 닫히는 걸 지켜보면서 그는 거의 미소짓고 있었다. 이 여자가 개빈에게 특별한 감정을 갖고 있음은 이미 눈치챘었다. 개빈이 이 여자의 이런 감상적인 면을 알고 있을까? 개빈에게 좀더 신중하게 다루라고 말해 줘야겠군. 그렇게 생각하며 그가 천천히 에어리엘라의 메모를 펼쳐들었다.

맥페인, 급하게 만나 뵐 일이 있어요. 제 방으로 와주세요.
에어리엘라.

말콤은 눈살을 찌푸렸다. 직접 오면 될 것을 왜 굳이 메모를 보냈을까? 몸이 안 좋은 걸까?
그는 방문을 열어젖히고 가능한 한 빠르게 걸어나갔다.

에어리엘라는 조심스레 술잔으로 수면제를 뿌려넣었다. 말콤의 커다란 체구를 감안해서 가루봉지 하나를 더 첨가했다. 그를 옮기는 동안 몇 시간 이상 푹 잠들도록 만들어야 했다. 그가 약기운에서 빠져나올 때쯤에는 이 땅에서 멀리 떨어져 있어야 했다.

그녀는 구운 사슴고기와 연어, 치즈, 귀리 케이크가 준비된 테이블 위로 그 잔을 내려놓고 초조하게 주위를 둘러보았다. 벽난로의 불길이 활활 타오르고 구석구석에서 양초들이 너울거리면서 방 안은 벌꿀색의 빛으로 가득 차 있었다. 말콤이 들어오자마자 와인을 다 마셔 준다면 좋을 것이다. 그럼 그를 더 오래 머물게 하려고 애쓰지 않아도 될 테니까.

엘리자베스에게 그의 식사 쟁반을 치우고 방 안에 메모를 넣어 두라고 지시해 놓았다. 맥페인이 이 방에 들어오면 음식 냄새에 배가 고플 것이고, 그녀와 같이 식사하고 싶어질 것이다. 그런 덩치의 남자에게 얼마나 빨리 약효가 나타날지 알 수 없었지만 식사가 끝나기 전에는 잠이 들 거라고 확신했다. 엘리자베스도 개빈에게 성공적으로 약을 먹여야 할 텐데.

갑자기 쿵쿵 방문 두드리는 소리가 들려왔다. 그녀가 대답하기도 전에, 문이 벌컥 열리며 말콤이 밀고 들어왔다.

"어디 아픈 거야?"

에어리엘라는 당혹스레 그를 바라보았다.

"아뇨. 왜요?"

그는 그녀를 샅샅이 훑어본 다음 별 이상이 없다고 결론내린 후에야 찌푸린 눈살을 다소 풀었다.

"난 네가 아픈 줄 알았어."

머쓱한 표정으로 그가 중얼거렸다.

"난 건강해요. 당신에게 이리 와달라고 부탁한 건 아까의 일을 사과하고 싶어서예요."

말콤은 그녀의 말이 진심인지, 아니면 일종의 게임인지 판단할 수 없는 듯 회의적으로 그녀를 바라보았다.

에어리엘라는 뒤로 돌아서서 그의 술잔에 와인을 따르고 그 진홍빛 액체 속에 가루가 섞이는 모습을 지켜보았다. 그런 다음 가루가 제대로 녹아들길 기다리며 자신의 잔도 천천히 채웠다.

"한 잔 드시겠어요?"

술잔을 그에게 건네주고 나서 그녀가 자신의 잔을 들어올렸다.

"당신의 성공적인 협상을 위하여."

그가 한 모금을 들이켰다.

"같이 식사하면서 이번 여행에 대해서 듣고 싶었어요."

그녀가 테이블 위의 식사를 손짓해 보이자, 그 구수한 고기냄새가 그의 허기를 일깨웠다.

"고맙군."

그는 에어리엘라의 예상치 못한 상냥함에 당황스러워하면서도, 술잔을 내려놓고 그녀의 맞은편에 자리잡았다.

에어리엘라가 그의 접시에 연어를 덜어 주었다.

"이번에 맺은 동맹에 대해서 말해 주세요, 맥페인."

"우리가 처음 찾아간 곳은 캠벨 일족이었어. 남서쪽에 넓은 영토를 지닌 일족이지. 맥켄드릭이 작은 일족이라는 걸 알고는 별로 도와주고 싶어하지 않더군. 이곳은 군대가 작으니까 똑같은 도움을 받을 수 없다고 생각했던 거야."

"그런 문제가 있을 줄 알았어요."

"나도 그럴 줄 알고, 출발하기 전에 던컨과 램지한테 이 일족의 직물, 태피스트리, 은세공, 건축 스케치들을 챙기라고 했어. 그것들을 보면서 캠벨이 아주 놀라워하더군. 그렇게 정교한 솜씨를 본 적이 없었던 거지."

그녀가 미소지었다.

"우리 맥켄드릭은 그런 장인 기술에 큰 자부심을 갖고 있어요."

"맥켄드릭들은 무슨 일에든 자부심이 대단해. 일단 훈련받겠다고 결심한 후에는 무조건적으로 열심히 배웠어."

"그렇게 자라왔기 때문이에요. 어렸을 때부터 기술, 음악, 시 같은 분야를 골고루 배우죠. 세월이 지나면서 좋아하는 분야가 확실해지면 그 부분에 지속적인 노력을 기울여요. 놀이삼아 시작했던 일이 차츰 정열이 되어가고 궁극적으로는 기쁨의 근원이 되지요."

말콤은 와인을 한 모금 홀짝이며 자신의 어린 시절을 되새겨 보았다. 그의 아버지는 외아들이 걷기 시작했을 때부터 나무 검을 끌고 다니게 했다.

그 후에는 몸싸움, 네 살 때에는 승마를 가르치셨다. 말달리면서 흔들거리는 부대 자루에 창을 찔러넣는 것이 그의 놀이 중 하나였다. 궁술, 도끼 휘두르는 기술, 정확하게 단검 던지는 기술도 계속 배워 나갔다. 나이가 들면서 그런 놀이는 몇 명이 숨어 단번에 그를 공격하는 식으로 복잡해져 갔다.

그의 몸은 점점 강하고 건강해졌으며, 공격을 막아내고 도전에 응하는 것이 즐거워지기 시작했다. 몇 년이 지난 후 말콤은 혹독한 훈련 덕택에 위대한 전사가 될 수 있었고 여러 지도자들이 부러워하는 군대를 거느릴 수 있었다. 그것은 자존심의 근원이었다.

하지만 과연 기쁨의 근원이었을까?

"캠벨에게 군대를 지원해 주는 조건으로 우리 세공품을 지불하기로 했나요?"

에어리엘라가 물었다.

"부분적으로는 그렇지. 하지만 난 그보다 더 확실한 의무감을 심어 주고 싶었어. 캠벨의 일족원 몇 명을 몇 개월 정도 우리 부락에 보내서 기술을 배워 가라고 제안했어. 그들이 자기 부락에 돌아가서 그 기술을 다른 사람들에게 가르쳐 주는 거야."

그녀는 그가 또 한 번 자신을 이 일족의 일원으로 포함시킨 사실에 놀라워했다.

"하지만 직물 짜기나 백파이프 부는 방법을 제대로 터득하려면 몇 년이나 걸려요. 몇 달만에 배울 수 있는 게 아니에요."

"맞았어. 그러니까 교류가 계속될 수밖에 없지. 그들은 끊임없이 이곳에 찾아와서 머물러야 할 거야."

"그럼 우리가 공격받을 경우, 그 일족은 여기 있는 자기 일족원을 보호하기 위해서라도 우리를 도와주러 와야겠군요."

말콤이 고개를 끄덕였다.

"맥켄드릭 일족도 원하는 사람은 캠벨 부락에 가서 머물 수 있어. 남자들은 그들과 같이 군사 훈련을 받고, 여자들은 살림에 대해서 의견을 나눌 수도 있을 테고."

그녀의 마음속에 흥분어린 기대감이 자라났다. 다른 일족과 그런 식으로 유대를 쌓아간다면, 서로 공격의 대상이 아닌 평화와 학습을 바탕으로 한 우정이 생겨날 것이다. 대단히 훌륭한 아이디어였다.

"캠벨 족장이 그 조건에 동의하던가요?"

"그래. 그란츠, 프레이저, 맥그리거 일족도. 하지만 우선 너와 장로회의 찬성을 받고 싶어서 그들을 아직 초대하지는 않았어."

"장로회에서는 뭐라고 해요?"

"앵거스와 듀갈은 처음에 좀 망설이더군. 오랫동안 고립된 채로 살았으니 낯선 사람들을 부락에 들인다는 게 쉽진 않겠지. 하지만 고든은 그런 변화에 찬성했어. 그 계약으로 얻게 될 이득을 깨달은 거야."

"나도 그래요. 일족원들에게 새 친구들이 생기고, 그들과 생각이나 기술을 공유할 수 있으면 아주 바람직할 거예요."

"좋았어. 내일 사람을 보내자구. 그럼 우리 계약은 확실해지는 거야."

'우리.'

그녀는 음식 접시로 시선을 떨구었다.

'이 사람을 여기 놔두면 안 돼.'

그녀는 다시 한 번 자신의 목표를 되새겼다. 그에게 상처입히지 않으려고 이런 일을 하는 거였다. 그가 맥켄드릭이 아닌 건 그녀의 잘못이 아니었다. 운명이 이렇게 바뀌어 버린 건 그의 책임이었다. 그날 밤 그의 일족에게 일어났던 일, 그 후에 자기 자신을 포기해 버린 것도 다 그의 책임이었다.

그의 술잔이 아직 가득 차 있는 것을 보며, 그녀의 마음속에 경고의 종소리가 울려댔다. 이 정도 체구의 남자는 그 약을 모두 다 마셔야 했다, 그렇지 않으면 효과가 나지 않을 것이다.

"쭉 드세요, 맥페인. 한 잔 더 따라 드릴게요."

그녀가 술병을 집어들며 말했다.

그는 이상하다는 듯 그녀를 바라보았다.

“나한테 술을 권하다니 너답지 않군, 에어리엘라.”

“당신이 약간은 즐겨도 되겠다고 생각했을 뿐이에요.”

그녀가 다시 술병을 내려놓았다.

그의 말이 왠지 그녀에게 불쾌감을 준 것 같았다. 그는 재빨리 예의상 한 모금 들이켰다. 사실 오늘밤은 너무나 피곤해서 더 마시고 싶은 마음이 없었다. 피로감이 술보다 더 큰 위력을 발휘하는 듯했다.

“프레이저 부락에 갔을 때, 너희 일족에 대해서 재미있는 얘기를 하나 들었어.”

그는 경직된 분위기를 바꿔 보려고 다시 입을 열었다.

“전설의 검에 대해서.”

에어리엘라의 심장이 빠르게 고동쳐댔다.

“그런 얘기가 있어요?”

“맥켄드릭의 처음 조상이 사용했던 검이라던데. 그들은 아직도 그 검이 여기 있다고 믿는 것 같았어. 그 검에 마법의 힘이 있다고도 하더군.”

“맥켄드릭의 첫 조상이라면 벌써 사백 년전 일인데요. 낡은 고물 검들 중에서 어떤 게 그걸지 모르겠네요.”

그녀가 애써 웃음을 터트렸다.

“나도 그런 검에 대해서 들은 적이 없다고 했어. 그런데도 그들은 분명히 있다고 확신하더군. 로드릭이 그 얘기를 들었기 때문에 이 일족을 차지하려 드는 걸지도 몰라. 너한테 그 검을 받아낼 수 있다고 믿는지도 모르고.”

“그가 그런 얘기를 아는지는 모르겠어요. 하지만 내 생각에는 자기 소유가 아무것도 없고 달리 갈 데도 없기 때문에 여기 족장이 되고 싶어하는 것 같아요.”

“한 가지 더 있어.”

“뭐죠?”

“그는 널 갖고 싶어해.”

그의 푸른 눈동자는 규명할 수 없는 어떤 감정으로 어두워져 있었다. 분노일까, 혹시 그녀의 배신을 미리 짐작하고 그래서 좀처럼 술을 마시지 않는 걸까? 아니면 욕망? 전에 그녀를 안고 키스했을 때 드러냈던 그 굶주림일까?

그에게 그런 시선을 받는 것이 두려웠다. 마치 그녀의 거짓과 방어벽을 벗겨내고 그 속을 들여다보는 것 같았다. 하지만 그의 눈길을 피하면 더욱 의심을 사게 될까 봐 시선을 돌릴 수도 없었다.

“전에도 말했잖아요, 그는 족장으로서의 지위를 강화하기 위해 나와 결혼하려는 거예요.”

정말로 그렇게 생각하는 걸까? 그녀가 그 정도로 순진한 걸까?

말콤은 알 수가 없었다. 자신이 남자에게 어떤 욕망을 불러일으키는지 모르는 것일까? 로드릭이 그녀를 쳐다보던 그 음탕한 시선이 기억났다. 그때 말콤은 감히 그녀에게 그런 시선을 보내는 것에 격분했었다. 마치 정복하고 싶은 먹잇감인 것처럼. 로드릭은 아무리 발버둥쳐도 그녀를 꺾지 못할 것이다. 폭력으로는 그가 원하는 사악한 즐거움을 얻지 못할 것이다.

하지만 일족을 위협한다면……. 그것이 에어리엘라의 가장 큰 약점이었고 로드릭은 그걸 알고 있다. 엘리자베스나 아그네스나 헬렌에게 손을 대기만 해도, 던컨이나 앤드루나 늙은 앵거스의 목에 칼이라도 들이댄다면, 에어리엘라는 무릎을 꿇고 애원하며 무엇이든 다 하겠노라고 맹세할 것이다.

그런 일은 결코 일어나지 말아야 했다.

“그래도 동맹군이 도착할 때까지 우리 힘으로 공격을 저지해야 돼. 특히나 성 밖 오두막이 먼저 공격당한다면 밖에 나가서 싸워야 하기 때문에, 우리 군대가 꼭 있어야 돼.”

‘우리.’

그녀는 견딜 수가 없었다. 내일이면 그는 의지와는 상관없이 멀리 떠나 있을 터인데. 마침내 잠에서 깨어나 그녀가 한 짓을 깨달았을 때 그녀를 증오하게 될 터인데.

그가 갑자기 의자에서 일어났다.

“각 일족에게 편지를 보내서 열 명의 전사들을 보내 달라고 부탁해 봐야겠어. 내일 아침 일찍 보내야 돼. 사십 명의 훈련된 전사가 있으면 지원군이 도착할 때까지 어떻게든 대항할 수 있을 거야.”

그가 문으로 걸어가기 시작했다. 와인을 다 마시지도 않은 채.

그녀는 경악하며 소리쳤다.

“잠깐만요!”

말콤이 멈춰 섰다.

“의논할 일이 또 있나?”

“식사를 다하지 않았잖아요, 맥페인.”

상냥한 목소리를 내려 최대한의 노력을 기울였다.

“미안하군. 하지만 너무 피곤해서 편지 네 통을 다 쓰고 자려면 당장 시작해야 돼.”

“그럼 와인이라도 마저 드세요. 잠드는 데 도움이 될 거예요.”

“충분히 마셨어.”

그녀는 절망적으로 그를 쳐다보았다. 이 약을 먹이지 못한다면 앤드루와 던컨의 힘으로는 그를 당해내지 못할 것이다. 해럴드가 도착하기 전에 오늘밤 어떻게든 그를 보내야 했다.

“당신은 여길 떠나야 해요, 맥페인.”

그가 눈썹을 들어올리며 부드럽게 다그쳤다.

“왜 갑자기 날 쫓아내지 못해서 안달이지, 에어리엘라?”

“당신은 할 일을 다 했어요. 다른 일족과의 남은 협상은 우리가 처리할 수 있어요.”

말콤은 한동안 그녀를 살펴보았다. 침착해 보이려 애쓰긴 하지만, 그 가냘픈 손가락이 술잔을 움켜쥐고 있었다. 그를 떠나보내고 싶은 것뿐 아니라, 그가 거절할까 봐 두려워하는 것이다. 하지만 왜? 일족이 아직 위험에 처해 있는데, 그녀가 왜 이렇게 필사적으로 그를 보내려는 것일까?

얼음장 같은 깨달음이 그의 몸을 관통했다.

"새 족장을 찾아냈군."

그녀는 놀라며 시선을 들어올렸다. 처음에는 부인할까 생각했지만, 그의 일그러진 얼굴이 소용없다는 걸 알려주었다.

"그거 축하할 일이군, 그렇지 않나? 에어리엘라 맥켄드릭이 드디어 완벽한 남자를 찾아냈어. 너의 이상과 딱 맞아떨어지는 남자 말이야. 궁금해서 견딜 수가 없군. 말해 봐, 그 용맹한 사내가 누구지?"

"당신은 모르는 사람이에요."

"하, 물론 그렇겠지. 내가 만난 남자 중에서는 네가 바라는 만큼의 용감하고 성스러운 놈이 없었거든. 상관없어, 어서 빨리 그자를 만나 보고 싶군."

그가 테이블 위의 술잔을 집어들어 건배하는 시늉을 해보인 다음 쓰디쓰게 한 모금 들이켰다.

"당신은 그를 만나지 못해요, 맥페인."

"어째서?"

"내가 그러길 바라지 않으니까요."

"내가 그 동안 한 일이 있는데도 이제 와서 날 쫓아내겠다 이건가?"

"왜 부당한 대접이라도 받는 것처럼 굴죠?"

그녀가 화를 내며 되받아쳤다.

"당신은 여기 오고 싶어하지 않았어요. 내 아버지가 도움을 청했을 때 거절했죠. 내가 찾아가서 부탁했을 때도 당신은 거절했어요.

당신은 우릴 도와주고 싶어서가 아니라 금 때문에 왔어요.”

그녀의 말이 다 사실이라 해도, 그의 분노는 더욱 커질 뿐이었다.

“무슨 이유였든 간에 난 지금 여기 와 있어. 물론 너희 일족이 고대했던 영웅적인 족장이 될 만큼 온전하진 않지. 젊지도 강하지도 않아. 내 인생이 얼마나 타락해 버렸는지는 신만이 아시겠지. 하지만 난 지금 여기 와 있어, 에어리엘라. 여기에 있다구!”

“너무 늦었어요! 그 사람이 당신일 수도 있었어요, 말콤. 당신이어야 했어요. 당신이 술과 자기 연민에 빠져 허우적대지만 않았으면, 도울 수 있어서가 아니라 돕고 싶어서 여기에 왔더라면 상황은 달라졌을지도 몰라요. 그건 용기 있는 행동이었을 테니까, 진정한 전사의 행동이었을 테니까요.”

“빌어먹을, 난 진정한 전사였어!”

그가 으르렁거리며 술병을 들어 벽으로 집어던졌다. 그리고는 그녀에게 성큼성큼 다가들었다.

병이 부딪히는 소리에 소스라치게 놀란 그녀가 의자에서 일어나 도망치려 했다. 하지만 격한 분노에 사로잡힌 말콤은 그녀의 어깨를 움켜잡고 벽으로 밀어붙였다. 그리곤 그녀의 양쪽 벽에 손을 짚고 가둬 버렸다. 그녀의 은빛 눈동자에도 분노가 이글거렸고, 가슴이 가쁘게 들썩였다.

이 여자는 그의 아내가 될 수도 있었던 여자였다. 그가 미치도록 갖고 싶은 여자. 그녀의 새빨개진 뺨과 번득이는 눈동자를 응시하면서 그는 그녀에게도 자신과 똑같은 욕망, 아니 그 백 분의 일이라도 느끼게 만들고 싶었다.

그는 결코 그녀의 남편이나 족장의 역할을 수행할 만큼 강하지도, 순수하지도 못했다. 이 한심한 껍데기로 파멸하기 전이었다면 그녀의 기대에 부응할 수 있었을지도 몰랐다. 하지만 위대한 검은 늑대에게 남은 것은 절름발이 실패자의 모습뿐이었다.

이 순간 그는 온몸이 부들거릴 정도로 그녀가 증오스러웠다. 그를 이곳으로 데려와서 그의 것일 수도 있었지만 이제 그의 것이 될 수 없는 것들을 보여준 이 여자가 증오스러웠다. 이것은 그를 더 가혹하게 처벌하려는 신의 뜻일까? 그를 자기 혐오의 진흙탕에서 끄집어 내서 목표를 심어주고 존경받는 자리로 이끌어 낸 다음에 다시 그것을 빼앗아 희망 없는 지옥으로 내던지려고 에어리엘라를 보낸 것이다.

이렇게 무자비하게 고문당하는 건 견딜 수가 없었다. 이렇게 잔인하게 처벌받을 만한 짓은 하지 않았다. 아니, 이것이 정당한 처벌이라는 건 잘 알았다. 그저 이 순간만큼은 고통에서 해방되고 싶을 뿐이었다.

"미안하군."

그의 목소리가 분노와 회한으로 부들거렸다.

"네가 날 필요로 할 때 와주지 못해서 미안해. 네가 찾는 그 전사가 아니라서, 금을 바라고 여기 와서 미안해. 하지만 네가 한 가지 알아야 할 게 있어."

그는 한 손을 들어 그녀의 뺨을 쓰다듬었다.

그의 얼굴에 각인된 깊은 고통이 그녀의 마음속으로 흘러들었다.

"그게 뭐죠?"

"난 널 위해서 여기 남았어."

그가 와락 그녀의 입술을 찾았다. 다급하게 처절한 절망으로 그녀에게 키스했다. 이 훔친 키스 이상을 가질 수 없음을 알고 있었다. 그녀의 입술이 따뜻했다. 그녀의 뺨이 보드라웠다. 그는 이것들을 기억하고 싶었다. 앞으로 외로운 세월을 견뎌내면서 영원히 이 기억만을 붙잡아야 할 테니까.

그녀는 반항하지 않았다. 어쩌면 너무 놀라서인지도 모른다. 하지만 이제 곧 정신을 차리고 나면 그를 밀어낼 것이다. 다시는 이런 기회를 주지 않을 것이고, 이제 곧 다른 남자의 아내가 되리라.

견딜 수 없는 고통이 그의 가슴을 쥐어뜯어 숨조차 쉴 수가 없었다. 숨이라도 쉬면 흐느낌이 새어나올까 봐 두려웠다. 시간이 곧 그의 적이었다. 그는 정열적으로 깊이깊이 그녀의 맛을 들이켰다. 이 순간이 몇 초로 끝나 버릴지 알 수 없었다. 그녀가 다른 남자의 곁에 누워 그 손길을 견뎌낼 때, 이 정도로 절실히 자신을 원했던 남자가 있었음을 기억하게 해주고 싶었다. 이 키스로 그녀에게 흔적을 남기고 싶었다.

에어리엘라는 뜨겁고 어지러운 욕망의 소용돌이에 휩쓸려 들어갔다. 이러면 안 된다는 걸 분명히 아는데도, 요동치는 감각들이 자제력을 잃어버린 것 같았다. 그의 욕망이 그녀를 압도했다.

바다 속으로 빠져들어가는 모래처럼 빨려들어갔다. 그의 키스에는 분노와 고통, 지독한 절망이 담겨 있었다. 마치 그녀를 자신의 소유로 만들어 버리려는 것처럼, 그러면서도 성공할 수 없음을 아는 것처럼. 이 굶주린 열정, 소름 끼치는 고통이 그를 밀어낼 수 없게 했다. 그저 벽에 기대어선 채 그의 키스를 받아들였다. 다음 순간 그가 떨어져 나가려 했다. 그녀는 세상의 빛이 다 꺼져 버린 것처럼 눈앞이 캄캄해졌다. 이 시간이 끝난 걸 다행스러워해야 할 텐데도, 그녀는 버림받은 느낌이었다.

'이 남자는 맥켄드릭이 아니야.'

필사적으로 자신에게 일깨워 주었음에도 아무런 위로가 되지 않았다. 가슴이 찢어질 듯한 고통을 달래주지도 못했다. 그녀는 절망스런 신음을 토해내며 그를 끌어안았다. 떨리는 입술을 그에게 부벼댔다.

말콤의 몸이 얼어붙었다. 그녀가 진정으로 자신을 원한다는 게 믿어지지 않았다. 이 격렬한 감정을 자제할 수 있을 것 같지도 않았다. 그가 신음하며 그녀의 입술에 키스했다. 그녀의 어깨와 등으로, 엉덩이로 두 손을 미끄러뜨리며 자신의 단단한 부분으로 그녀의 몸을 바짝 끌어당겼다.

이 여자만 있으면 다시 한 번 그의 인생이 완전해질 수 있을 것 같았다. 신께서 에어리엘라를 가질 수 있도록 허락해 주기만 한다면, 어떤 시련이든 다 견딜 수 있었다.

'이건 잘못이야.'

에어리엘라는 드레스가 머리 위로 끌어올려지는 걸 느끼며 필사적으로 생각했다.

'이건 죄악이야.'

침대로 향해 가며 더듬더듬 그의 플래드를 풀어가면서 또 생각했다. 그는 그녀에게 시선을 고정시킨 채 셔츠를 벗었다. 그의 눈동자는 폭풍우가 들이치기 전의 푸른 호수와도 같았다. 마침내 그가 벌거벗은 몸으로 그녀의 앞에 우뚝 섰다.

이 순간 그는 절름발이도 아니고 약하지도 않았다. 강인한 자신의 존재를 방 안 가득 채워 그녀에게 따뜻하고 안전한 느낌을 전해 주었다. 이 남자는 맥켄드릭이 아니었다. 그에게 자신을 내주는 것은 그녀의 운명이 아니었다.

하지만 그녀는 이제 생각하기를 그만 두었다. 미쳐 버렸든지, 아니면 일족에 대한 버거운 책임감 밑에 깔려 무너진 건지도 모른다. 하지만 그 동안의 투쟁과 고통, 앞으로 올 희생과 고통의 보상으로 이 순간만큼은 가질 자격이 있으리라.

이번 한 번만.

말콤은 고개를 숙여 그녀의 입술을 소유했다. 그녀의 떨리는 몸을 자신의 뜨거운 육체로 끌어당겼다. 여자를 안아본 지 너무나 오래되어 마치 풋내기 소년처럼 어색하고 불안했다. 이렇게 망가지기 전에는 검은 늑대의 침대로 들어오고 싶어하는 여자들이 수없이 많았다. 그는 예쁜 여자들의 관심을 당연한 것으로 받아들이며 마음껏 즐겼다. 물론 마리안과 약혼한 후로는 그녀가 수치심을 느끼지 않도록 그런 일을 그만 두긴 했지만.

그런데 지금의 이 욕망은 전에 느껴보았던 그 어떤 욕망과도 달랐다. 강하고 완전해진 느낌, 과거와 미래는 모조리 사라지고 이 순간만이 존재하는 느낌. 에어리엘라가 자신을 원한다는 것이 믿기지 않았다.

에어리엘라는 그의 어깨와 가슴과 등줄기를 애무하면서 깊이깊이 키스했다. 그의 몸에 난 흉터와 고통에 짓이겨진 근육을 잘 알고 있음에도, 마치 처음으로 그를 만져보는 느낌이었다. 오늘밤 그는 그녀의 손길에 고통스레 움찔거리지 않았다. 대신 그녀의 손길에 굶주려 있었던 것처럼 애타게 꿈틀거렸다. 그녀의 손 밑에서 그의 몸이 뜨거운 욕망으로 생생해졌다. 그리고 그녀는 겁이 날 정도로 강렬하게 이 남자를 원했다. 그의 단단한 몸을 만져가면 갈수록 더욱더 그의 구석구석을 알고 싶어졌다. 그에게 안겨 누운 지금, 아주아주 작아져 버린 그러면서도 안전한 느낌이었다. 또한 한 번도 알지 못했던 욕망, 더 애무받고 키스받고 싶은 굶주림에 휩싸였다.

말콤과 자신 외에는 이 세상의 모든 것이 사라져 버린 것 같았다.

말콤의 입술이 에어리엘라의 뺨과 턱으로, 상아 같은 목덜미로 흘러내렸다. 그녀의 몸을 어루만지며 향기를 깊이 들이켰다. 그녀의 몸을 가린 얇은 속옷을 단번에 찢어 버리고픈 충동이 일어났다.

하지만 그는 발목에서부터 천천히 걷어올렸다. 그녀의 부드러운 종아리, 동그란 무릎, 뽀얀 허벅지가 드러나자 그의 사타구니가 단단하게 부풀어올랐다. 코 끝으로 그녀의 어깨에 걸린 속옷을 옆으로 밀어내면서 입술을 미끄러뜨렸다. 마침내 그의 입술에 풍만한 젖가슴이 닿았다. 그 산호색의 유두에 혀를 찰싹여 보고 부드럽게 입 안으로 빨아당겼다.

그녀가 놀란 숨을 들이키며 그의 머리를 감싸쥐었다. 그는 그 오뚝한 봉우리에 뜨거운 애무를 퍼붓고 나서 다른 쪽 젖가슴으로 입술을 옮겨갔다. 그러면서 그녀의 허벅지로 손을 움직여 그 사이의 뜨거운 열기 안에 손가락을 살짝 들이밀었다. 그녀의 거친 숨결을 다시 한 번 입술로 막아내면서 손가락으로 그 젖은 꽃잎들을 애무해 갔다.

그는 천천히 혹은 빠르게, 경건하게 혹은 간절하게 그녀를 애무하며 탐험해 갔다. 마침내 그녀가 신음하며 요동칠 때까지.

에어리엘라의 몸은 불길에 휩싸였다. 애무와 키스가 이어질수록 그 불길이 더더욱 뜨거워졌다. 미칠 듯이 그의 넓은 등을 어루만지며 필사적으로 매달렸다.

'이 남자는 맥켄드릭이 아니야.'

하지만 그것도 이젠 무기력한 속삭임일 뿐이었다. 그는 그녀의 목과 가슴, 팽팽해진 배에 키스를 퍼부으며 속옷을 벗겨내렸다. 그리고는 마침내 그것을 바닥으로 떨어뜨렸다. 그녀의 허벅지 위로 그의 뜨거운 숨결이 헤매다녔다. 그녀는 갑작스런 불안감에 몸을 돌리려 했지만 그가 손목을 붙잡아 고정시키며 몸 속으로 혀를 들이밀었다. 그녀가 경악스런 비명을 내질렀지만 반항할 사이도 없이 그의 혀가 또다시 밀려들어 재빠르게 찰싹거렸다.

그녀의 혈관 속으로 뜨거운 꿀이 흘러다니는 듯했다.

그녀는 참았던 숨을 거칠게 토해내며 황홀한 애무에 몸을 내맡겼다. 그의 키스가 점점 나른해지며 그녀의 은밀한 부분을 절묘하게 애무했다. 그녀의 복에서 신음이 터지고 몸이 꿈틀거리기 시작했다. 그가 한 손가락을 그녀의 몸 속으로 들여보내 부드럽게 자극해댔다. 그의 머리를 쥐고 있던 그녀의 손이 떨어져 나가며 시트자락을 움켜잡았다. 거친 신음소리가 쉴새없이 터져나왔다.

이 미칠 듯한 감각에 죽어 버릴 것 같았을 때에야, 말콤의 손과 입술이 떨어져 나갔다.

그녀는 갑자기 공허하고 외로워졌다. 상실감을 참을 수가 없었다. 자신의 남편일 수도 있었던 남자, 이 남자를 되찾고 싶었다. 그녀가 그의 목을 힘껏 끌어당기며 엉덩이를 들어올렸다. 그는 벼랑 끝에 다다른 사람처럼 고통스럽게 그녀를 내려다보았다.

다음 순간 그녀의 몸으로 엄청난 고통이 관통해 갔다. 그의 육체와 영혼이 그녀와 하나로 합해졌다. 그는 뺨을 어루만지고 그녀의 귀에 부드러운 속삭임을 전해주며 움직이지 않았다. 그녀의 눈에서 눈물이 흘러넘쳤다. 고통 때문이 아니라, 가슴이 아파서. 견딜 수가 없었다. 말콤이 그녀의 젖은 눈과 뺨과 목에 입술을 부비며, 낮은 목소리로 달래주었다. 그녀는 차라리 그가 그녀의 고통에 무관심하기를, 자신의 욕망만을 채우고 끝내 버리기를 바랐다. 그런데 그는 그녀를 안고 키스하면서 위로를 전하고 있었다. 그래서 더욱 견딜 수가 없었다.

내일이면 그가 떠나고, 그녀는 다른 남자와 결혼하여 그 품에 안겨야 할 텐데. 이 황홀하고 가슴 아픈 순간을 잊으려 애써야 할 텐데. 그녀는 거친 숨을 들이키며 눈물을 삼키려 안간힘썼다. 그런데도 하염없이 뜨거운 눈물이 흘러내렸다. 그가 그 고통을 없애주려는 듯 다시 정열적으로 키스를 퍼부으며 그녀의 몸 속에서 살아 움직이기 시작했다.

그녀도 그의 등과 엉덩이로 손을 움직이며 미칠 듯한 욕망에 사로잡혀 키스했다.

과거가 어떻든, 미래가 어찌되든 이 순간만을 생각하려 했다. 새로운 감각이 그녀의 몸 속에 피어오르기 시작했다. 그 열기와 갈망에 자신의 슬픔을 더하여 그녀는 그를 더 깊이 받아들였다. 그를 자신의 일부로 만들고 싶었다. 이 격한 폭풍우에 자신을 잊어버리고 싶었다. 말콤의 몸, 열기, 파도처럼 휘몰아치는 욕망 외에는 모든 것을 잊어버렸다. 그의 몸을 힘껏 부여잡고 작은 흐느낌들을 토해내며 그녀는 다급하게 엉덩이를 들어올렸다.

　다음 순간 견딜 수 없는 쾌감에 숨이 넘어갈 것 같았다, 그녀는 밤하늘에서 폭발하는 별처럼 부서지기 시작했다. 세상이 온통 은색의 빛으로 반짝거렸다. 기쁨과 환희의 비명을 내지르며 그에게 있는 힘껏 매달렸다. 말콤의 품에 있는 한 어떤 것도 그녀를 해칠 수 없는 것처럼, 완벽하게 안전한 느낌으로 그의 이름을 소리쳤다.

　그녀의 살이 죄어드는 느낌에 말콤은 마지막 남은 자제력을 잃어버렸다. 그녀에게 입술을 들이대며 깊이깊이 돌진해 들어갔다. 다시 또다시, 그녀의 경이로운 몸 속에서 자신을 잊었다. 씁쓸하고 고통스러웠던 세월이 씻겨나가며 예전의 그 강했던 남자가 살아나는 듯했다. 이제 더 이상은 버틸 수가 없었다. 입술을 떼어내고 그녀의 이름을 부르짖었다. 간절한 애원이자 엄숙한 맹세로서. 그녀와 하나로 맺어진 이 황홀한 순간, 그는 결코 그녀를 놓아줄 수 없다는 걸 깨달았다.

　이제 방 안에는 그들의 거친 숨소리와 장작 타는 소리뿐이었다. 서로 엉켜붙은 채, 이 순간이 깨져 버릴까 봐 두려워 그들은 입을 열지 못했다. 에어리엘라는 그의 심장박동 소리를 들으면서 눈물을 삼키려 애썼다. 이렇게 되리라곤 상상도 못했었다. 이렇게 황홀하면서도 이토록 고통스런 순간이 있을 줄은 상상조차 못했었다.

　더 이상 에어리엘라 맥켄드릭, 맥켄드릭 검의 수여자가 되고 싶지 않았다. 평범한 여자로서 자신의 뜻대로 남편을 선택하고 싶었다. 그럼 말콤의 실패와 약함까지 받아들일 수 있을 텐데.

　하지만 그녀에게는 일족을 책임져야 하는 의무가 있었다. 그녀의 감정은 중요치 않았다. 방금 전까지 기쁨이 흘러넘치던 그 가슴에 이젠 상실감과 공허가 자리잡았다.

　얼굴을 들어 그녀의 눈물을 보고 말콤은 그 눈물을 닦아주려 손을 들어올렸다. 그녀는 고개를 돌려 버렸다.

"네가 무슨 생각하는지 알아. 내가 이 일족의 족장으로 어울리지 않는다는 거겠지."

그가 턱을 잡아 자신의 눈을 쳐다보도록 만들었다.

"하지만 맹세할게, 에어리엘라. 난 이 사람들이 절대 다치도록 놔두지 않을 거야."

그의 눈이 강렬하게 번득였다. 그녀는 그 맹세가 진심이라는 걸 의심치 않았다. 하지만 그에겐 그럴 능력이 없다. 그 반박할 수 없는 진실과 그의 일족이 도살당했던 사실을 기억하며 그녀는 눈을 감아 버렸다.

"떠나세요, 말콤. 당신은 맥켄드릭이 아니에요."

그의 정열이 분노로 바뀌었다.

"빌어먹을, 그 말은 이제 지긋지긋해."

그가 침대에서 벌떡 일어나 테이블 위의 술잔을 집어들었다.

"완벽한 인간은 없어, 에어리엘라. 살아가면서 실수하지 않는 사람도 없어. 때로는 그 실수가 끔찍한 상처를 남기기도 하지. 하지만 그런 실수로 배울 수도 있는 거야. 물론 살아남을 정도로 운이 나쁘다면 말이지만."

그가 쓸쓸하게 중얼거리며 술잔의 술을 모조리 들이켰다.

"내 아버지는 그런 실수를 하신 적이 없었어요. 언제나 명예롭고 용감하셨죠. 당신처럼 자기 일족을 실망시킨 적도 없었어요."

잔인한 말이었다. 하지만 그녀는 해야만 했다, 자신에게 일깨워 주기 위해서라도.

그의 얼굴이 험악하게 일그러졌다.

"네 아버지는 나처럼 도전받은 적이 없었어! 전쟁터에 나간 적도, 군대를 이끌어 본 적도, 이 고립된 은신처 밖으로 나가 본 적도 없었다구. 단 한 번 공격당했을 때 죽었지. 아무런 준비도 돼 있지 않았기 때문에 이 일족의 많은 사람도 죽어나갔구. 그걸 지금 위대한 지도자의 표본으로 내세우는 거야?”

“그래요, 아버지는 우릴 보호하지 못하셨어요. 전사가 아니었기 때문이죠. 그러니까 다음 대 맥켄드릭은 위대한 전사이자 지도자여야 해요.”

그는 쓰디쓴 원망에 찬 눈으로 그녀를 바라보았다.

“난 어느 쪽도 아니라는 거군.”

그의 혀가 이상하게도 굳어진 느낌이었다.

“지금은 그래요.”

그의 몸이 고통스레 휘청거렸다. 그녀는 그의 얼굴과 눈동자에서 깊은 상처를 볼 수 있었다. 이런 식으로 그에게 상처입히려던 건 아니었지만 선택의 여지가 없었다. 그들 사이에 무슨 일이 있었든 그를 족장으로 받아들일 수는 없었다. 그에게 희망을 주어서는 안 되었다. 또한 그가 다시 돌아오는 일도 막아야 했다. 내일 잠에서 깨어났을 때쯤, 그는 그녀에 대한 증오심으로 다시는 돌아오려 하지도 않을 것이다.

말콤은 시야를 분명히 해보려고 몇 번 눈을 껌벅거렸다. 참을 수 없는 졸음이 쏟아졌다. 침대로 가서 에어리엘라를 품에 안고 그대로 잠들고 싶었다. 잠 속에서는 과거와 미래를 모두 잊고 그녀의 부드러운 체온만을 느낄 수 있으리라. 내일 아침에 그녀의 생각이 틀렸다는 걸 깨닫게 해줄 것이다.

과거의 실패를 바꿀 수는 없었다. 하지만 자신이 아주 망가진 전사는 아니라는 걸 보여주자. 물론 자신은 예전의 그 위대한 검은 늑대가 아니었고 다시 그렇게 될 수 없다는 것도 잘 알았다. 하지만 훌륭한 족장이 되려면 신체적인 힘보다 더한 것이 필요했다. 지혜와 용기, 명예, 경험 같은 것들이.

아직까지 자신에겐 그런 것들이 있었다. 다시 한 일족을 책임지고 싶지는 않았지만 기꺼이 그 희생을 받아들일 생각이었다.

에어리엘라를 위해서.

"피곤하군."

그 말을 하는 것조차 힘이 들었다. 침대 쪽으로 걸음을 떼어놓는 데도 엄청난 의지를 동원해야 했다.

"내일 다시 얘기하자구."

그녀가 천천히 고개를 흔들었다.

말콤은 당혹스레 그녀를 바라보았다. 하염없이 흘러내리는 눈물이 그녀의 얼굴을 타고 가슴께의 이불까지 흘러내렸다. 그녀가 왜 저렇게 우는 걸까? 왜 저렇게 불행한 얼굴일까? 그는 머리 속의 안개를 떨쳐내려 애쓰며 눈살을 찌푸렸다. 졸음이 무거운 파도처럼 밀려들어와 생각하는 것도, 말하는 것도 불가능했다. 무슨 얘기를 하고 있었는지조차 기억나지 않았다. 이런 식으로 잠들어 버린 적은 없었는데.

그가 침대로 다시 한 걸음 떼어내는데 에어리엘라가 이제 작은 어깨를 격하게 들먹이며 비참하게 통곡하고 있었다.

왜 저러는 거지?

그 순간 몽롱한 그의 머리 속으로 깨달음이 전해졌다.

"맙소사, 나한테 무슨 짓을 한 거야?"

개빈, 개빈을 찾아야 해.

그가 문 쪽으로 돌아섰다. 한 걸음, 두 걸음.

갑자기 그의 몸이 바닥으로 푹 고꾸라졌다. 그는 분노와 에어리엘라의 울음소리만을 기억하며 어둠의 나락으로 빠져들어갔다.

12

연보라색 안개가 수증기처럼 피어올라 크림색의 돌성을 휘어감고 있었다. 신비로워 보였다. 갑자기 모습을 드러냈다가 이제 곧 사라져버릴 것처럼. 산비탈에 점점이 박힌 하얀 오두막들도 이른 아침햇살에 가느다란 연기를 뿜어내며 그 신비를 더욱 강조했다.

'머지않아 저게 다 내 거야.'

로드릭은 싸늘한 기대감으로 그 신비로운 모습을 지켜보았다.

맥켄드릭들에게 당한 지 거의 2주일이 지났다. 처음에는 믿을 수가 없었다. 허약해빠진 예술가 나부랭이들이 어떻게 그 짧은 시간 동안 공격적인 전사로 탈바꿈했을까?

하지만 성벽 머리에 말콤이 서 있는 걸 보는 순간, 그의 감정은 분노로 돌변했다. 추락한 검은 늑대, 외딴 구석에서 술이나 퍼마시고 있어야 마땅할 절름발이가 맥켄드릭 성에서 한 자리를 차지하다니. 그자가 불구의 몸으로 자신과 대응했다는 것이 더 경악스러웠다.

그 힘이 전설의 검에서 흘러나온 위력일까 봐, 에어리엘라가 어리석게도 그 검을 내주어 그의 몸이 회복된 것일까 봐 두려웠었다. 하지만 몇 번 검을 부딪혀보고 나서는 아니라고 확신했다. 말콤이 아직 만만치 않은 적수이긴 했어도, 그가 들고 있는 검에는 특별한 능력이 없었다. 힘없는 오른팔을 보충하기 위해 두 손으로 검을 휘둘러야 했고, 부러진 다리도 민첩하게 움직이지 못했다.

격렬한 격투를 몇 분쯤 끌고 가면 쉽게 물리칠 수 있을 것 같았다.

하지만 문제는 기꺼이 싸우려는 놈들이 전보다 훨씬 많아졌다는 점이었다.

그날 밤 그의 부하 열두 명이 죽거나 부상당했고, 열 명은 생포되었다. 견고해진 성채와 맥켄드릭들의 열성적인 대항을 고려할 때, 스무 명 남짓한 군사로 공격해 봤자 이득될 게 없었다.

맥켄드릭 검을 차지할 유일한 방법은 에어리엘라를 붙잡는 것이다. 에어리엘라를 포로로 잡아 검을 빼앗기만 하면, 말콤을 죽이고 그 성을 차지한다고 해도 누구 하나 대항하지 못할 것이다.

그러면 그는 자신의 성과 토지를 지니게 될 것이고 부지런한 노예들 덕분에 큰 부를 이룰 수 있었다. 또한 그 전설의 검이 다른 일족과의 싸움을 승리로 이끌어 줄 터이니 그의 지배권은 하이랜드 전역으로 넓어질 것이다.

에어리엘라 그 계집은 그를 두 번이나 바보로 만든 대가를 치러야 할 것이다.

그의 얼굴에 미소가 떠올랐다.

그 작은 암여우에게 새 족장의 인내심이 바닥났다는 걸 확실하게 보여주리라.

"그래서 그가 떠날 수밖에 없었단다."

에어리엘라는 캐서린의 머리를 부드럽게 쓰다듬어 주며 설명을 끝냈다.

어린 소녀가 낙담한 시선으로 그녀를 바라보았다.

"하지만 작별 인사도 안 했잖아."

"너무 늦은 시간이었거든. 하지만 너한테 미안하다고, 자기 일족에 급한 일이 생겼다고 전해 달랬어."

"우리한테도 아저씨가 있어야 돼. 오늘 승마 연습도 시켜 주신댔는데. 약속했단 말이야."

"새 족장님이 금방 도착하실 거야. 강한 군대를 끌고 오실 거란다. 그러니까 우리한텐 맥페인이 없어도 돼. 해럴드가 도착하면 큰 잔치가 벌어질 거야. 너도 늦게까지 있게 해줄게. 어때, 재미있겠지?"

소녀는 슬프게 고개를 흔들었다.

"아저씨한테 주려고 손수건을 또 만들었는데, 이젠 보여드릴 수도 없잖아."

소녀의 목소리에 울음기가 배어들었다.

"우리가 전해 줄게."

물론 그 말을 지키지는 못할 것이다. 이 아이의 손수건을 보내 봤자 말콤의 분노만 더 강해질 테니까.

"개빈 아저씨도 갔어?"

아이가 주먹으로 눈을 부비며 물었다.

엘리자베스가 만들고 있던 플래드에만 시선을 고정시킨 채 조용히 대답했다.

"그래, 개빈도 같이 갔어."

그녀의 얼굴은 창백하게 얼어붙어 있었다. 마음속의 절망을 다스리려 안간힘쓰는 것처럼. 에어리엘라는 엘리자베스와 개빈의 사이가 얼마나 깊었을지 궁금해졌다. 심각하지는 않을 거라고 생각했었는데, 엘리자베스의 표정은 그보다 훨씬 더 의미 있는 관계였던 것처럼 보였다.

개빈과 엘리자베스가 정말로 서로를 사랑했던 걸까?

하지만 어느 정도의 관계였든, 어젯밤 말콤과 그녀 사이의 강렬함에 비할 수는 없으리라.

어젯밤의 일을 기억하면서 그녀의 얼굴이 빨갛게 달아올랐다. 그의 벌거벗은 몸이 그녀의 몸을 감싸고 격정적으로 몰아대던 모습. 그렇게 강하면서도 연약하고 그렇게 분노했다가도 믿을 수 없을 정도로 부드러워지던 사람. 그녀는 그의 술 취하고 냉소적인 모습, 고통과 수치심, 마지막에는 자부심과 승리감에 휩싸인 순간까지도 모두 보았다. 개빈을 제외하고는 누구보다 그를 잘 알고 있다고 생각했었다.

그런데 어젯밤 그녀는 말콤 맥페인에 대해서 전혀 몰랐음을 깨달았다. 그의 모든 것이 갑자기 새롭고 낯설어진 듯했다. 처음 이리로 데려왔던 추락한 전사가 점점 변모되어 예전의 성격을 되찾은 것처럼.

'난 널 위해서 여기 남았어.'

그녀는 그 말이 진실이라는 걸 알았다. 대가만을 바랐더라면 처음 이곳에 왔을 때의 굴욕감과 비웃음, 경멸을 견디지 못했으리라. 그를 존경하지도 않고 훈련받을 의욕도 없는 사람들에게 좌절당하면서까지 여기 남지도 않았으리라. 간단히 돈만 받고 떠나 버리면 그만이었을 때조차 그는 모든 것을 견뎌냈다.

그녀를 위해서.

그런데 그녀는 그에게 약을 먹이고 그의 손을 묶고 입에 재갈을 물리는 것으로 보답했다.

그녀는 밤새도록 잘 한 일이라고 자신을 설득해 보려 애썼다. 그의 셔츠와 플래드를 끼워 입히면서, 던컨과 앤드루가 그를 묶고 담요로 둘둘 말아 비밀통로로 사라졌을 때에도 미친 듯이 잘 한 일이라고 되뇌었다. 그런데 성문으로 향하는 말발굽소리를 듣는 순간, 그녀의 방은 너무나 크고 싸늘하게 텅 비어 버린 듯했다.

벽난로에 더 많은 장작을 집어넣고 담요를 겹겹이 둘러싼 채로 침대에 드러누웠지만, 그 고통스런 한기는 사라지지 않았다. 그녀의 열기가 말콤에게 흘러들어가, 이제 그가 그것마저 가져가 버린 것 같았다.

'어쩔 수 없었어.'

그녀는 필사적으로 중얼거렸다. 해럴드와 말콤이 마주하게 될 때의 그 끔찍한 장면으로부터 그를, 그리고 그녀의 일족을 보호하기 위해서였다.

그 무엇보다도 남편이자 새 족장을 환영할 때 그의 증오스런 시선을 그녀 자신이 감당할 수 없어서였다.

"그럼 맥페인과 개빈이 이젠 돌아오지 않는다는 거야?"

아그네스의 놀란 질문을 들으며, 에어리엘라가 고개를 끄덕였다.

"던컨과 앤드루도 같이 갔다면서?"

"맥페인이 같이 가자고 했어, 동쪽의 맥린 일족을 소개해 주겠다고. 그 일족과도 동맹을 맺어보라고 했어. 그들은 일주일쯤 있으면 돌아올 거야."

"새 족장이 언제쯤 오는 거야?"

아그네스가 물었다.

"이제 언제라도. 오늘이라도 올 수 있어."

그 말을 끝으로 세 여자는 말없이 하던 일을 계속했다.

"캐서린."

갑자기 아그네스가 수틀을 내려놓았다.

"새 족장님을 위해서 꽃을 꺾으러 가자. 홀을 아름답게 장식하는 거야."

"싫어."

"그럼 호수에 가서 물의 요정이나 찾아볼까. 네가 좋아하는 예쁜 조약돌이 눈에 띨지도 몰라."

캐서린이 여전히 시큰둥하게 그녀를 쳐다보았다.

"갔다와, 캐서린."

에어리엘라가 부드럽게 재촉했다.

"예쁜 조약돌을 찾아 갖고 오면 오늘밤에 재밌는 얘기해 줄게. 장난꾸러기 꼬마요정 얘기."

캐서린이 주먹으로 눈을 부빈 다음 한숨을 내쉬었다.

"알았어."

"아이, 착해라. 저녁 식사 전에는 돌아올게."

아그네스가 마지못해 하는 캐서린의 손을 붙잡고 나갔다.

말콤은 극심한 분노에 사로잡혔다. 등과 다리의 고통까지 뒤엎어 버릴 정도의 격분이었다.

마침내 에어리엘라가 먹인 그 고약한 이물질의 기운에서 해방된 지금, 손이 등뒤로 묶여 있는 상태만 아니라면 이번 일에 가담한 던컨과 앤드루를 기꺼이 죽여 버렸을 것이다. 다시 에어리엘라를 만났을 때 이 일을 어떻게 갚아 줄까 생각하며 그 분을 달래려 애썼다.

그녀는 줄곧 이런 계획을 짜고 있었던 거다. 어리석은 놈. 그녀가 결혼 상대를 결정하고 그를 제거하려 계획하는 동안, 그는 그녀의 안전을 위해서 뼈빠지게 노력하고 있었다니.

그 일족을 훈련시키고 성채를 난공불락으로 만들기 위해 얼마나 열심히 일해 왔던가.

그의 목에서 씁쓸한 헛웃음이 터져나왔다.

"누구 하나라도 재미있어하니 다행이군."

개빈이 중얼거렸다.

"빌어먹을. 던컨, 우리가 그 동안 한 일도 있는데 죄수처럼 꽁꽁 묶어서 끌고 가야겠나?"

"도망치실까 봐 그래요. 어쩔 수가 없다구요."

던컨이 사죄하는 목소리로 대답했다.

"이놈의 밧줄 때문에 삭신이 쑤셔 죽겠어."

말콤이 으르렁거렸다.

"여행 끝날 때까지 이런 식으로 갈 셈이냐?"

"네."

"우리가 어디로 갈까 봐 두려운 거냐? 이런 짓을 당하고도 너희 부락에 돌아갈 것 같은가?"

"에어리엘라가 떠나라고 했을 때 거절했잖아요. 새 족장이 도착할 때 당신이 거기 있으면 안 되기 때문이에요."

"그놈이 도착할 때 내가 없어야 되는 이유가 뭐야?"

"에어리엘라가 안 된댔어요. 이유는 당신도 짐작하실 텐데요, 맥페인."

던컨이 흘깃 그를 쏘아보았다.

그들은 그가 그녀와 같이 잔 걸 아는 모양이었다. 이놈들이 왔을 때 자신이 벌거벗은 채 쭉 뻗어 있었던 걸까?

빌어먹을.

"분명히 말하지만, 너희가 애걸복걸해도 난 너희 부락으로 안 돌아가. 또다시 약에 취해서 멧돼지처럼 끌려나오는 건 매력 없거든. 우린 우리 길을 갈 테니까 당장 풀어 줘."

"집까지 후송하라는 명령이었어요. 명령대로 따라야 한다구요."

던컨이 되받아쳤다.

그 후로 그들은 말없이 말을 달렸다. 시간이 갈수록 손목 밧줄이 점점 살 속으로 박혀들어왔고 몸뚱이의 고통도 더 심각해졌다. 말콤은 그 불편함에서 정신을 분산시키기 위해 다른 방법을 찾아보았다.

"에어리엘라가 족장으로 선택한 놈이 누구야?"

"말할 수 없어요."

"왜?"

던컨이 불편한 듯 어깨를 으쓱였다.

"에어리엘라가 말하지 말랬어요."

"내가 아는 놈이야?"

던컨은 대답하지 않았다.

"니알은 아니겠지, 설마?"

그 생각만으로도 말콤은 즉시 화가 치밀었다. 에어리엘라를 바라볼 때마다 그놈의 눈이 정열로 반짝거렸다. 게다가 말콤에 대한 경멸도 공공연하게 드러냈었다. 그래서 처음에는 화살을 쏜 놈이나 안장에 박차를 넣어둔 놈이 니알일 거라고 의심했었다. 하지만 성이 공격당했을 때 용감하게 싸우는 것을 보고는 확신이 없어졌다. 니알이 로드릭과 연합했다면 왜 공격을 저지하려고 그렇게 노력했겠는가?

물론 로드릭과 상관없이 말콤을 증오하기 때문에 쫓아내고 싶어했을 가능성도 있긴 했다.

"니알에겐 군대가 없잖아."

개빈이 중얼거렸다.

맞다, 에어리엘라에게 가장 중요한 건 자기 일족이었다. 지금 자기 일족에겐 훈련된 군대가 필요하다는 것도 잘 알고 있었다.

"그럼 근처 일족의 족장일지도 모르겠군."

그 가능성에 또다시 분노가 치밀었다.

"설마 늙은 프레이저는 아니겠지?"

프레이저 족장이 이끄는 5백 명의 군대라면 맥켄드릭을 안전하게 지켜줄 수 있을 것이다. 하지만 그는 일흔이 넘은 늙은이였다. 비쩍 말라빠진 몸뚱이에 머리도 듬성듬성하고 이도 거의 다 빠져 버린 할아버지였다. 그런 놈이 에어리엘라를 만진다는 생각만으로도 구역질이 났다.

"말도 안 되는 소리 말아요. 프레이저 족장은 맥켄드릭이 되기에 너무 늙었다구요.”

던컨이 반박했다.

그래, 물론 에어리엘라는 다음 대 맥켄드릭으로 완벽한 사내, 거의 완벽에 가까운 사내를 골랐을 터였다.

‘그 사람이 당신일 수도 있었어요, 말콤. 당신이어야 했어요.’

정말로 그가 그녀의 기준에 맞는 그런 남자인 적이 있었을까? 그는 너무나 오랫동안 이 비참한 몸뚱이로 죄없는 생명들의 죽음을 짊어지고 있었기에, 자신이 젊고 강하고 온전했던 적이 있었는지 기억나지 않았다.

이렇게 비참해지는 건 견딜 수 없었다.

그래, 에어리엘라가 누구와 결혼하든 무슨 상관이란 말인가. 그 일족이 공격에 맞서 이기든 지든 무슨 상관이란 말인가. 이제 그런 것들은 생각할 필요도 없었다. 다시 그 여자를 만나기 전 같은 단순한 인생으로 돌아가면 그만이었다.

그는 손목에 묶인 밧줄의 매듭을 찾아보았다. 손가락이 닿지 않았다. 이 모욕적인 자세에서 벗어나려면 다른 수단을 써야 하리라. 그가 집으로 돌아갈 때는 이런 식으로 끌려가는 게 아니라 자신의 의지로 돌아가야 했다.

“잠깐 멈춰야겠어.”

그가 다리의 압력으로 말을 정지시키며 입을 열었다.

“왜요?”

던컨이 다그쳤다.

“왜일 것 같은가?”

던컨이 의심스레 쳐다보다가 잠시 후 고개를 끄덕였다.

“좋아요. 하지만 도망갈 생각은 말아요, 맥페인.”

“오줌 누는 것보다 더 거창한 계획은 없어. 불행히도 손이 이렇게 묶여 있으니 혼자서 내릴 수가 없군.”

던컨이 그를 땅으로 내려주었다.

"됐죠?"

"내 플래드까지 들어올려 줄 생각이 아니라면 이 손 좀 써야겠는
데."

"쓸데없는 짓은 마세요, 맥페인."

던컨이 경고하며 허리춤의 단검을 빼들었다.

"뒤로 돌아서세요."

손목의 밧줄이 잘려나가자, 말콤은 아픈 팔뚝을 쭉 펴고 피가 통
하도록 굽혔다 폈다를 반복했다. 오른팔이 뻣뻣하긴 했어도 예상만
큼 무력하진 않았다.

"괜찮아졌어요?"

던컨이 동정적인 어조로 물어 왔다.

순간 말콤이 빙글 돌아서서 던컨의 턱에 강타를 날려보냈다. 던컨
의 머리가 휙 젖혀지더니 바닥으로 콰당 쓰러져 그대로 꼼짝도 하지
못했다.

"훨씬 괜찮아졌어."

말콤이 던컨의 말 쪽으로 걸어가 자신의 검과 단검을 챙겨들었다.

"앤드루, 개빈의 밧줄 풀러. 무기도 돌려주고."

"그…… 그럴 순 없어요, 맥페인."

앤드루가 검으로 손을 뻗었지만, 말콤은 침착하게 자신의 검을 허
리춤에 묶었다.

"바보같이 굴지 마, 앤드루. 내가 너보다 늙고 날렵하진 못해도,
너 하나쯤 상대할 능력은 돼. 게다가 너희들한테 손대고 싶은 마음
없어."

앤드루는 한동안 머뭇거리다가 천천히 말에서 내려 개빈의 밧줄
을 풀어 주었다.

그 사이 말콤은 던컨의 불룩한 가죽가방 하나를 열어보았다. 여행

하면서 먹을 식량이나 챙길 생각이었는데, 그곳에는 금과 보석들이
반짝거리고 있었다. 또 다른 가방, 그 다음 두 개의 가방을 더 열어
보았다. 네 개 모두 금은보화로 가득했다.

“이게 다 뭐야?”

“당신 거예요, 맥페인. 우리에게 전투를 가르쳐 주고 성을 강화시
켜 준 보답이에요.”

앤드루가 대답했다.

개빈이 다가와 휘둥그래진 눈으로 한재산 되는 보물을 들여다보
았다.

“우와.”

“이 정도로 계약하지 않았는데.”

“에어리엘라가 그렇게 드리라고 했어요. 감사의 표시로요.”

말콤은 가방 속의 보석들을 한줌 퍼올려 보았다. 보석들이 햇살에
닿아 반짝반짝 광채를 뿜어냈다. 개빈과 같이 남은 평생 풍족하게
생활할 수도 있으리라. 넓은 토지를 사고 으리으리한 집을 짓고 근
사한 가구들을 채워넣고는 하인들도 거느릴 수 있으리라. 원하는 건
뭐든지 가질 수 있었다.

에어리엘라만 제외하고.

“다 가져가.”

그가 그 돌들을 가방 속으로 던져넣었다.

앤드루와 개빈이 경악하며 그를 바라보았다.

“뭐라구요?”

“이런 거 필요 없어.”

말콤이 절룩거리며 자신의 말을 향해 걸어갔다.

“식량하고 술이나 내놔.”

“하지만…….”

“너희 여족장한테 이 따위 대가는 안 받는다고 전해.”

말콤이 말등으로 훌쩍 올라탔다.

"특히나 날 배신한 자들한테는."

앤드루가 믿을 수 없다는 표정으로 쳐다보았다.

"하지만 처음에 계약할 때……."

"식량하고 맥주나 가져와, 앤드루."

말콤이 딱 잘라 말했다. 그 눈의 분노는 더 이상의 반대를 용납하지 않았다.

앤드루가 당황스레 고개를 흔들어대며 자신의 말에서 식량과 술들을 꺼내갖고 왔다.

"조금 있다가 던컨이 깨어나면 집으로 돌아가. 내가 너희 족장의 결혼식을 방해할까 봐 걱정할 필요는 없다. 난 맥켄드릭 땅으로 돌아가지 않아, 영원히."

그가 말을 움직였다.

'잘 됐어.'

그는 거칠게 중얼거렸다. 이제 다시 다른 누군가를 책임질 필요가 없었다. 마음껏 늦잠을 자도 되고, 머리털이 오그라들 때까지 퍼마실 수도 있고, 걱정할 일은 하나도 없었다.

그런데도 그의 가슴은 갈가리 찢겨져 나갔다.

"그가 떠나다니 무슨 소리야?"

앵거스가 멍하니 다그쳤다.

"아주 떠난 건 아닐 거야."

듀갈이 그를 안심시켰다.

"승마하러 떠났다는 거겠지. 그렇지, 에어리엘라?"

"아뇨, 맥페인과 개빈은 집으로 돌아갔어요. 영원히. 고든이 공표하지 않았던가요?"

"하긴 했어. 하지만 아무도 안 믿어."

"그가 왜 이렇게 갑자기 가버린 거야? 맥페인답지 않은걸."

앵거스와 듀갈은 여전히 어리둥절한 표정이었다.

"어젯밤에 급한 연락이 왔어요."

에어리엘라가 불안하게 알핀을 쳐다보았다. 알핀의 얼굴에는 아무런 표정도 나타나지 않았다.

"그래서 당장 떠날 수밖에 없었어요. 하지만 걱정 마세요, 우리의 새 족장이 금방 도착할 거예요."

"우리하고 상의도 없이 새 족장을 선택했단 말이냐?"

앵거스의 경악스런 질문에 에어리엘라가 부드럽게 설명했다.

"그 사람이 도착할 때까지 말씀드리지 않는 게 낫다고 생각했어요. 두 분이 너무 맥페인을 좋아하시니까요."

"그게 누군데?"

듀갈이 다소 상처받은 표정으로 물었다.

"해럴드 맥페인, 말콤의 사촌이에요. 그가 맥켄드릭 검을 받을 사람이에요."

앵거스가 눈살을 찌푸렸다.

"맥페인의 사촌?"

듀갈도 고개를 절레절레 내저었다.

"말도 안 돼. 위대한 일족의 족장이자 강한 군대를 지닌 맥페인이면 되지, 그의 사촌한테 검을 줄 필요는 없어."

"그럼, 그럼. 해럴드가 오면 우리가 설명할게. 충분히 이해해 줄 거야."

두 노인이 만족스레 고개를 끄덕거렸다.

에어리엘라는 걱정스레 알핀을 바라보았다.

맥페인의 과거에 대해서 이분들에게 설명해야 할까요?

"그건 네 결정이다. 하지만 네가 말하지 않으면 해럴드가 말할 거야. 누구의 설명이 더 받아들이기 쉽겠느냐?"

알핀의 말이 옳았다. 말콤이 여기 있었던 걸 알게 된다면, 해럴드는 주저 없이 일족원들에게 말콤의 과거를 폭로할 것이다. 말콤이 족장 자리에서뿐 아니라 일족에게서도 쫓겨났노라고, 맥페인이라는 이름조차 사용할 수 없게 되었노라고 말할 것이다.

그러면 일족원들은 그녀와 말콤에게 배신당한 기분이 들 터였다.

"말씀드릴 게 있어요."

그녀는 깊이 숨을 들이쉬었다.

"말콤 맥페인은 두 분이 아시는 그런 사람이 아니에요."

"그거야 두말하면 잔소리지. 처음 그를 보았을 때는 정말이지 기절할 뻔했어."

"사람을 외모로 판단하면 안 되는 거야. 다른 사람들이 우릴 봤을 때 늙은이로만 보잖아, 우리의 전사다운 능력을 몰라 보고 말이야."

"맥페인은 그걸 알아줬어."

"맞아, 맞아."

앵거스와 듀갈이 서로 맞장구를 쳐댔다.

"전 그의 신체적인 문제를 말하는 게 아니에요. 그의 과거에 대해서……."

"그의 과거야 더 두말할 것도 없지."

앵거스의 주름진 얼굴에 자랑스런 미소가 떠올랐다.

"검은 늑대의 위업은 그야말로 전설적이야. 그런데 해럴드라는 녀석에 대해서 전설적인 얘기 들어본 적 있나, 듀갈?"

"아니. 그래도 에어리엘라가 골랐을 정도면 대단한 일을 하긴 했나 봐. 해럴드가 무슨 일을 했니, 에어리엘라?"

"모…… 모르겠어요."

그녀가 애원하는 시선으로 알핀을 바라보았다.

알핀은 눈을 감고 하얀 눈썹을 찌푸리며 해럴드에 대한 환상을 떠올려 보았다. 그의 입에서 낮은 주문이 새어나오며 목소리가 점점 커졌다. 커다란 날개처럼 망토를 활짝 펼치고서 그의 몸이 부르르 떨리기 시작했다. 마침내 그가 눈을 떴다.

"아무것도 없어."

"하나도?"

앵거스가 물었다.

"무슨 일인가 하긴 했을 거 아냐. 그렇지 않고서야 우리 에어리엘라가 왜 그자를 택했겠어?"

"그는 강하고 공정한 사람이에요. 훌륭한 족장이 될 거예요."

에어리엘라는 열심히 설득해 보려 애썼다.

"네가 어떻게 알아?"

"전에 한 번 만난 적이 있어요. 꿈에서도 봤고요."

두 노인이 마땅찮은 시선을 교환했다.

"훌륭한 족장이 될 거라구요."

에어리엘라가 되풀이했다.

"맥페인도 그럴 거야."

"맥페인은 그 검을 받지 못해요, 맥켄드릭이 될 수 없어요."

에어리엘라의 단호한 선언에, 두 노인은 실망스런 표정이었다. 그 결정이 그녀만의 권한이라는 걸 알기 때문에 반대하지는 못했지만 마음에 들어하지 않는 건 분명했다. 그들을 이해시킬 수 있는 방법은 말콤의 과거를 드러내는 것뿐이다. 하지만 그녀는 말하지 않았다. 수개월간의 노력으로 일족민에게 우정과 존경을 얻어냈던 말콤의 이미지를 깨뜨리고 싶지 않았다.

게다가 그들이 자신의 말을 믿어 줄까도 의심스러웠다.

초록과 금빛의 햇살을 부드럽게 뿌려내며 하루해가 저물어가고 있었다.

에어리엘라는 캐서린과 아그네스의 모습이 보이기를 기대하며 창

밖을 내다보았다. 이미 오래 전에 돌아왔어야 했는데……. 캐서린이 많이 속상해 하는 걸 알고 있었으므로 오늘밤은 어린 동생과 같이 보내며 위로를 할 생각이었다. 그녀가 다시 몸을 돌려 불안하게 방 안을 걸어다녔다.

문득 침대의 플래드 밑에 끼워져 있는 종이 한 장이 눈에 띄었다. 캐서린의 그림이었다. 작은 말등에 탄 거대한 전사와 그 옆에서 말을 달리는 작은 소녀. '검은 늑대와 나'라는 제목이 적혀 있었다. 어젯밤 말콤의 플래드를 벗기는 중에 떨어졌던 모양이었다.

갑자기 우두두 울리는 발소리들이 그녀의 생각을 잘라냈다.

"에어리엘라!"

문이 활짝 열리며 니알의 일그러진 얼굴이 나타났다. 그 뒤로 고든과 헬렌, 램지가 심각한 표정으로 따라들어왔다.

"무슨 일이야?"

니알이 씹듯이 내뱉었다.

"로드릭, 그놈이 돌아왔어."

이런 시간이 닥치리라는 건 알고 있었다. 하지만 해럴드가 도착할 때까지는 괜찮을 거라 믿고 싶었는데.

"전투 준비를 해."

그녀는 지난번 공격 때 말콤이 보여주었던 권위적인 태도를 되살려보았다.

"우린 그들을 물리칠 수 있어. 해럴드가 도착할 때까지 막아내기만 하면 돼."

아무도 움직이지 않았다.

"놈이 캐서린을 잡았어."

공포가 그녀의 숨과 기력을 다 앗아갔다. 지금 무슨 말을 들은 건지조차 이해되지 않았다.

"캐서린?"

엘리자베스가 두 손을 비틀어대며 설명했다.

"아까 밖에 나갔을 때 붙잡혔나 봐. 아그네스도 사라졌어."

이런 일이 일어날 리 없어. 무언가 착각한 걸 거야. 에어리엘라가 그렇게 말하려 했을 때, 니알이 구겨진 편지 한 장을 내밀었다. 그녀가 부들거리는 손으로 그 종이를 받아들었다.

친애하는 에어리엘라, 사실 웬만해서는 아이까지 인질로 잡고 싶진 않았어. 하지만 너와 너희 일족이 두 번이나 나에게 대적했으니, 또다시 바보가 될 수는 없지 않겠나? 너 혼자 숲으로 와, 맥켄드릭 검을 갖고. 그 힘을 나에게 부여하는 의식을 치르고 날 너희 족장으로 삼는 거다. 그 힘이 나에게 전달되고 나면 우린 같이 성으로 돌아가는 거야. 너희 일족은 무기를 버리고 나에게 충성을 맹세해야겠지.

아그네스 말로는 그 검을 실제로 본 사람이 없다더군. 나도 비합리적인 사람은 아니야. 너에게 그 검을 찾아올 만한 시간을 주겠다. 내일 아침 새벽동이 뜰 때까지.

그때까지 네가 숲으로 나오지 않으면, 또 다른 놈들을 데리고 온다면 그 길로 캐서린의 목은 사라질 것이다.

로드릭

방 안이 빙글빙글 돌기 시작했다. 이 전에 로드릭이 일족민을 한 명씩 죽이겠다고 공언했을 때는 자신의 존재를 죽여 살아남을 수 있었다. 하지만 그자가 두 번 다시 속지는 않을 것이다. 그녀가 진짜 자살을 택한다 해도, 로드릭은 자신의 분노를 달래기 위해 캐서린과 아그네스를 죽일 것이다.

니알의 뒤로 더 많은 일족원들이 몰려들어 심각하게 그녀를 바라보고 있었다.

어떤 결정을 내려야 한단 말인가. 해럴드가 도착하기까지 며칠이

걸릴지 알 수 없었다. 그가 내일 새벽 전에 도착한다 해도, 그의 군대가 다가가는 즉시 캐서린의 목숨은 사라질 것이다. 여동생과 아그네스를 살리는 방법은 로드릭에게 검을 내주고 그를 족장으로 받아들이는 것뿐이다.

하지만 그것은 일족을 배신하는 행동이었다.

그녀의 잘못된 선택으로 인해 일족에게 죽음과 멸망이 찾아들 것이다.

13

말콤은 고개를 젖혀 벌컥벌컥 술을 들이켰다.

남아 있는 술을 몽땅 마셔 버리고 싶었지만, 아직 이틀이나 더 여행해야 했고 내일밤쯤이면 몸뚱이의 통증이 더욱더 술기운을 요구하게 되리라. 게다가 몇 시간 후에 개빈과 보초를 교대하려면 약간의 맨정신을 유지해야 했다.

던컨과 앤드루를 보낸 후 그들은 천천히 말을 달렸다. 에어리엘라와 그 빌어먹을 일족을 떼어 버려서 속시원하다고 자신에게 말해 보았음에도, 비참한 오두막에서의 공허한 나날로 돌아갈 생각을 하니 절망스러웠다. 그 비참한 내면의 소리에 귀를 기울이느니, 차라리 차가운 하늘을 올려다보며 딱딱한 땅에 누워 촉각을 곤두세우는 편이 나았다.

"누군가 다가오고 있어."

그가 갑자기 술주머니를 내려놓고 검을 움켜쥐었다.

"적어도 스무 명이야."

"난 저쪽에서 지켜볼게."

개빈이 자신의 활과 화살통을 들고 나무들 뒤로 숨어들어갔다.

말발굽소리가 점점 커지며 땅이 진동하기 시작하더니 마침내 선두그룹 몇 명이 모습을 드러냈다.

말콤이 놀라며 세 남자를 바라보았다.

"로버트? 알렉스? 에드워드? 여긴 웬일들이야?"

"맥페인!"

"세상에, 여기서 뵙게 될 줄은 몰랐어요."

로버트와 에드워드가 한마디씩 입을 열었다.

확신할 수는 없었지만, 그들의 표정이나 어조에 악의가 깃든 것 같지는 않았다. 너무 놀라서 진짜 감정을 드러낼 여유가 없는 거라고 말콤은 생각했다.

"맥페인은 오직 한 명뿐이야."

어둠 속에서 차가운 목소리가 들려왔다.

전사들이 즉시 갈라지며 회색 말에 올라탄 사내에게 길을 터주었다. 어깨까지 흘러내린 머리는 마리안과 똑같은 붉은색이었다. 갈색과 자주색의 플래드를 걸치고 기름칠한 가죽조끼 차림, 그의 어깨에 커다란 루비가 박힌 금 브로치가 반짝거렸다. 한때 말콤의 아버지 소유였던 브로치, 아주 잠깐 말콤의 소유이기도 했던 브로치였다.

"오랜만이군, 해럴드."

그는 마음속의 적대감을 드러내지 않은 채 침착하게 인사를 건넸다. 적대감이 정당치 못한 감정이라는 걸 스스로도 잘 알았다. 해럴드가 그를 부락에서 추방한 것은 마땅히 해야 할 일이었다. 말콤 자신이 그런 상황이었다 해도 똑같이 행동했을 것이다. 아니면 더 가혹하게.

해럴드는 놀라움을 겉으로 드러내지 않은 채, 차가운 시선으로 말콤의 외양을 샅샅이 훑어보았다.

"좋아 보이는군, 말콤. 지저분한 술꾼으로 생활한다고 들었는데, 그게 과장이었던 모양이야."

그의 어조로는 그것이 다행스럽다는 건지 화가 난다는 건지 판단할 수 없었다.

"난 잘 지내고 있어."

"이 숲에는 웬일인가?"

말콤의 눈이 가늘어졌다.

"내가 움직일 때마다 너한테 보고해야 하는 건 아니잖아."

"물론이야. 맥페인 땅으로 발을 들이지만 않으면 어딜 가든 네 마음이지. 난 우연히 마주친 여행객으로서 물어본 것뿐이야. 말하기 싫으면 그만 둬."

말콤은 속좁은 좀팽이가 된 기분이었다. 왜 그런 식으로 반응해 버렸을까? 단순한 질문이었을 뿐인데.

"이 근처 일족에 볼일이 있었어. 이젠 다 끝나서 개빈과 같이 집으로 돌아가는 중이야."

개빈이 숨어 있던 곳에서 걸어나왔다.

"안녕하시오, 해럴드."

그는 일부러 맥페인이라는 명칭을 생략했다.

해럴드가 까닥 고개를 끄덕여 보였다.

"이 많은 군사를 이끌고 어디 가는 건가?"

말콤이 뒤쪽에 늘어선 수십 명의 전사들을 살피며 물었다.

"전쟁터에라도 나가나?"

"그렇게 흥분할 만한 일은 아니고, 내 신부감을 만나러 가는 거야."

그는 그 임박한 결혼이 달갑지 않은 듯 권태로운 표정이었다.

"축하해야겠군."

말콤이 간신히 중얼거렸다. 에어리엘라? 에어리엘라를 만나러 가는 것일까? 해럴드는 에어리엘라의 기대치에 맞지 않아. 어떤 점들이? 해럴드의 부족한 점들을 생각해 보려 애썼다. 자신의 적대감 외에는 아무것도 없었다. 이 녀석은 젊고 건강하고 강했다. 말콤과 같이 수많은 전투에서 싸워 왔던 완벽한 전사였다. 또한 지금 강력한 맥페인 일족의 족장으로 막강한 군대를 이끌고 있었다.

말콤이 키우고 훈련시켰던 그 군대를.

“그 아름다운 신부는 누구지?”

개빈이 묻자, 해럴드가 무심하게 어깨를 으쓱였다.

“맥켄드릭 일족의 여자야. 아름다운지는 모르겠군. 만나 본 적이 없으니.”

그래, 그녀는 그를 제거하는 것만으로 충분치가 않아서 이제 자신이 그렇게도 노력했던 성과를 모조리 이놈에게 넘겨줄 심산이었다. 이 정도로 그를 배신해 버렸다.

“이 일이 어떻게 성사되었나?”

말콤의 목소리는 평온하게 흘러나왔다.

“이번 초여름에 맥켄드릭 세 명이 나한테 찾아왔었지. 청년 둘하고 열두 살쯤 된 더러운 꼬마 한 명. 전에 왔던 자들처럼 그들도 꼭 너를 만나야겠다고 고집하더군. 그래서 내가 너의 오두막을 가르쳐 줬어. 그들을 만나 보았나?”

던컨과 앤드루가 해럴드에게 먼저 찾아갔었다는 건 알고 있었다. 그건 에어리엘라가 이 사촌을 적어도 한 번은 보았다는 의미였다.

“만났어.”

“맥켄드릭 일족은 여기서 멀리 떨어진 산 속에 살아.”

그 만남에 아무런 결과가 없었을 거라 확신하며 해럴드가 말을 이었다.

“꽤 오래 고립된 생활을 했던 모양이야. 전투에 대해서도 아는 게 없지. 죽은 족장의 딸이 나에게 결혼 신청을 해왔어, 내 군대로 자기 일족을 지켜 달라더군.”

‘그건 내 군대야.’

말콤이 거칠게 마음속으로 반박했다. 그들이 맥켄드릭 일족을 안전하게 지켜주리라는 건 확실했다. 허탈한 웃음이 터져나오려 했다. 얼마나 아이러니한가? 어쨌든 에어리엘라는 그렇게도 원하던 검은 늑대의 전사들에게 보호받게 되리라. 추락한 검은 늑대 때문에 당황스러울 일도, 불편해 할 일도 없이.

“무슨 맘으로 그 청혼을 받아들였나, 해럴드?”

“그 일족은 예술과 수공면에 뛰어난 것 같더군. 그녀가 보낸 선물들이 놀라웠어. 어차피 나도 결혼할 때가 되었고. 이번 결혼으로 나의 영토와 재원이 크게 확장될 거야.”

당연히 그런 식으로 생각했으리라. 그 일족에게 도움을 주기 위해서가 아니라, 자신의 영역을 넓히기 위해서. 현실적이고 논리적인 선택이었겠지.

“왔다갔다하려면 엿새 이상 걸릴 텐데 그렇게 멀리 떨어져 있으면서 맥페인 족장직까지 겸할 수 있겠나?”

“거기서 살 생각은 없어. 일단 그 일족의 수공 능력을 확인하고 결혼식을 치른 다음에 집으로 돌아갈 거야. 그 일족은 내 이름을 따라 맥페인 일족이 될 테고. 그곳에 서른 명 정도의 전사를 남겨놓을 생각이야. 거기서 살겠다고 자원하는 자들이 많아. 맥페인 족에는 여자가 거의 남지 않았으니까.”

그의 표정이 온화하다 해도, 그 어조에 깃든 경멸은 너무나도 분명했다.

‘나 때문에.’

말콤이 생각했다.

‘내가 그들을 남겨두고 떠났기 때문에 거의 모든 여자가 죽었지. 마리안을 포함해서.’

"후손을 얻으려면 자주 아내를 찾아가야겠군."

개빈이 시큰둥하게 입을 열었다.

"찾아갈 필요 없어. 그녀는 나와 같이 살게 될 거야."

"그녀가 일족을 떠나겠다고 동의하던가?"

에어리엘라가 그런 조건에 합의했다는 것에 경악하며 말콤이 다그쳐 물었다.

"아직은 아니지. 하지만 타협의 여지는 없어. 오랫동안 여자 없이 살아 왔는데 아내까지 떨어뜨려 놓을 수야 있나. 그녀가 떠나지 않겠다고 하면 그걸로 이 계약은 끝이야."

그녀에게 대단한 고통이겠군. 고향을 떠나는 것은 그녀의 심장 일부를 베어내 남겨두는 것과도 같으리라. 하지만 일족을 위하는 길이라 생각된다면 그녀는 받아들일 것이다. 일족의 안전을 위해서라면 어떤 희생이든 감수할 것이다.

자기 자신까지도.

'내가 상관할 바 아니야.'

말콤이 씁쓸하게 자신에게 일깨웠다. 그녀는 필사적으로 그를 제거하려 했고 이젠 그 목표를 이루었다. 해럴드가 말콤보다 더 유능한 족장감이라고 생각했겠지.

이제 두 번이나 해럴드에게 자신의 세상을 넘겨주는 셈이었다. 사촌의 권력욕 때문이 아니라, 자신의 것을 지키지 못했던 무능력 때문에. 족장 자리에서 쫓겨나기 훨씬 전부터 스스로 족장 자격이 없다고 믿었다. 망가진 몸뚱이와 술에 취한 몽롱한 정신으로 자기 혐오감에 빠져 허우적댔었다. 하지만 로드릭과 그 사악한 일당이 아니었다면, 일족원들은 그의 권리에 도전하지 않았을 것이다. 순진하게도 그가 신체적, 심적인 시련을 이겨낼 거라고 믿고 있었다.

그런데 그는 그 약함에 굴복해 버렸다.

"늦었군. 이만 가봐야겠어."

해럴드가 갑자기 작별을 고했다.

"계속 가려고?"

"달이 밝으니까 별 무리는 없을 거야. 이 지도가 정확하다면 아침이 되기 전에 도착할 수 있어."

말콤은 그의 여정을 지연시킬 만한 방법들을 생각해 보았다. 자신이 먼저 에어리엘라에게 가야 했다. 이런 결점과 약점에도 불구하고 자신이 더 나은 족장감이라고 설득해 보아야 했다. 하지만 어떻게 설득해야 할까?

"나라면 이쯤에서 캠프를 치겠어."

"어째서?"

"이 근처는 산들이 많아서 길을 잃기 십상이야. 조금만 길을 벗어나도 며칠씩 헤매게 돼. 동틀 때까지 기다리는 편이 나아."

해럴드가 턱수염을 매만지며 생각에 잠겼다. 잠시 후 그가 고개를 가로저었다.

"전에도 복잡한 길을 여러 번 다녀봤어. 이번에도 잘 찾을 수 있을 거야."

"폭풍우도 올 텐데."

개빈이 재빠르게 끼어들었다.

"폭풍우? 그런 기미는 안 보이는데?"

해럴드가 눈살을 찌푸렸다.

"오늘 늙은 점술가를 만났는데 그자가 그러더군."

말콤이 설명을 덧붙였다. 말콤과 달리, 해럴드는 점술가들의 예언을 꽤나 믿는 편이었다. 예상했던 대로 해럴드의 얼굴에 호기심어린 표정이 나타났다.

"이 숲에서 나가면 몇 킬로미터나 허허벌판이야. 비를 막아 줄 만한 게 하나도 없어. 여기에 캠프를 치면, 나뭇가지로 피난처를 만들 수도 있겠지만."

"비 맞으면서 추위로 고생하는 것보다 더 고약한 것은 없지. 아주 짜증스런 일이야."

개빈이 고개를 절레절레 저으며 중얼거렸다.

"그 점술가 말로는 새벽쯤 폭풍우가 그칠 거라고 했어. 말끔하게 마른 상태로 신부를 만나야 하지 않겠나?"

말콤이 다시 한 번 쐐기를 박았다.

해럴드는 곰곰이 생각에 잠겼다.

"폭우 속에서 달리는 건 내키지 않는군. 날씨가 평온해 보이긴 해도 점술가의 예언을 무시할 수는 없고."

마침내 해럴드가 고개를 끄덕이고는 옆에 있는 전사에게로 몸을 돌렸다.

"캠프 설치해. 내일 아침까지 휴식이다."

에어리엘라는 망토를 꼭 감아쥔 채 천천히 어두운 숲속으로 말을 몰았다. 심장이 미친 듯이 쿵쾅거렸다. 어린 여동생을 야만적인 전사들과 같이 밤새 내버려 둘 수는 없었다. 아그네스가 함께 있다 해도 그 유약한 성격에 오히려 캐서린이 그녀를 위로해야 할 것이다. 캐서린의 생명이 위태로워지지 않도록 일족원들에게 누구도 따라오지 말라고 단단히 일러두었다.

하지만 일족의 검은 가져오지 않았다. 해럴드가 도착할 때까지 로드릭을 막아볼 생각이었다. 로드릭이 해럴드의 군대에 겁을 집어먹고 달아나길 바랄 뿐이었다.

그렇게 되지 않는다면, 그들은 모두 죽을 것이다.

니알과 고든은 그녀의 계획에 강력하게 반대하며, 로드릭의 캠프를 포위 공격하자고 주장했다. 하지만 에어리엘라는 성 안의 여자와 아이들을 보호도 없이 남겨둘 수는 없었다. 로드릭이 바로 그 점을 이용하려 들 수도 있었으니까. 게다가 그 동안 성의 방어 훈련에 전력을 기울였기 때문에 일족원들이 로드릭의 포악한 전사들과 일 대 일로 맞서 싸우기란 역부족이었다.

미약한 바스락 소리에 그녀는 화들짝 놀라 시선을 들어올렸다. 커다란 나무 뒤에서 활시위를 당긴 검은 형체가 나타났다.

"움직이면 죽어."

흐릿한 달빛이 나무틈새를 뚫고 그자의 얼굴을 비추었다. 말콤과 결투를 벌였던 그레거라는 전사였다.

"난 에어리엘라 맥켄드릭이다."

그녀는 망토 안에 숨겨진 단검을 태연스레 감아쥐었다.

"날 죽이면 너의 주인은 검을 차지할 수 없어. 그럼 다음에 죽을 사람은 너야."

그가 놀란 듯 눈썹을 치켜들었다. 그녀의 위협 때문일까, 아니면 그녀가 감히 위협했다는 사실 때문일까?

"따라와."

그가 거칠게 그녀의 말고삐를 움켜쥐면서 동행한 자들이 있는지 살펴보았다. 아무도 없다는 걸 확인한 후에, 그녀의 말을 숲속으로 끌어가기 시작했다. 그녀의 방향감각을 혼란시키려는 듯, 이리저리 길을 돌아나갔다. 물론 이 숲속에서 자란 에어리엘라에게는 아무 소용 없는 짓이었지만.

잠시 후 나무 타는 냄새가 나기 시작하면서 불빛이 가느다랗게 눈에 들어왔다. 그 불빛이 더 환해졌을 무렵, 나무와 바위 뒤에서 지저분한 사내들이 불쑥불쑥 튀어나왔다. 그들이 게슴츠레한 시선으로 그녀를 쳐다보며 군침을 삼켰다.

"먹음직한 걸 데려왔군, 그레거."

비쩍 마른 한 놈이 에어리엘라의 발목을 와락 움켜쥐었다.

그레거의 육중한 주먹이 당장에 그의 얼굴로 날아갔다.

"다시 이 여잘 건드리면 죽을 줄 알아. 우리 대장 거야."

"대장한텐 여자가 하나 있잖아."

"이젠 둘이야. 어디 계시냐?"

그레거가 버럭 고함쳤다.

"저쪽에."

한 놈이 방향을 가리키며, 썩은 이를 드러내고 씨익 웃었다.

"못생긴 계집하고 같이."

'아그네스를 말하는 걸 거야.'

에어리엘라는 로드릭이 그녀에게 손대지 않았기를 간절히 기도하는 수밖에 없었다.

말에서 내려 캠프를 통과해 가면서 그녀는 조심스레 주위를 둘러보았다. 여러 명의 남자들이 팔과 다리에 더러운 붕대를 감은 채 누워 있었다. 비록 스무 명 남짓의 전사들이 남아 있긴 했지만, 그 정도 전력으로는 맥켄드릭 성을 무너뜨릴 수 없으리라. 로드릭도 그걸 깨닫고 성으로 쳐들어오는 대신, 그녀를 이리로 끌어낸 것이다.

불가에 앉아 있던 로드릭이 그녀에게 기분좋은 미소를 지어 보였다. 잘생긴 얼굴, 하지만 에어리엘라는 그 얼굴에 혐오감과 증오만을 느낄 뿐이었다. 어떻게 잠시나마 이 야만인에게 검을 주려고 생각했을까?

한때나마 이자에게 매력을 느꼈던 자신에게 화가 치밀었다. 그래도 얼기설기 뺨에 난 흉터자국이 그녀의 분노를 조금쯤 달래 주었다.

'이제 곧 확실하게 죽여주마, 네놈의 사악한 피를 고갈시켜 주겠다.'

그가 반가운 손님이라도 맞는 듯이 자리에서 벌떡 일어났다.

"잘 지냈나, 에어리엘라? 솔직히 이렇게 빨리 보게 될 줄은 몰랐어."

그녀를 훑어보고 나서 그가 눈살을 찌푸렸다.

“검은 어디 있지?”

“캐서린은 어디 있죠?”

“걱정되나?”

그가 유들유들하게 미소지었다.

“그래, 내가 너한테 접근할 수 있었던 것도 그 동정심 때문이긴 했어. 난 부상당한 잘생긴 청년이고, 넌 날 치료해 주고 싶어 안달이 난 예쁜 처녀였고 말이야.”

“난 사람을 죽게 내버려 두지 않아, 당신과는 달리.”

“난 전사야. 사람을 죽이는 게 내 일이지.”

“당신은 살인자에 도둑이야. 전쟁터에서 싸우는 것과 순진한 양민을 학살하는 건 전혀 다르다구.”

“네 아버지 일은 정말 안됐어.”

그는 짐짓 한탄스러운 듯 고개를 흔들었다.

“죽이고 싶진 않았는데.”

그녀는 최대한의 의지력을 동원해 그자의 얼굴에 침을 뱉어 버리고 싶은 충동을 억눌렀다. 지나치게 그의 분노를 일으키면 아그네스와 캐서린이 고통받게 될 것이다.

그녀가 그의 뺨을 그어 버렸을 때 일족원들이 처벌받았던 것처럼.

“당신은 방해되는 사람 모두를 죽일 작정이었어.”

그가 잠시 생각하는 척하다가 어깨를 으쓱였다.

“나한테 안 된다고 말하는 놈들이 지긋지긋하거든. 난 너와 그 검을 갖고 싶었어. 안 될 이유가 없잖아, 강하고 탁월한 전사. 얼마나 훌륭한 족장감이냐 이거야.”

그가 서서히 다가들어 그녀의 뺨을 어루만졌다.

“너도 전에는 날 좋아했잖아. 기억나?”

그녀는 소름 끼쳐 하며 고개를 뒤로 빼냈다.

“그땐 당신을 몰랐으니까, 당신의 사악함을 몰랐기 때문이라구.”

“으윽.”

그가 가슴을 움켜잡는 척했다.

“그래도 오늘밤에는 기분이 아주 좋아서 네 모욕도 재미있게 들려. 하지만 앞으로는 혓바닥을 조심해야 할 거야. 내가 단단히 교육시킬 생각이거든.”

그가 그녀의 턱을 꽉 움켜잡았다.

“자, 검은 어디 있지?”

그녀가 턱을 치켜올렸다.

“캐서린과 아그네스가 어디 있는지부터 말해요.”

그는 눈을 껌벅이다가 고개를 젖히며 웃어댔다.

“아직도 아그네스를 걱정하고 있나?”

불안감이 밀려들었다.

“그녀에게 무슨 짓을 한 거죠?”

“아무 짓도 안 했어, 그 계집이 원하지 않는 짓은 아무것도.”

“빌어먹을, 그녀에게 무슨 짓을…….”

“아그네스를 데려와.”

로드릭이 그녀의 말을 잘라내며 그레거에게 지시했다.

그레거가 작은 공터에 세워진 텐트 쪽으로 쿵쿵거리며 걸어가, 그 입구에서 아그네스의 이름을 불렀다. 잠시 후 아그네스가 밖으로 빠져나왔다. 겉모습에는 아무 이상이 없는 듯했고 걸음걸이도 확실했다. 그녀는 에어리엘라의 모습에 놀라워하지도, 로드릭을 두려워하지도 않았다.

에어리엘라가 걱정스레 입을 열었다.

“아그네스, 괜찮은 거야?”

“괜찮아.”

그녀의 시선이 로드릭에게로 향했다.

“그거 받았어요?”

“아직. 우선 너하고 캐서린의 안전을 확인해야겠다는군.”

그의 입술이 피식 뒤틀렸다.

어떻게 된 거지? 아그네스와 로드릭이 왜 저렇게 친밀해 보이는 걸까?

“캐서린은 걱정하지 마. 지금 텐트 안에서 자고 있어. 로드릭에게 검을 내줘, 그럼 우린 다같이 집으로 돌아갈 수 있어.”

아그네스가 로드릭의 곁으로 다가갔다.

에어리엘라는 자신의 생각을 부인해 보려 노력했다. 이럴 리가 없어. 아그네스의 나긋나긋한 태도와 로드릭 곁에 서 있는 모습을 응시하면서도 끝까지 부인해 보고 싶었다. 모닥불의 불빛이 여태까지는 의식하지도 못했던 그녀의 약간 부풀어오른 배를 비춰 주었다. 에어리엘라의 몸에서 기운이 빠져나갔다. 아그네스의 그 불룩한 배가 끔찍한 진실을 증명하고 있었다.

아그네스가 한 손으로 배를 감아쥐며 애원하듯이 속삭였다.

“로드릭에게 검을 내줘, 에어리엘라.”

“네가 말했구나. 그 검에 대해서 말한 게 너였어.”

“그래.”

“왜?”

에어리엘라는 아직도 그녀의 배신을 받아들이고 싶지 않았다. 5년 전 성으로 들어왔을 때부터 줄곧 봐왔지만, 아그네스는 언제나 다정다감하고 믿을 만했다. 그래서 캐서린도 그녀에게 맡겼던 것이다. 이 온순한 여자가 어떻게 일족의 안전을 위험으로 몰아넣은 장본인일 수 있을까?

“왜 우리 일족을 배신했어?”

“이이가 날 사랑해.”

아그네스의 대답은 정말이지 간단했다.

“로드릭은 좋은 족장이 될 거야. 너도 그렇게 생각한 적 있었잖아."

에어리엘라의 시선이 로드릭에게 날아갔다.

그는 오만하게 웃고 있었다.

"이 남자는 널 사랑하지 않아, 아그네스. 자기 자신밖에 사랑할 줄 모르는 인간이야. 사랑한다고 말했다면 그건 널 이용하기 위해서였어. 넌 그 말을 믿을 정도로 어리석었던 거고."

"이이가 날 찾으러 다시 오겠다고 했어, 그리고 이렇게 왔어. 맥켄드릭 족장이 되면 우린 결혼할 거야."

"그는 너 때문에 돌아온 게 아니야. 맥켄드릭 검 때문이야."

"그것 때문만은 아니야."

로드릭이 정욕에 불타는 시선으로 에어리엘라를 바라보았다. 그자의 말뜻을 충분히 짐작할 만했다.

에어리엘라는 망토를 바싹 여미고픈 마음을 꾹꾹 눌러참았다.

'다시는 나한테 손대지 못하게 하겠어.'

그 전에 그를 죽여 버릴 것이다.

"맥페인을 쫓아내려고 한 것도 너였니?"

아그네스가 고개를 끄덕였다.

"네가 살아 있다는 걸 알았을 때부터 로드릭에게 연락하려고 했는데 잘 안 됐어. 그런데 맥페인이 와서 우리한테 전투 기술을 가르치기 시작한 거야. 우리가 너무 잘 싸워서 로드릭이 죽게 되면 어떡해. 그래서 맥페인을 떠나게 하려고 화살을 쐈어. 그게 너한테 맞아 버리긴 했지만 널 다치게 할 생각은 아니었어."

"박차를 넣어 둔 것도?"

"사람들이 그를 존경하기 시작하고 우리 전투 기술도 너무 좋아졌잖아. 난 네가 그 남자한테 검을 줄까 봐 걱정이 됐어. 그래서 맥페인이 약하다는 걸 모두에게 보여주려 했던 거야."

"그게 너의 착각이었어."

"뭐가?"

"맥페인이 약하다고 생각한 거."

로드릭이 코웃음쳤다.

"상처입은 짐승을 돌봐주는 게 너의 취향인가 보군. 본모습을 알지도 못하면서."

"맞아요. 당신을 치료해 준 게 그 증거겠죠."

"맥페인은 쓰레기보다 나을 게 없는 놈이야. 개빈의 수레에 실려 돌아왔을 때부터 쓸모없는 절름발이였다구. 그런데도 그놈이 족장이 됐어. 무슨 권리로? 족장의 아들이라서? 그놈보다 내가 더 나은 족장감이라는 건 누가 봐도 분명했어. 그런데도 장로회 놈들은 내 주장을 묵살했어."

"그래서 무력으로 말콤을 몰아내려 했군요. 하지만 당신은 실패했어요. 그가 당신을 쫓아냈죠."

"그때는 내 밑에 수하가 별로 없었기 때문이야. 말콤의 군대가 여전히 충성스러웠고. 난 아무것도 없이 부락에서 쫓겨나야 했어. 말콤이 족장이라는 특권을 즐기고 있을 때 말이야. 하지만 그게 오래 가진 못했지."

그가 만족스럽게 웃어댔다.

"맥페인 일족의 불행한 사건에 대해서 들어봤나?"

에어리엘라가 소스라치게 놀라며 그를 노려보았다.

"일족의 여자와 아이들을 몰살시킨 게 당신이었나요?"

"그들의 안전은 전적으로 말콤 책임이었어. 난 그저 그놈이 얼마나 형편없는 족장인지 알려줬을 뿐이야. 싱클레어 족장에게 맥페인이 공격하려 하니까 선수를 쳐야 한다고 설득했지. 그리 어렵진 않았어. 물론 위대한 검은 늑대는 그날 밤 술에 취해서 내부의 위험을 판단할 능력이 없었고. 우린 맥케이 일족이 공격당했다는 가짜 연락을 보냈어. 그놈은 바보같이 그걸 믿고 전사들을 끌고 나갔지. 자기 성은 무방비 상태로 남겨놓고."

로드릭이 냉혹하고 무자비하다는 건 이미 알고 있었다. 맥켄드릭 검을 빼앗으려고 그녀의 아버지와 일족원들을 죽였던 날부터. 하지만 그가 이 정도로 소름 끼치게 사악한 인간인지는 깨닫지 못했었다.

"자기 일족의 여자와 아이들을 그렇게 몰살시켰군요."

"그들은 내 일족이 아니었어. 날 쫓아냈으니까."

아그네스가 창백하게 질린 얼굴로 중얼거렸다.

"세상에, 어떻게 그런 끔찍한 짓을 저지를 수 있어요?"

로드릭이 그녀의 입술을 후려갈겼다.

"나한테 그런 식으로 말하지 마."

아그네스가 비명을 지르며 비틀비틀 뒷걸음질쳤다. 떨리는 손으로 입술을 매만지다가 손가락에 피가 묻어나자 공포스레 눈이 휘둥그래졌다.

"텐트로 돌아가. 넌 이제 아무 짝에도 쓸모가 없어."

에어리엘라는 아그네스에게 동정을 느끼지 않으려고 마음을 다잡았다. 아그네스의 배신으로 오늘밤 어린 여동생과 그녀의 일족이 위험에 처해 있었다. 지금 로드릭에게 검을 내주고 동생의 생명을 구한다 해도, 일족 전체가 비참하고 고통스런 세월을 견뎌야 했다. 그가 그 검을 이용해서 영토를 넓히려 한다면 하이랜드의 다른 일족들까지 힘들어지리라. 이 어리석은 여자 때문에, 잘생긴 얼굴과 유들유들한 말에 철저하게 속아넘어간 이 여자 때문에.

에어리엘라는 아그네스에게 경멸 이외의 감정을 갖고 싶지 않았다. 하지만 그녀 자신도 한때 그자의 겉모습에 속지 않았던가. 자신도 한때나마 똑같이 어리석지 않았던가.

"어서 가, 아그네스. 캐서린이 찾을지도 몰라. 뱃속의 아기를 위해서도 쉬어야 해."

아그네스는 충격에 빠져 입을 열지도 못한 채 비통하게 그녀를 바라보다가 눈물을 흘리면서 텐트 쪽으로 달려갔다.

"저 계집한테는 너 같은 감칠맛이 없단 말이야."

로드릭이 뺨의 흉터를 쓰다듬으며 그녀의 몸을 음탕하게 훑어보았다.

"저기 들어가서 얘길 계속해 볼까, 사랑스런 에어리엘라."

그가 몇 미터 떨어진 텐트를 가리켰다.

걸어가는 동안 불가에 누운 사내들이 그녀를 훑어보며 쩝쩝 입맛을 다셔댔다. 에어리엘라는 고개를 꼿꼿이 쳐들고 망토를 바싹 여몄다.

'날 건드리지 못하게 할 거야.'

허벅지에 숨겨놓은 단검을 기억하면서 다짐하고 또 다짐했다. 텐트 안으로 들어서는 순간 로드릭을 찌를 수 있으리라. 하지만 해럴드의 군대가 와주지 않는다면, 로드릭의 부하들이 가장 먼저 캐서린을 죽여 앙갚음할 것이다.

로드릭의 욕망에 찬물을 끼얹을 만한 다른 방법을 찾아야 했다.

텐트 안에는 정교한 은촛대에 끼워진 두 자루의 양초가 타오르고 있었다. 아버지의 테이블에 올려져 있던 그 촛대. 그 밑에 놓인 책상은 젊은 시절의 앵거스가 조각했던 것이다. 로드릭의 침상은 고급스럽게 짠 플래드를 여러 장 겹쳐놓은 것이었다.

맥켄드릭 일족의 여자들이 가족을 위해 정성스레 만들었던 것들. 지독한 증오심에 사로잡혀 하마터면 단검으로 손이 갈 뻔했다. 하지만 그녀는 깊이 숨을 들이쉬었다. 이 간단한 복수보다 더 많은 것들을 생각해야 했다.

로드릭이 텐트의 입구를 닫으며 안으로 들어섰다.

"검은 어디 있나?"

"나한테 없어요."

그의 표정이 험악해졌다.

"난 지금 장난칠 기분 아니야, 에어리엘라. 검을 내놓지 않으면 캐서린을 당장 끌고 와서 네 눈앞에서 목을 비틀어 줄 테다."

"당신이 충분히 그럴 수 있다는 거 알아요. 그걸 잘 아는데 나한테 있다면 왜 가져오지 않았겠어요?"

그는 그 말을 믿어야 할지 결정하지 못하는 듯했다.

"그럼 어디 있지?"

"맥페인 족장 손에."

"수작 부리지 마. 말콤과 개빈은 어젯밤 떠나서 다시 돌아오지 않는다고 했어."

"말콤을 말하는 게 아니에요. 나의 약혼자, 해럴드 맥페인에게 그 검을 보냈어요. 결혼 서약의 증표로. 그는 지금 이곳으로 오는 중이에요, 군대를 이끌고."

그의 얼굴에 격한 분노가 나타났다.

"하지만 해럴드는 그 검의 위력을 몰라요."

그의 분노를 지나치게 몰아대면 위험했다.

"검이 그에게 반응하지도 않을 거예요. 그 검을 받는 사람은 우선 한 가지 시험에 통과해야 해요. 해럴드는 아직 그 시험을 거치지 않았어요."

로드릭의 눈이 의심스레 가늘어졌다.

"무슨 시험이 있다는 거야?"

"나도 몰라요, 그런 걸 본 적도 없고. 사람마다 시험이 달라진다고 하니까요. 알핀이 힘과 용기의 시험이라고 했어요."

로드릭에게 넘칠 정도로 많은 것들이군, 그녀가 비참하게 생각했다.

"아그네스는 그런 말 안 하던데. 그 검을 줄 수 있는 게 너라고만 했어."

"그녀가 알 리 없죠. 내 아버지도, 그 전의 족장도 모두 타고난 권리로 검을 물려받았을 뿐이에요. 이런 시험은 남자 후손이 없을 때 다른 곳에서 족장을 선택하는 경우에만 해당돼요. 선택된 남자는 성공적으로 이 시험을 치러내야 하죠."

그는 예상치 못한 장애물에 대단히 짜증스러운 표정이었다.

"그런데 왜 해럴드한테 보낸 거야?"

"충성의 상징이었어요. 그 검은 보기에도 아주 아름다워요. 마력이 없다 해도 절묘한 예술품이죠."

"날 속이려는 거지? 해럴드가 오면 그 시험에 통과하게 만들어서 나한테 검을 휘두르게 할 셈이지?"

"동생의 생명까지 걸고 그런 식으로 모험하진 않아요. 내가 무기도 없이 혼자 여기 왔다는 게 당신 뜻에 따르겠다는 증거잖아요. 해럴드가 오면 우리 일족원 중 한 명이 그 검을 받아 이리 갖고 올 거예요. 당신 전사들이 그를 데려오면 내가 그 검을 당신에게 내줄 거예요. 그 시험에 통과할 수 있을지는 당신에게 달렸죠. 실패하면 다시는 시도할 수 없어요."

"난 실패하지 않아……. 만약 그게 거짓말이면 캐서린은 훨씬 지독한 꼴을 당하게 될 거야. 그 점을 명심하라구."

"거짓말이 아니에요."

그는 한참 동안 그녀를 살펴보았다.

"좋아, 해럴드가 도착할 때까지 시간이 좀 남는군 그래."

그가 검을 풀어내고는 그녀를 와락 끌어당겼다.

"우리가 전에 하던 일을 마저 끝내야지."

그의 손이 어깨에 닿았을 때 에어리엘라는 꼼짝도 하지 않았다. 그가 망토의 은버클을 풀어 바닥으로 떨어뜨렸을 때, 머리채를 움켜잡고 뒤로 젖혔을 때조차도 그녀는 그를 노려보기만 했다. 그런 다음 그가 입술을 내리는 순간, 차갑고 낮은 목소리로 입을 열었다.

"한 가지 알아야 할 게 있어요, 로드릭."

"뭐지?"

그녀의 입술 바로 위에서 그가 물었다.

"순결하지 않으면 그 검의 위력을 수여할 수 없어요."

그가 살짝 고개 들어 그녀를 살펴보았다.

"거짓말."

그의 입술이 피식 한 쪽으로 올라갔다.

"내 손이 닿는 게 싫어서 하는 말이야."

'이 남자가 내 아버지를 죽였어.'

"당신 손이 닿는 게 싫은 건 맞아요. 하지만 거짓말은 아니에요."

그가 미소지으며 다시 입술을 내렸다. 다음 순간 갑자기 불안해진 듯 멈칫했다.

"거짓말이지, 그렇지?"

"아니에요."

그의 초록 눈동자가 잔인하게 번들거렸다. 그가 그녀의 목을 두 손으로 감아 힘을 가하기 시작했다.

에어리엘라가 힘겹게 헐떡거리자, 그가 약간의 힘을 풀어 말할 기회를 부여했다. 하지만 그녀는 놓아 달라고 애원하지 않았다. 그의 손가락이 다시 죄어들었다. 숨이 막혔다. 그녀의 눈앞에 하얀빛이 폭발하고 귓속에 굉음이 들어찼다. 이대로 목 졸려 죽는 것일까…….

갑자기 로드릭의 손이 풀렸다.

그녀는 거칠게 숨을 몰아쉬며 시선을 들어 혐오감어린 시선으로 쏘아보았다.

"날 겁탈하려면 해봐요. 그럼 당신은 영원히 그 검을 포기해야겠죠."

그녀는 욕망과 권력에 대한 욕구 사이에서 싸우는 그의 모습을 지켜보았다. 그가 홱 몸을 돌리며 고함쳤다.

"그레거!"

거구의 전사가 텐트 입구에 나타났다.

"이년을 다른 년들이 있는 텐트로 데려가서 도망치지 못하게 잘 지키라구."

그레거가 놀라운 듯 흘깃 에어리엘라를 바라보았지만 그녀는 싸늘한 경멸로 그의 시선을 되받았다.

"따라와."

그녀는 망토를 걸쳐입고 로드릭의 곁을 지나 차가운 밤공기 속으로 걸어나갔다. 로드릭과 이 캠프의 추악한 전사들 모두가 증오스러웠다. 그들에게 철저히 복수해 주고 싶었다. 에어리엘라는 이를 갈면서 꼿꼿하게 앞만 보고 걸었다.

텐트로 들어서자 웅크려 누운 채 목놓아 울어대는 아그네스의 옆에서 피 묻은 입술을 닦아주는 캐서린이 눈에 들어왔다. 그녀를 보자마자 캐서린이 발딱 일어나 달려왔다. 그녀의 허리를 끌어안으며 망토에 작은 얼굴을 파묻었다.

"이제 집에 갈 수 있는 거야, 언니?"

"아직은 아니야. 하지만 곧 갈 수 있어."

그렇게 약속하면서도 그녀는 절망스러웠다. 일시적으로 로드릭을 저지할 수는 있었지만, 더 이상의 방법은 없었다. 그녀의 일족은 로드릭의 전사들과 대적할 수 없고, 해럴드가 군대를 이끌고 온다 해도 캐서린의 목숨은 여전히 위태로웠다. 그렇다고 로드릭에게 검을 내주어 그녀의 일족과 다른 일족들까지 수십 년간 고통받게 할 수도 없었다.

아그네스의 울음소리, 필사적으로 매달리는 동생의 손, 절망적인 심정…… 정말 바보 같은 생각이지만, 이 순간 그녀는 해럴드가 아닌 말콤이 와주기를 간절히 바랐다.

14

까만 어둠을 배경으로 우아한 성의 윤곽이 도드라졌다. 흉벽 사이 사이에 횃불들이 너울거렸고 아치형의 창문에서 호박색의 빛줄기들이 새어나와 그 돌성을 황금의 성으로 변모시켰다.

그 아름답고 황홀한 풍경을 응시하면서 말콤의 분노는 더욱 깊어졌다.

맥켄드릭 일족은 단 하룻밤이라도 그와의 작별을 슬퍼하는 게 아니라 거창한 축제라도 준비하는 모양이었다. 그래, 당연하겠지. 새 족장이 도착할 때 근사하게 환영해 주고 싶을 테니까.

말콤이 처음 왔던 날도 그랬다. 곡예사, 시인, 연설가, 화려한 깃발들, 그 귀청 찢어지는 백파이프 소리까지 그야말로 광란의 도가니였다.

그 당시에는 그런 환영이 전혀 달갑지 않았다. 자신이 말에서 내려서는 순간, 그들의 얼굴에 충격과 연민이 나타나리라는 걸 알았으니까. 이런 절름발이를 환영하려고 정성을 쏟았던 걸까 의아해 하리라는 걸 알았으니까. 하지만 오늘밤은 이 성의 횃불들이 자신을 위해 불타는 것이기를 바랐다.

어젯밤 에어리엘라가 뜨겁게 불타올랐던 것처럼.

"해럴드를 기다리고 있나 봐. 제일 멋진 모습을 보여주고 싶은 거겠지."

개빈이 그의 옆에 말을 세우며 중얼거렸다.

"해럴드는 이런 거에 감탄할 줄 몰라, 여기서 살 생각도 없고. 에어리엘라를 자기 집으로 데려가겠다잖아."

말콤이 경멸스레 대꾸했다.

"자네도 전에는 똑같았을 거야, 말콤. 큰 일족의 족장이 산 속 작은 부락에서 지낼 수는 없어. 자신의 일족과 군대를 책임져야 한다구. 이 성과 일족 사람들은 그에게 새로 생긴 소유물에 지나지 않아."

"앞으로 얻게 될 아내도 마찬가지겠지."

"당연히 해럴드가 그녀에게 특별한 감정이 있을 리는 없어. 만난 적도 없는걸, 적어도 여자로서는."

개빈이 미소지었다.

"그녀가 편지에다 전에 만났던 지저분한 몰골의 꼬마가 자기였다고 쓰진 않았을 거 아냐."

그 당시의 롭이 기억났다. 더럽기 짝이 없고, 게다가 반항적이고 오만방자했던 태도. 에어리엘라는 그 모습으로 아주 오랫동안 감쪽같이 말콤을 속여넘겼다.

"그 꼴사나운 몰골을 어느 누가 잊을 수 있겠어? 그걸 알았으면 해럴드가 당장 거절했을걸."

말콤은 성을 쳐다보면서, 자신이 돌아온 걸 알았을 때 에어리엘라가 어떤 반응을 보일지 생각해 보았다. 두려움에 떨어댈까? 그렇다면 기분이 훨씬 좋아질 텐데. 이 빌어먹을 통증과 피로를 가라앉히는데 약간은 도움이 될지도 모른다. 그래, 그녀가 두려움을 느끼도록 만들어 주자, 적어도 잠깐 동안은.

안장 앞으로 몸을 기울이면서 그는 문득 불안해졌다.

"들어봐."

개빈이 잠시 귀를 기울였다.

"아무 소리도 안 들리는데."

"그게 이상하지 않나?"

"왜?"

"맥켄드릭 일족은 어떤 핑계를 만들어서라도 잔치 벌이는 걸 좋아해. 오늘밤 해럴드를 기다리고 있는 거라면 잔치를 준비하느라 북적거릴 텐데 당연히 떠들썩해야 하지 않겠나?"

개빈이 어깨를 으쓱였다.

"잔치가 다 끝났나 보지. 아니면 해럴드가 도착한 후에 시작하려는지도 모르고."

말콤은 잠시 생각에 잠겼다가 고개를 흔들었다.

"지금은 잔치가 끝날 만큼 늦은 시간이 아니야. 아직 시작하지 않은 경우라 해도, 환영곡을 연습하는 자들은 있어야지. 우리가 도착하던 날도 그 빌어먹을 백파이프 소리가 성문 밖 이 킬로미터까지 울려나왔잖아."

개빈이 눈살을 찌푸리며 조용한 성을 쳐다보았다.

"맞는 말이야."

말콤은 어둠을 살피며 말의 속력을 올렸다. 성에서 비치는 불빛 안으로 들어갔을 때 성벽 머리에 거의 스무 명의 어두운 그림자가 자리잡은 것을 알아차렸다.

"이상하군. 무슨 전쟁이라도……."

그때 두 대의 화살이 날아와 그의 양쪽 옆 땅바닥에 푹 박혔다.

"빌어먹을! 뭐야, 이거!"

그가 놀란 말을 진정시키며 고함쳤다.

"멈춰!"

성벽 머리에서 앵거스의 목소리가 터져나왔다.

"움직이면 그 길로 황천행인 줄 알아!"

"너의 사악한 심장에 화살을 박아 주겠다."

듀갈의 으르렁대는 목소리도 뒤를 이었다.

"앵거스? 듀갈? 이게 무슨 짓이오?"

불안한 침묵이 감돌았다. 다음 순간 앵거스의 하얀 머리가 조심스럽게 흉벽 너머로 삐져나오며 어둠 속을 내다보았다.

"맥페인? 맥페인이야?"

"그렇소, 개빈도 같이 왔소. 이게 무슨 짓이오?"

"맥페인이 돌아왔다! 이보게들, 검은 늑대가 돌아왔어!"

앵거스의 흥분한 외침소리와 함께 환호가 울려퍼지더니 성벽 머리에 웅크려 있던 자들의 머리가 쏙쏙 위로 들려올랐다. 사방에서 질문이 터져나오기 시작했다.

"이번엔 군대를 데리고 왔소?"

"저기 숲에다 숨겨놨나요?"

고든과 브라이스의 목소리였다.

"돌아와 줄 줄 알았다구요."

헬렌이 손을 흔들어대며 외쳤다.

"우린 당신이 우리의 전사인 줄 알았다구요, 에어리엘라는 해럴드라고 했지만."

"당신이 떠났다는 말을 들었을 때 우린 안 믿었어요."

이렇게 환영받는 것은 근사한 기분이었다. 하지만 불안감도 점점 커졌다. 그가 없는 사이에 무슨 일이 생겼던 걸까?

"성문 열어."

말콤이 명령했다.

　육중한 나무문이 활짝 열리고 창살로 만든 격자문도 위로 올라가자, 그는 말을 달려 안으로 들어갔다. 말콤과 개빈이 들어서자마자, 그 격자문과 성문은 다시금 굳게 닫혔다. 콜린이 제일 먼저 고삐를 받아들려고 달려나왔다.

　"돌아오신 거 환영합니다, 맥페인."

　"고맙다, 콜린."

　그가 고통을 애써 무시하며 땅으로 내려섰다.

　커다란 홀로 많은 일족원들이 모여들었다. 말콤의 시선이 그 근심스런 표정들을 훑어보았다. 던컨과 앤드루의 심각한 얼굴, 구석에서 창백한 얼굴로 서 있는 엘리자베스.

　에어리엘라의 모습은 보이지 않았다.

　"에어리엘라는 어디 있나?"

　말콤이 다그쳐 물었다.

　음울한 침묵이 흐른 뒤 니알이 불쑥 입을 열었다.

　"로드릭이 잡아갔어요."

　공포가 엄습해들었다, 숨도 쉬지 못할 만큼.

　"그게 무슨 말이야?"

　"로드릭이 오늘 낮에 아그네스와 캐서린을 인질로 붙잡았어요. 그들을 맥켄드릭 검과 맞바꾸자고, 새벽 동틀 때까지 갖고 오지 않으면 캐서린을 죽이겠다고 했어요. 에어리엘라는 캐서린이 다칠까 봐 아까 밤에 혼자서 가버렸어요. 검도 안 갖구요. 해럴드 맥페인이 도착할 때까지 그놈을 막아 보겠다고……."

　말콤은 던컨이 건네주는 종이를 받아들고 재빨리 내용을 읽어내렸다.

　"빌어먹을, 로드릭 놈이 그 황당한 마법의 검을 진짜로 믿는 거야?"

　맥켄드릭들이 불안하게 서로를 쳐다보았다.

"설마 그런 헛소리를 믿는 건 아니겠지?"

앵거스가 머뭇머뭇 입을 떼어냈다.

"그게 말이야, 정말이라구."

"그래, 사백 년 동안 우리가 그걸 갖고 있었어."

듀갈이 동의하고 나자 고든이 뒤따라나섰다.

"사백 년하고 십이 년. 알핀이 말한 거니까 틀림없을 거라구. 위대한 켄드릭 조상님께서 머리 두 개 달린 괴물을 처치할 때 쓴 검이지."

말콤은 자신이 무엇을 더 어이없어하는 건지 알 수 없었다. 그들이 이런 헛소리를 진심으로 믿는다는 사실인지, 아니면 에어리엘라의 목숨이 경각에 달려 있는데 자신이 이런 소리나 들으면서 시간을 낭비하고 있다는 사실인지.

"젠장할, 마법 어쩌구 하는 그런 녹슨 검 따위를 당장 로드릭에게 주면 되잖아."

"그렇게 간단한 일이 아니에요, 맥페인. 에어리엘라만이 그 검의 힘을 부여할 수 있어요."

"게다가 그걸 받은 사람은 자동적으로 다음 대 맥켄드릭이 된다구요. 우린 그에게 충성해야 돼요."

니알과 앤드루가 차례로 설명했다.

말콤이 짜증스럽게 으르렁댔다.

"헛소리 좀 작작해. 마법의 검 따윈 없어. 고물검 하나 쥐었다고 불량배놈을 족장으로 모실 필요도 없다구."

"에어리엘라가 그 검을 로드릭에게 주면, 그가 다음 대 맥켄드릭이오."

고든이 지극히 진지한 표정으로 말했다.

"그러니까 그 검을 지키는 게 에어리엘라의 책임이지. 그 애가 올바른 족장을 선택해야 하오."

"그게 그 애의 신성한 권리이자 의무지."

앵거스와 듀갈이 한마디씩 했다.

말콤은 화를 터트리지 않으려고 안간힘을 썼다. 맥켄드릭들이 이 황당한 마법의 검 어쩌구를 믿는 것은 분명했다. 에어리엘라도 그렇고. 또 누군가가 로드릭에게 그런 확신을 심어주었을 테고.

도대체 이놈의 인간들이 다 어떻게 된 거야?

"그 말이 사실이라 해도, 로드릭이 에어리엘라와 캐서린, 아그네스를 인질로 잡고 있는데 그걸 주는 것 외에 무슨 방법이 있겠어? 로드릭이 얼마나 잔인한 놈인지 알고는 있겠지?"

아무도 대답하지 않았다.

물론 알고 있으리라. 로드릭이 처음 공격해 왔을 때, 맥켄드릭들은 그의 잔인성을 철저하게 경험했었다. 맥페인 일족이 당한 학살에 비할 바는 아니었지만, 그 경험만으로도 사태의 심각성을 충분히 깨달았다.

말콤이 다시 입을 열었다.

"우리에겐 선택의 여지가 없어, 시간도 없고. 나에게 그 검을 내주면, 내가 로드릭에게 가져가지. 당연히 검을 넘겨주기 전에 인질들을 구해내고. 여러분들 말대로 에어리엘라만이 그 검의 능력을 부여할 수 있는 거라면, 그놈이 검만 갖고서 뭘 어쩌겠나?"

"그러면 검이 없어지잖아요."

'그럼 다른 걸 하나 만들어.'

그렇게 대꾸해 주고 싶었지만, 말콤은 여전히 잘 참아냈다.

"에어리엘라와 캐서린, 아그네스의 안전을 확인하고 나서, 내가 다시 빼앗아올게."

"어떻게?"

앵거스가 불안하게 묻자, 던컨이 잽싸게 끼어들었다.

"우리가 도우면 돼요. 인질들을 구해낸 다음에 로드릭의 캠프를 공격하자구요."

"그놈들을 싸그리 쓸어 버려야 해요, 다시는 우릴 넘보지 못하게."

니알도 험악하게 내뱉었다.

찬성하는 웅성거림이 번져나갔다.

"안 돼."

말콤이 단호하게 가로막았다.

"왜 안 돼요?"

"남자들을 성 밖으로 끌어내는 건 로드릭이 제일 좋아하는 전략이야. 나도 전에 당한 적이 있어. 다른 일족이 공격당했다는 연락을 받고 내가 군대를 이끌고 도우러 나갔었지. 그런데 그게 다 로드릭의 술수였어. 난 우리 일족에 몇 명의 전사만 남겨놨었지."

그는 잠시 머뭇거렸다. 이 얘기를 정말 계속해야 할까.

"그 결과 내 일족이 끔찍하게 당했어."

맥켄드릭들은 동정어린 시선으로 그를 바라보았다. 그의 엄청난 실수를 이해하지 못한 듯이, 그 일이 전적으로 그의 잘못이라는 걸 모르는 듯이.

더 이상 그들에게 거짓말할 수는 없었다. 이렇게 완벽한 신뢰를 보여주는 사람들에게 진실을 알려주는 게 마땅했다. 그는 낮은 목소리로 말을 이어나갔다.

"그날 밤 이백 명 이상의 여자와 아이들이 살해당했어. 노인이나 병자들이나, 임신한 여자들까지 모두. 로드릭과 그 일당이 무참하게 죽여 버렸지. 내가 어리석게도 술에 취해서 판단능력이 없었던 때문에…… 그 용서받지 못할 실수로, 난 족장직을 박탈당하고 영원히 부락에서 추방됐어. 난 지금 맥페인이 아니고 군대도 없지."

충격어린 침묵이 홀 안에 가득 내려앉았다.

말콤은 고통을 드러내지 않은 채 침착하게 사람들을 응시했다. 그들의 얼굴에서 존경이 사라지는 것을 지켜보면서, 말할 수밖에 없었다고 자신에게 일러주었다. 아무도 입을 열지 않았다, 너무나 경악스러워 누구도 입을 열지 못했다.

'당연한 벌이야. 난 이들의 존경과 애정을 받을 자격이 없었어. 위대한 검은 늑대라는 착각으로 날 믿어 주었던 것뿐, 이들은 나의 진면목을 알지 못했어.'

에어리엘라만이 그의 진면목을 알고 있었다.

그들의 충격어린 시선에 고통스러웠다. 그래도 견뎌냈다. 자신의 일족원들을 죽음으로 몰아간 데다가 맥켄드릭들에게 거짓말까지 했으니 어떤 경멸을 받는다 해도 당연하다. 하지만 어찌 됐든 에어리엘라를 구하러 갈 것이다. 이 일족이 뭐라 하든 마법의 검이 있든 없든. 에어리엘라와 캐서린과 아그네스를 구하러 가는 것만큼은 누구도 막지 못하리라.

로드릭 놈을 죽여 버리는 것도.

"그 끔찍한 사건이 자네 잘못인 것처럼 말하는군."

앵거스의 목소리가 정적을 깨뜨렸다.

"그건 내 잘못이었어요, 앵거스. 내가 전사들을 끌고 나가지만 않았다면, 오늘날까지 그 여자와 아이들은 살아 있었을 겁니다."

"하지만 도와줘야 할 사람들이 있다고 생각했기 때문에 나간 거잖아."

듀갈이 반박했다.

"난 술에 취해 있었어요. 그렇게 많은 군사를 끌고 가지 말았어야 했는데……."

"하지만 다른 일족이 정말 공격당했는데 당신이 소수의 전사만 데려갔다면, 그들의 죽음도 당신 책임이 됐을 거 아니오?"

말콤이 놀라며 고든을 바라보았다. 이 사람들이 왜 그를 변명해 준단 말인가?

"술에 취했든 맨 정신이었든, 그건 어려운 결정이었어요."

던컨이 입을 열었다.

"방금전에 나도 남자들 모두 나가서 싸우자고 제안했어요. 당신이 오지 않았으면, 아마 그렇게 됐을 거예요."

"그렇게 했다가 여기 있는 여자와 아이들이 살해당했다 해도, 우린 던컨을 비난하지 않았을 거예요. 그 죽음의 책임은 전적으로 로드릭과 그 일당들한테 있어요."

램지가 결론을 내렸다.

말콤은 당황스러웠다. 왜 이들은 그의 잘못을 이해하지 못할까?

앵거스가 지혜롭게 입을 열었다.

"지난 일은 지난 일이고 우린 자네가 여기 있는 동안 보여준 행동으로 판단해, 맥페인. 자네는 우릴 보호해 주려고 노력했어, 최선을 다해서."

"맞아요."

브라이스가 고개를 끄덕였다.

"당신이 아니었으면 이 성은 벌써 로드릭한테 넘어갔을 거예요. 당신이 우리에게 싸우는 방법을 가르쳐 줬어요."

"당신이 이길 수 있다는 자신감을 갖게 해줬어요."

니알과 휴도 거들었다.

"당신이 우리를 전사처럼 느끼게 해주었어요, 여자들도요."

헬렌의 말이었다.

"에어리엘라도 당신이 우릴 도울 수 있다고 믿었기 때문에 여기 데려왔던 거예요. 과거가 어떻든 간에."

말콤은 그들의 말을 믿을 수가 없었다. 그들은 그의 실패, 그의 거짓말까지 받아들이고 있었다.

"이만 로드릭 문제로 돌아가죠."

더 이상 말콤의 죄를 거론할 필요가 없다는 듯 던컨이 주제를 바꿨다.

“맥페인에게 그 검을 내주고 에어리엘라와 캐서린과 아그네스를
구해낸 다음에 우리 검을 되찾아오는 게 낫겠어요. 에어리엘라가 로
드릭에게 직접 주지만 않으면 그 힘도 전달되지 않을 거예요.”

“그 방법밖에 없겠어. 에어리엘라의 계획이 잘 먹혔는지 알 수도
없고. 해럴드가 언제 도착할지도 모르는 상황이잖아.”

고든이 중얼거렸다.

“그는 내일 도착할 거요.”

말콤은 자신이 그 도착을 연기시켰다는 게 께름칙했다. 해럴드가
데려오는 50명의 잘 훈련된 전사들이 큰 도움이 될 수도 있을 텐데.

“아마 정오쯤.”

“그걸 어떻게 알아?”

듀갈이 물었다.

“개빈과 내가 그를 만났어요. 오늘밤에 거기다 캠프를 치게 했죠,
내가 먼저 오려고.”

“왜?”

“당연히 에어리엘라와 얘기하려고 그랬겠지. 내 말이 맞지?”

앵거스가 씨익 웃었다.

그 질문을 무시해 버리고 말콤이 다그쳤다.

“그 검은 어디 있죠?”

“알핀한테 물어 봐, 그건 알핀밖에 몰라.”

듀갈이 대답해 주었다.

“그럼 각자 제자리로 돌아가도록.”

말콤이 명령을 내리기 시작했다.

“빈틈없이 경계해야 해. 내가 없는 동안 개빈이 지휘를 맡을 거야.
삼 분의 이는 보초를 서고 삼 분의 일은 잠을 자도록. 두 시간 간격
으로 교대. 로드릭 놈이 우리가 지치길 기다렸다가 아침에 공격할
가능성도 있으니깐 철저히 대비해야 해.”

　모두들 고개를 끄덕였다. 투지로 가득한 표정들이었다.

"좋아, 움직여."

　말콤은 일족원들이 재빠르게 흩어지는 모습을 지켜보았다.

　그런 다음 빌어먹을 고물검을 받아내기 위해서 알핀의 방으로 향했다.

　육중한 문을 밀고 들어가자, 예의 그 거대한 올빼미가 퍼드득 날아오르며 요란스레 울어댔다. 말콤은 그 기분 나쁜 새를 한 번 노려보고 나서 어두운 방 안으로 절룩이며 걸어들어갔다. 알핀이 테이블 위에 웅크린 채 말린 박쥐 날개를 싹뚝싹뚝 썰고 있었다.

　말라비틀어진 손으로 천천히 그 조각들을 긁어모으며 알핀이 입을 열었다.

"돌아왔군."

"검을 가져가야겠어요."

　그의 말을 들었는지 못 들었는지, 알핀은 말린 날개 부스러기를 조금씩 집어 그릇에 담기 시작했다.

"로드릭이 에어리엘라, 캐서린, 아그네스를 붙잡고 있습니다."

　이 늙은이가 심각한 상황을 모르는 것 같았기에 말콤이 애써 설명해 주었다.

　알핀은 그릇에 한 번 더 날개 부스러기를 뿌린 다음 남은 양을 털어냈다.

"알고 있네."

　그는 테이블 위에 흩어진 병들 중에서 '청어 기름'이라고 쓰여진 것을 골라 양초 불길에 비춰보면서 정확한지 확인했다. 그리고는 그릇 안으로 몇 방울 똑똑 떨어뜨렸다.

"그들을 구하려면 검이 있어야 한다구요. 검이 있는 곳을 아는 게 당신뿐이라고 들었어요."

말콤이 짜증스럽게 재촉했다.

"그 말은 맞아."

그는 병을 내려놓고 단지의 뚜껑을 열어 킁킁 냄새를 맡았다. 그
냄새에 만족한 듯 망토 주머니에서 은숟가락을 꺼내 표면을 싹 걷어
그릇 안에 첨가시켰다.

"하지만 그걸 찾는 건 자네한테 달렸네."

말콤의 실낱 같던 인내심이 딱 끊어져 버렸다.

"그런 헛소리 들을 시간 없어요."

그가 단호하게 몸을 돌렸다.

"시간을 내야 할 거야, 맥페인."

말콤은 깊이 숨을 들이쉰 다음에, 조금 침착한 목소리로 입을 열
었다.

"그걸 줄 수 있다는 겁니까, 못 주겠다는 겁니까?"

알핀이 고개를 흔들었다.

"내 힘으로 줄 수는 없어. 난 찾을 수 있는 곳만 가르쳐 줄 수 있
지. 그걸 찾게 될지는 자네에게 달렸네, 물론 에어리엘라하고."

"좋아요, 어디서 찾으면 되죠?"

"맥켄드릭의 검은 숲속에 모셔져 있지. 삼십 년 동안 누구도 손댄
적이 없어. 에어리엘라의 아버지가 그걸 지니고 있었더라면 이런 일
이 닥치지도 않았을 텐데."

"그가 왜 거기다 놔두었던 거죠?"

"맥켄드릭이나 그의 아버지, 할아버지도 그 검을 사용한 적이 없
었네. 족장 취임식에서 사용할 때 외에는. 우린 평화로운 일족이라
그 검을 경건한 물건으로만 다루었지. 백년 이상 그 검의 능력을 시
험해 본 적이 없다네."

"그 위력을 본 사람도 전혀 없다는 뜻이군요. 그런 능력이 진짜인
지 물어본 사람조차 없었다는 게 신기할 뿐입니다."

말콤의 빈정거림에도 알핀은 온화하게 미소지었다.

"그 검은 쉽게 받을 수 있는 물건이 아니라네. 무기 없이 혼자서 숲으로 들어가 오늘밤 그곳에서 잠을 자게. 자는 동안 꿈을 꾸게 될 걸세. 그 꿈이 이끄는 대로 따라가면 그 검이 있는 곳을 알 수 있을지도 모르지. 그걸 찾아낸 후에 자네가 받아낼 수 있을지 없을지는 알 수 없네."

"그렇게 낭비할 시간이 없어요. 에어리엘라와 캐서린의 목숨이 위태로운데, 무기도 없이 숲속으로 들어가서 어느 나무 밑에서 잠들었다가 로드릭에게 발각되면 그땐 어쩌란 말입니까? 그 빌어먹을 검 없이 그냥 가겠어요."

이미 너무 많은 시간을 낭비해 버린 게 짜증스러웠다. 그가 문 쪽으로 걸어가기 시작했다.

"그러면 그들은 죽을 걸세."

그의 걸음이 멈칫했다.

"자네의 무모한 분노대로 따라가든지, 내 말에 귀를 기울이든지 둘 중 하나를 선택할 수 있지. 한 선택은 그들을 죽음으로 몰아넣을 것이고, 다른 선택은 최소한 그들을 살릴 가능성이 있네. 결정하는 건 자네 몫이야."

말콤은 잠시 머뭇거렸다. 점술가나 마법의 검 따위는 믿지도 않았다. 하지만 다른 자들은 모두 믿는 모양이었다, 로드릭을 포함해서. 숲속에 그 고물검이 숨겨져 있는 거라면, 로드릭과 맞서기 전에 한 번쯤 찾아보아야 할 것 같기도 했다. 로드릭이 그토록 원하는 것을 갖고 있으면 더 유리한 입장이 될 테니까.

지금 상황으로는 로드릭이 그보다 훨씬 우월한 입장이었다.

"꿈을 꾸고 나서는 어떻게 되는 겁니까?"

"그 꿈이 안내해 줄 걸세. 그곳에 가서, 시험을 치러내야 하지."

말콤은 코웃음치고 싶은 걸 간신히 참아냈다. 시간이 갈수록 이

헛소리가 점점 더 허무맹랑해졌다.

"무슨 시험 말이죠?"

알핀이 어깨를 으쓱였다.

"나도 모르네. 찾는 자에 따라서 달라지지. 그 시험에 통과하면, 검이 자네에게 나타날지도 모르네. 하지만 에어리엘라의 의지가 있어야 하지. 그것은 그녀가 자네를 일족의 족장으로 받아들인다는 뜻이기도 하고."

말콤은 허탈한 웃음을 터트렸다.

"그럼 괜히 이런 일에 시간 낭비할 필요 없겠군요. 어젯밤 그 여자가 나에게 약을 먹이고 손을 묶어 쫓아냈거든요. 내가 그녀의 이상에 맞는 족장감이 아니기 때문이죠. 이렇게 약해빠진 몸뚱이로는 그 시험에 통과하기도 불가능하겠지만 하여튼 통과한다 해도 에어리엘라는 절대 그 검을 나한테 주지 않을 겁니다. 그녀는 검을 해럴드에게 주고 싶어하죠."

알핀은 화로 쪽으로 걸어가 냄비 속에서 끓고 있는 액체를 휘휘 젓기 시작했다.

"정말 그렇게 믿나?"

'다음 대 맥켄드릭은 위대한 전사이자 위대한 지도자여야 해요. 당신은 그 사람이 아니에요.'

"그렇습니다."

그녀의 경멸스런 어조를 기억하자 다시금 분노가 치밀어올랐다.

알핀이 잠시 생각에 잠겼다가 한숨을 내쉬었다.

"맥페인, 처음 자네와 결혼하게 될 거라고 믿었을 때 그 애는 영웅적인 모습을 상상했다네. 내 환상에서도 그랬고, 여행객들에게서 들은 얘기도 그 비슷했지. 위대한 검은 늑대의 공적은 전설적이었어. 그런데 자네가 도와주러 와주지 않았을 때 그 애의 상상은 깨져 버렸지. 아버지와 일족원들이 죽은 걸 자네 탓이라고 생각했어. 난 그래도 자네를 찾으러 보냈네. 그런데 자네의 모습을 보고 나서는 더 놀라 버렸던 거야. 그 분노와 실망감 때문에, 그 애는 지금 그대로의 모습이 아닌, 자신이 생각하고 들어왔던 예전의 모습으로 자네를 판단했던 걸세.”

그의 날카로운 검은 눈동자가 주의 깊게 말콤을 바라보았다.

“말콤 맥페인, 자네도 그 왜곡된 이미지의 희생양일세. 고의적으로 저지른 잘못이 아닌 한 과거의 실패를 비난하면 안 되는 거지. 그런데 둘다 그걸 배우지 못했어. 중요한 것은 오늘의 우리와 내일의 우리라네.”

“에어리엘라는 오늘의 나를 알고 있어요. 처음에 이곳으로 데려왔던 술꾼과 달라졌다는 걸 압니다. 그런데도 날 거절했어요.”

“그건 놀라운 일이 아니지. 에어리엘라에게는 이 일족에 대한 책임이 가장 우선이니까. 다음 대 맥켄드릭을 제대로 선택해야 하는 의무는 쉬운 게 아닐세. 때로는 마음 가는 곳과 행동이 전혀 다르게 나타날 수도 있지. 의무를 수행하려는 행동으로 에어리엘라의 마음을 판단하진 말아야 하네.”

“내 생각엔 그녀의 행동이 마음과 정확하게 일치하는 것 같은데요.”

“자네가 마리안을 무정하게 거부했을 때, 그것도 마음과 일치된 행동이었나?”

그가 경악하는 표정으로 노인을 쳐다보았다. 이 늙은이가 그 일을 어떻게 알았을까?

알핀이 계속 말을 이었다.

“그녀는 자네를 사랑했지. 한 소녀가 남편감으로 정해진 잘생긴 전사를 사랑하는 정도로. 당연히 자네가 심각한 부상을 입고 돌아왔을 때 그녀는 두려워했네. 두렵고 혼란스러웠지. 하지만 그래도 자네를 사랑했어. 또한 자네를 원했지. 그런데 자네는 일부러 그녀를 밀어내 버렸어."

"그녀는 날 원하지 않았어요, 동정했을 뿐이죠."

"망가진 육신과 정신을 지닌 남자는 사랑받을 수 없다고 생각하나?"

말콤은 무기력하게 시선을 돌려 버렸다.

"그럼 어젯밤 자네와 에어리엘라 사이에 있었던 일은 어떻게 설명할 텐가, 맥페인?"

어젯밤의 기억이 되살아났다. 그녀의 키스는 정열적이었고 손길도 뜨거웠다. 마치 간절히 원하는 것을 붙잡으려는 것처럼. 그녀의 앞에 섰을 때 그는 흉측하거나 불쌍한 존재처럼 느껴지지 않았다. 잠시나마 온전하고 강인한 남자, 망가지기 전의 그 남자로 돌아간 기분이었다. 에어리엘라는 그의 상처 하나하나, 고통스런 근육 마디마디를 잘 알고 있었다. 그 누구보다 불완전한 그의 상태를 잘 알고 있었다.

그런데도 정열적으로 그를 맞아주었다.

'그건 아무 의미도 없어.'

그녀에게는 순간적인 정열과 족장을 선택하는 문제는 전혀 별개였다. 그러니까 그 고물검을 찾는 건 시간낭비였다. 그런 것이 실제로 존재한다고 믿기도 힘들었지만, 있다고 해도 그걸 찾는 것이 에어리엘라의 의지에 달려 있다면 희망은 전혀 없었다.

아무 데서나 고물검 하나를 찾아 로드릭에게 갖다주는 편이 나을 것이다.

"노력해 봐야 하네, 맥페인."

알핀이 단호하게 그의 생각을 잘라냈다.

"그것이 믿기지 않는다 해도, 실현 가능성이 없다 해도 노력해 봐야 하네."

축 처진 주름살 속에 박힌 검은 눈동자가 엄숙하게 빛을 뿜어내고 있었다. 그 시선을 마주 보는 순간 싸늘한 한기가 밀려드는 느낌이었다. 이 늙은이에게 정말로 특별한 능력이 있다고 믿어질 정도였다. 터무니없다고 애써 생각하면서도, 그 검은 눈동자의 강렬함이 그의 냉소적인 갑옷을 계속 찔러대고 있었다.

좋아. 그 검을 찾는 것이 에어리엘라와 캐서린을 구하는 길이라면 그렇게 하리라.

새벽녘까지 찾지 못한다면, 그대로 그들을 구하러 나서는 거다. 맨손으로라도 로드릭을 없애버리리라.

소나무 향기, 젖은 대지의 내음, 은은한 히스향이 공기중에 떠돌아다녔다. 햇살이 가득할 때의 향기와는 전혀 다르게 신비스런 느낌이었다. 말콤은 촉각을 곤두세운 채 천천히 어두운 숲속으로 걸어들어갔다. 시간이 갈수록 발밑에서 꿈틀대는 대지의 호흡과 자신의 숨소리, 심장박동소리만이 세상을 가득 메웠다. 자신과 주위 환경에 대해 예민해졌다. 로드릭의 부하가 어딘가에서 움직인다면 근처에 오기 훨씬 전부터 알아차릴 수 있을 만큼.

물론 이 지친 몸뚱이밖에 아무런 무기가 없으니 살아남을 기회는 전혀 없겠지만.

알핀의 말에 설득당한 자신이 바보였다.

'이건 시간낭비야. 돌아가서 다른 방법을 찾아보자.'

그렇게 잔소리해대는 이성의 목소리에도 불구하고 그는 계속해서 전진하고 있었다. 터벅터벅 까만 나무 기둥들을 돌아나가면서, 아침에 목이 베이지 않은 상태로 깨어날 수 있을 만한 잠자리 장소를 찾았다. 헛되이 죽을 수는 없다는 생각, 그리고 에어리엘라와 캐서린이 위험한 지금 잠들 수 없다는 생각만으로 쉬지 않고 걸었다.

로드릭이 영리한 놈이라는 걸 왜 미처 생각지 못했을까. 그는 자신의 어리석음에 화가 났다. 맥켄드릭 성을 요새화시키는 데만 전념했었다. 아무리 피곤해도, 술기운에 기진맥진했어도, 치 떨리게 이른 시간에 깨어나 곡예사와 시인, 음악가 무리들을 훈련시켰다. 그리고 천천히, 믿을 수 없게도 그들을 전사로 변모시켰다. 피비린내나는 전투에서 포악하게 덤벼들 수 있는 전사는 아니라 해도, 자신들의 집과 사랑하는 이들을 지키기 위해 목숨 걸고 싸울 수 있는 용감한 전사들을 만들어 냈다.

대가를 바라고 한 일이 아니었다. 자신 때문에 비참하게 죽어간 에어리엘라를 위해, 그녀에게 진 빚을 갚기 위해서였다.

그녀가 살아 있음을 안 후에는, 그녀의 존재 자체가 일족을 위험으로 몰아넣을 것이기에 더욱 열심히 노력했다. 성의 약점들이 보강되고, 훈련도 성공적이었으며 이웃 일족들과 동맹도 맺었다. 그것으로 자신이 할 수 있는 일은 다 했다고 생각했었다.

그런데 로드릭이 캐서린을 이용해서 에어리엘라를 끌어낼 줄은 예상치 못했다.

이제 그는 사방이 빽빽한 수풀림 속에 다다라 있었다. 울창한 나뭇잎이 머리 위 하늘을 가리고 땅에는 두터운 이끼와 양치류들이 자라 있는 곳. 그 부드러운 풀숲에 아픈 몸뚱이를 내려놓으며 나무 둥치에 등을 기댔다. 주위의 어둠을 노려보면서, 어찌 이 상황에서 잠들 수 있을까 생각했다.

하지만 잠을 자야만 했다. 그는 가슴 앞으로 팔짱을 끼고 눈을 감았다.

일분이 채 지나기도 전에 누군가의 시선이 닿는 걸 느꼈다. 번쩍 눈을 뜨며 본능적으로 단검에 손을 뻗었다. 하지만 만져지는 건 옷자락뿐, 그제서야 무기가 없다는 걸 깨달았다.

몇 발짝 떨어진 곳에 유령 같은 늑대의 윤곽이 보였다. 말콤은 그 짐승에게 시선을 고정시킨 채로 두 손으로 돌이나 무거운 나뭇가지들을 찾아보았다. 아무것도 잡히지 않았다. 늑대가 그를 향해 한 걸음 다가들었다.

말콤은 맨손으로라도 싸울 준비를 하며 몸을 긴장시켰다. 다시 한 걸음, 이번 걸음걸이는 다소 흔들거렸다. 그 짐승이 절룩이고 있었다. 말콤과 똑같은 불구의 상태. 늑대는 한동안 그를 살펴보았다. 악의적으로가 아니라 신중하고 호기심어린 눈동자로.

'내가 미쳐가는 모양이야.'

어째서 이 야생의 짐승이 덮쳐들지 않을 거라는 확신이 들까? 그런데 한동안 쳐다보고 있던 늑대가 앞발에 머리를 대고 누우며 긴 한숨을 내쉬었다.

이상하게도 더 이상 늑대의 존재가 위협적으로 느껴지지 않았다. 오히려 편안하게 마음이 안정되었다. 말콤도 한숨을 내쉬며 피곤한 눈을 내리감았다. 나무에 등을 기대고서 잠의 흐름 속으로 빠져들었다.

에어리엘라의 비명소리! 그가 화들짝 깨어났다.

그의 눈앞에서 나무탑이 화염에 휩싸여 있었다. 까만 연기와 숯가루가 공중으로 날아다녔다. 그는 벌떡 일어나 달려가려 노력했다. 하지만 납덩이 같은 다리가 마음먹은 대로 움직여 주지 않았다. 마침내 그 불타는 건물에 도착했을 때쯤, 건물은 무너지기 시작했다. 문을 걷어차고 안으로 뛰어들었다. 숨이 턱턱 막혀오고 온몸이 뜨거운 열기에 녹아 버릴 듯했다. 그래도 그는 절룩거리며 계단을 올라갔다. 그의 뒤에서 불길이 덮쳐오고 있었지만 에어리엘라를 구해서 밖으로 나가든, 노력해 보다가 죽든 두 가지 중 하나일 뿐이었다.

복도에 세 개의 문이 늘어서 있었다. 어느 방에서나 에어리엘라의 목소리가 터져나왔다. 그는 순간적으로 망설이다가 즉시 세 번째 문으로 달려들었다. 그녀가 활활 타는 불길 사이에 갇혀 있었다. 그녀의 치맛자락에 불길이 붙었다. 말콤은 그녀를 부둥켜안고 화염 밖으로 이끌어냈다. 하지만 이제 화염이 문 앞까지 닥쳐 빠져나갈 길이 없었다. 실패했다. 그는 절망적으로 자신의 실패를 깨달으며 그녀를 안고서 돌바닥으로 쓰러졌다.

"미안해."

그녀의 머리카락을 쓸어넘기며 그는 용서를 빌었다. 갑자기 그녀의 모습이 변하기 시작했다. 더 이상 에어리엘라가 아니라 창백한 마리안이었다. 그녀가 손을 들어올려 부드럽게 그의 뺨을 어루만졌다. 그녀의 푸른 눈은 슬프게 젖어 있었다.

다음 순간 그녀는 사라지고, 그 자리에 작은 싹이 솟아났다. 그 싹이 점점 자라나더니 불길을 머금은 거대한 나무가 되었다. 불타오르는 나뭇잎들이 엄청난 열기를 발산하며, 죽음과 피냄새가 공기중에 진동을 했다. 그 나무의 꼭대기 어딘가에서 에어리엘라가 비명을 지르고 있었다. 그는 그녀의 이름을 외치며 정신없이 나무를 기어올랐다. 나뭇잎들이 그의 얼굴과 팔, 다리를 후려갈기고 그의 옷가지와 살갗을 불태웠다. 뜨거운 열기로 인해 폐가 터져 버릴 것 같았다.

하지만 에어리엘라에게 닿을 수만 있다면 그런 것쯤 상관없었다.

마침내 그녀의 손을 부여잡는 순간 그의 모든 힘이 고갈되었다. 그들은 불타는 나뭇잎들 사이로 떨어지기 시작했다. 그리고 말콤은 다시 한 번 실패했음을 절감했다.

"미안해, 에어리엘라."

그녀만이라도 살아나길 바라며, 자신의 몸으로 그녀를 막아 주며 그가 애원했다.

에어리엘라의 회색 눈동자가 불안하게 그를 바라보았다. 다음 순간 그녀가 살포시 미소지었다.

"늑대를 따라가세요, 말콤."

그녀가 다정하게 입을 맞추며 속삭였다.

"당신을 집으로 데려다 줄 거예요."

말콤이 고개를 저었다.

"나에겐 집이 없어."

"늑대를 따라가세요."

그녀가 그의 뺨을 어루만진 다음 갑자기 사라져 버렸다.

말콤은 거칠게 숨을 몰아쉬며 벌떡 일어나 앉았다.

아직 어둠에 싸여 있지만, 첫새벽이 임박했음을 알 수 있었다. 늑대와 그의 시선이 마주쳤다. 그 짐승이 자리에서 일어나 몇 걸음 걸어가다가 그를 돌아보았다. 그리고는 나무틈 사이로 사라졌다.

말콤은 그 뒤를 쫓아가기 시작했다. 어둠을 뚫고 울창한 나뭇가지와 덤불들을 헤치며 늑대를 따라잡으려 안간힘썼다. 어디로 가는 건지 알 수 없어도 왠지 신경쓰이지 않았다. 늑대는 절룩이는 다리에도 불구하고 날렵하게 움직였다. 말콤이 따라올 수 있도록 가끔씩 멈춰 서서 기다리기를 몇 번, 오랜 시간이 지난 것 같은데도 숲은 여전히 캄캄했다. 마침내 늑대가 빽빽한 덤불 뒤쪽으로 기어들어갔다. 거친 숨을 몰아쉬며 고통을 참아보려 이를 악문 채 말콤도 그 뒤를 따라 들어갔다.

히스향나는 산비탈 밑에 푸른 호수가 반짝이고 있었다. 비둘기색 하늘을 배경으로 뿌연 안개가 산봉우리에 그림처럼 걸렸다. 그리고 호수 옆에 황금빛 연두색, 붉은빛의 화려한 나뭇잎을 뽐내며 거대한 나무 한 그루가 솟아 있었다. 늑대가 그 옆에 서서 그를 바라보았다.

꿈에서 보았던 그 나무였다. 지금은 진짜 불길이 아닌 불길 같은 색채의 나뭇잎이라는 것, 비명소리가 들리지 않는다는 것만 다를 뿐이었다. 그는 조심스레 그리로 접근해 갔다. 늑대는 끈기 있게 그를 기다리다가 슬쩍 나무 둥치를 쳐다보았다. 그곳에서 은빛 광채가 뿜어져 나왔다.

그가 더욱 가까이 다가갔다.

장엄한 모습의 검 한 자루가 나무에 기대어져 있었다. 커다란 사파이어와 루비들이 박힌 정교한 칼자루, 눈부시게 번쩍이는 칼날. 그 동안 보았던 어떤 검과도 달랐다. 그 아름다운 작품을 창조하기 위해 수많은 시간과 장인들의 정성이 필요했으리라. 그가 그 칼자루를 힘껏 움켜잡았다. 마치 그를 위해서 만들어 놓은 것처럼 손에 딱 들어맞았다. 두 손으로 검을 높이 들어올린 다음 힘차게 내리그어 보았다. 견고하면서도 놀라우리만치 가벼웠다.

'그 검이 자네에게 나타날지도 모르네, 하지만 에어리엘라의 의지가 있어야 하지. 그것은 그녀가 자네를 일족의 족장으로 받아들인다는 뜻일세.'

그는 믿을 수 없는 심정으로 검을 바라보았다. 그럴 리가 없었다. 그녀가 그를 일족의 족장으로 생각지 않는 것은 너무나도 분명했었다. 그런데 지금 이 초록의 조용한 영토에서 맥켄드릭 검이 그의 손에 들려 있었다.

'늑대를 따라가세요. 당신을 집으로 데려다 줄 거예요.'

홀깃 늑대를 쳐다보았다. 그 짐승이 고요하게 그의 시선을 받아낸 다음 방향을 바꾸어 숲으로 되돌아갔다.

말콤은 따라가지 않았다. 늑대가 그를 이리로 데려다 주었다, 그것이 에어리엘라의 진실한 마음을 알려주었다.

하지만 로드릭을 없애고 에어리엘라를 품에 안을 때까지, 그에게는 집이 없었다.

15

에어리엘라는 차가운 칼날의 촉감을 음미하며 단검을 쓰다듬었다. 천막 안으로 회색 빛줄기가 스며들었다. 아침이었다.

'이제 곧 로드릭의 심장을 찌르리라. 아버지의 생명, 로드릭의 탐욕으로 인해 죽어간 일족원들을 위해 이 검으로 복수해 주리라.'

무슨 수를 써서라도 로드릭을 죽일 것이다. 맥켄드릭 검에 대한 그의 집착은 너무나 집요했다. 그가 살아 있는 한 그녀의 일족은 안전하지 못했다. 일족의 안전, 그리고 맥켄드릭 검이 그 위력을 남용할 자의 손으로 들어가는 것을 막는 것이 그녀의 의무였다. 해럴드에게 검이 없다는 걸 알게 되면 로드릭의 분노가 극한까지 치달을 것이다. 그 즉시 캐서린을 죽이려 하리라.

그녀가 먼저 그를 죽여야 했다.

밤새도록 캐서린과 아그네스를 피신시킬 방법을 찾아헤맸다. 캐서린이 사라진다면 로드릭의 위협 무기도 사라질 테니까. 하지만 아무리 궁리해도 묘안이 떠오르지 않았다. 그녀가 먼저 그의 심장에 비수를 꽂아야 했다. 그를 죽이고 나면 그녀도 그의 부하들의 손에서 살아남을 가능성이 없었다. 캐서린과 아그네스만은 구하고 싶었는데, 이젠 그 일이 불가능하다는 걸 알았다. 캐서린과 아그네스가 이 텐트 밖으로 빠져나갈 수 있다 해도 로드릭의 부하들이 숲에 깔려 있는 상황에서 성까지 무사히 가진 못하리라.

어차피 죽어야 한다면, 함께 죽는 편이 낫다.

슬픔으로 목이 메어 왔다. 아직 창창한 미래가 있는 어린 캐서린이 죽어야 한다는 게 슬펐다. 아그네스도 가여웠다. 비록 일족을 배신하긴 했지만, 사악한 남자에게 마음을 빼앗겨 버린 어리석은 여자일 뿐이었다. 그녀 자신도 성이 공격당하던 날까지 그자의 진면목을 알지 못했으니까. 로드릭은 그 잘생긴 얼굴과 능수능란한 언변 뒤에 자신의 사악함을 잘도 숨겨놓았다.

말콤과는 달리.

말콤은 힘없이 망가진 전사로서의 모습 외에 다른 모습을 꾸며낸 적이 없었다.

말콤과의 마지막 순간 그의 분노, 그의 고통이 기억났다. 그는 남은 평생 그녀를 증오하리라. 어쩔 수 없었다. 그녀에겐 선택의 여지가 없었다. 말콤이 있는 곳에서 해럴드를 맞을 수는 없었다. 말콤의 경멸을 견뎌낼 자신이 없었다. 일족원들 앞에서 그의 과거가 폭로되는 것도 바라지 않았다. 하지만 그녀 자신은 더 이상 그의 과거를 비난하지 않았다.

텐트 밖에서 하품과 트림소리, 기지개 펴는 부산스런 소리들이 들려왔다. 캠프에 아침이 시작되고 있었다.

'곧 끝나리라. 로드릭은 죽고 우리의 검은 안전할 것이다.'

다그닥다그닥 말발굽소리와 함께 커다란 외침이 울려퍼졌다. 에어리엘라는 단검을 망토 안에 집어넣고 조심스레 밖을 내다보았다.

로드릭이 캠프 가운데에서 세 명의 부하에게 보고를 듣고 있었다.

말끔하게 면도하고 머리도 윤기나게 빗어넘겼다. 꼼꼼하게 바느질한 셔츠와 단정한 플래드 차림, 모두 그녀의 일족에게서 빼앗아갔던 것들이다. 오늘 맥켄드릭들의 충성을 받아낼 때 최고의 모습을 보이고 싶었던 모양이었다.

'오늘 네가 받게 될 검은 나의 이 단검뿐이다.'

그녀가 다시 한 번 마음속으로 다짐했다.

로드릭은 무언가 예상치 못했던 일이 생긴 것처럼 다소 당황스런 표정이었다. 그가 부하들에게 몇 마디 지시를 내린 다음 그녀의 텐트 쪽으로 발길을 옮겼다.

"아그네스! 캐서린! 일어나!"

그녀가 원래의 자리로 돌아가 두 여자를 깨웠다. 캐서린이 졸린 눈을 부비며 일어나 앉았다.

"왜 그래?"

"로드릭이 오고 있어."

아그네스의 퉁퉁 부은 얼굴이 공포스레 일그러졌다. 로드릭에게 얻어맞았던 입술 주위가 시퍼렇게 멍들었고 피딱지도 뭉쳐져 있었다.

에어리엘라가 두 여자에게 애써 미소지었다.

"별일 없을 거야. 아무 말 말고 가만히만 있어."

"잘 잤나, 아가씨들?"

로드릭이 활기차게 텐트 안으로 들어섰다.

에어리엘라는 말없이 그를 노려보았다.

"나하고 얘기 좀 할까, 에어리엘라?"

그가 텐트 입구를 들어올리자, 에어리엘라는 망토를 걸치고 밖으로 나섰다. 로드릭의 부하들이 서둘러 무기를 준비하고 있었다.

"무슨 일이죠? 해럴드가 도착했나요?"

생각보다 훨씬 침착한 목소리가 흘러나왔다.

"널 구하려고 구세주 한 놈이 달려오는 모양이야."

로드릭이 가소롭다는 듯 입술을 비틀었다.

"너의 절름발이 검은 늑대가 이리로 온다는군, 혼자서."

그녀는 무슨 수작을 부리는 걸까 의심스러워하며 경멸적인 시선을 쏘아보냈다.

"그럴 리 없어요. 맥페인은 맥켄드릭 땅을 떠났어요, 영원히."

"그럴 리가 있든 없든, 그 자식이 오는 건 확실해. 이제까지 보지 못했던 아주 장엄한 검을 갖고서 말이야. 그래서 난 궁금해지기 시작했지. 해럴드에게 검을 넘겼다던 네 말이 거짓말일까 하고."

그가 우악스럽게 그녀의 머리채를 잡아 뒤로 젖혔다.

"그런 건가, 사랑스런 에어리엘라?"

"아니에요."

그녀는 그의 말을 이해해 보려 노력했다. 맥페인이 이리로 오고 있다니. 그것도 혼자서. 미쳤든지 술에 취한 것이리라. 성으로 돌아왔다가 로드릭의 요구사항을 알게 된 거겠지. 그래서 가짜 검을 하나 만들어서 가져오는 것이리라. 그렇게밖에 생각할 수 없었다.

로드릭에게 그 검을 넘겨주는 즉시 자신이 죽을 줄도 모르고.

"네가 준 게 아니라면, 말콤이 어떻게 그걸 갖고 있겠나?"

로드릭이 포악하게 다그쳤다.

에어리엘라는 재빨리 납득할 만한 설명을 쥐어짜냈다.

"여기 오는 게 말콤이라면, 그가 정말로 그 검을 갖고 있는 거라면, 아마 해럴드에게서 훔쳐냈나 보죠."

"그놈은 해럴드에게서 뭔가를 훔쳐낼 만한 능력이 없어."

로드릭의 손이 그녀의 목을 틀어쥐었다.

"내 생각엔 네가 거짓말을 한 것 같아. 네가 그 자식에게 검을 준 거야."

"진심으로 내가 그랬을 거라고 믿어지나요?"

그녀가 싸늘하게 되받아쳤다.

그가 잠시 생각에 잠겼다. 그런 다음 그녀의 목을 풀어 놓았다.

"어찌 됐든 그 검은 이제 내 거야. 그 축하잔치로, 제일 먼저 말콤의 목을 베어낼 거다. 그놈이 나한테 한 짓을 생각하면 그 정도야 당연한 처벌이지."

"당신이 그를 파멸시키려 했을 때 그는 관대하게도 추방하는 것으로 끝냈어요. 그런데 당신은 다시 돌아가서 일족의 여자와 아이들을 몰살시켰어요. 처벌당해야 하는 건 바로 당신이에요."

"내가 맥페인 족장이 되어야 했어. 그런데 그놈이 그 자리를 차지했지. 족장의 아들이라는 이유만으로. 술 취한 절름발이보다 내가 훨씬 나은 족장감이었는데도."

"일족을 이끌려면 명예로움과 성실성이 있어야 하죠. 절대적인 헌신과 불굴의 용기가 필요한 자리예요. 당신은 일족을 지배하려고 족장이 되고 싶었을 뿐이에요. 그 자리를 받는 자리로만 생각하는 자는 진정한 족장이 될 수 없어요."

로드릭이 팔짱을 끼고 냉소적으로 그녀를 바라보았다.

"말콤에게는 그런 자질이 있다는 거야?"

"말콤은 그 이상의 자질을 지녔어요. 고통을 견뎌가면서 매일 아침마다 일어나 다른 사람들을 도왔어요. 그것이 바로 용기와 힘이죠. 당신은 도둑질과 살인을 일삼는 기생충이고, 말콤 맥페인이 진정한 전사예요."

"그 정도로 날 믿어 줘서 고맙군."

에어리엘라가 놀란 숨을 삼키며 빙글 돌아섰다.

말콤이 커다란 검은 말 위에 앉아 침착하게 그들을 바라보고 있었다. 로드릭과는 달리, 셔츠와 플래드가 온통 구겨졌고 검은 머리도 헝클어졌다. 이틀 동안 자라난 턱수염도 거뭇거뭇했다. 피로와 고통이 그의 얼굴에 각인되어 있었다. 그리고 약간의 걱정스러워하는 흔적도. 그녀가 용서받지 못할 짓을 저지른 후에 그런 일이 가능할 것 같지는 않았지만.

그의 시선이 거의 무관심하게 그녀의 모습을 훑어본 다음 로드릭에게로 고정되었다. 그녀를 전혀 걱정하지 않는 듯한 태도였지만, 에어리엘라는 그 눈 속에서 불타는 분노를 보았다. 그 분노만으로도 로드릭을 죽일 수 있을 만큼.

"이게 누구신가!"

로드릭이 대단히 유쾌한 듯 말문을 열었다.

"해럴드의 군대를 맞아야 할 줄 알았는데. 그건 곧 불쌍한 캐서린의 목숨이 사라진다는 뜻이었지. 그런데 그 대신에 네놈이 찾아왔군, 어리석게도 혼자 몸으로. 설마 술 취한 건 아니겠지, 말콤?"

"아니."

말콤의 대꾸가 나지막하게 흘러나왔다.

"좋았어! 물론 그 검은 나한테 주려고 가져온 거겠지?"

에어리엘라는 말콤의 허리춤에 매달린 검을 흘깃 살펴보았다. 점점 더 혼란스러워졌다. 은빛의 날카로운 칼날과 보석들이 박힌 칼자루. 맥켄드릭 검을 본 적은 없었어도 아버지가 설명해 주셨던 바로 그 검이었다. 일족원들이 알핀과 상의하여 또 다른 검을 하나 만들어 낸 것일까? 말콤 자신의 검은 보이지 않았다.

그녀의 가슴이 철렁 내려앉았다. 이 검과 인질들의 생명을 교환할 수 있을 거라고 생각했을까? 그가 정말로 순진하게 그 말을 믿었던 걸까?

로드릭이 그를 살려두지 않으리라는 걸 몰랐단 말인가?

"아그네스와 캐서린을 데려와."

로드릭이 그레거에게 눈짓을 보냈다.

"이런 구경거리를 놓치게 할 수야 없지."

말콤은 침착하게 아그네스와 캐서린이 나오는 모습을 지켜보았다.

아그네스의 부풀어 터진 입술을 보면서도 표정을 바꾸지 않았다.

"맥페인! 돌아오셨군요!"

캐서린이 행복하게 소리쳤다.

"그래, 이젠 아그네스와 같이 텐트 안으로 들어가 있어. 에어리엘라도 금방 따라갈 거다."

그레거가 흘깃 로드릭을 쳐다보자 그는 어깨를 으쓱이며 명령했다.

"들여보내. 자기가 죽는 꼴을 보이고 싶지 않은가 보지."

두 사람의 모습이 사라질 때까지 기다렸다가 말콤이 입을 열었다.

"사실은 네가 죽는 꼴을 보여주고 싶지 않았던 거다."

로드릭이 머리를 젖히고 호탕하게 웃어댔다.

"착각도 이만저만이 아니군. 그래, 뭉개진 벌레 같은 꼴로 돌아와서 족장 자리까지 맡았던 걸 보면 전부터 제정신은 아니었어."

말콤이 고개를 저었다.

"난 족장이 되고 싶지 않았다. 의무이기 때문에 받아들였을 뿐이야. 언젠가는 다시 자격이 생길 수도 있다고 믿었기 때문에."

"하지만 절대 그렇게 되지 않았지. 허약한 절름발이에다 술 없이는 한 시간도 못 버티는 주제에. 내가 족장이 되겠다고 나섰을 때 그냥 얌전히 물러났어야 했어. 여기 있는 에어리엘라도 네가 족장감이 아니라는 걸 분명히 알았잖아. 에어리엘라는 너의 군사적 지식을 이용했을 뿐이야."

에어리엘라는 그 말이 사실이라는 걸 비참하게 인정해야 했다. 그녀는 말콤을 이용했다. 그를 이용한 다음에 쓸모가 없어졌을 때 내버렸다.

그런데도 그는 그녀를 위해 돌아왔다.

그에게 용서를 빌고 싶었다. 하지만 말콤의 시선을 붙잡을 수가 없었다. 그는 지독히도 침착한 표정으로, 분노조차 내비치지 않은 채 로드릭을 응시하고 있었다.

"넌 또다시 네 것이 아닌 것을 욕심내고 있어, 로드릭."

"난 이제 원하던 것을 다 갖게 될 거야. 군대는 없지만 날 부자로 만들어 줄 수 있는 맥켄드릭 일족의 족장. 그 돈으로 나의 군대를 만들 거다. 그리고 그 검으로……."

그의 눈이 탐욕스럽게 검을 훑어보았다.

"다른 일족들을 정복해 나갈 거야. 하이랜드 최고의 강력한 족장이 되는 거지."

"맥켄드릭들을 노예로 삼아 그들의 노동력을 군대에 쏟아부을 셈이군. 이 검 하나로 그 모든 것을 가질 수 있다고 생각하나?"

로드릭이 미소지었다.

"일단 나한테 넘기고 나서 알아보자구."

"우선 에어리엘라, 캐서린, 아그네스를 풀어 주겠다는 약속을 받아야겠다."

"나한테 뭘 요구할 입장이 아닐 텐데."

"그럴지도 모르지. 하지만 난 네 요구대로 검을 가져왔다. 너도 너의 약속을 지켜야 돼."

"검을 내놔, 안 그러면 캐서린을 끌어내서 목을 베어 줄 테다. 내가 충분히 그럴 수 있다는 건 알겠지?"

말콤이 조용히 대답했다.

"그래, 알지."

그가 검을 들어올리려 했다.

"그렇게 말고."

로드릭이 으르렁대며 재빨리 그에게 검을 겨누었다.

"무릎 꿇고 나한테 바쳐. 부락에서 쫓겨날 때 네놈이 나한테 강요했던 그대로."

말콤은 자존심과 그녀의 안전 사이에서 갈등하는 듯했다. 하지만 선택의 여지가 없음을 깨닫고, 왼손으로 검을 움켜쥔 채 어색하게 땅으로 내려섰다.

말에서 내린 지금, 그는 더 이상 고통과 경직된 자세를 숨길 수 없었다. 발걸음이 무겁고 불규칙했다. 움찔거리지 않으려 안간힘을 쓰는 것도 분명했다. 에어리엘라는 절망스러웠다. 며칠간 푹 쉬게 했더라면 로드릭과 맞설 수도 있었을 텐데, 최소한 잠시 동안이라도. 그런데 지금의 말콤은 힘겹게 여행한 후라 피곤하고 고통스런 상태였다.

로드릭이 단칼에 그를 죽여 버리리라.

그녀의 눈에 눈물이 맺히기 시작했다. 말콤이 로드릭 앞에 멈춰서서 한쪽 무릎을 꿇고 검을 내밀었다. 그를 이런 자리로 끌고 온 것이 바로 그녀였다. 그녀만 아니었다면, 그는 아직까지 개빈과 같이 오두막에 살고 있었으리라. 술에 찌든 외로운 생활이겠지만, 적어도 안전했으리라. 그런데 지금 이 자리에서 그는 곧 죽을 것이다. 자신의 목숨을 희생하면 그녀를 구할 수 있으리라는 믿음으로. 로드릭에게 그 검의 위력을 전달하지 않으면 캐서린과 에어리엘라 모두 어차피 죽게 될 터인데.

그렇다 해도 말콤에게 그것을 알려줄 수는 없었다. 이 마지막 순간만큼은 그가 그들을 구했다고 믿을 수 있어야 했다. 그 정도만이라도 그에게 믿게끔 해주어야 했다.

"아, 달콤한 복수의 맛이여."

로드릭이 기분좋게 중얼거렸다.

"이 년 전 네 앞에 무릎 꿇었을 때, 난 네놈의 파멸을 보리라 맹세했었지. 그 동안 네놈이 당했던 수치가 나의 마음을 약간 달래주긴 했어도, 이 순간만큼 완벽하진 못했어."

말콤은 여전히 무표정할 뿐이었다.

로드릭이 자신의 검을 내려놓고 의기양양하게 마법의 검으로 손을 뺐었다.

그 순간 에어리엘라는 거의 본능적으로 단검을 빼내어 공중으로 날려보냈다.

그와 동시에 말콤도 검을 집어들어 로드릭의 팔뚝을 내리그었다.

고통에 찬 포효소리가 숲의 정적을 내갈랐다. 로드릭은 왼쪽 어깨에 박혀 들어간 단검의 손잡이를 잡아 단번에 빼내고는 팔뚝에서 흐르는 피를 뚫어져라 노려보았다.

말콤이 검을 움켜잡고 자리에서 일어났다.

"내가 또다시 너한테 당할 줄 알았나?"

로드릭의 부하 몇 명이 대장을 도우러 앞으로 나섰다.

"물러서!"

로드릭이 으르렁대며 검을 들어올리려 했다. 제대로 들어올릴 수가 없자 두 손으로 치켜들었다.

"이까짓 상처쯤으로 너한테 당하지 않아. 내가 직접 죽여주겠다, 말콤."

칼날이 쨍그랑 맞부딪혔다. 말콤이 즉시 뒤로 물러났다가 다시 찔러들어갔다. 하지만 로드릭도 만만치 않게 그 공격을 받아넘겼다. 두 전사가 빙글빙글 돌며 싸우는 동안 날카로운 쇳소리가 연달아 울려퍼졌다. 말콤은 피로와 고통을 잊은 채 단호하게 공격을 가했다. 지금은 육체의 약함에 항복할 수 없었다. 로드릭이 피 웅덩이 속에 쓰러져 누울 때까지 있는 힘을 다해 싸울 것이다.

이 개자식과 같이 죽는 한이 있더라도.

그의 아픈 다리가 민첩한 움직임을 방해했고, 굳어 버린 등 때문에 몸을 숙이기도 어려웠다. 그 약함을 단호하고 매서운 공격으로 보충해 나갔다. 로드릭은 젊고 건강했다. 하지만 한 팔이 약해졌으므로 똑같이 대등한 상황이었다.

말콤은 검을 내리긋고 위로 쳐올리면서 상대의 살을 찢어내기 위해 분투했다. 그러나 오른팔이 무기력해지기 시작하고 그에 따라 움직임도 둔해졌다. 로드릭은 즉시 그 기회를 잡아 재빠르게 칼날을 찔러넣었다. 말콤의 왼팔에 그 칼날이 스쳤다.

"포기하라구, 말콤. 이젠 두 팔 다 쓸모 없게 됐어. 애초에 이길 수 없는 싸움이라는 걸 알았어야지."

로드릭이 빈정거렸다.

말콤은 팔에서 흘러내리는 피 대신 이 싸움에만 정신을 집중시키려 노력했다.

'사소한 상처야. 이런 것쯤 아무것도 아니야.'

그는 상처를 쳐다보지도 않은 채 자신을 다그쳐댔다.

"한 가지 잊은 게 있군, 로드릭."

"그게 뭘까?"

로드릭이 흥미로운 듯이 눈썹을 들어올렸다.

"나한테는 마법의 검이 있어."

로드릭의 얼굴에 불안감이 스쳤다가 이내 사라졌다.

"검의 위력을 받지 못했잖아. 무기만으로는 아무 쓸모가 없지."

'그래도 확신할 수는 없을걸.'

말콤은 그 잘난 척하는 얼굴에 불안감이 번득이는 것을 보았다. 이때를 이용해야 하리라. 그가 마지막 힘을 끌어모아 위협적으로 검을 들어올렸다.

그 순간 눈부신 한 줄기 햇살이 보석 박힌 칼자루에 닿았다. 말콤의 손바닥으로 뜨거운 열기가 밀려들기 시작했다. 그 검이 태양의 빛과 에너지를 흡수하여 그에게 전달해 주는 것처럼. 그 열기가 그의 살갗을 뚫고 팔로 기어올라가 근육의 피로와 고통을 달래주었다. 다음 순간 그 힘이 몸 전체로 퍼져나갔다. 그는 예전의 그 위대한 전사처럼 강하고 완전해진 느낌이었다.

현실일 리 없다. 마음이 착각을 일으키는 것이리라. 하지만 착각이든 아니든, 그는 유연하게 등을 펴고 아픈 다리에 체중을 실어 보았다. 로드릭도 그 변화를 알아차린 것처럼 당황스레 그를 바라보았다. 말콤이 검을 움켜잡고 앞으로 달려나갔다. 왠지 비틀거리거나 쓰러지지 않을 거라는 확신으로.

로드릭이 그의 검을 힘겹게 막아냈다. 하지만 말콤은 진짜이든 상상이든 신경쓸 것도 없이 오래전에 잃어버렸던 경이로운 힘을 끌어내며, 단호하게 로드릭의 몸으로 검을 박아넣었다.

로드릭의 눈동자가 경악스레 커졌다. 그가 자신의 배에서 반짝거리는 칼자루를 멍하니 내려다보았다. 그곳에서 진홍빛 피가 흘러나와 셔츠와 플래드를 흠뻑 적시고 있었다.

"어떻게……."

말콤이 쓰윽 검을 잡아 빼내자 피가 뭉클뭉클 터져나왔다.

로드릭은 배를 부여잡은 채로 멍하니 그를 쳐다보았다. 새빨간 피가 그의 손등을 거쳐 땅바닥으로 떨어져내렸다. 그의 몸에서 급속도로 생기가 빠져나갔다. 로드릭이 털썩 무릎을 꿇고 말콤의 손에 들린 검을 갈망하듯이 바라보다가 에어리엘라에게로 시선을 옮겼다.

"내가 가졌어야 했어."

비난인지 흐느낌인지 모르게 그가 중얼거렸다. 무언가 더 말하려는 듯했지만, 무기력한 꼬르륵 소리만이 새어나왔다. 마지막으로 에어리엘라에게 저주에 찬 시선을 쏘아보낸 다음, 그의 몸이 생명을 잃고 푹 고꾸라졌다.

에어리엘라는 믿을 수 없는 심정으로 그 시체를 노려보았다. 당장이라도 그가 다시 일어나 위협할 것만 같았다. 피가 땅으로 스며들기 시작하면서 그의 주위로 흉측한 검은 얼룩이 생겨났다. 그녀가 조심스레 말콤에게 시선을 들어올렸다.

그의 시선이 그녀의 뒷부분 어딘가에 고정되어 있었다. 도끼를 쳐들고 접근하는 그레거가 눈에 들어왔다.

로드릭의 다른 전사들도 그들을 에워싸고 있었다.

"이젠 네놈이 죽을 차례다, 맥페인."

말콤은 태연스레 자신의 검을 내려다보았다.

"그럴지도 모르지. 이렇게 대단한 검을 가졌다 해도, 나 혼자 너희 모두를 죽일 순 없을 거야."

"그 검은 걱정할 거 없어. 네가 죽은 뒤에 이 몸이 잘 거둬 줄 테니까."

태비스의 말에 그레거가 당장 인상을 찌푸렸다.

"그 검을 왜 네가 가져? 넌 우리 대장이 아니잖아."

머독이 끼어들었다.

"그건 너도 마찬가지야. 로드릭이 죽었으니까 이젠 내가 대장이다. 그러니까 그 검과 이 계집은 내 거야."

그가 에어리엘라에게 음탕한 웃음을 던졌다.

"네가 무슨 권리로 대장이야?"

"새 대장을 뽑아야 돼."

"대장으로 뽑힌 사람이 맥페인을 죽이는 거야."

불한당 무리들이 저마다 한마디씩 지껄여댔다.

"중대한 의논을 방해해서 미안하지만, 한 가지 알려줘야겠군."

말콤이 부드럽게 입을 열었다.

"뭘 말이야?"

"한 발짝이라도 움직이는 자는 이 숲에서 살아나가지 못해."

그레거가 껄껄 웃음을 터트렸다.

"대담한 협박이군. 너 혼자서 우릴 상대하겠다고?"

"혼자가 아니야."

쾌활한 목소리 하나가 끼어들었다. 곧이어 말에 올라탄 개빈이 나무들 틈에서 모습을 드러냈다.

그레거가 코웃음쳤다.

"그래, 너희 두 놈의 창자만 꺼내주면 된다 이거지? 그거야 어려울 것도……."

던컨, 앤드루, 니알, 램지가 차례차례 나타나자 그의 허세는 금방 사라져 버렸다. 그 뒤로도 남자들의 행렬이 이어지더니, 금세 서른 명쯤 되는 무장한 맥켄드릭 일족이 로드릭의 부하들 주위로 포위망을 형성했다.

"빌어먹을, 한 판 붙어 보겠다 이거냐?"

태비스가 검을 들어올리며 소리쳤다.

"상황 판단이 안 되는 모양이군. 성급한 결정은 지도자의 덕목이 아니야."

말콤이 조용히 지적했다.

"비리비리한 맥켄드릭들 정도야 한 입거리도 안 돼. 싸그리 죽여주마."

말콤이 천천히 맥켄드릭들 너머로 시선을 옮겼다.

"제대로 수를 계산한 거냐?"

그레거, 태비스, 머독은 거만하게 주위를 둘러보았다.

말콤이 살짝 고갯짓으로 그 뒤를 보라고 가르쳐 주었다.

에어리엘라도 당황스레 그의 시선을 따라가 보았다.

수십 명의 전사들이 나무틈 사이로 소리 없이 전진해 오고 있었다. 하나같이 검과 도끼와 창, 활과 방패로 중무장한 전사들이었다. 그들의 허리에 감긴 여러 가지 색채의 플래드가 하나의 일족이 아닌 여러 일족의 전사임을 알려주었다. 말콤이 동맹을 이끌어 냈던 일족의 전사들. 여기 오기 전에 그가 연락병을 보내 맥켄드릭이 위험에 처했음을 전했던 것이다.

그리고 믿을 수 없게도 그 전사들이 와주었다.

"무기 버리고 두 손 머리에 올려. 대항하면 그 즉시 너희 몸뚱이를 찢어발기도록 지시할 것이다."

말콤이 위엄 있게 명령을 내렸다.

그레거와 태비스, 머독이 서로를 쳐다보다가 마지못해 검을 땅으로 던졌다. 다른 사내들도 서둘러 검을 내던지고 두 손을 머리 위로 올렸다.

"이들을 끌고 가시오."

그가 이웃 일족들에게 손짓했다.

"포로들을 나눠서 각 일족의 취향대로 처벌해도 좋소. 한 놈도 여기 남겨놓지 않길 바라오."

전사들이 그들을 에워싸서 몰아나가기 시작했다.

"캐서린과 아그네스는요?"

니알이 앞으로 말을 달려왔다.

"여기에요!"

캐서린이 텐트 밖으로 나서서 소리치며, 치마를 걷어 쥐고 말콤 쪽으로 달려왔다. 그러나 로드릭의 시체를 보자마자 아이는 즉시 얼어붙었다.

"이리 와, 캐서린."

말콤이 아이를 재촉했다.

"죽었나요?"

"그래."

"아저씨가 죽였어요?"

그가 고개를 끄덕였다.

"잘 하셨어요. 나쁜 사람인 걸요."

아이의 눈이 휘둥그래졌다.

"다치셨군요!"

그제서야 말콤은 상처난 왼팔을 흘긋 쳐다보았다. 손등을 타고 손가락까지 피가 흘러내리고 있었다.

"보기보다 심하진 않아."

확신할 수는 없었지만 사실 그리 아프지 않았다.

"당장 붕대로 싸매야 해요."

아이가 자신의 치맛자락을 찢어내 서툰 솜씨로 그의 팔뚝에 감아 주었다.

"고맙다."

그가 아이의 머리를 쓰다듬었다.

"이젠 아그네스와 같이 성으로 돌아가. 에어리엘라와 난 조금 있다 갈게."

"저…… 제가 같이 가는 건 에어리엘라가 싫어할……."

더듬거리는 아그네스의 말을 에어리엘라가 재빨리 잘라냈다.

"캐서린이 많이 피곤할 테니까 먼저 데리고 돌아가. 그 애를 안전하게 데려다 줘, 아그네스."

아그네스가 놀라며 그녀를 쳐다보았다. 그런 다음 다소 밝아진 표정으로 조용히 대답했다.

"알았어. 안전하게 보살필게."

"기다렸다가 아저씨랑 같이 가면 안 돼요?"

캐서린이 애원하며 쳐다보았다.

말콤은 검에 의지한 채로 허리를 굽혀 아이의 눈을 바라보았다.

"미안하게도 지난번에 네가 준 그림을 잃어버렸단다. 지금 집에 가면 시간이 좀 있을 텐데 한 장 더 그려 주지 않을래?"

캐서린이 미소지었다.

"알았어요."

아이가 살짝 그를 껴안고 나서 아그네스 쪽으로 종종걸음쳐 갔다.

로드릭의 부하들과 다른 일족의 전사들이 다 사라지고 나자, 이번에는 50명의 말 탄 전사들이 속속 나타나기 시작했다. 말 하나하나마다 진홍색과 금색의 천들이 드리워지고, 그들이 들고 있는 방패에 맥페인의 문장이 새겨져 있었다. 키 큰 빨간 머리의 남자가 그 선두에서 손을 들어올려 정지 신호를 보냈다. 해럴드가 말콤을 지그시 쳐다보았다.

"어젯밤에는 날씨가 아주 좋더군."

말콤이 어깨를 으쓱였다.

"난 원래 점술가의 예언을 안 믿어, 해럴드. 그런 게 맞는다면 우리 점술가들이 로드릭의 공격에 대해서 미리 경고해 주었겠지."

해럴드가 피에 젖은 시체를 쳐다보며 눈살을 찌푸렸다.

"로드릭인가?"

"그래."

말콤이 브라이스와 램지에게 시체를 치우라고 손짓했다.

해럴드가 놀란 시선을 던졌다.

"네가 죽였나?"

"그래."

해럴드의 지친 얼굴에 존경과 안도감까지 스치는 듯했다. 말콤은 처음으로 해럴드가 족장이 된 후로 짊어져야 했던 무거운 짐을 깨달을 수 있었다. 그는 그 자리를 원하지 않았다. 사랑하는 여동생이 살해당한 뒤, 어쩔 수 없이 말콤을 쫓아낸 다음에 의무적으로 그 자리를 받아들였을 뿐이었다.

해럴드의 시선이 에어리엘라에게로 향했다.

"이 여자가 에어리엘라 맥켄드릭인가?"

그녀에게 말할 능력이 없다고 생각하는 듯, 그가 말콤에게 물었다.

말콤이 고개를 끄덕였다.

해럴드는 한동안 그녀를 살펴보다가 조용히 입을 열었다.

"이 여자가 내 신부인가, 말콤?"

"아니, 이 여자는 이미 결혼했어."

에어리엘라 쪽을 쳐다보지도 않은 채 그가 단호하게 대답했다.

에어리엘라는 그의 거짓말에 반박해야 한다는 것을 알았다. 해럴드에게 청혼한 것이 그녀였으니, 그 계약을 지키는 것도 그녀의 의무였다. 하지만 아무 말도 하지 않았다. 그저 힘과 권위를 풍겨내는 말콤에게 시선을 고정시킨 채 서 있을 뿐이었다.

해럴드는 반박할 기회를 주려는 듯 잠시 에어리엘라를 지켜보았다.

"축하하오."

마침내 입을 연 그의 어조에는 원한이나 쓸쓸함이 서려 있지 않았다.

"오랫동안 행복하길 바라오."

"먼 길을 와주셔서 감사합니다, 맥페인."

던컨이 해럴드 앞으로 다가섰다.

"며칠 우리 성에서 쉬었다 가시지요. 오늘밤 즐거운 잔치를 준비하겠습니다."

"여기엔 결혼하지 않은 처녀들이 꽤 있지."

개빈이 해럴드의 헛걸음한 실망을 덜어 주려는 듯 한마디 거들었다.

"모험정신이 강하기도 하고. 전사들 중에서 몇 명은 신부감을 찾을 수도 있을 거야. 엘리자베스라는 금발 머리 여자한테만 떨어져 있으라구."

그가 흘깃 고든을 쳐다보았다.

"그 여자한테는 이미 임자가 있거든."

그 임자가 누구인지는 굳이 말할 필요가 없었다. 그가 성 쪽으로 말을 달리기 시작하자, 해럴드와 그의 전사들도 그 뒤를 따라나갔다.

"다들 성으로 돌아가시오."

말콤이 지시를 내렸다.

"우릴 도와주러 온 전사들에게 성대한 잔치로 보답해야 할 거요."

"네, 맥켄드릭."

고든이 말에서 내려서며, 검을 앞으로 세우고 한 쪽 무릎을 꿇어 충성스레 머리를 숙였다.

"지시대로 따르겠습니다."

말콤이 경악하며 소리쳤다.

"일어나시오, 고든. 난 맥켄드릭이 아니……."

눈앞에서 벌어지는 풍경을 보며 그의 말이 중단되었다. 맥켄드릭 전사들이 하나둘씩 모두 말에서 내려 무릎을 꿇고 고개를 숙였다.

"맥켄드릭 만세!"

고요한 아침 공기 속에 그들의 엄숙한 서약이 울려퍼졌다.

"우리 검의 지배자, 우리의 용감한 맥켄드릭 족장님 만세!"

말콤은 말없이 그들을 지켜보다가 고개를 돌려 버렸다. 예전에는 이럴 때 무표정하게 받아들일 수 있었는데, 지금은 왠지 그렇게 되지 않았다.

그가 다시 돌아보았을 때쯤, 맥켄드릭들이 다시 말에 올라 빽빽한 숲속으로 사라지고 있었다.

에어리엘라는 멍하니 그를 쳐다보았다. 왜 이제껏 그를 제대로 알지 못했을까. 말콤과 그의 장엄한 검에서 발산되는 광채가 눈부셨다. 그녀의 앞에 우뚝 선 남자, 그의 신체적인 약함은 여전히 남아 있었다. 육신의 연약함을 치료하는 것은 검의 위력이 아니었다. 그런데 그 분명한 한계에도 불구하고, 그는 세상의 어떤 남자보다 더 강하고 용감하며 명예로웠다.

그가 다음 대 맥켄드릭이었다.

"내가 틀렸어요."

그녀가 작은 목소리로 중얼거렸다.

"몸과 마음 모두 완벽한 전사에게 그 검을 수여해야 한다고 생각했어요. 알핀이 말한 불굴의 힘은 몸이 아니라 영혼의 힘이었는데, 난 그걸 몰랐어요. 명예로움과 용기를 말했을 때도, 난 당신이 도와주러 오지 않은 것만 생각했어요. 그것이 자신의 두려움과 실패를 극복하고 다시 일어나 싸울 수 있는 용기였다는 걸 난 몰랐어요.”

그 동안 얼마나 단순하고 편협했단 말인가. 너무나 부끄러웠다.

“다음 대 맥켄드릭이 흠 없이 완전해야 한다고 생각했어요. 나의 아버지처럼. 아버지는 그런 분이 아니었는데.”

그녀의 목소리가 갈라지기 시작했다.

“아버지도 그냥 인간이었어요. 실수할 수밖에 없는 사람. 그런데 당신이 그런 말을 했을 때 난 인정할 수 없었어요.”

흘러내리는 눈물을 주체할 수가 없었다. 위엄 있게 사과하고 싶었는데 비참하게 실패했다.

“그걸 인정해 버리면 우리 일족에게 닥친 고통이 아버지 탓이 될 테니까요. 아버지는 우릴 강하게 만들지 못했어요. 그 검을 가까이 둘 지혜도 없었죠. 그래서 아버지와 다른 일족원들이 죽었어요. 하지만 난 아버지를 원망하고 싶지 않았어요.”

이제 그녀는 눈물을 참으려 애쓰지도 않고 하염없이 쏟아냈다. 목이 메이고 흐느낌이 새어나왔다.

“그래서 당신을 원망했어요.”

그녀가 그의 앞에 무릎을 꿇었다. 어떤 분노가 닥치더라도 다 받아들여야 했다. 그에게 용서받기를 기대할 수도 없었다.

말콤은 어색하게 한 쪽 무릎을 꿇고 앉아 그녀의 턱을 들어올렸다.

“모르겠나, 에어리엘라?”

그의 목소리가 가슴 아플 만큼 부드러웠다. 그녀는 떨리는 숨을 들이키며 비참하게 그를 바라보았다. 그가 그녀의 뺨에 흐르는 눈물을 다정하게 닦아냈다.

“난 죽어가고 있었어. 죽는다 해도 상관없었지. 고통과 죄책감을 계속 견디느니 차라리 죽고 싶었어. 아무 느낌도 없이 아무 책임도 없이 지내는 게 나았다구. 그런데 그때 네가 나타났어.”

그의 손가락이 경건하게 그녀의 턱선을 어루만졌다.

“생기로 가득하고 증오로 불타는 네가 말이야. 갑자기 난 내 모습에서 도망칠 수가 없게 됐어. 너의 분노와 경멸이 내 망가진 몸 속에 묻혀 있던 전사의 파편을 끌어냈지. 다시 나의 약함에 굴복하는 걸 네가 내버려 두지 않았어. 넌 희망 없는 지옥에서 쓸모 있게 쓰일 수 있는 곳으로 날 데려다 줬어. 그렇게 날 치료해 줬어. 영원히 회복할 수 없는 이 몸뚱이가 아니라 나의 영혼을. 내가 두려움을 정복하고 다시 한 번 책임을 받아들일 수 있을 때까지.”

“하지만 그때 난 당신을 쫓아냈어요. 당신이 변했는데도, 난 여전히 당신의 약함밖에 보지 못했어요.”

“넌 날 족장감으로 믿으려 들지 않았어, 겉으로는. 하지만 가끔은 가장 깊은 감정이 가장 순수한 행동으로 나타나지.”

에어리엘라는 그의 시선을 따라 땅에 박혀 있는 검을 쳐다보았다. 그제서야 이해할 수 있었다. 의무감이라는 족쇄와 분노 때문에 말콤을 받아들이려 하지 않았음을.

그런데 그녀의 마음만은 아무런 방해도 받지 않았다.

“널 사랑해, 에어리엘라. 내 생명보다 더.”

그가 나지막이 속삭였다.

“네가 허락해 준다면, 최선을 다해서 너의 일족을 이끌어 볼게. 맥켄드릭이라는 이름을 자랑스럽게 간직할 거야. 정의롭고 공정하고 명예롭게 이 검을 사용하고 일족원들을 위해 내 목숨이라도 기꺼이 내놓겠어. 나에게 많은 약점과 결점이 있다 해도, 난 이 모든 약속을 지킬 거야.”

그는 그녀의 손바닥에 입을 맞추고 자신의 가슴에 갖다 댔다.

“널 위해서.”

그의 심장이 강하고 확실하게 고동치고 있었다. 이제 그녀의 비통한 죄책감과 고통은 환희로 바뀌었다. 그녀가 그의 몸을 끌어안으며 키스했다. 필사적으로 간절하게. 그의 힘과 부드러움을 들이키고 그 보답으로 더 이상 부인할 수 없는 사랑을 전하기 위해. 그녀의 손길이 상처난 팔에 닿자 그가 움찔거렸다.

그녀가 화들짝 손을 떼어냈다.

"많이 다쳤어요?"

"조금 긁힌 정도야."

말콤은 그녀를 끌어당겨 목덜미에 코를 부볐다.

"성으로 돌아가서 얼른 치료해야 해요."

그녀가 그의 검은 머리에 손가락을 엮으며 속삭였다.

"그래야겠지."

그가 그녀의 망토 버클을 풀어냈다.

"하지만 거긴 사람이 너무 많아."

망토가 스르르 떨어지며 그녀의 부드러운 윤곽을 드러냈다.

"모두들 당신을 기다리고 있을 거예요."

그의 손이 젖가슴을 감싸쥐자 그녀의 입에서 신음이 새어나왔다.

"그레이엄과 램지가 백파이프를 연습중일 거예요. 앵거스와 듀갈 아저씨는 시를 암송하고 싶어할 테구요."

말콤이 그녀의 목덜미에 얼굴을 묻었다.

"그래도 그 전에 우린 좀 쉬어야겠죠?"

그녀의 목소리가 숨가쁘게 터져나왔다. 그녀는 일어나서 초록과 황금빛의 숲속으로 깊이 그를 이끌어갔다.

나뭇잎들이 하늘을 가리고 양치류들이 폭신하게 자리잡은 곳. 레몬빛의 햇살이 몇 줄기 스며들어 장난치는 곳에, 그녀가 자신의 망토를 내려놓았다. 그런 다음 그의 품에 안기며 입을 맞췄다.

옷이 벗겨져 나갔을 때 그녀는 떨지 않았다. 살갗에 닿는 햇살이 따뜻했고 그의 열기가 금세 그녀를 데워 주었으니까. 그녀는 망토

위로 드러누우며 말콤에게 매달렸다. 그가 자신의 힘, 욕망, 기쁨을
나눠주며 그녀를 어루만지고 키스했다. 그녀는 더 이상의 아무런 생
각도 없이 말콤과 함께 있고 싶다는 소망뿐이었다. 언제까지나 이
남자와 함께.

“에어리엘라.”

그녀의 눈이 뜨였다. 강렬하게 불타는 푸른 눈동자가 그녀를 살피
고 있었다. 그녀는 그의 입술선을 매만져보고 또 거뭇거뭇한 턱을
쓰다듬었다.

“사랑해요, 맥페인. 아니, 이젠 맥켄드릭이라고 불러야 할까요?”

“우리 사이에 그런 형식은 필요없어.”

그의 입술이 그녀의 눈과 코에 닿으며 스르르 미소를 그렸다.

“서방님이면 족해.”

그가 그녀의 몸 속으로 깊이 파고들었다.

그녀가 뜨거운 숨결을 뿜어내며 꿈틀거렸다. 일렁이는 햇살 아래
서 에어리엘라와 하나가 된 이 순간, 그는 황홀하리만큼 강하고 완
전해진 느낌이었다.

· · ·끝· · ·

최고의 이야기꾼
아이리스 요한슨의 신작!

The Tiger Prince

그들에게 가장 위험한 감정은 사랑이었다!

아무에게도 사랑받지 못하는 고통스런 어린 시절을 보내고
자신의 노력과 힘으로 과거에서 벗어나 독립적인 여성이 된 제인.
어머니와 같은 여자가 될까 봐 자신의 여성적인 본성을 억누르고 살아왔지만
인도에서 만난 스코틀랜드 남자 루엘 맥클라렌이 그녀가
무엇보다도 피하고 싶어했던 감정을 불러일으킨다.
열정과…… 그리고 사랑을.
그러나 루엘에게는 다른 계획이 있었는데…….

서로 사랑하기를 두려워했던 이들이 마음을 열고
세상에서 가장 아름다운 사랑을 만들어가는 이야기!

로레타 체이스

Loretta Chase

대학에서 영문학을 전공한 로레타 체이스는
졸업 후 점원, 시간 강사, 사무직, 소매업 등 다양한 직업을
전전하며 많은 경험을 쌓았다.
그러다 남편 월터를 만나 그의 격려로
그 동안 너무도 하고 싶어했던 로맨스 소설가로서의
길을 걷기 시작했다. 다작을 하지는 않지만
내는 작품마다 독자들의 열렬한 성원을 받고 있는
그녀의 소설들은 화려한 수상 경력으로도 유명하다.
<Lord of Scoundrels>는 1995년 미국 로맨스 작가
협회로부터 그 해 가장 사랑받은 작품, 최고의 역사 로맨스로
선정되었고, 〈로맨틱 타임스〉에서 최고의 리전시 로맨스 상을
수상하였다. 그밖의 다른 작품들도 많은 상을 수상했다.

〈 작품 목록 〉
The Lion's Daughter
Captives of the Night
Lord of Scoundrels
The Last Hellion
⋮

Lord of Scoundrels

그들의 만남에 파리가 술렁인다!

독립적이고 지적인 독신주의자 제시카 트렌트는 방탕한 귀족들과 어울리는 남동생을 데려가기 위해 파리로 건너와 그들의 대표자격인 세바스찬과 대면하게 된다.

이탈리아계 혼혈인 세바스찬은 거구와 섬세하지 않은 용모로 어려서부터 멸시를 받아 사랑과 애정을 박탈당하고 이제 아무에게도 신경 쓰지 않고 자신의 쾌락만을 쫓는 남자가 되었다.

그러나 처음 만난 순간부터 둘 사이에는 심상치 않은 기류가 흐르기 시작한다. 제시카는 이 덩치 큰 난봉꾼에게 끌리기 시작하고, 세바스찬도 평소 알던 여자들과 달리 고상한 숙녀인 그녀에게 매력을 느끼지만……

Amazon Review
미녀와 야수의 사랑!
로맨스 독자라면 꼭 가져야 할 책!
멋진 인물들, 멋진 로맨스, 멋진 유머.
중독될 수밖에 없는 작품!

언제나 화려하고 격정적인 로맨스를 선사하는
리사 클레이파스의 신작!

Where Passion Leads

낯선 두 타인을 한순간에 휩쓸어 버린 사랑!

연극 관람을 하던 중 극장에 불이 나는 바람에 어머니와 헤어져
런던의 밤거리를 헤매게 된 로잘리.
불량배들 손에 붙잡힌 그녀를 구출한 렌달 버클리 경은
순결한 로잘리를 헤픈 여자로 착각한다.
결국 렌달은 그녀에 대한 책임감을 느끼고 한동안 돌보아 주기로 결심한다.
프랑스에서 그들은 서로를 점점 더 알아가게 되고,
처음 증오로 시작된 관계는 점차 사랑으로 변해가지만…….
새로이 드러난 로잘리의 출생의 비밀은 그녀를, 그리고 둘의 사랑을
위험에 빠뜨린다.